ABBI WAXMAN

Vorstadtgeflüster

ROMAN

AUS DEM ENGLISCHEN
VON GERTRUD WITTICH

ROWOHLT TASCHENBUCH VERLAG

Die Originalausgabe erschien 2018
unter dem Titel «Other People's Houses» bei
Berkley / Penguin Random House LLC, New York.

Deutsche Erstausgabe
Veröffentlicht im Rowohlt Taschenbuch Verlag,
Reinbek bei Hamburg, Dezember 2018

Redaktion Gisela Klemt
Umschlaggestaltung FAVORITBUERO, München
Umschlagabbildung sivVector / Shutterstock
Satz Pinkuin Satz und Datentechnik, Berlin
Druck und Bindung GGP Media GmbH, Pößneck, Germany
ISBN 978 3 499 27596 8

Meinen drei Töchtern: Julia, Charlotte und Kate. Möge euer Leben frei von Dramen bleiben – außer es handelt sich um echt unterhaltsame.

Und den Kindern aus meiner Nachbarschaft: Eve, Hannah, Millie, Louis, Avery, Truman, Little Charlotte, Henry, Chela, Sofia, Stella, Nolan, Olivia, Rosetta, Juliette, Ruby Fern und Nerys. Ohne euch wär's bloß eine Wohngegend wie jede andere.

Personenverzeichnis

Die Blooms

Michael

Frances

Ava (14)

Milo (10)

Alexandra (Lally) (4)

Die Porters

Charlie

Anne

Theo (10)

Kate (6)

Die Hortons

Bill

Julie

Lucas (4)

Die Carter-Gillespies

Iris

Sara

Wyatt (6)

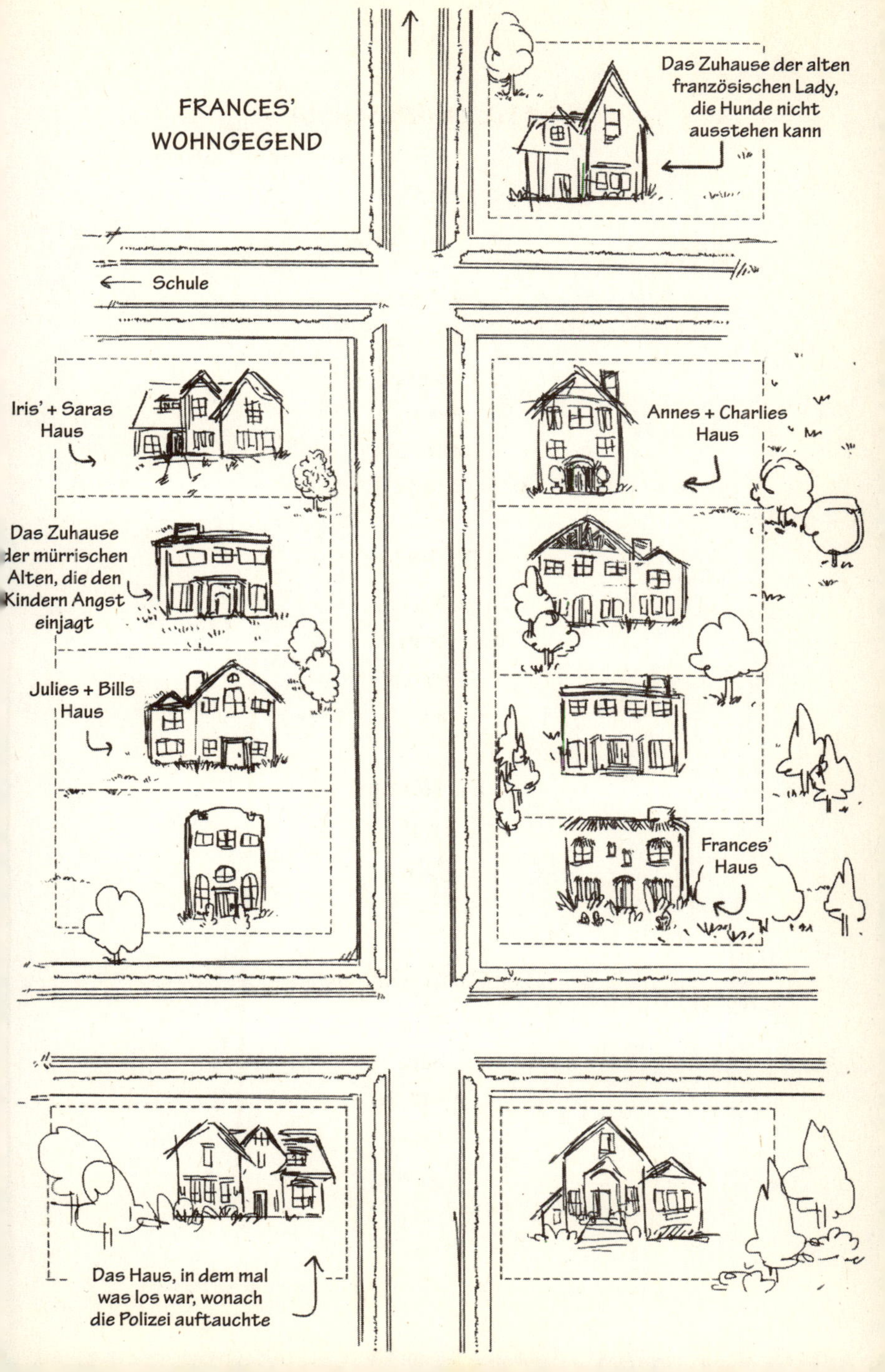
FRANCES'
WOHNGEGEND
Das Zuhause der alten französischen Lady, die Hunde nicht ausstehen kann
Schule
Iris' + Saras Haus
Annes + Charlies Haus
Das Zuhause der mürrischen Alten, die den Kindern Angst einjagt
Julies + Bills Haus
Frances' Haus
Das Haus, in dem mal was los war, wonach die Polizei auftauchte

1

Erstaunlich, wie viele Kinder man in einen Minivan bekommt, wenn man sie aneinanderschiebt wie Mosaiksteinchen. Und sich um ihre Sicherheit nicht allzu viele Gedanken macht. Ganz hinten vier, jeweils zwei von ihnen auf einem Sitzplatz und mit einem Sicherheitsgurt über beide, was nicht nur leichtsinnig, sondern auch verboten ist. Na ja, bloß gut, dass sie so klein und dünn sind. Frances Bloom hegte insgeheim die Hoffnung, dass sie bei einem Unfall an Ort und Stelle fixiert bleiben würden, weil sie wegen der drangvollen Enge gar keine Bewegungsfreiheit hatten. Was natürlich Unsinn war, wie ihr jeder Unfallexperte hätte erklären können. Aber glücklicherweise kannte sie keinen. Und da sie im Berufsverkehr ohnehin selten schneller als dreißig Stundenkilometer fuhr, hatte sie vielleicht sogar recht. Sie war eine vorsichtige Autofahrerin, vor allem wenn die Kinder anderer Leute mit im Wagen saßen, und bis jetzt war ihre verrückte Theorie noch nie auf die Probe gestellt worden.

In der mittleren Reihe befanden sich die beiden Jüngsten – auf ordnungsgemäßen Kindersitzen. Und vorn auf dem Beifahrersitz thronte ihre Älteste, Ava, und herrschte mit dem Machtbewusstsein und der Sturheit eines Teen-Diktators über den CD-Player. Sieben Kinder, das genetische Arsenal von vier Familien. Ein schwerer Unfall, und die gesamte nächste Generation eines Häuserblocks wurde auf einen Schlag ausgelöscht. Nicht, dass das zum Lachen gewesen wäre, aber Frances gingen nun mal solche und ähnliche Gedanken durch den Kopf, was konnte man machen. Es war besser, sie kommen und gehen zu lassen, diese Mistdinger, als sie zu unterdrücken und womöglich noch mehr Falten zu kriegen.

Vielleicht machte sie diese Schulfahrten ja einfach schon zu lange, dachte sie. Kein gutes Zeichen, wenn man einen Unfall überhaupt in Betracht zog, und nicht mehr als etwas ansah, das es um jeden Preis zu vermeiden galt. Aber mal im Ernst, wie oft kann man es ertragen, Streite darüber zu schlichten, wer in der Mitte sitzen muss oder welche CD gespielt wird oder ob man nicht doch eine DVD gucken darf – was man *nicht* durfte, nicht mal, als das verdammte Gerät noch funktionierte. Wenn sie eine volle Ladung hatte, so wie heute Morgen, wurde es manchmal derart laut, dass selbst Brüllaffen vor Ehrfurcht und Bewunderung verstummt wären. Natürlich waren dies aufgeweckte Kinder, die Sprösslinge gebildeter, kreativer Eltern, als Säuglinge bewundert und umhegt, als Kleinkinder ständig ermuntert, sich auf jede erdenkliche Weise auszudrücken. Aber jetzt, wo die kleinen Bastarde allmählich frech wurden, bereuten es die Eltern, nicht konsequenter und strenger gewesen zu sein, so lange es noch Früchte getragen hätte.

Ganz hinten in der letzten Reihe saßen die beiden Kinder ihrer Nachbarn Anne und Charlie Porter: Kate und Theo. Nette Namen, weniger nette Kinder. Die Spezialität der sechsjährigen Kate war der Überraschungsangriff. Sie saß nicht selten während der ganzen Fahrt brav und still auf ihrem Platz. Erst bei der Ankunft vor der Schule kam Leben in sie, und dann schubste sie ihren Bruder mit aller Gewalt aus dem Auto. Der zehnjährige Theo rechnete nie damit. Nicht, dass er dumm war, er rechnete einfach nicht damit. Theo selbst bevorzugte die Frontalattacke, wahlweise mit lautem Geschrei, direkt ins Ohr des Gegners. Der Himmel wusste, wie sich eine solche Dynamik bei einer Therapie äußern würde.

Dazwischengeschoben wie das Fleisch in einem Double-Beef-Burger saßen ihr Sohn Milo, zehn Jahre, und sein Cousin Wyatt, sechs Jahre. Sie waren eigentlich keine Cousins, jedenfalls nicht ersten Grades. Zweiten Grades oder so ähnlich. Iris, Wyatts Mutter, war Frances' Cousine, aber es war einfacher, die beiden als Cousins zu bezeichnen. Wyatt hatte in Wahrheit gleich zwei Mütter – die andere im Bunde war eine bekannte amerikanische Filmschauspielerin und Amerikas Sweetheart. Dass sie lesbisch war, war kein Geheimnis, Amerika war's einfach schnurz.

Auf dem Rücksitz (dem mittleren Rücksitz, hinter dem Fahrer) saßen Lally, ihre Jüngste, und Lucas, der Sohn ihres Nachbarn Bill, beide vier. Das war praktisch, weil Frances den beiden bei roten Ampeln diverse Dinge nach hinten reichen konnte, falls es nötig war. Ein komplizierter Car-Pool, der sich mit der Zeit so ergeben hatte. Zunächst hatten sich die Eltern abgewechselt, aber weil Frances ein Kind in jeder Schule hatte, erwies es sich einfach als praktischer, wenn sie die Fahrerei ganz übernahm. Ihr selbst war das ohnehin lieber; sie war die einzige nicht-berufstätige Mutter (wir wollen uns nicht darüber streiten, wer mehr Stress hat, Berufstätige oder Hausfrauen/-männer; einigen wir uns darauf, dass das Leben für alle Mist ist, und belassen wir's dabei) und musste deshalb auch nirgendwohin. Oft erledigte sie diese Fahrten in der Pyjamahose und zog sich erst hinterher richtig an. Außerdem hasste sie es, nach dem Lärm und der Aufregung des Morgens – dem Hin- und Hergerenne, der Suche nach verlegten Schuhen, Schulbüchern, Taschen, Hüten oder was auch immer (was sich alles leicht am Vorabend hätte zurechtlegen lassen, aber wem sagte sie das) –, nach all dem hasste sie es, allein in einem plötzlich totenstill gewordenen Haus zurückzubleiben, nachdem sich die Brut mit einem flüchtigen Tschüss verabschiedet hatte und im Auto des Nachbarn abgedüst war. Das erinnerte sie an ihre eigene Schulzeit und wie es gewesen war, hinterher in ein leeres Haus zurückzukehren. Oder beim Sport als Letzte ausgewählt zu werden. Oder auf dem Bahnhof zu stehen und dem entschwindenden Zug nachzuwinken. *Ich will auch mit*, weinte ihr inneres Kind, und die erwachsene Frances schlug vor, die Schulfahrten ganz zu übernehmen, und damit waren dann alle zufrieden.

Als Erstes wurden die Grundschüler abgesetzt, dann Ava an ihrer Highschool und ganz am Ende Lucas und Lally im Kindergarten, wo man sie jeden Morgen eintragen musste. Frances las ihnen eine, manchmal auch zwei Geschichten vor und hielt danach kurz an der Sichtscheibe inne, um sich ein letztes Mal zu verabschieden, wahlweise auch so zu tun, als könne sie ihre Tochter nicht gleich unter den anderen Kindern entdecken («Wo ist denn Lally? Wo steckt sie bloß? Ach, da ist sie ja!»). Herrgott, sie wurden es wirklich nie leid, was? Dann hatte sie frei. Sie konnte einkaufen gehen. Oder nach Hause fahren. Vollgas geben und mit Wucht an die nächste Mauer, was manchmal zu schön gewesen wäre, wenn sie Lucas und Lally nicht schon drei Stunden später wieder hätte abholen müssen. Frances fragte sich bisweilen, ob andere Eltern auch so unter der Antiklimax litten, aber sich trotzdem weiter durchkämpften, sich um die Kinder kümmerten, jeden Strohhalm aufklaubten, damit kein Tier daran erstickte, Korken, Knöpfe oder sonstigen Bastelbedarf sammelten, je nachdem, was gerade im Unterricht benötigt wurde, schon beim ersten Pieps die Batterien im Rauchmelder auswechselten und auch sonst alles Nötige taten, was der Alltag erforderte. Vielleicht war das ja gemeint, wenn man sagte, man würde sich um der Kinder willen zusammennehmen. Mit dem Ehepartner hatte das jedenfalls gar nichts zu tun.

Frances fuhr an der Grundschule vor. Ava stieg mit einem schweren Seufzer aus, als müsse sie gleich in ein Kohlebergwerk hinab und schuften wie ein Kind im viktorianischen Zeitalter. Sie zog die Tür auf und machte eine ausholende Armbewegung.

«Mittelgroße Zwerge, bitte aussteigen. Vorsicht an der Bahnsteigkante, und achtet auf Mütter mit Handys am Steuer.»

Die Kinder hatten sich bereits losgeschnallt und sprangen raus, wobei sie Ava nacheinander abklatschten. Doch anschließend blieb Kate unschlüssig stehen. Frances drehte sich um, um zu sehen, was los war. Das kleine Mädchen machte ein besorgtes Gesicht.

«Was ist denn, Schätzchen?»

Kate schaute Frances mit großen Augen an, ihr Kinn zitterte.

«Ich hab meine Klorollen vergessen.»

«Ach.» Frances sah zu ihrer Ältesten. Ava blickte mit einem Schulterzucken in den Minivan, dessen Tür noch offen stand.

«Im Auto sind sie tatsächlich nicht.»

«Ach, nicht so schlimm.» Frances lächelte Kate an. «Deine Lehrerin hat sicher einen Vorrat dabei.» Sie selbst hatte im Laufe der Zeit an die dreitausend Klorollen gesammelt. Genug, um daraus einen Teilchenbeschleuniger zu bauen. Oder eine exakte Nachbildung der New Yorker U-Bahn-Tunnel.

«Nö, ich brauch doch meine *eigenen.*» Kates Augen füllten sich mit Tränen. Ihr Austick-Indikator schaltete auf Alarmstufe Rot. «Es ist doch für ein Schulprojekt. Alle anderen haben auch welche.»

Frances überlegte. Einerseits war Kate erst sechs, sie würde das Trauma der fehlenden Klorollen nicht nur überleben, sondern schnell wieder vergessen haben. Andererseits war sie in der Ersten bei Miss Lollio, und deren Schulklasse war wie eine Mafia-ähnliche Organisation, die sich stets wie Wölfe auf das schwächste Mitglied einer Schafherde stürzte. Seine Klorollen zu vergessen und sich welche borgen zu müssen, hieß unerwünschte Aufmerksamkeit auf sich zu lenken. Natürlich nicht so schlimm, wie in die Hose zu pinkeln, und auch nicht so schlimm, dass man einen Spitznamen bekam, den man bis zum College nicht mehr loswurde, aber immerhin.

«Meine Mommy hat sie in eine Tüte getan, aber sie hat vergessen, sie mir in die Hand zu geben», sagte das Kind mit einem stählernen Unterton im glockenhellen Stimmchen. Frances musterte das kleine Engelchen, das von ihrer Mutter gelegentlich «Butterblümchen» genannt wurde. Kates Augen waren kalt wie die eines Hais. Sie wusste, dass sie bekommen würde, was sie wollte, es war nur eine Frage der Zeit. *Ich bin jünger als du*, schienen diese Augen zu sagen, *und ich kann warten. Ich werde hier stehen, bis du alt und grau bist, und dann werde ich dich umstoßen und über deine brüchigen Knochen treten und mir so viele Klorollen holen, wie ich will.*

«Na gut, Kate, dann fahre ich halt noch mal zurück, wenn ich Ava abgeliefert habe, und bringe sie dir in die Schule.» Frances wusste, dass sie sich ausnutzen ließ, aber es störte sie nicht. Sie war gutmütig und konnte damit leben.

«Fußmatte», murmelte Ava und kehrte mit einem Kopfschütteln über die Schwäche ihrer Mutter auf ihren Platz auf dem Beifahrersitz zurück. Eine Schwäche, die sie selbst auch nur zu gern ausnutzte.

«Danke, Frances!» Kate wandte sich strahlend um und hüpfte davon. Die Verwandlung vom heimatlosen Straßenkind zum goldigen Engelchen vollzog sich im Bruchteil einer Sekunde. Hinter ihnen hatte sich eine Autoschlange gebildet, und jemand hupte. *Okay*, schien dieses Hupen zu sagen, *wir haben geduldig gewartet, während du diese Minikrise händelst, die du wahrscheinlich nur durch deine Unfähigkeit als Mutter heraufbeschworen hast, aber jetzt mach mal, denn wir haben hier alle Wichtigeres zu tun, als zu warten, bis du deinen Scheiß auf die Reihe kriegst.* Erstaunlich, wie viel man mit einem kurzen Hupen mitteilen kann.

Frances entschuldigte sich mit einem Winken und fuhr davon.

Sie lieferte die restlichen Kinder ab und hielt kurz darauf wieder vor Annes Haus. Die täglichen Schulfahrten waren gar nicht so schlimm, wie die anderen Eltern vielleicht meinten: Alle drei Schulen lagen in der Nähe, und alle vier Familien wohnten in derselben Straße, nur wenige Häuser voneinander entfernt. Frances rannte durch den Vorgarten auf Annes Haus zu. Sie klopfte leise an, hörte aber nichts. Vielleicht hatte sich Anne ja noch mal hingelegt. Frances drehte vorsichtig am Türknauf, es war offen. Sie warf einen Blick in die Diele. Ja, da stand ja die Tüte mit den Klorollen. Sie ergriff sie und wollte sich gerade zum Gehen wenden, als sie Anne erblickte. Diese lag mit abgewandtem Gesicht auf dem Boden, und ihr langes Haar ergoss sich über den Teppich.

«Anne! Um Himmels willen, ist was passiert?» Aber noch während sie das rief, wurde ihr klar, was Sache war. Anne lag auf dem Fußboden, das stimmte. Aber passiert war ihr nichts, im Gegenteil, es ging ihr sogar bestens. Frances war instinktiv einen Schritt näher getreten und sah nun, dass Annes Gesicht gerötet war. Und sie war nackt. Ein Mann hatte seinen Kopf zwischen ihren Schenkeln vergraben.

«Shit ...» Frances blickte hastig weg und wich zur Haustür zurück. «Sorry, Anne! Kate hatte ihre Klorollen vergessen ...» Sie hielt, wie um sich zu rechtfertigen, die Tüte hoch. Als ob das entschuldigen würde, dass sie Anne und Charlie bei einem Quickie auf dem Teppichboden überrascht hatte. *Wollte bloß die Klorollen holen. Lasst euch nicht stören, ihr Lieben.*

Der Mann merkte jetzt auch, dass etwas nicht stimmte. Er hob den Kopf und blickte Anne an, dann folgte er ihrem Blick, um zu sehen, warum sie auf einmal so bleich geworden war.

Frances war schon fast wieder draußen, aber sie bekam trotzdem noch mit, dass das nicht Annes Ehemann war. Nein, es handelte sich um einen anderen, unbekannten Mann.

2

Anne schloss die Augen und erschauerte. Frances hatte kalte Luft reingelassen. Vielleicht sogar das Ende der Welt.

Der jüngere Mann schmiegte seine Wange an ihren Oberschenkel und blickte mit einem reuigen Schmunzeln zu ihr auf.

«Äh ... lass mich raten: Es wäre dir lieber gewesen, wenn diese Frau nicht mein Gesicht gesehen hätte.»

Anne nickte, dann zog sie ihre Beine unter ihm hervor und bedeckte ihre Blöße. «Richtig. Aber wenn uns schon jemand erwischen musste, dann wenigstens sie.»

«Eine Freundin von dir, nicht von ihm?»

Sie zuckte mit den Achseln. «Von uns beiden, aber sie wird nichts sagen. Vielleicht nicht mal zu mir.» Sie bemerkte, dass er noch immer einen Steifen hatte. Die Ausdauer der Jugend ... Wäre sie selbst jünger gewesen, sie hätte sich jetzt verpflichtet gefühlt, ihm zum Trost einen zu blasen – aber diese Tage waren längst vorbei.

«Bist du sicher, dass sie mich überhaupt gesehen hat?» Richard, der hoffte, das Date doch noch retten zu können, gab ihr einen Kuss aufs Knie. Vielleicht würde sie ihm zum Trost ja einen blasen.

Sie blickte ihn stirnrunzelnd an. Erhob sich, wandte sich ab und griff nach ihrem Morgenmantel, dem Kleidungsstück, das sie bei seinem Eintreffen angehabt hatte. Sie hatten sich vorher lange nicht gesehen und es deshalb nur bis zum Wohnzimmer geschafft. Wenn sie nach oben gegangen wären, wäre ihr Geheimnis jetzt noch sicher, überlegte Anne, aber sie fühlte sich nicht wohl dabei, im ehelichen Schlafzimmer mit ihm zu vögeln. Nicht, dass in diesem Schlafzimmer noch besonders viel gevögelt wurde, aber trotzdem.

Richard, der ihr Gesicht ansah, weil der Rest wieder bedeckt war, fragte sich zum wohl hundertsten Mal, was in dieser Frau vorging. Sie verwirrte und verunsicherte ihn; er fühlte sich unglaublich zu ihr hingezogen, obwohl ihm klar war, dass das, was sie machten, totaler Karma-Selbstmord war. Die einzige Frau, die davon wusste – eine gute Bekannte, mit der er früher auf dem College mal zusammen gewesen war, die dann aber eine gute Freundin wurde –, verlor zum ersten Mal seit Jahren die Geduld mit ihm, als er es ihr erzählte.

«Sie hat Kinder?» Richard konnte ihren angewiderten Gesichtsausdruck jetzt noch vor sich sehen.

Er hatte versucht, es mit einem Lacher abzutun. «Sie soll ihre Kinder ja nicht verlassen. Ist doch bloß eine Affäre.»

Aber die Freundin wusste es besser und war nicht besänftigt. «So was kann nur schiefgehen, du wirst sehen, das endet in einer Katastrophe. Wie kann man bloß so egoistisch sein? Wegen Sex! Du bist doch keine siebzehn mehr, verdammt noch mal! Kannst du deinen Schwanz nicht in der Hose behalten?»

Richard blickte Annes entschwindendem Rücken nach. Sie schlang beim Gehen ihr langes braunes Haar zu einem Knoten, ganz ohne Haarband, nur mit Hilfe einer Strähne. Er war hingerissen, wenn er solche Details beobachtete, es war wie Magie. Er war vom ersten Moment an verrückt nach ihr gewesen und zwar auf die fiebrige Art eines Teenagers, der schon einen Steifen bekommt, wenn er sich nur in der Nähe eines Mädchens aufhält. Er hatte geglaubt, das alles längst hinter sich gelassen zu haben. Er war ein erwachsener Mann, er hatte einen guten Job, bezahlte Steuern. Er hatte drei Jahre mit einer Frau zusammengelebt, hatte Tampons für sie besorgt, hatte sich, wenn sie für eine längere Sitzung auf dem Klo hockte, durch die Badezimmertür mit ihr unterhalten, hatte tagaus, tagein gesehen, wie sie sich an- und wieder auskleidete. Der nächste Schritt, die Heirat, war immer näher gerückt, und seine Mutter lag ihm ohnehin mit Enkelkindern in den Ohren. Doch dann endete die Beziehung irgendwie, fast wie nebenbei, als hätten sie bei einem Stafettenlauf die Übergabe verpasst und sich schon zu weit voneinander entfernt gehabt, um noch mal umzudrehen. Die Gleichgültigkeit, die er empfand, als sie auszog, war ihm fast peinlich gewesen.

Und dann war er Anne begegnet, in einem Laden für Künstlerbedarf. Sie hatten beide den letzten Bogen eines handgeschöpften Zeichenpapiers kaufen wollen, beide boten an, zu verzichten und es dem anderen zu überlassen. Aber er bestand darauf, dass sie es nahm, und hinterher standen sie noch eine Weile vor dem Laden und unterhielten sich über Kunst ... Und als sie ihn anlächelte, wurde er steif. Er konnte gut mit Frauen, er war attraktiv, besaß Kunstsinn und wirkte immer ein wenig zurückhaltend – und er wurde selten abgewiesen. Aber als er sie um ihre Telefonnummer bat, wurde sie rot, lachte verlegen und lehnte ab. Sie sei verheiratet, habe Kinder, ja, sie zog ihn sogar ein wenig damit auf, dass er mit einer Frau anbandeln wolle, die alt genug sei, um seine Mutter zu sein ... Aber das stimmte gar nicht, es lagen nicht mal zehn Jahre zwischen ihnen. Er ließ sich nicht abwimmeln, blieb erstaunlich hartnäckig. Und dann drehte er plötzlich völlig ab und sprach aus, was er empfand: Er wolle mit ihr schlafen, wolle sie wahnsinnig machen vor Lust, sie sei die schönste Frau, der er je begegnet war, seine Wohnung läge nur vier Blocks von hier entfernt, und es müsse ja keiner erfahren. *Niemand wird es je erfahren, Anne, komm mit, ich will meine Finger in deinem Haar vergraben und dich lieben, bis du zuckend nach Luft ringst.*

Und Anne, die sich so an ihre Traurigkeit gewöhnt hatte, dass es ihr gar nicht mehr einfiel, über den jeweiligen Tag hinauszudenken, sagte ja. Sie betrat sein kleines Apartment, und es war, als würde sie sich durch einen Schrank voll Pelzmäntel kämpfen und in Narnia herauskommen. Sie ließ sich selbst zurück, und Richard bekam eine Anne zu sehen, die sonst keiner kannte.

Für ihn selbst war diese Affäre irgendwie irreal, eine Übergangsperiode, wie ein Kater oder die Spanne zwischen Weihnachten und Silvester. Leidenschaftlicher Sex wechselte sich ab mit langen Perioden des Stillschweigens. Mit Tagen, an denen Anne mit ihren Kindern nach Disneyland fuhr, sich mit ihrem Mann herumstritt, Mahlzeiten für die Familie zubereitete, alte Kleidung anprobierte, die ihr plötzlich wieder passte. Mit Androhungen, die Affäre zu beenden, nur um ihn Tage später doch wieder anzurufen, um ihn noch ein letztes Mal zu sehen. Für ihn wiederum bestand diese Beziehung aus intensivem Sex und Schweigen, aber natürlich fragte er sich manchmal, was wohl sonst alles geschah.

Jetzt konnte er sie in der Küche rumoren hören und begann, seine auf dem Boden verstreuten Klamotten zusammenzusuchen. Vielleicht machte Anne gerade mit ihren schönen, schlanken, geschickten Händen Kaffee. Vielleicht brach sie mit einer anmutigen Drehung des Handgelenks ein Brötchen auf und bestrich es mit Marmelade. Oder sie schnitt sich mit einem dieser schicken Keramikmesser, die sie so mochte, die Pulsadern auf. Sein Hals war auf einmal wie zugeschnürt. Er streifte hopsend die Jeans über.

Anne holte den Kaffee aus dem Schrank und fragte sich, was Richard wohl gerade machte. Anziehen, hoffentlich. Von Frances ertappt worden zu sein war ein solcher Schock, dass sie Richard jetzt nur noch loswerden wollte, so schnell wie möglich. Sie öffnete die Kaffeetüte und fluchte, als dabei der Drahtverschluss abging. Warum machten sie solche Verpackungen, an denen der Verschluss nur angeklebt war? Die alten Tüten mit dem integrierten Verschluss waren viel besser gewesen. Der angeklebte ging früher oder später ab und zwar meistens dann, wenn man es am wenigsten gebrauchen konnte, wenn man ohnehin total gestresst war. Gern kippte einem dann die Tüte entgegen, wenn man den Schrank öffnete. Landete mit der Öffnung nach unten, und dann hatte man die Schweinerei. Noch Tage später fand man überall Kaffeemehl, selbst im Wohnzimmer oder in den Fasern des Teppichbodens, wie Mohnkörner zwischen Zähnen.

Anne warf den noch dreiviertelvollen Beutel kurzerhand in den Mülleimer. *Damit wäre zumindest dieses Desaster vermieden.* Ihre Mundwinkel hoben sich ein wenig, obwohl die Lippen zusammengepresst blieben.

Richard trat von hinten an sie heran, strich über den dünnen Stoff ihres Morgenmantels, knetete besitzergreifend ihre Hüftknochen. Sie fühlte sich anders an als die jungen Frauen, mit denen er sonst zusammen war. Ihre

Hüften waren breiter, obwohl ihre Taille sehr schmal war. Und ihr Po war nicht so fest und Sportstudio-durchtrainiert wie bei den Jüngeren. Trotzdem war er total verrückt nach ihr. Träumte jede Nacht von ihr, wollte sie am liebsten hier und jetzt über die Anrichte beugen und beenden, was sie im Wohnzimmer begonnen hatten.

Anne machte sich sanft von ihm los. Sie gab Halbfettmilch in ihren Kaffee und fragte ihn stumm, mit hochgezogener Augenbraue, ob er auch einen wolle. Er schüttelte den Kopf. «Ich hab das Gefühl, dass ich jetzt besser gehen sollte.»

Anne überlegte bereits, wie sie Frances alles erklären sollte. Richard war jung und attraktiv und sexy, dieses Klischee stimmte. Aber das war es gar nicht, was sie so zu ihm hinzog, obwohl es sich damit wahrscheinlich am besten erklären ließe. Sie mochte die Art, wie er redete, seinen etwas moderneren Wortschatz, die Popkultur-Anspielungen, die sie nicht immer gleich kapierte, seine Andersartigkeit. Er wollte wissen, was sie dachte, was sie zu sagen hatte, er hielt sie für klug, schätzte ihre größere Lebenserfahrung. Hinzu kam, dass er ständig scharf auf sie war. Wenn ihr der Gesprächsstoff ausging, konnte sie sich im Sex mit ihm verlieren.

Ihr Mann Charlie liebte sie zwar, sehr sogar, aber auf eine eher brüderliche Art und Weise, mit allen Vor- und Nachteilen, die sich daraus ergaben. Er kannte alle ihre Witze und wenn sie was Neues anzog, wollte er wissen, ob es das im Angebot gegeben habe. Richard dagegen fand sie faszinierend. Charlie hielt sie für stark und tüchtig. Richard wollte sie verschlingen, wollte sich in ihr verlieren, in ihrem Körper vergraben, er schob seine Finger in sie hinein und leckte sie dann grinsend ab. Charlie machte es nichts aus zu verzichten, wenn sie nicht wollte, kein Problem, Babe, ein andermal, dann kuscheln wir eben.

«Ja, du solltest wirklich besser gehen. Ich melde mich.» Sie hielt ihre Tasse vor die Brust, er konnte die Aufschrift lesen: BESTE MOM DER WELT.

Er verschwand durch die Hintertür. Sie wendete sich ab, noch ehe er den Garten verlassen hatte.

3

Frances stellte zu ihrer Verblüffung fest, dass ihre Beine sie noch trugen. Dennoch tappte sie wie eine Schlafwandlerin die Straße entlang auf ihr Haus zu. Vögel zwitscherten irgendwo in den Bäumen, und der Gehsteig tat sich mitnichten unter ihr auf, um sie zu verschlingen. Ihr war schwach und schwindelig, als habe sie vier Jägermeister intus und Probleme mit dem Gleichgewicht.

«Hey, Frank!» Frances blickte sich erschrocken um und sah ihre Cousine Iris auf sich zulaufen. Ihr Gesicht war frisch und rosig, als käme sie vom Sport. «Ist bei der Ablieferung alles gut gegangen? Hat Wyatt sich anständig benommen?»

«Ja, natürlich.» Frances' Stimme funktionierte also auch noch. Erstaunlich. «Er war ein Engel, wie immer.» Offenbar konnte sie ein ganz normales Gespräch führen, ohne gleich herauszusprudeln, was sie soeben erlebt hatte. Eine solche Abgebrühtheit hätte sie sich gar nicht zugetraut.

«Bei dir vielleicht. Bei uns führt er sich auf wie der Spross des Satans.»

«Vielleicht hättest du dir das Spenderprofil doch ein bisschen genauer ansehen sollen.»

«Meinst du?» Iris grinste. «Vielleicht ist Nick O'Deamus ja doch nicht der eins-neunzig-große irisch-amerikanische Hottie und Geologe, der er zu sein behauptet hat?»

«Nun ... ‹Meine Hobbies umfassen das Sammeln von

Mineralien wie Feuer- und Schwefelgestein, ich schärfe regelmäßig meine Sense und befördere arme Seelen in die Hölle.› Es ist wichtig, sich das Ganze bis zum Schluss durchzulesen.»

Iris lachte. Sie war groß und blond und hatte herbe Gesichtszüge. Sie und Frances waren praktisch zusammen aufgewachsen, weil ihre Mütter Schwestern waren und nur vier Blocks voneinander entfernt an der Upper West Side von Manhattan gewohnt hatten. Als Iris und Sara, die damals noch eine junge, unbekannte Schauspielerin gewesen war und sich mit Werbespots über Wasser hielt, nach Los Angeles umzogen, ermunterten sie Frances nachzukommen, vor allem, als dann in derselben Straße ein Haus auf den Markt kam. Sie riefen sofort an und drängten Frances, zuzugreifen. Michael und sie verließen kurzerhand New York und zogen an die Westküste. Ohne es bisher bereut zu haben. Aber vielleicht war es ja heute so weit.

«Stimmt was nicht?» Iris musterte ihre Cousine besorgt.

Frances überlegte, ob sie nicht einfach damit rausplatzen und so ihre Kopfschmerzen halbieren sollte, stellte aber fest, dass sie's nicht fertigbrachte. Sie hatte keine Ahnung, warum Anne Charlie betrog, es war ihr unbegreiflich, wie sie ihre ganze Existenz, ihr Eheglück, ihre Familie aufs Spiel setzen konnte. Aber solange sie nicht mit ihr darüber gesprochen hatte, konnte sie es auch niemandem verraten. Das war nun mal die Omertà der Freundschaft.

«Ach, es ist nichts weiter, bin bloß erledigt, du kennst das ja.»

«Woran liegt das eigentlich?» Iris schlang die Arme um ihren Oberkörper. «Ich meine, dass du ständig so kaputt bist?»

Frances lächelte grimmig.

«Leg dich doch einfach noch ein bisschen aufs Ohr», schlug Iris mitfühlend vor. «Du hast ja noch Zeit, ehe du Lally abholen musst.»

«Ja, du hast recht, das sollte ich wirklich machen.» Frances umarmte ihre Cousine und ging.

Iris blickte ihr nach und fragte sich, was da im Busch sein mochte. Dann wandte sie sich mit einem inneren Achselzucken ab. Was immer es auch war, es würde beizeiten schon herauskommen. Wie immer.

Als Frances das Haus betrat, klingelte das Festnetztelefon. Die blecherne Automatenstimme verkündete: *Anruf von Anne Purr-tah ... Anruf von Anne Purr-tah ...*

«Scheiß Anne Purr-tah», murmelte Frances, plötzlich wütend, «verpiss dich.»

Als der Anrufbeantworter ansprang, war sie schon dabei, die Spülmaschine auszuräumen.

«Ich bin's, Anne, bitte lass uns reden.» *Klick.*

Geh zum Teufel, dachte Frances und stellte die Tassen mit der Öffnung nach unten in die Vitrine. *Fuck you very much! Musstest du unbedingt meine Idylle platzen lassen? Ich hab mir schließlich eingebildet, dass meine Nachbarn genauso glücklich und zufrieden sind wie ich! Dass wir's besser machen als unsere Eltern, dass wir unsere Kinder nicht traumatisieren, weil wir immer frustriert und zwiegespalten sind. Aber du musstest ja unbedingt im Wespennest rumstochern, du selbstsüchtiges Biest.*

Abermals klingelte das Telefon. Frances überlegte es sich und ging mit einem verärgerten Zungenschnalzen ran.

«Ich bin's, Anne.»

«Ja.»

«Könnten wir reden?»

«Ja. Aber du musst zu mir kommen, bin gerade beim Aufräumen.»

«Okay.»

«Okay, bis dann.» *Aber geh erst unter die Dusche und wasch dir den Saft von den Schenkeln, du Nutte.*

«Bye.» Anne hängte ein.

Frances schaltete die Kaffeemaschine an und schaute im Kühlschrank nach, ob noch genug Milch da war. Sie richtete ein paar Cookies auf einem Teller an. Sie fegte die Krümel auf dem Tisch erst zu einem Häufchen zusammen und dann auf ihre Hand und warf sie ins Spülbecken. Sie räumte die Spülmaschine fertig aus und füllte sie dann erneut mit schmutzigem Geschirr. Sie stellte Cornflakes- und Müslischachteln vom Frühstück wieder in den Vorratsschrank zurück und wischte die Anrichte sauber. Rückte die Stühle um den Tisch gerade. Schaute noch mal in den Kühlschrank, wegen der Milch. Dann ging sie aufs Klo, und als sie einen Blick in den Spiegel warf, entdeckte sie darin das Gesicht ihrer Mutter.

Anne bekam die Tasse, die Frances ihr immer gab, wenn sie vorbeischaute. Es war eine, die Anne einmal von einem Venedig-Urlaub mitgebracht hatte. Der Gondoliere mit dem roten Halstuch und die blauen und weißen Streifen wirkten so fröhlich und aufmunternd. Anne warf einen Blick auf den Keksteller. «Selbst gebacken?»

Frances nickte.

Anne nahm sich aus purer Gewohnheit eins. «War auf der Fahrt alles okay?»

Abermals nickte Frances. «Abgesehen von der Sache mit den Klorollen, natürlich.» *Ja, klar, lass uns über Klorollen reden.*

«Ja, ich hatte sie extra rausgestellt, aber sie muss vergessen haben, die Tüte mitzunehmen. Danke übrigens, dass du extra deswegen noch mal zurückgefahren bist.» *Und mich gleich dabei hast auffliegen lassen.*

«Kein Problem.» *Natürlich habe ich sie deinem Kind noch nicht in die Schule gebracht. Ich wurde ja irgendwie abgelenkt. Und außerdem hab ich noch nicht entschieden, ob ich die Kleine nicht deine Sünden ausbaden lasse.*

Stille. Noch ein Cookie.

Sie waren seit fünf Jahren befreundet, seit Iris und Sara sie bekannt gemacht hatten, und immer gut miteinander ausgekommen. Sie teilten dieselben Interessen: Haushalt und Kinder, ihre Ehe, ihre Hoffnungen und Träume, ihre Posts auf ihren Pinterest-Boards. Sie waren nicht besonders eng miteinander, sondern nur Freundinnen, weil es sich aus den Umständen ergeben hatte, weil sie Nachbarinnen waren. Weil ihre Kinder zusammen zur Schule gingen und, damit verbunden, natürlich wegen der täglichen Schulfahrten. Wenn man einander auf der Straße begegnete, blieb man kurz stehen, umarmte sich und tauschte Neuigkeiten aus. Man nahm sich vor, sich mal wieder zum Essen zu verabreden, und etwa zweimal pro Jahr klappte das in der Regel auch. Anderen gegenüber bezeichnete man sich als Freundinnen, man half einander, tat sich Gefälligkeiten. Doch wenn eine von ihnen wegzöge, würde man zwar schwören, in Kontakt zu bleiben, es aber nicht einhalten.

Aber hey, wer weiß, jetzt war man ja auf ganz neue Weise miteinander verknüpft.

Frances trank einen Schluck Kaffee. «Also, seit wann schläfst du mit einem anderen Mann?»

Anne zuckte die Achseln. «Seit sechs Monaten.» Ihre Stimme klang vollkommen sachlich, als würde man sich noch über die Klorollen unterhalten.

«Und Charlie weiß nichts davon, nehme ich an?»

«Nein.»

«Liebst du ihn?»

«Charlie?»

«Nein, den andern. Den Fremden.»

«Er heißt Richard.»

«Ist mir scheißegal, wie er heißt, Anne. Liebst du ihn?»

«Nein.»

«Nimm's mir nicht übel, aber wieso schläfst du dann mit ihm? Und setzt damit das Glück deiner Kinder aufs Spiel? Bloß wegen Sex?»

Frances' Gesicht war rot angelaufen, in ihren Augen schimmerten Tränen. Anne bemerkte es irritiert, sie ärgerte sich über diese Reaktion, über das Urteil, das Frances sich herausnahm. Obwohl sie die andere aufrichtig gernhatte, ihr absolut vertraute und sah, wie nahe ihr die Sache ging.

«Ich habe keine Ahnung.»

«Liebst du deine Kinder?»

«Mehr als alles auf der Welt.»

«Aber nicht genug, um auf das Vögeln mit diesem Mann zu verzichten? Und zu riskieren, dass es Charlie rauskriegt und am Boden zerstört ist, sich von dir scheiden lässt, einen Sorgerechtsstreit vom Zaun bricht und die Kinder zwingt, sich zwischen euch zu entscheiden?» Frances sprang auf, um sich Kaffee nachzuschenken. Am liebsten hätte sie Anne in das schöne, ruhige Gesicht geschlagen. Es war diese Gelassenheit, die sie am meisten an ihr bewunderte und um die sie sie beneidete. Wenn sie nur halb so kühl sein könnte, hatte sie schon oft gedacht, oder nur zehn Prozent ... Jetzt jedoch fragte sie sich, ob das vielleicht eine emotionale Störung war, eine milde Form von Soziopathie. Vielleicht waren Menschen für Anne nur Möbelstücke, und sie selbst unfähig, sich in andere einzufühlen.

Frances wandte sich wieder zu der Freundin um. «Wie kommt's, dass ich völlig außer mir bin und du nicht? Hast du eine Art Nervenzusammenbruch oder so? Ich dachte, ihr wärt glücklich, du und Charlie.»

«Sind wir doch.»

Frances lachte zynisch.

Da klingelte es an der Tür.

Sara Gillespie, die Ehefrau von Frances' Cousine Iris, war berühmt genug, um immer wieder auf der Straße erkannt zu werden. Nicht so berühmt, dass sie sich nicht mehr unter die Leute trauen konnte, aber erkannt wurde sie schon. Sie spielte gewöhnlich die naive Unschuld, das leicht beschränkte, aber unglaublich süße Mädchen, das immer auf den Falschen reinfiel, bis endlich, in allerletzter Minute, als sie bereits den Glauben an die Menschheit verloren hatte, ihr Ritter in schimmernder Rüstung angetrabt kam, weil er endlich geschnallt hatte, dass er ohne sie nicht leben konnte, und ihr auf Knien den ersehnten Heiratsantrag machte. In Wirklichkeit war Sara smart und intelligent und geschäftstüchtig. Sie wechselte zwischen diesen munteren Romantikkomödien, die viel Geld einbrachten und scharfen, sarkastischen Indie-Filmen, die zwar kein Geld, aber dafür Ruhm und Ehre brachten. Sie gab fast nie Interviews und erschien nur bei wohltätigen Anlässen in der Öffentlichkeit oder in Talkshows. Oder weil sie auf irgendwelche Ungerechtigkeiten aufmerksam machen wollte. Ihre sexuelle Ausrichtung war hinlänglich bekannt, aber das übersah man aus irgendeinem Grunde. Vielleicht gestand ihr die Welt ja die Freiheiten zu, die sie für sich selbst beanspruchte, hoffen konnte man es ja. Sara jedenfalls tat das alles mit einem Achselzucken ab. Als sie nun Frances' Küche betrat, schwenkte sie lachend eine Zeitschrift.

«Hier steht – ach, hallo Anne –, mir sei inzwischen klargeworden, dass ich doch nicht lesbisch bin und ich Iris wegen dieses Kerls hier verlassen will, wer immer das auch sein mag.» Sie beugte sich vor und gab Anne einen Kuss auf die Wange, dann nahm sie sich ein Cookie vom Teller. «Ich störe doch hoffentlich nicht? Ihr wirkt so ernst.»

«Ach was, gar nicht.» Anne lächelte ihr zu. «Wir haben uns nur unterhalten, weißt du.»

«Na prima. Ist aber gut, dass du da bist, ich muss nämlich was mit Frances besprechen und würde mich auch über deinen Input freuen. Ich möchte eine Geburtstags-Überraschungsparty für Iris geben und wollte wissen, was ihr von meiner Idee haltet.» Sie setzte sich auf die Tischkante, was typisch für sie war. Sara hüpfte gewöhnlich auf die Anrichte oder setzte sich im Schneidersitz auf den Fußboden oder drehte einen Stuhl herum und setzte sich rittlings darauf. Nur unter Zwang nahm sie auf einem Stuhl Platz wie ein normaler Mensch.

Frances schenkte auch ihr eine Tasse Kaffee ein. «In eurem Haus?»

«Ja, ich denke schon, was meinst du?» Sara zauste ihr kunstvoll gelocktes, kurzes blondes Haar, das einen sehr teuren Schnitt hatte und so aussah, als sei sie gerade erst den Bettlaken entschlüpft, was natürlich Absicht war. Sie nahm sich viel Zeit für ihr Äußeres, aber das gehörte schließlich zu ihrem Beruf. Es kostete eine Menge Zeit und Geld, wenn man so aussehen wollte, als wäre alles ganz natürlich.

«Wieso nicht, das wird bestimmt lustig. Was für eine Art von Party? Abends und nur die Erwachsenen? Oder nachmittags, mit Kind und Kegel?»

Sara nahm die Kaffeetasse entgegen, die Frances ihr reichte, und stibitzte sich noch ein Cookie. «Also die sind wirklich köstlich. Low Fat, nehme ich an?» Sie grinste schelmisch. Dann beantwortete sie Frances' Frage. «Ich dachte mir, es wäre doch lustig, wenn die Gäste scheinbar nur zufällig vorbeikämen, versteht ihr?» Als die beiden sie mit einem verwirrten Stirnrunzeln ansahen, beeilte sie sich zu erklären: «Stellt euch vor, Frances, Michael und die Kinder kommen zu einem einfachen Lunch rüber, und Frances bringt einen tollen, selbstgebackenen Kuchen mit. Ich hab eine Sandwichplatte gemacht und vielleicht noch einen Salat oder so. Ganz normal, nichts Besonderes.» Sie grinste. «Dann klingelt es plötzlich, und Anne, Charlie und die Kids stehen vor der Tür, und wer hätte das gedacht, sie haben auch was zum Essen mitgebracht! Ich selbst stöbere wie zufällig noch eine Platte mit Häppchen auf und vielleicht eine mit knackigem Gemüse. Plötzlich klingelt's *schon wieder* und, wow, es sind Maggie und Melanie, und sie haben Wein dabei und ... kapiert ihr? Am Ende sind auf einmal alle da, und Iris wird klar, dass das Ganze eine abgekartete Sache ist, bloß dass ich mir diesmal nicht wer weiß was einfallen lassen musste, um sie aus dem Haus zu schaffen.» Sara blickte sich höchst zufrieden um.

Frances nickte. «Hört sich toll an. Auf mich kannst du zählen.»

Anne runzelte die Stirn. «Aber dann versäumt sie ja den großen Augenblick, wenn alle plötzlich aus den Schränken springen und ‹Überraschung!› rufen.»

Sara schüttelte den Kopf. «Iris hasst diese Art von Überraschungen, ganz ehrlich. Aber wenn wir's so machen, kann ich sie überraschen, ohne dass sie gleich einen Herzanfall kriegt. Oder blöd reagiert. Es ist ja schließlich *ihr* Geburtstag.»

«Ja, allerdings», bemerkte Frances trocken. Sie musterte Anne ausdruckslos. «Nicht jeder mag Heimlichtuerei und Verschwörungen.»

«Genau!» Sara giggelte. «Und ich darf die Häppchenplatten und alles andere bei euch verstecken, ja?»

«Klar, kein Problem.»

«Ich dachte, ich bestelle eine aufblasbare Hüpfburg, damit die Kinder beschäftigt sind.»

«Gute Idee.»

«Jep. Also gut, das wäre abgemacht. Jetzt muss ich nur noch dichthalten, bis es so weit ist, was mir verflixt schwerfällt.» Sie rutschte vom Tisch herunter, nahm sich noch ein Cookie und umarmte die anderen.

«Wie kommt es, dass du so viele Cookies futtern kannst, ohne auch nur ein Gramm zuzunehmen? Ich hasse dich», sagte Anne schmunzelnd. Frances konnte die perfekte Fassade, die sie zur Schau stellte, nur bewundern. Als wäre alles ganz normal, normales Gespräch, normale Freundschaften. Frances wurde jäh von einer abgrundtiefen Erschöpfung erfasst, so wie sich eine Frau fühlte, die einen vier Wochen alten Säugling hatte.

Sara setzte eine überraschte Miene auf. «Was glaubst du? Ich kotze zu Hause natürlich alles wieder ins Klo. Macht doch jede.»

Frances lachte. «Ich nicht. Ich habe ein Geheimversteck in speziellen Hauttaschen an meinen Oberschenkeln.»

«Ach ja – so kann man's natürlich auch machen.»

Frances brachte Sara zur Tür und schaute ihr nach. Die andere hüpfte den Weg entlang zu ihrem Haus zurück. Kein Wunder, dass sie schlank blieb – ihr ganzes Leben war im Grunde ein kleiner Workout.

Frances schob einen Keil unter die Haustür und ließ sie einen Spalt offen, damit frische Luft reinkam, dann kehrte sie in die Küche zurück.

4

Iris hatte Frances, nachdem sie sich verabschiedet hatten, einen Moment lang nachgeblickt, dann wandte sie sich ab und hielt nach Sara Ausschau. Nichts, keine Spur von ihrer Lebensgefährtin. Iris kehrte ins Haus zurück und fragte sich stirnrunzelnd, wo sie blieb. Sara war heute ein wenig früher gegangen, irgendein Voiceover, eine Nach-Synchronisierungsarbeit, aber zum Brunch wollte sie wieder da sein. Iris war, nachdem Frances Wyatt abgeholt hatte, kurz ins Fitnessstudio gefahren und hatte dann die guten Zimtrollen von Acme besorgt, die Sara so liebte.

Nun, wie auch immer. Iris hatte sich inzwischen an Saras Unzuverlässigkeit gewöhnt, halbwegs jedenfalls. Sie selbst hatte um zwölf ein Meeting, aber bis dahin war noch Zeit. Eigentlich machte sie die Arbeit sowieso nur noch halbherzig, notwendig war sie nicht. Mit diesen Meetings wollte sie sich und anderen beweisen, dass sie noch konnte, wenn sie wollte. Dass die Leute kamen, wenn sie rief, dass sie keineswegs ganz in der Versenkung verschwunden war.

«Hey, Rosco.» Der kleine Hund war außer sich vor Freude, sie zu sehen, sein Schwanz wedelte so heftig, dass man ihm mit bloßem Auge nicht mehr folgen konnte. Sie beugte sich zu ihm hinab und kraulte ihm die Ohren, tätschelte sein seidiges Köpfchen. Er war eine eigenartige Promenadenmischung aus nicht zueinanderpassenden Teilen: ein zu kleiner, fuchsähnlicher Kopf, dazu ein langer, wurstförmiger Körper wie bei einem Dackel, Beine wie ein Terrier und ein Schwanz wie ein Golden Retriever. Gut sah das nicht aus und süß leider auch nicht, eher wie ein Produkt aus dem Insellabor von Doktor Moreau. Aber als Iris ihn unter den anderen Vierbeinern im Tierheim entdeckte, wusste sie sofort, dass er genau der Richtige war. Er sah irgendwie immer ein wenig verlegen aus, als wisse er, dass sein Äußeres nicht mit seinem Inneren übereinstimmte, und Iris konnte ihm das sehr gut nachfühlen. Ihr ging's nicht anders.

Sie lauschte – war das Saras Auto? Aber es bog nicht in ihre Auffahrt ein. Mit Rosco an den Fersen betrat sie achselzuckend die Küche. Zuerst Kaffee, dann die Spülmaschine, dann die Wäsche. Das Eins-zwei-drei eines jeden Morgens. Wie bei den meisten anderen lesbischen Pärchen, die sie kannte, gab es auch bei ihnen eine ausgewogene Arbeitsteilung. Zumindest theoretisch. In der Praxis sah das leider ganz anders aus. Wenn Sara beruflich eingespannt war, übernahm Iris zusätzlich ihren Anteil, doch wenn Sara wiederum zwischen ihren Engagements Zeit hatte, wurde dieser Gefallen nie erwidert. Es war Saras Aufgabe, die Spülmaschine einzuräumen, Iris räumte sie dann wieder aus. Sara besorgte die Wäsche, Iris legte sie hinterher weg. Eine gute Aufteilung, nur leider schien sie kaum mehr zu funktionieren.

Iris mochte es, wenn im Haus alles sauber und ordentlich war. Effizient machte sie sich an die Arbeit: ausräumen, einräumen, Oberflächen sauber wischen, noch mal umsehen, ob man etwas übersehen hat, eine Tasse, einen Teller oder Besteck, rein mit dem Spülmittel, Klappe zu, auf den Knopf gedrückt. Dann stand sie da und trank ihren lauwarm gewordenen Kaffee, den Blick ins Leere gerichtet.

Im Haus war es vollkommen still, nur oben im ersten Stock tickte eine Uhr die Sekunden ab. Wahrscheinlich wirkte sie von außen betrachtet ruhig und entspannt, aber in ihrem Inneren tobte ein Aufruhr. Der Wunsch nach einem zweiten Kind wurde bei ihr langsam, aber sicher übermächtig. Doch Sara wollte nicht. Sie hatte nur mit den Schultern gezuckt und gemeint, ihr Leben sei doch gerade super, wieso etwas reparieren, was gar nicht kaputt ist, und damit war das Thema erst mal erledigt. Warum sie, Iris, nicht weiter darauf beharrt hatte, wusste sie selbst nicht genau. Es war einfach so.

Iris spülte ihre Kaffeetasse kurz unter dem Wasserhahn aus, dann riss sie die Spülmaschine noch einmal auf und unterbrach den Waschvorgang, um sie reinzustellen. Sie hielt den Atem an und wendete das Gesicht ab, um die aufsteigenden Dämpfe, den Geruch nach abgestandenem Essen und Spülmittel nicht einatmen zu müssen, und fand tastend einen Platz für die Tasse.

Sie konnte nicht aufhören, an ein Baby zu denken. Sara dagegen war froh darüber, dass sich Wyatt mittlerweile in einem etwas pflegeleichteren Alter befand und ihnen wieder ein wenig mehr Zeit ließ. *Endlich wieder nachts durchschlafen*, pflegte sie zu sagen oder: *Ach, ist es nicht toll, dass wir einen Babysitter für Wyatt bestellen und endlich wieder ausgehen können?* Iris nickte dann immer, weil es ja stimmte, das war nett, und sie wusste es auch zu schätzen. Trotzdem wünschte sie sich mit einer Sehnsucht, die ihr schier das Herz zerriss, ein zweites Kind. Und je mehr sie den Wunsch zu unterdrücken versuchte, desto stärker wurde er.

Sie weinte jedes Mal, wenn sie ihre Periode bekam. Dann kramte sie gewöhnlich die Babysachen heraus, die sie doch nicht alle verschenkt hatte, wie Sara glaubte. Eine gute Freundin, deren Mann sich einfach nicht zu einem dritten Kind hatte durchringen können, war «versehentlich» schwanger geworden. Iris grämte sich sehr, dass ihr so eine Möglichkeit nicht offenstand. Mit Wyatt schwanger zu werden war ein irrer Aufwand gewesen, mit wochenlangen Vorbereitungen, Anwälten für sämtliche Parteien, Thermometern und Arztterminen. Sie selbst war einer Hausgeburt gegenüber nicht abgeneigt gewesen, aber Sara brauchte die Sicherheit, die ein Krankenhaus bot. Sara war von der Idee, ein Kind zu bekommen, von Anfang an begeistert gewesen und außer sich vor Freude, als Iris endlich schwanger wurde. Begeistert hatte sie im Studio und im Kollegenkreis Iris' Ultraschallaufnahmen herumgezeigt und sich generell an dem ganzen Drumherum einer Schwangerschaft und den Vorbereitungen auf den Familienzuwachs gefreut. Doch jetzt, wo es erledigt war, war sie genauso glücklich und zufrieden. Ob Sara wusste, wie sehr Iris sich nach einem zweiten Kind sehnte, hätte diese nicht sagen können. Anmerken konnte man es ihr jedenfalls nicht.

«Rosco, was glaubst du, wird Wyatt irgendwann lernen, seine Sachen auch mal selbst aufzuräumen?» Rosco antwortete nicht, wedelte aber hilfsbereit mit dem Schwanz. Iris saß in Wyatts Zimmer auf dem Fußboden und warf die herumliegenden Spielsachen in die unterschiedlichen Kisten und Körbe, die an den Wänden standen. Sara hatte eigens einen Innendekorateur für die Ausstattung und Einrichtung von Wyatts Kinderzimmer engagiert, der Raum wirkte wie aus einem Kindermöbel-Katalog und besaß obendrein diese gewisse Hipness, die Sara so liebte.

Iris selbst war in einem chaotischen Haushalt groß geworden, mit drei Geschwistern und einer berufstätigen, ständig überforderten Mutter und einem zwar charmanten, aber nichtsnutzigen Ehemann. Iris hatte als Kind die meiste Zeit bei Frances verbracht, weil es dort mit nur zwei Kindern viel ruhiger zuging. Doch dann war Frances' Bruder mit vierzehn urplötzlich an einer rätselhaften Grippeerkrankung verstorben, die ihn achtundvierzig Stunden, nachdem er gesagt hatte, «Mom, ich hab plötzlich so Kopfweh», hinwegraffte. Danach war es umgekehrt, und Frances kam meistens zu ihnen, denn bei ihr zu Hause war es jetzt totenstill. Die Eltern waren wie gelähmt vor Kummer über den Verlust des Sohnes.

Iris beneidete ihren Sohn um sein schönes großes Zimmer und um all die Spielsachen und die bunten Möbel, Teppiche und Tapeten, die witzige Bettwäsche. Gleichzeitig wünschte sie ihm natürlich alles Glück der Welt und wollte, dass er in der schönsten Umgebung aufwuchs, die es für Geld und für Liebe zu haben gab.

Wo zum Teufel blieb Sara?

Als Sara Frances' Haus verließ, war ihr durchaus bewusst, dass sie die beiden Frauen bei irgendetwas unterbrochen hatte, aber da es nichts mit ihr zu tun hatte, tat sie es mit einem Achselzucken ab. Stattdessen schlich sie in den Garten ihres Hauses, um Iris zu überraschen. Sie ging rasch hinter dem nächstbesten Gebüsch in Deckung, als sie ihre Lebensgefährtin in der Küche stehen und gedankenverloren nach draußen blicken sah. Wie sehr sie diese Frau liebte! Selbst nach zwanzig Jahren freute sie sich jedes Mal sie wiederzusehen. Iris' Glück war ihr das Allerwichtigste im Leben und auch, ihr zu zeigen, wie sehr sie geschätzt und geliebt wurde.

Als sie wie ein Dieb oder wie ein junges Reh durch die Zweige zum Haus spähte, stellte sie zu ihrer Überraschung fest, dass Iris irgendwie melancholisch, ja sogar traurig wirkte. Die Art, wie sie ihre Tasse hielt und in die Ferne starrte ... Was wohl in ihr vorging? Wer konnte das schon sagen. Vielleicht überlegte sie, wieder arbeiten zu gehen? Sie wirkte in letzter Zeit oft abwesend, und Sara fürchtete, dass sie möglicherweise plante, ihre Karriere wieder aufzunehmen. Iris war eine sehr erfolgreiche Literaturagentin gewesen und hatte in einer der renommiertesten Talentschmieden der Stadt gearbeitet, wo erfolgreiche, hochkarätige Schriftsteller und Autoren unter Vertrag standen und man sich regelmäßig in den besten Restaurants traf, um Besprechungen abzuhalten oder neue Verträge zu feiern.

Als Sara auf die Idee kam, eine Familie zu gründen, war sie zunächst sicher gewesen, dass Iris ablehnen würde, aber diese war, ganz im Gegenteil, sofort davon angetan. Jetzt, wo Wyatt zur Schule ging, übernahm Iris gelegentlich wieder das eine oder andere Projekt, aber vielleicht wollte sie ja ganz in ihren alten Beruf zurückkehren. Ein Kind großzuziehen war eine eher undankbare Aufgabe, und Sara war nicht sicher, ob es Iris wirklich Spaß machte. Sie selbst jedenfalls besaß weniger Mutterinstinkte, als sie gedacht hatte, aber hey, das Leben steckt nun mal voller Überraschungen. Sie überlegte kurz, wie sie zu einer möglichen Rückkehr von Iris ins Berufsleben stünde, und stellte zu ihrer Überraschung fest, dass es ihr einen Stich versetzte: Sie fand es wunderbar, wenn ihre kleine Familie sie auf Reisen begleitete, zu Dreharbeiten auf der ganzen Welt. Sie wusste zwar, wie wichtig ein regelmäßiger Schulbesuch für Wyatt war und dass sie ihn auf Dauer nicht mehr so einfach mitnehmen konnten, aber sie liebte nun mal das freie Nomadenleben, das Unkonventionelle, das Künstlerisch-Chaotische. Wenn Iris wieder arbeiten ging, wäre es damit wohl vorbei.

Mist, Iris war verschwunden. Sara schlich auf Katzenpfoten hinter ihr her, durch Garten und Küche. Sie fand sie oben in Wyatts Zimmer, wo sie sich mit Rosco unterhielt, der ihr dummerweise die Überraschung verdarb, weil er sich sogleich zu Sara umdrehte und mit dem Schwanz wedelte. Iris blickte überrascht auf.

«Da bist du ja! Ich dachte schon, du hättest mich sitzengelassen.»

Sara beugte sich vor und gab ihrer Frau einen Kuss aufs Haar. «Hm, du riechst gut. Rosco hilft dir wohl beim Aufräumen, was?» Rosco blickte grinsend zu ihr auf und klopfte mit dem Schwanz auf den Teppich.

«Von wegen! Rosco holt die Spielsachen fast schneller wieder aus den Kisten, als ich sie reintun kann. Er ist vollkommen nutzlos.»

Iris stand auf, und Sara zog sie an sich. «Sollen wir zum Brunch ausgehen?»

Iris schüttelte den Kopf. «Ich habe Zimtrollen besorgt.»

«Von Acme?», erkundigte sich Sara hoffnungsvoll. Iris nickte, und Sara drückte sie dankbar. «Hinterlistiges Weib! Bald beginnt die Zeit, in der die ganzen Pilot-Filme gedreht werden, und dann sehe ich aus wie die pummelige Freundin der Hauptdarstellerin.»

«Na, immer noch besser als die verbitterte alleinstehende Freundin. Das würde überhaupt nicht zu dir passen.»

Iris trat in den Flur hinaus, und Sara blickte ihr lachend hinterher. Wie gern sie ihre Lebensgefährtin ansah, ihren hochgewachsenen, kräftigen, kurvenreichen Körper! Vielleicht schaffte sie es ja, sie zu überreden, mit ihr ins Bett zu gehen, der Junge war zum Glück noch in der Schule. Als Wyatt klein gewesen war, hatten sie oft monatelang, *monatelang* nicht miteinander geschlafen. Jetzt hatten sie wieder jede Menge Zeit und auch Lust dazu. Aber die Chance war vorbei, Iris befand sich bereits auf dem Weg nach unten, und ihre Bewegungen verrieten Sara, dass sie mit den Gedanken woanders war. Bemerkenswert, wie viel sich bereits aus einer kleinen Geste oder Bewegung über die Verfassung eines Menschen herausfinden ließ, zum Beispiel aus der Art, wie jemand beim Heimkommen die Tasche abstellt, wie er die Haustür ins Schloss fallen lässt oder sogar, wie lange es dauert, bis er oder sie das Haus betritt, nachdem das Piepen des sich verriegelnden Autos ertönt war. Man wird zum Anthropologen, man erforscht einen Ein-Personen-Stamm. Und wenn man Kinder bekommt, studiert man auch die, aber das ist gar nicht so einfach, denn die kleinen Biester studieren einen ebenso, und sie verändern sich und machen irritierende Fortschritte (und genauso irritierende Rückschritte), bis man am Ende nicht mehr weiß, woran man ist. Sicher lag es auch daran, dass sie Schauspielerin war und die Beobachtung von Menschen zu ihrem Beruf gehörte. Winzige Nuancen, Emotionen, eine kleine, von der Kamera kaum erfasste Geste, macht den Unterschied zwischen einer aufgesetzten Darstellung und dem echten Einfühlen in den jeweiligen Charakter.

Sara senkte den Blick. Rosco saß vor ihr und schaute unsicher zu ihr auf. Er wollte Iris folgen, fand es aber wohl unhöflich, Sara einfach so stehen zu lassen. Er wedelte sanft mit dem Schwanz. Sie grinste. «Entschuldige, Kleiner, bin ein bisschen abgedriftet.» Dann ging sie nach unten, um zu sehen, was Iris machte.

5

In Frances' Küche trat nach Saras Verschwinden erst einmal eine längere Stille ein.

«Sind das die Rollen?», fragte Anne schließlich und deutete auf die Tüte, in der sich ganz offensichtlich besagte Bastelutensilien befanden. *Nein*, dachte Frances, *das sind die Thermonuklearbomben, die ich im Larchmont Boulevard hochgehen lassen will, unserer bescheidenen kleinen Shoppingmeile.*

«Ja. Kate hatte Angst, bei den coolen Kids untendurch zu sein, wenn sie keine dabeihat.» Frances warf einen Blick auf ihre Uhr und stellte zu ihrer Überraschung fest, dass es noch nicht einmal zehn war. Wie konnte in so kurzer Zeit so viel zerstört worden sein?

«Denkst du, dass es jetzt zu spät dafür ist?» Anne erhob sich, spülte ihre Tasse unter dem Wasserhahn aus und ergriff die Tüte.

«Um sie ihr vorbeizubringen?» Frances schüttelte den Kopf. «Nein, es gibt sowieso erst Stuhlkreis, dann irgendwelche sinnlosen Arbeitsblätter, dann Lunch. Das Basteln kommt, glaube ich, erst nachmittags.» Sie pickte mit ihrem Daumen Kekskrümel auf und leckte ihn ab.

«Na gut, dann bringe ich ihr die Tüte kurz vorbei», sagte Anne achselzuckend.

«Dein Liebhaber hat sich wohl vom Acker gemacht?»

«Ja.»

«Tut mir leid, dass ich euch die Stimmung versaut habe»,

bemerkte Frances in einen Tonfall, der keinen Zweifel daran ließ, dass es ihr vollkommen egal war, was sie versaut hatte und was nicht. Sie erhob sich und stellte ebenfalls ihre Tasse in die Spüle.

Anne machte sich auf den Weg zur Haustür. «Kein Problem, der kommt wieder. Oder auch nicht, wer weiß.»

Frances folgte ihr. «Wie kannst du so gleichgültig sein? Du weißt, dass du irgendwann auffliegen wirst, oder?»

Anne blieb stehen und musterte ihre Freundin. «Willst du es Charlie sagen?»

«Er ist nicht mein Mann», antwortete Frances achselzuckend.

«Und erzählst du es Michael?»

«Ja, natürlich. Er *ist* schließlich mein Mann.»

«Ob er es Charlie sagt, was meinst du?»

«Anne, ich hab keine Ahnung. Du bist selbst seit gut vierzig Jahren auf dieser Welt. Du liest Bücher. Du schaust Nachrichten. Du solltest wissen, dass so was früher oder später rauskommt. Es kommt irgendwann *immer* raus, Anne. Aber das ist dir ja scheinbar scheißegal.»

Anne, die bereits die Tür geöffnet hatte, hielt für einen Augenblick inne. «Egal ist es mir nicht, ich weiß auch nicht ... Ich habe das Gefühl, nicht mehr ich selbst zu sein. Vielleicht hab ich ja tatsächlich den Verstand verloren. Nein, mehr noch, vielleicht bin ich ja wirklich verrückt. Ich empfinde überhaupt nichts mehr, es ist alles weiß, wie ein blankes weißes Tischtuch. Und das Schlimmste ist, dass mir sogar das egal ist. Im Gegenteil, es ist mir lieber, gar nichts mehr zu empfinden. Ich vermisse das Gefühlskarussell überhaupt nicht.» Sie blickte Frances mit kühlen, tränenlosen Augen an. «Das Einzige, was ich noch empfinden kann, ist Lust, sexuelle Lust. Ich bin geil, wenn du so willst. In den letzten sechs Monaten war das das Einzige.»

Frances' Erwiderung war scharf. «Geilheit ist kein Gefühl, Anne, das ist ein hormoneller Zustand von jungen Leuten, und aus dem Alter bist du ja längst raus. Eine Depression ist ebenfalls keine Emotion, und es gibt wirkungsvollere Mittel dagegen, als sich mit einem Collegestudenten im Bett zu wälzen. Versuch's lieber mal mit einer Therapie. Oder mit Medikamenten.»

«Er ist kein Collegestudent. Er ist Lehrer am Art College.»

«Ist mir scheißegal, was er ist, Anne. Er und ich werden sowieso nie Freunde.»

Eine Nachbarin, die ihren kleinen Hund spazieren führte, hörte die lauten Stimmen und blickte zu ihnen her. Anne und Frances nickten ihr grüßend zu, und die Nachbarin grüßte zurück. Dann hob ihr Hündchen das Bein und pinkelte auf Frances' Rasen. Der Hundebesitzerin war das sichtlich peinlich. Sie verdrehte die Augen, als wolle sie sagen: *Verzeihung, dass mein Hund auf Ihren Rasen pinkelt, aber ich kann ihn ja schlecht wegzerren und eine Pissespur auf dem Gehsteig hinterlassen, oder?* Die beiden Frauen an der Tür lächelten mitfühlend und warteten.

Als die Frau fort war, wandte sich Anne plötzlich mit einem Seufzer ab und ging ebenfalls. Frances trat wieder ins Haus und machte die Tür hinter sich zu. Zurück an die Arbeit, weitergehen, Leute, hier gibt's nichts zu sehen.

Im Haus schräg gegenüber blickte Bill Horton beim Klang der zufallenden Tür von seiner Arbeit auf. Anne Porter verließ gerade mit einer Tüte in der Hand Frances Blooms Haus. Er beobachtete sie, ihren anmutigen Gang, ihre schlanke Figur, die sogar in der schlichten Jeans und dem weiten Pulli, den sie trug, gut zur Geltung kam. Sie gehörte zu den Frauen, die man gar nicht übersehen konnte, egal unter welchen Umständen, und die er insgeheim «anziehend» nannte. Ein altmodisches Wort, das von seinem Vater hätte stammen können, es aber hervorragend traf. Alle Frauen konnten attraktiv sein, wenn sie wollten, viele waren sexy, noch mehr waren intelligent, liebenswert und witzig. Aber nur einige wenige waren wie Anne, distanziert, unerreichbar. Anziehend eben. Er zuckte mit den Achseln.

Jetzt stieg sie in ihren Wagen, die Hand noch oben an der Kante der Autotür. Ihr schlankes Handgelenk drehte sich beim Hineinsetzen und verschwand dann als Letztes. Bill stellte sich unwillkürlich vor, wie dieses schlanke Handgelenk auf einem Kissen lag, während er in sie eindrang. Ihr Wagen fuhr davon und mit ihm seine Phantasievorstellung. Er lehnte sich in seinen Sessel zurück und lachte kopfschüttelnd über sich selbst. Er war über vierzig und lebte derzeit getrennt von seiner Frau, und er hatte seit fast einem Jahr keinen Sex mehr gehabt. Manchmal regte sich eben der pubertierende Knabe, der scheinbar noch immer in seinem Schwanz lebte. Dabei mochte er Anne nicht einmal sonderlich, ihre Schönheit und Eleganz hatten etwas Überhebliches, aber man musste eine Frau nicht unbedingt mögen, um sich ausmalen zu können, wie man sie fickt. Wenn es die Evolution nicht so geregelt hätte, wäre die Menschheitsgeschichte wahrscheinlich anders verlaufen.

Das Telefon klingelte, und er wusste sofort, dass es seine

Frau Julie war. Sie waren momentan zwar getrennt, aber für ihn war es nur eine körperliche Trennung.

«Hallo, du.» Ihre Stimme war so bezaubernd wie immer; gut möglich, dass es diese Stimme war, die ihm am allermeisten fehlte. Er hörte sie noch ebenso gern wie zu Anfang: Wenn sie mit ihm redete, oder mit dem Gemüsehändler, mit ihrem Sohn, ja selbst mit ihrem Anwalt. Eine tiefe, melodiöse Stimme, in der immer ein Lachen versteckt lag, und sie war das Erste gewesen, das ihn zu Julie hinzog. Er hatte sie hinter einem Regal in der Bücherei mit jemandem reden hören und war um das Regal herumgegangen, um zu sehen, wie die Frau, die solch eine Stimme besaß, aussah. Hinterher hatte er sich in der Fachbuchabteilung für Buchführung herumgedrückt, nur damit sie ihn wahrnahm. Was sie irgendwann auch tat.

«Hallo», antwortete er, immer noch verliebt, ein Dutzend Jahre später.

«Wie lief es heute?»

Bill musste erst mal überlegen, er runzelte die Stirn. «Gut. Frances hat alle zur Schule gefahren. Ich arbeite gerade an einem Vierundzwanzig-Sekunden-Jingle für eine tanzende ... Moment mal ...» – er suchte nach einem Blatt Papier – «ja, für eine tanzende Tasche.»

«Wie – von Gucci?»

«Nein, äh ... eine Quarktasche.»

Seine Frau lachte laut auf und musste husten. «Für eine *Quarktasche*? Ist es wenigstens eine fröhliche Quarktasche, die sich über ihre Füllung freut, oder ist es eine, die einsam und betrunken in der Schnapsabteilung herumtorkelt?»

«Ist der Husten wieder schlimmer geworden?»

«Nein. Erzähl mir von der Quarktasche.»

Bill seufzte. Sie gab nie etwas preis, wenn sie nicht wollte. So war sie eben. Seine Frau war in gewisser Hinsicht wie eine Katze. Schön. Geheimnisvoll. Gern allein. Und ohne jedes Interesse daran, es andern recht zu machen, wenn sie selbst keine Lust dazu hatte. Nicht gemein, überhaupt nicht, sondern eher jemand, der das auch nicht von andern erwartete. Er wurde ein wenig ärgerlich, unterdrückte es aber. Sie hatten heftig und lange gestritten, und jetzt war jeder bemüht, den Frieden zu wahren. Er wollte ganz bestimmt nicht derjenige sein, der den ersten Stein warf.

«Ich habe von der Agentur keine Backstory für die Quarktasche bekommen. Es hieß nur: Die Melodie soll vierundzwanzig Sekunden lang sein, irgendwas Munteres, Positives, im Polkarhythmus.»

Julie schnaubte. «Na hör mal, das ist doch eine ganze Menge. Die Quarktasche liebt Polkamusik. Die Quarktasche ist glücklich und voller positiver Energie.»

«Umso schlimmer, wo sie doch in Kürze gegessen wird.»

«Die doch nicht. Die hat man aus der anonymen Masse herausgepflückt, damit sie der Star in einer TV-Werbung wird.»

Eine Pause trat ein. Er hörte, wie sie einen Schluck Wasser trank. «Ist der Husten wirklich besser?»

«Ich hab nicht gesagt, dass es besser geworden ist, aber schlimmer auch nicht. Mach dir keine Sorgen wegen des Hustens, ja? Erzähl mir lieber von Lucas. Was hat er heute früh gesagt?»

«Er hat noch mal erwähnt, dass er sich eine Katze wünscht.»

«War das alles?»

«Nein, er sagte auch, dass er keine Cheerios mehr mag und dass er das einzige Paar Schuhe, das ich finden kann, nicht mehr anziehen will. Und als ich wie ein Blöder herumlief, um ein anderes Paar aufzutreiben, fing er wieder mit der Katze an.»

Er hörte sie lächeln. «Und – soll er eine bekommen?»

«Vielleicht. Vielleicht, wenn du wieder heimkommst.»

Pause. «Oder wenn nicht.»

«Du kommst sicher wieder.»

«Na gut.» Bill hörte Stimmen im Hintergrund. «Ach, Adelaide kommt gerade. Ich muss gehen.»

«Viel los?»

Sie seufzte. «Immer dasselbe.»

«Wirst du heute Abend mit ihm skypen können? Lucas hat sich so gefreut, dass du ihm gestern eine Gutenachtgeschichte vorgelesen hast.»

«Weiß noch nicht. Ich schicke dir eine SMS, ja?»

«Ich liebe dich.»

«Ich liebe dich noch mehr.»

«Aber ich liebe dich am allermeisten.»

Abermals hörte er sie lächeln, dann legte sie auf.

Lucas und Lally waren, als Frances sie vom Kindergarten abholte, so aufgedreht, als ob man sie an eine Zuckerinfusion angeschlossen hätte. Unwahrscheinlich zwar, aber empirisch angezeigt. Die beiden lachten sich kaputt, und Frances fürchtete, sie könnten sich jeden Moment übergeben. Sie beobachtete sie zweifelnd im Rückspiegel. Sollte sie sie gewähren lassen, es waren ja schließlich Kinder? Oder sicherheitshalber zu beruhigen versuchen, ehe sie implodierten? Worüber sie sich derart ausschütteten, war unklar, aber es war offenbar wahnsinnig komisch. Auch amüsierten sie sich über die gigantischen Mengen von Toilettenpapier und Küchenrollen, die im Fußraum vor den Sitzen lagen. Mama hatte mal wieder auf Vorrat eingekauft.

Als Frances zu Hause ankam, waren die Kinder, wie konnte es anders sein, käsig vor Müdigkeit und heillos zerstritten. Nur eine sofortige Dosis *Blue's Clues – Blau und schlau* auf Netflix (die alten Folgen mit Steve) und eine Tüte Goldfisch-Cracker konnten Schlimmeres verhindern. Frances hörte bei der Zubereitung des Mittagessens Steve zu und beantwortete im Geiste seine Fragen. Sie wünschte, auch sie hätte ein Handy-Dandy-Notebook. Mittlerweile fühlte sie sich in dieser Welt, der Welt der Vorschul- und Kindergartenkinder, ganz zu Hause. Sie hatte bereits zwei Kinder in diesem Alter mitgemacht und gelernt, dass Widerstand zwecklos war. Nun überwand sie in Ninja-Mom-Manier alles, was Lally ihr zwischen die Beine werfen konnte.

Als Mutter einer Vierzehnjährigen, eines Zehnjährigen und einer Vierjährigen hatte Frances endlich einen Vergleich gefunden, mit dem sie ihre persönlichen Erfahrungen am besten veranschaulichen konnte: Kinder großzuziehen ist wie Krieg führen. Natürlich nicht auf die dramatische Art, bei der Millionen sterben, sondern jene Art, bei der man sich verzweifelt darum bemüht, den Frieden zu wahren. Mit Babys und Kleinkindern war es der nackte Grabenkampf. Es machte einen physisch und psychisch vollkommen fertig, Dreck und Exkremente und ohrenbetäubendes Geschrei flogen einem um die Ohren, und die eigene Kleidung ging dabei drauf. Man aß, wann man konnte, schlief, wann immer man ein paar Minuten Ruhe hatte, und musste jederzeit damit rechnen, vom Feind gestört zu werden.

Mit Grundschulkindern dagegen war es eher wie bei einem Feldzug, wo man verschiedene Schlachten schlagen muss: Die Kämpfe beim Arzt, wenn Schutzimpfungen anstehen, oder die tägliche Schlacht um die Erledigung der Hausaufgaben oder das Trösten des desillusionierten Sprösslings, der erkennt, dass er doch kein Pokémon-Trainer werden kann, wenn er mal groß ist – und das Ganze durchsetzt von öden Alltagsperioden, in denen sich immer dasselbe wiederholte. Regelmäßig kommt es auf beiden Seiten zu vielversprechenden Durchbrüchen, doch schon zwei Minuten später schlägt eine Granate ein, und alles fliegt in die Luft.

Die größte Veränderung setzte jedoch mit den Hormonen ein. Dann wurde das Ganze zu einem erbitterten Guerillakrieg mit einem unsichtbaren, heimtückischen Gegner. Oberflächlich mochte alles ruhig erscheinen, aber von einer Sekunde auf die andere konnte man auf eine Tretmine steigen und bekam die Beine weggerissen. Oder eine Scharfschützenkugel in den Hinterkopf. Man durfte sich nie in Sicherheit wiegen, ging ständig auf Zehenspitzen und versuchte, andere Kids nach Infos über den Gegner auszuhorchen.

Frances füllte seufzend drei Schüsseln mit Käsemakkaroni und setzte sich zu Lucas und Lally aufs Sofa. Während sie Steve, dem Moderator, bei seinen Hampeleien zusah, dachte sie wieder einmal darüber nach, wie es möglich war, dass Mr Salz und Mrs Pfeffer etwas so Andersartiges wie Paprika und Zimt hatten zeugen können. Salz ist ein Kristall und Pfeffer der Samen einer Pflanze. Nun gut, das ist Paprika auch, also lässt sich das noch erklären. Aber Zimt!

Zimt stammt von der Innenseite einer Baumrinde. Es war nicht das erste Mal, dass Frances darüber nachdachte, sie hatte sogar diesbezüglich Wikipedia durchforscht und dabei gleich einen interessanten Einblick in den internationalen Pfefferhandel erhalten. Trotzdem hatte sie manchmal ein schlechtes Gewissen und fürchtete, dass Madame Pfeffer vielleicht ein wenig zu streng mit Paprika war, vor allem seit der Geburt der Jüngsten.

Ava war zornig, als sie zu Frances ins Auto stieg, und diese hatte keine Ahnung, wieso. Sie wusste nicht, ob Ava auf sie sauer war oder auf jemand anderen oder einfach nur mit der Welt im Clinch lag. Aber eigentlich spielte das gar keine Rolle. Ava kam oft wütend aus der Schule, als suche sie dringend jemanden, über den sie herfallen konnte, als überlege sie seit dem Absetzen vor der Schule, wie sie es ihrer Mutter heimzahlen konnte, was und wie sie es sagen musste, um den Sieg davonzutragen und die Welt der Erwachsenen endgültig zu erobern. Dann wiederum saß sie stumm da und brütete mit einer Lautstärke vor sich hin, wie es nur Teenager vermögen. Kein Wunder, dass die Menschen Poltergeist-Aktivitäten mit Pubertierenden in Verbindung brachten. Wer sonst konnte einem alles um die Ohren fliegen lassen, ohne einen Finger zu rühren? Frances spürte den Beginn einer Migräne. Sie holte tief Luft und ließ den Atem langsam wieder ausströmen.

«Was gibt's zu seufzen?»

Frances bedachte ihre Tochter mit einem erstaunten Blick. «Nichts. Ich darf doch wohl noch Luft holen.»

«Nö, lass es.»

«Ganz?»

Eine Pause.

«Nö, nicht ganz», erwiderte Ava grimmig, «ich bin noch nicht groß genug, um vom Beifahrersitz aus an das Bremspedal ranzukommen, und wenn wir auf der Heimfahrt einen Unfall haben sollten, krieg ich wieder die Schuld zugeschoben.»

«Und du müsstest Anne, Iris, Charlie und Bill erklären, warum ihre Kinder im Krankenhaus gelandet sind.»

Ava entspannte sich ein wenig. «Vor Charlie und Bill hätte ich keine Angst, aber Anne wäre sicher stinksauer. Sie kann richtig furchteinflößend sein.»

«Anne?» Frances zog die Augenbrauen hoch.

Ava starrte aus dem Fenster. «Ja. Sie sieht mich manchmal an, als wollte sie mir an die Kehle gehen.»

Frances musste an einer roten Ampel halten. Sie wandte sich Ava zu und sagte: «Ach, tatsächlich?»

Ava nickte, blieb aber stumm, war mit den Gedanken schon woanders. Frances warf einen Blick in den Rückspiegel. Theo, Kate, Wyatt und Milo unterhielten sich über weiß Gott was, und Lally und Lucas hatten diesen entrückten Gesichtsausdruck von Kleinkindern, die noch vor einem Jahr um diese Zeit ihr Mittagsschläfchen halten mussten. Keins der Kinder achtete darauf, was vorn gesprochen wurde.

Frances versuchte Ava wieder aus ihrem Schneckenhaus zu locken. «Wie war's in der Schule?»

Ava zuckte mit den Achseln. «Wie schon? Wie immer.»

«Wie immer gut? Oder wie immer schlecht?»

«*Öde* wie immer. Ich glaube, das meint man doch, wenn

man sagt, *wie immer.*» Da war sie wieder, die Wut, wie das gesträubte Rückenfell eines Hundes. *Ich muss nicht mit dir streiten, aber ich kann's, wenn du mir weiter so mit deiner bloßen Existenz auf die Nerven gehst.*

«Wer will in den Park?», rief Frances nach hinten und unterbrach damit das Gespräch der älteren und die Trance der kleinen Kinder. Da alle Interesse zeigten, machte sich Frances auf den Weg zum Spielplatz.

«Ich muss Hausaufgaben machen», erklärte Ava brüsk. «Setz mich bitte erst zu Hause ab.»

«Ist doch nur für ein halbes Stündchen, Ava. Ein bisschen frische Luft wird dir auch guttun.»

«Nein», entgegnete ihre Tochter grimmig. «Erzähl mir bitte nicht, was gut für mich ist. Du hast doch keine Ahnung.» Sie schob sich noch ein Stückchen von ihrer Mutter fort, um ihren Abscheu vor Nähe unmissverständlich deutlich zu machen.

«Will ich doch gar nicht. Nur ein halbes Stündchen. Du kriegst auch ein Eis.»

Stille. Die Ava, die Eiscreme liebte, lag im Widerstreit mit der Ava, die es hasste, ihre Mutter gewinnen zu lassen.

Plötzlich meldete sich Milo von hinten zu Wort. «Lass sie doch, wenn sie Hausaufgaben machen muss. Ich kann auch auf den Park verzichten.»

«Für wen hältst du dich? Für meinen Agenten?», sagte Ava verächtlich. Frances schaute im Rückspiegel auf das Gesicht ihres Sohnes. Diese neue Dynamik zwischen den beiden bemerkte sie nicht zum ersten Mal. Milo hasste es, wenn sie und Ava stritten. Er hatte angefangen, sich auf Avas Seite zu stellen, aber Ava wies seine Unterstützung jedes Mal ruppig zurück. Sie brauchte keine Hilfe, herzlichen

Dank auch. Und schon gar nicht von einem *kleinen Jungen*. Der fragliche kleine Junge wandte sich mit Tränen in den Augen ab und schaute aus dem Fenster.

Frances empfand einen Stich des Mitgefühls, obwohl die Auseinandersetzungen zwischen Geschwistern immer kompliziert waren. In mildem Ton bemerkte sie: «Ava, er will doch bloß helfen. Kein Grund, gemein zu sein.»

«Ich brauche keine Hilfe. Ich will lediglich, dass man mich in Ruhe lässt. Ich will nach Hause und meine Hausaufgaben machen, mehr nicht.» Sie wusste selbst, dass sie ihren kleinen Bruder gekränkt hatte, aber in der blutigen Schlacht zwischen Mutter und Tochter blieben Kollateralschäden nun mal nicht aus.

Frances spürte, wie ihr der Hals eng wurde, wie auch sie allmählich zornig wurde, aber sie verdrängte es. Sie bog auf den Parkplatz vor dem Spielplatz ein und lenkte den Wagen in eine Lücke. Sobald sie den Motor abgestellt hatte, entriegelte sie die Türen. Die jüngeren Kinder schnallten sich ab, und Frances wandte sich mit einem beschwichtigenden Lächeln an ihre älteste Tochter. «Hör zu, Ava, ich weiß ja, dass dir im Moment die Hormone zu schaffen machen, aber eine halbe Stunde im Park wird allen guttun, und deshalb machen wir das jetzt auch. Du kannst gern im Auto sitzen bleiben und schmollen, wenn du willst.»

Ava setzte zu einer Erwiderung an, aber Frances war bereits draußen und half den Kleinen beim Aussteigen. Sie drückte Milo kurz an sich und folgte dann, ohne Ava noch einmal anzusehen, den Kindern zum Spielplatz.

Frances saß auf einem niedrigen Mäuerchen, das den runden Spielplatz umschloss. Theoretisch war dies ein hervorragender Spielplatz, mit einem großen Klettergerüst in der Mitte und der erwähnten Mauer, auf der man sitzen und das Geschehen von allen Seiten verfolgen konnte. Das mochte sich in dem schicken New Yorker Architekturbüro, in dem der Platz entworfen worden war, auf der Blaupause ja gut gemacht haben, modern und innovativ, aber in der Praxis war das riesige Klettergerüst viel zu unübersichtlich. Eltern, die kurz aufs Smartphone geblickt hatten, verloren ihre Kinder aus den Augen und mussten im Seitgang einer Krabbe um das Gerüst herumgehen, bis sie sie wiederfanden. Dann nahmen sie erneut Platz und vertieften sich wieder ins Smartphone, und das Ganze ging von vorn los. Wenn man es von einer Drohne aufnehmen ließ und im Zeitraffer abspielte, wirkte es wahrscheinlich wie der Tanz des Schattens ums Ziffernblatt einer Sonnenuhr.

Frances' Kinder waren mittlerweile alt genug, dass sie auf den Krabbengang verzichten konnte. Nur gelegentlich hielt sie Ausschau, bis sie eins aus ihrer Brut entdeckte, oder sie bückte sich und suchte unter dem Gerüst nach einem verlorenen Schuh. Aber wenn sie die Kinder anderer Leute dabeihatte, war sie natürlich vorsichtiger. Die eigenen Kinder zu verlieren war schlimm genug, die von anderen wäre eine Katastrophe.

Nun erschien auch Ava und setzte sich demonstrativ mit einem Schulbuch neben ihre Mutter. Sie schlug es auf und fuhr mit dem Zeigefinger über die Seite, bis sie – anscheinend – fand, was sie suchte.

«Homöostase?», bemerkte Frances.

«Jep», erwiderte ihre Tochter.

«Da geht's um Gleichgewichtszustände, nicht wahr?»

«Jep. Um Selbstregulierung.»

«Ein schwingendes Pendel wird irgendwann immer in der Mitte zum Stillstand kommen, oder?»

Ava seufzte. «Der Vergleich ist nicht ganz richtig, denn bei der Homöostase bekämpfen sich zwei entgegengesetzte Kräfte. Das Pendel dagegen kommt zum Stillstand, weil ihm der Schwung ausgeht.»

Frances nickte. «Ich wollte es bloß wissen.»

«Was? Die Definition von Homöostase?»

«Nein, ob wir noch miteinander reden.»

Ava musste gegen ihren Willen grinsen. «Wir werden immer miteinander reden, Mom. Ich drücke ja von der einen und du von der anderen Seite. Das weißt du doch.»

Frances legte den Arm um ihre Tochter und zog sie an sich. «Ich weiß, dass du Hausaufgaben machen musst, Baby. Aber die Kleinen brauchen nun mal noch ein bisschen Auslauf.»

Ava nickte. «Keine Ahnung, warum ich dich immer so anfauche. Ich bin nach der Schule einfach erledigt und hab's dann satt, ständig zu allen nett zu sein.» Sie lachte abschätzig. «Dabei bin ich auch in der Schule nicht mal besonders nett.»

Lally kam angerannt und zog an ihrer Schwester. «Spielen wir Fangen?», bettelte sie. Ava wollte schon die Stirn runzeln, doch dann sprang sie spontan auf und sagte zu Frances: «Gleichgewichtszustand, stimmt's?»

Frances nickte und schaute den beiden nach. Lally ließ sich quietschend vor Freude von ihrer großen Schwester jagen.

6

Michael war gebührend schockiert, als Frances ihm die Geschichte vom Morgen berichtete.

«Wie? Er hat sie tatsächlich oral befriedigt? Und es war noch nicht mal neun? Ach du Scheiße.»

Sie nickte, wusste aber nicht, ob er mehr darüber schockiert war, dass sie es am helllichten Vormittag trieben, oder über die Tatsache, dass Anne ihren Mann betrog. In diesem Moment kam Lally ins Schlafzimmer. Sie hatte zu Abend gegessen und gebadet und sollte sich nun selbst die Zähne putzen. Um fair zu sein, sie hatte tatsächlich eine Zahnbürste in der Hand.

«Muss ich mir echt die Zähne putzen?» Ihr Tonfall hörte sich an, als habe sie eine Lücke im Zahnputz-Vertrag gefunden, die es auszunutzen galt.

«Ja, das musst du», entgegnete Frances streng.

«Was gibt's, Lal?» Michael saß in seinem bequemen großen Sessel und hielt seinen Laptop aufgeklappt auf dem Schoß. Multitasking, wie immer. Obwohl ihn die Neuigkeiten von Anne beinahe veranlasst hatten, ihn zuzuklappen.

Das kleine Mädchen streckte ihrem Vater die Zahnbürste hin. «Da ist ein Haar drauf.» Und nun zauberte sie eine neue Strategie hervor. «Ich find das unhyänisch.»

«Meinst du *unhygienisch*?» Sie nickte. Das hatte sie doch gesagt, oder? Michael nahm ihr die Zahnbürste ab und entfernte das Haar. «So, jetzt geht's wieder. War das dein Haar?»

Lally wandte sich mit einem Achselzucken zum Gehen. In ihrem Elefanten-Schlafanzug sah sie total süß aus. «Könnte auch von Jack sein.» Jack war einer der beiden Hunde.

«Hat er etwa deine Bürste benutzt?» Michael scherzte, der Hund besaß natürlich eine eigene Zahnbürste. Auch wenn die immer dann auf wundersame Weise verschwand, wenn einem – etwa zweimal im Jahr – einfiel, dass man auch Hunden die Zähne putzen sollte. Frances fand die Bürsten später in irgendwelchen Schubladen, wenn sie eigentlich nach etwas ganz anderem suchte. In dieselbe Kategorie gehörten Ladekabel für Digitalkameras, Passfotos, die man vergessen hatte, der Bewerbung beizufügen, Küchenutensilien, die nur an Thanksgiving gebraucht wurden, und diese zierlichen kleinen Schraubendreher, die man zum Anziehen von Schräubchen an Brillengelenken brauchte. Frances hatte dieser Art von Gebrauchsgegenständen den Namen «Okkultatum» gegeben, vom lateinischen Wort für «verborgen». Sie genoss es, das Wort beim Durchsuchen der Schubladen vor sich hin zu murmeln, auch wenn sie sich ein bisschen klugscheißerisch vorkam.

Lally verlor bereits das Interesse am Thema. «Weiß nich, aber ich glaube, Milo hat sich damit gekämmt. Könnte sein.»

Sie zuckte mit den Schultern und ging wieder.

«Kapierst du das?», erkundigte sich Frances bei ihrem Mann.

Der zuckte nur ganz wie seine Tochter mit den Schultern und richtete seine Aufmerksamkeit wieder auf seinen Laptop. Dann fiel ihm ein, worüber sie gerade geredet hatten, und er blickte auf. «Also noch mal, vorn im Wohnzimmer? Wo man sie von der Straße aus sehen kann?»

Frances schnitt ihm eine Grimasse. «Nö, natürlich nicht.

Sie lagen auf dem Fußboden und schwebten nicht einen Meter darüber. Ich selbst hab sie nur gesehen, weil ich das Haus betreten musste.»

«Um die Klorollen zu holen?»

«Ja. Zuerst dachte ich, es wäre Charlie ...»

Ihr Mann lachte. «Du dachtest, Anne und Charlie hätten um neun Uhr morgens interessanten Sex auf dem Wohnzimmerteppich?»

Frances streifte ihre Schuhe ab und begann sich auszuziehen. «Na gut, ziemlich unwahrscheinlich, aber das ist nun mal das Erste, was einem in den Sinn kommt, wenn man die verheiratete Freundin beim Sex auf dem Fußboden erwischt.»

«Ja, klar, auf einen anderen Gedanken wäre ich auch nie gekommen. Passiert es dir denn öfter, dass du Leute überraschst, die gerade auf dem Teppich Sex haben? Ist das deine Nebenbeschäftigung, während ich im Schweiße meines Angesichts unser täglich Brot verdiene?»

Frances zog Sweatshirt und BH aus und kratzte sich genüsslich die befreiten Brüste. Dann schlüpfte sie in einen weiten Flanellpyjama mit aufgedruckten Hündchen. «Selbstverständlich. Ich schleiche ständig herum und schaue in die Häuser von anderen Leuten.»

Michael grinste. «Wir sind seit zwanzig Jahren verheiratet, und du hast dich kein bisschen verändert.» Er schwieg für einen Moment. «Wirst du sie verpfeifen?»

«Himmel, nein. Wieso sollte ich?» Frances bemerkte, dass ihre Zehennägel dringend geschnitten werden mussten.

«Weiß nicht, weil's ehrlich wäre?»

Sie hob den Kopf und blickte ihren Mann mit hochgezogenen Brauen an. «Du machst Witze, oder? Wieso um alles in der Welt sollte ich so was tun? Das mit diesem Typen war vielleicht nur ein einmaliger Vorfall.» Sie kramte in ihrem Nachtkästchen nach einer Nagelschere.

«Wie in einem Porno, meinst du? Ein Quickie mit dem Pizzaboten?»

Sie schnaubte. «Ja, klar, weil Anne Porter sich ja immer Pizza zum Frühstück liefern lässt.» Keine Nagelschere, Mist.

«Okay, dann hat er eben Kaffee und Brötchen geliefert.»

Jack und Diane, ihre Hunde, kamen herein und sprangen zu Frances aufs Bett. Sie rückte ein wenig beiseite, um ihnen Platz zum Kuscheln zu machen. Ihr kam unwillkürlich der Gedanke, ob Anne ihren Mann auch betrogen hätte, wenn sie einen Hund besäße. *Meine Ehe ist zwar nicht gerade eine erotische Spielwiese*, überlegte Frances, *aber von meinen Hunden kriege ich so viel Liebe und Zuneigung, dass es durchaus ein Ersatz ist – und das ganz ohne schädliche Nebenwirkungen. Vielleicht sollte ich Anne davon überzeugen, dass es besser ist, sich einen Hund anzuschaffen, als sich die fehlende Zuwendung in außerehelichen Affären zu holen.* Dann fiel ihr ein, was Michael zuletzt gesagt hatte, und ihre Gedanken erhielten ein neues Futter. «Wie kommt es, dass in Sexfilmen nie mal was Interessanteres geliefert wird als die obligatorische Pizza?»

Michael blickte nicht vom Bildschirm auf. «Weil man sich solche Filme ja nicht unbedingt wegen der einfallsreichen Plots anschaut, oder? Komm, schauen wir uns *Der Klempner klingelt immer zweimal* an, da kann man sehen, wie man Abflüsse repariert. Unglaublich, wie der Regisseur schon in den ersten zehn Minuten den Spannungsbogen aufbaut und mögliche Konfliktlösungen andeutet. Und den Analverkehr haben sie auch in einer einzigen Einstellung geschafft.»

Frances machte den Mund auf, um etwas zu erwidern,

doch da kam Ava hereinspaziert. Michael klappte sofort seinen Laptop zu. Das fiel Frances jedes Mal auf: Wenn er mit seiner Frau redete, blieb der Computer offen (er konnte ja möglicherweise auf etwas Interessanteres stoßen als das, was sie ihm zu erzählen hatte), aber für seine Erstgeborene schloss er ohne Nachdenken den Bildschirm. Frances war nicht eifersüchtig, es freute sie sogar. Für sie selbst kamen die Kinder ja auch an erster Stelle. Wenn er nicht bereit gewesen wäre, sich für die Kinder vor ein fahrendes Auto zu werfen, hätte sie ihm möglicherweise selbst einen Schubs gegeben.

«Wieso redet ihr über Analverkehr? Und wann kriege ich endlich ein Smartphone?» Das fragte Ava so gut wie jeden Tag, aber die Antwort lautete – bis jetzt jedenfalls – immer nein. Aber steter Tropfen höhlt den Stein, das wusste offenbar auch Ava. Tatsächlich spürte Frances, wie ihr Widerstand allmählich nachließ.

«Wir haben uns über Filmtechnik unterhalten, und nein, du bekommst kein Smartphone», entgegnete Michael.

«Aber –»

«... alle anderen in der Schule haben auch eins», unterbrach Frances sie, «und was ist, falls du dich mal verläufst? Obwohl du so gut wie nie allein aus dem Haus gehst ... Und du hättest all deine Termine griffbereit und könntest dir im Unterricht gleich was damit notieren – obwohl die Benutzung von Smartphones im Unterricht verboten ist. Ja, wir kennen deine Argumente, Ava. Bedaure, die Antwort lautet immer noch nein. Du brauchst keins, die Dinger sind teuer, und ich möchte, dass du lieber ein Buch liest, anstatt ständig mit der Nase an dem Ding zu kleben. Du hast einen Computer, das genügt.»

Ava starrte ihre Mutter so finster an, wie Teenager ihre Mütter anstarrten, seit Mama Neandertal Teenie Neandertal die neue Axt verweigert hatte. «Ich hasse euch. Ihr kommt selbst nicht ohne Smartphone aus, aber das zählt nicht, oder? Ihr wollt mich nur in Abhängigkeit halten, damit eure sinnentleerten Tage wieder Bedeutung bekommen.» Sie machte auf dem Absatz kehrt und stürmte davon.

Frances schaute Michael an. «Das war mal was Neues.»

Er nickte. «Hat durchaus Potenzial.»

«Meine Tage sind doch nicht sinnentleert», sagte Frances, ein wenig gekränkt, aber nicht allzu sehr. «Und woher weiß sie was von Analverkehr?»

«Aus dem Internet natürlich. Und weil sie, und jetzt reg dich bitte nicht auf, von Gleichaltrigen unter Druck gesetzt wird. Sie wird sich entschuldigen, bevor sie schlafen geht, wirst sehen.»

Frances nickte, denn das stimmte, zumindest seit kurzem. Wenn Ava sich mal wieder heftig mit ihrer Mutter stritt, oder wenn Frances eine Äußerung entschlüpfte, mit der sie ihre älteste Tochter auf die Palme brachte, warf Ava mit Beschimpfungen um sich und stürmte wutentbrannt in ihr Zimmer. Dort saß sie dann eine Weile und schmollte vor sich hin, aber irgendwann rief sie mit zittriger Stimme nach ihrer Mutter und entschuldigte sich bei ihr. Frances entschuldigte sich dann meist ebenfalls und nahm sich fest vor, sich nicht mehr so schnell von ihrer Ältesten provozieren zu lassen. Sie konnte sich noch gut erinnern, wie sie sich in diesem Alter gefühlt hatte und wie übermächtig der Drang gewesen war, gegen alles und jeden – insbesondere die Mutter – loszuschlagen. Ava fiel ihr in solchen Momenten schluchzend um den Hals, voller Erleichterung darüber, ihre Mutter nicht endgültig vergrault zu haben, und darüber, dass sie sich immer an ihr reiben, mit ihr streiten und sich wieder versöhnen, dass sie undankbar sein und sie für selbstverständlich nehmen konnte. Frances strich ihrer Tochter dann eine feuchte Haarsträhne hinters Ohr, in der Gewissheit, dass Ava in ein paar Jahren gar nicht mehr genug Interesse an der Meinung ihrer Mutter haben würde, um überhaupt mit ihr zu streiten. Das Gegenteil von Liebe ist nicht Hass, es ist Gleichgültigkeit.

Michael war noch beim vorherigen Thema. «Aber wieso erzählst du es mir überhaupt, wenn du nicht willst, dass Charlie es erfährt? Wenn ich mich nun verpflichtet fühle, es ihm zu sagen?» Frances entging nicht, dass er seinen Laptop wieder aufgeklappt hatte.

«Das würdest du nicht tun.» Frances kraulte Jack hinter den Ohren, und er stieß dieses behagliche, kehlige Brummen aus, das sie immer zum Schmunzeln brachte.

«Wahrscheinlich nicht, aber falls doch?»

«Das hatte ich mir auch überlegt, bevor ich es dir gesagt habe. Und ich bin zu dem Schluss gekommen, dass die Wahrscheinlichkeit, dass du dich nach zwanzig Jahren auf einmal so sehr änderst, geringer ist, als dass ich eine Panikattacke kriege, weil ich Geheimnisse vor dir habe.» Jetzt stieß Diane Jack eifersüchtig beiseite und leckte Frances' Gesicht ab. Die schaute an der Hündin vorbei zu Michael und lächelte.

«Du hast keine Geheimnisse vor mir?», fragte er verblüfft.

«Nein. Abgesehen von meinem genauen Körpergewicht und der Lage meiner geheimen Süßigkeitenschublade.»

«Eine andere als die dritte Schublade in der Wäschekommode?»

«Shit.»

«Ich bin ein Idiot. Jetzt suchst du dir bestimmt ein anderes Versteck.»

«Allerdings.» Frances schwieg für einen Moment. «Wieso? Hast du denn Geheimnisse vor mir?»

«Ja, klar. Einige absichtlich, die anderen nur, weil's dich sowieso nicht interessieren würde. Weiß nicht, ob das überhaupt in die Kategorie Geheimnisse fällt.» Er schob eine Socke hinunter und kratzte sich den Fußknöchel. «Wir sollten die Hunde mal wieder entlausen lassen.»

«Woher willst du wissen, dass sie mich nicht interessieren würden? Mein Leben ist nicht gerade aufregend, da ist vieles interessant. Versuch's mal.» Frances zog sanft an Jacks langen seidigen Ohren. Er ließ sie gewähren, wie er ein Kleinkind gewähren ließe. Dafür wurde er von ihr gefüttert und gelobt, was für ein toller Hund er doch sei.

Michael ließ sich ihre Worte durch den Kopf gehen. «Okay, ich hab dir nie erzählt, dass sich Bob Adams hat scheiden lassen.»

Das war ein Arbeitskollege, den sie kaum kannte. «Okay, das ist wirklich nicht super interessant. Warum denn?»

«Seine Frau hat ihn verlassen, weil ihr die Katzen wichtiger waren als er. Sie hatte bereits sechs und wollte eine siebte, aber da hat er sich quergestellt und gesagt: entweder ich oder die Viecher. Und sie hat sich für Pussy Town entschieden. Entweder er hat sich schwer verkalkuliert oder aber die Schlacht verloren, den Krieg jedoch gewonnen. Allzu mitgenommen wirkte er jedenfalls nicht.»

«In seiner neuen Wohnung ist es bestimmt weniger haarig», bemerkte Frances.

«Ach, das Haus hat er behalten. Sie ist mit den Katzen

nach Nordkalifornien gezogen, in eine katzenfreundliche Kommune. Die heißt tatsächlich Pussy Town, man kann es kaum glauben.»

Lally kam erneut hereinspaziert. «Ich bin fertig. Du kannst mir jetzt was vorlesen.»

«Also gut.» Frances erhob sich und sagte an Michael gewandt: «Wenn du dieses Geheimnis langweilig findest, dann will ich alle erfahren.»

«Nö, der Sinn von Geheimnissen ist doch, dass man sie für sich behält. Und die anderen sind weder so interessant noch so haarig wie das hier.»

«Die Beurteilung überlass gefälligst mir. Eine echt schräge Geschichte. Also, ich hätte sie dir sofort erzählt und dazu noch mindestens acht anderen Leuten.»

Lally nahm Frances bei der Hand und schaute interessiert zu ihr hoch. «Was ist schräg?»

Frances grinste. «Nichts, Schätzchen.»

«Erzählst du mir trotzdem so eine schräge Geschichte, Mama?»

«Mal sehen. Aber jetzt wird es Zeit fürs Bett, okay?»

Lally lief zu ihrem Vater und umarmte ihn. Er zog sie auf seinen Schoß und prustete ihr lautstark unter das Ohr. Sie krümmte sich giggelnd auf seinem Schoß zusammen, und Frances wünschte sich zum neunhundertsten Mal, selbst noch so klein zu sein, dass sie auf einen Schoß passte und sich bei einem Erwachsenen vollkommen aufgehoben fühlen konnte.

7

Ein paar Häuser weiter stand Anne im Bad und machte sich zum Schlafen fertig. Sie konnte Kate und Charlie im benachbarten Elternschlafzimmer lachen hören. Kate erklärte ihrem Vater gerade in wichtigem Ton etwas über Pokémons, und Charlie tat, als würde er alles durcheinanderbringen.

«Aber ist das nicht das, was Pikachu tut?», fragte er. Kate machte missbilligend «tz», wie Anne hörte. «Und ist Schlurfi nicht der, der immer Kakao trinkt? Oder, Moment, war das nicht dieses Popcorn-Pokémon? Das immer Angriffe mit Saltypop oder Vollkorn ausführt?»

Kate brach in haltloses Gekicher aus. «Daddy, es gibt keinen Popcorn-Pokémon, das weißt du ganz genau! Wir haben doch heute vor der Schule noch zusammen Pokémon geguckt!»

«Ach, *das* war Pokémon?», fragte Charlie gespielt verblüfft. «Ich dachte, das wäre eine Natursendung über Tiere in Japan.»

«Aber die Pokémons gibt's doch gar nicht. Die sind doch *erfunden*, Daddy!»

«Im Ernst?»

Anne fand diese Gespräche von Charlie mit seinen Kindern einfach hinreißend. Sie hatte sich nicht nur in Charlies gutes Aussehen verliebt, sondern vor allem auch in seinen Humor. Äußerlich wirkte er so erwachsen: ein smarter Patentanwalt in Anzug und Krawatte, Partner in seiner Firma. Insgeheim jedoch war er neun Jahre alt und konnte sich immer noch köstlich über Furzwitze, alberne Hütchen und Ausrutscher auf Bananenschalen amüsieren. Er spielte gern mit den Kindern, was gut war, denn Anne hatte damit Probleme – sie war nicht in der Lage, sich lange genug zu entspannen, um Freude daran zu finden. Als die Kinder noch kleiner waren, litt sie unter schrecklichen Ängsten, ihnen könnte etwas zustoßen, sie könnten an einem Kleinteil ersticken oder in der Badewanne ertrinken oder plötzlich das Dengue-Fieber bekommen. Jetzt, wo sie etwas größer und auch robuster waren, schwand ihre Angst ein wenig. Trotzdem dachte sie öfter an Katastrophenszenarien, als ihr lieb war.

Erstaunlicher- und ironischerweise erwies sich ihre Affäre als wirksames Gegenmittel gegen die Angst. Wenn sie sich bei Angstvorstellungen ertappte, wenn sie daran dachte, wie schrecklich es wäre, die Kinder zu verlieren, oder wenn sie gar durch ihre Schuld zu Schaden kämen, wenn ihr die unerträgliche Last eines irrationalen Verantwortungsgefühls zu schwer wurde, dann richtete sie ihre Gedanken einfach auf Richard. Sie dachte an seine Hände, seine Augen, seine Lust und ließ ihre Panik von ihrer körperlichen Erregung wegfluten. In Bezug auf ihn wusste sie, was Sache war: Sie war selbstsüchtig, unartig, setzte alles aufs Spiel – wodurch sich ihre insgeheime Meinung, sie sei ein schlechter Mensch, der keine Kinder verdiente, noch bestätigte.

Anne vermischte die spezielle Reinigungsmilch, die es nur in einem ganz bestimmten Laden zu kaufen gab, mit Wasser und wusch sorgfältig ihr Gesicht. Der typische Duft der Lotion, eine Mischung aus Rosenblüten und Kalk, stieg ihr in die Nase, und sie genoss das Gefühl der Körnchen unter den Fingern, die dem Wasser eine Sekunde lang widerstanden, um dann aufzuschäumen und sich aufzulösen. Sie spülte mit klarem Wasser nach und tastete mit geschlossenen Augen ihr Gesicht nach restlichen Körnchen ab. Es war ein tröstliches Gefühl, die Konturen ihres Gesichts unter den Händen zu spüren. Es bedeutete, dass sie lebte. Dann Toner, ebenfalls mit Rosenduft, dann Moisturizer, mit kräftigen Aufwärtsbewegungen auch in den Hals einmassiert. Sie spürte eine aufgeraute Stelle direkt unter dem Kinn und begutachtete sie mit zurückgeneigtem Kopf; dort hatte er sie mit seinen Bartstoppeln gekratzt. Anne musterte kalt die Stelle: Warum konnten junge Männer sich nicht anständig rasieren? Am Schluss nahm sie ihren schweren blassrosa Morgenmantel vom Türhaken und ging, um Charlie mit den Kindern zu helfen.

Charlie blickte auf, als seine Frau nach Rosen duftend aus dem Bad kam, ein Duft, den er immer mit ihr assoziierte und damit, dass sie ihm gehörte. Er liebte diese Anne, die ungeschminkte Anne, vollkommen ohne Make-up, ohne elegantes Outfit, ohne Kühle oder urteilendem Schweigen. Sie trug den Morgenmantel aus Seide und Kaschmir, den er ihr letztes Jahr zum Valentinstag geschenkt hatte, obwohl er ein wenig hatte schlucken müssen, als er den Preis sah. Doch dann hatte er daran gedacht, wie sie ihn über ihre zarte Haut streifte, und seine Bedenken in den Wind geschlagen. Dies war in seiner Vorstellung die echte Anne, die Anne, die nur er zu sehen bekam. Ihre Blicke trafen sich, und beide lächelten.

«Na, solltest du nicht allmählich ins Bett gehen, Mäuschen?», schlug Anne vor, aber Kate ignorierte die Frage und schmiegte sich fester an ihren Daddy. Charlie warf Anne einen unschlüssigen Blick zu und zuckte mit den Schultern. Da ging sie, um erst mal zu sehen, was Theo machte.

Wie nicht anders zu erwarten, saß er an seinem Computer und spielte Minecraft. Sie setzte sich auf sein Bett, und dabei rutschte ein Stapel Taschenbücher mit einer Serie dumpfer Aufschläge von der Matratze. Die Geräusche erinnerten Anne an zu Hause, an ihre Kindheit in Yakima County und an die Äpfel, die nachts von den Bäumen fielen. Sie hatte eine ganz andere Kindheit erlebt als ihre Kinder. Welche Geräusche würden sie wohl zurückversetzen, wenn sie älter wurden? Das Geheul von Polizeisirenen oder das Schwirren von Hubschrauber-Rotorblättern? Statt fallender Äpfel und Nachtigallengesang? Sie fragte ihren Sohn, was er baute.

Theo, der nur zu gern bereit war, Auskunft zu geben, schaute sie mit leuchtenden Augen an. «Gerade baue ich eine Festung, aber ich habe vorhin den Garten fertig gemacht. Willst du mal sehen?»

«Ja, gern.» Anne kapierte zwar nicht so recht, worum es bei Minecraft ging, aber sie liebte es, wenn ihre Kinder sie an ihrem Tun und ihren Ideen beteiligten, sie mit ihr besprachen. Ihre Mutter war nie an dem interessiert gewesen, was sie tat, auch ihre Meinung war ihr vollkommen egal gewesen, sie war irrelevant. Die Mutter erwartete Folgsamkeit und Liebe, und die bekam sie auch. Der Gedanke, dass ihre Kinder vielleicht mehr brauchen könnten, kam ihr nie, und am Ende gaben sie es auf, sich mehr zu erhoffen. Vielleicht hatte die Mutter ja einfach nichts zu geben gehabt.

Theo suchte sich einen Weg durch die halbfertige Konstruktion nach draußen und zeigte Anne aus der Vogelperspektive seinen «Garten»: bunte Reihen von Gemüse, nur durch einige Pixel voneinander getrennt, Felder aus digitalem Kordsamt.

Theo zählte alles auf: «Möhren, Weizen, Sonnenblumen, Kartoffeln ... und da hab ich Hühner, Kühe und Ozelote.»

Anne hob eine skeptische Augenbraue. «Ozelote?»

«Ich mag sie halt», sagte er achselzuckend.

Sie schmunzelte. «Wer mag die nicht?» Anne erhob sich. «Aber jetzt wird es Zeit, ins Bett zu gehen.»

Er schaute sie überrascht an. «Aber ich hab noch Hausaufgaben.»

«Die hättest du machen sollen, bevor du dich an den Computer gesetzt hast, das weißt du ganz genau.» Anne seufzte, doch sie hatte weder Zeit noch Lust, böse zu werden. «Wie viel ist es denn?»

Theo zog mit besorgter Miene seinen Schulranzen zu sich heran. «Ich weiß nicht. Entschuldige, Mom, ich wollte nach dem Abendessen nur für zehn Minuten an den Computer, und dann hab ich die Zeit vergessen.» Seine Mutter erwiderte nichts. Er fand rasch, was er suchte. «Ein Blatt Mathe und ein Kapitel zum Durchlesen.» Er schaute hoffnungsvoll zu ihr auf. «Das ist nicht schlimm, oder?»

Anne seufzte. «Okay. Morgen Computerverbot, klar? Hausaufgaben haben Vorrang.» Sie erhob sich und ging zur Tür, dort drehte sie sich noch einmal um und sagte: «Und jetzt mach dich fertig zum Schlafengehen, das Kapitel lesen wir gleich zusammen, und die Matheaufgaben kannst du morgen vor dem Frühstück erledigen. Jetzt ist es dafür zu spät, du musst ins Bett.»

Theos bekümmerte Miene hellte sich auf. Seine Mom

wusste immer, was zu tun war, sie war so verlässlich wie die Sonne. Wenn er unartig war, bestrafte sie ihn, wenn er brav war, bekam er eine Belohnung. Und wenn er eine Umarmung brauchte, standen ihre Arme bereits offen. Er war von Natur aus ein nervöses Kind, das sich ständig Sorgen machte, über unsichtbare Gefahren oder darüber, dass er irgendwas falsch gemacht haben könnte. Seine Mom schien sich nie über irgendwas Sorgen zu machen, sie war der Fels in seiner Brandung.

Anne ging ins Schlafzimmer zurück. Kate lag neben ihrem Dad und war mittlerweile kurz davor, einzuschlafen. Charlie merkte es nicht, er war mit seinem Handy beschäftigt. Er blickte auf, als seine Frau das Zimmer betrat, und wies mit hochgezogenen Brauen auf ihre Tochter.

Anne sagte mit gesenkter Stimme: «Lass sie bei dir schlafen, ich kümmere mich um Theo und schlaf dann in Kates Zimmer, okay?» Anne und Charlie verbrachten vielleicht zweimal pro Woche die Nacht im selben Bett, die meiste Zeit über zogen sie, je nach dem Bedarf der Kinder, von Zimmer zu Zimmer. Beiden war der Schlaf lieber als Intimitäten. Zumindest Charlie war froh, dass seine Libido inzwischen Ruhe gab. Als junger Mann hätte er es nicht ertragen können, mit Anne in einem Bett zu schlafen, ohne ihr unters Nachthemd zu greifen und sie an sich zu pressen, bis sie aufwachte und sich ihm hingab. Mittlerweile liebte er die leisen Atemzüge eines schlafenden Kindes, und es machte ihm nichts aus, gelegentlich einen Fuß ins Gesicht zu bekommen, es war kein zu hoher Preis dafür, dass er eine so wunderbare Familie hatte. Manchmal, wenn er nachts wach wurde, stand er auf und streifte durch die Zimmer, sah sich die schlafenden Gestalten an und freute sich über sein Glück.

Er nickte und warf seiner Frau einen Handkuss zu, den sie auffing, an ihre Lippen drückte und zurückschickte. Er schaltete das Licht aus, deckte Kate, die mittlerweile leise schnarchte, liebevoll zu und widmete sich dann wieder seinen E-Mails.

Iris saß an Wyatts Bett und sah ihm beim Schlafen zu, musterte seine entspannten Gesichtszüge, die rosigen Wangen. Wie konnten so zarte Lider nur derart lange, schwere Wimpern tragen? Er hielt Grubby im Arm, seinen geliebten Kuschelhasen, der einst weich und hellgrau gewesen, nun aber abgenuckelt und schmutzig war, die ehemals weißen Pfoten waren grau und die grauen Stellen eher braun. Einmal hatte er sie gefragt: «Wenn ich sterbe, stirbt Grubby dann mit mir?» Iris hatte nur genickt und sich nicht anmerken lassen, welchen Stich ihr die Frage versetzte. Sie betete darum, dass er erst mindestens achtzig Jahre, nachdem er Grubby längst vergessen hatte, sterben würde oder noch später, er durfte, wenn's nach ihr ging, ruhig den Weltrekord für den ältesten Mann auf Erden brechen.

Sara stand in der Tür und gab ein diskretes Hüsteln von sich. Sie streckte die Hand nach ihrer Frau aus. Iris erhob sich schmunzelnd, steckte noch einmal Wyatts Decke fest, ging dann zu Sara und ergriff die dargebotene Hand. Zusammen betraten sie ihr Schlafzimmer. Saras Blick verriet, dass sie Lust auf sie hatte, und Iris fragte sich unwillkürlich, ob sie hinterher vielleicht die Frage nach einem zweiten Kind ansprechen konnte. So war das jetzt ständig: Alles, was sie tat und dachte, lief am Ende auf den Gedanken an ein zweites Kind hinaus. Jeder Atemzug, jeder Kuss, jeder Bissen gesunder Nahrung, jedes Baby, dem sie in irgendeinem Supermarkt zulächelte – alles war gefärbt von dem Gedanken an ein Kind. Sie wusste, dass es sie allmählich wahnsinnig machte. Sie und Sara führten eine gute Ehe, waren echte Freundinnen, und trotzdem hatte Iris Angst, dass ihr Wunsch nach einem weiteren Kind irgendwie als Forderung ausgelegt werden könnte. Wenn Sara sie nun zwang, sich zwischen ihr und einem zweiten Kind zu entscheiden? Aber wie kam sie überhaupt auf solch einen Gedanken? So war Sara nicht, war noch nie so gewesen. Iris verlor tatsächlich allmählich den Verstand.

Lucas lag quer über der Matratze, wie eine Leiterstrebe. Er war im Bett der Eltern eingeschlafen. Bill saß mittlerweile am äußersten Rand und stellte nun einen Fuß auf den Boden, damit er nicht herausfallen und auch, damit er seinen Computer besser balancieren konnte. Das Licht war ausgeschaltet, und er war vollkommen in seine Komposition vertieft. Während neben ihm sein Sohn in einem Superman-Pyjama schlief, focht Bill in Gedanken mit seinen eigenen Drachen, eine Phrase nach der anderen, und dachte dabei einmal *nicht* an seine Frau.

8

Frances hupte. Lucas war spät dran, er hätte eigentlich längst über den sanften Abhang des Vorgartens vor seinem Haus kommen müssen. Sie wandte sich seufzend zu Ava um und öffnete den Mund, um sie zu bitten, kurz hochzugehen und zu klingeln.

Doch ihre Tochter sagte bereits kühl: «Nein. Einfach noch mal hupen. Lauter.» In ihren Augen stand ein kampflüsternes Funkeln.

Frances zog die Augenbrauen hoch. Seit sie heute früh zu äußern gewagt hatte, dass es vielleicht ratsamer sei, für die Schule ein Oberteil *mit* Ärmeln anzuziehen, grollte Ava und arbeitete an ihrem passiven Widerstand.

«Da kommt er», meldete sich Lally vom Rücksitz und ersparte Frances damit eine weitere Runde gegen den amtierenden Federgewichts-Champion im In-Car-Fighting.

«Sorry, Frances.» Bill war mit rausgekommen und stand nun neben dem Wagen, während sein Sohn hineinkletterte. «Ich hab verschlafen. Und dann wollte er sich partout nicht anziehen. Es hat ein bisschen gedauert, ehe wir einen Kompromiss gefunden hatten.»

Frances warf einen Blick in den Rückspiegel. Lucas trug Pyjamahosen, dazu ein normales T-Shirt. Sie lächelte Bill zu. «Sieht doch prima aus», sagte sie. «Hauptsache, er hat was an, oder?»

Bill grinste. Zum hundertsten Mal dachte er, wie sehr er

Frances mochte. Mit Frances war alles unkompliziert, es gab nie Theater, nie Panik. *Wir sind schließlich alle bloß Menschen, nicht wahr?*

Frances legte lächelnd den Rückwärtsgang ein und rief ihm zu: «Man sieht sich!» Dann stieß sie zurück und bog auf die Straße ein. Beim Wegfahren winkte sie Bill noch einmal. Bill winkte ebenfalls.

Frances beobachtete im Rückspiegel, dass er ihnen nachsah, bis sie die Straßenecke erreicht hatten und abbogen. Dann wandte auch er sich ab und ging ins Haus zurück. Erneut fragte sie sich, wo Julie stecken mochte. Als Lally und Lucas in demselben Kindergarten anfingen, hatte sich zwischen ihr und Julie ein freundlicher Kontakt entwickelt, doch dann war Julie auf einmal verschwunden. Sie hatte Bill einmal gefragt, ob Julie beruflich unterwegs sei, aber er hatte nur den Kopf geschüttelt und nichts erwidert.

Das war jetzt über zwei Monate her, und irgendwie war der Zeitpunkt, um noch einmal nachzufragen, vorüber. Sie und Iris hatten Witze gerissen, dass er seine Frau umgebracht und im Garten vergraben habe, aber Lucas hatte Lally gegenüber erwähnt, dass er regelmäßig mit seiner Mom sprach, also hatte sich diese Theorie wohl erledigt. Aber seltsam war's schon. Die Klatschtanten aus der Nachbarschaft hatten Julie jedenfalls bereits in Bausch und Bogen verurteilt. Sie warfen ihr vor, ihren Mann böswillig verlassen und es darüber hinaus versäumt zu haben, sie über ihre Absichten zu informieren. Julies Handynummer besaß Frances nicht, dafür hatten sie sich nicht gut genug gekannt.

Frances tat das Ganze mit einem innerlichen Schulterzucken ab und konzentrierte sich auf den Verkehr. Manche Leute machten eben seltsame Sachen, und zwar aus ganz langweiligen Gründen. Wer war sie schon, darüber zu urteilen, ohne alle Fakten zu kennen? Sie musste plötzlich an Anne denken und an ihr lustvoll gerötetes Gesicht, an die genüsslich geschlossenen Augen, während sie sich von der Zunge ihres jungen Liebhabers verwöhnen ließ. In diesem Fall fand sie allerdings nichts dabei, zu urteilen, ja zu *ver*urteilen.

Nachdem sie auch die Kleinsten abgesetzt hatte, fuhr Frances wieder zurück zur Highschool. Sie blieb einen Moment lang mit heruntergelassener Scheibe und angeschaltetem Radio im Auto sitzen, bis sie die Glocke hörte, die zum Beginn des Unterrichts läutete. Sie hatte einen Termin bei der Beratungslehrerin, um über Avas Noten zu reden. Es hatte deswegen gestern bereits eine Auseinandersetzung gegeben.

«Meine Noten sind vollkommen okay», hatte Ava beharrt. «Ich habe lauter B's, was gibt es daran auszusetzen? Warum bist du bloß so besessen von meinem Notendurchschnitt? Kommt es heutzutage gar nicht mehr auf die persönliche Entwicklung an?» Sie hatte im Schneidersitz auf ihrem Bett gesessen, die langen Beine in bunten Ringelstrümpfen, eine Seite des Kopfes rasiert, die andere lila gefärbt. Sie war die Coolste, ein Mädchen von der Sorte, mit der Frances in ihrer Schulzeit zu gern befreundet gewesen wäre. Jetzt jedoch begriff sie, dass Coolness ihren Preis hatte. Das coolste Mädchen damals an ihrer Schule – das war jetzt schon fast sechs Millionen Jahre her – hatte immer eine zahme Ratte mitgebracht, versteckt unter ihren Klamotten. Frances hatte das damals zutiefst bewundert, was für ein Statement, was für ein Manifest. Jetzt jedoch kam ihr der Gedanke, dass dieses Mädchen wegen der Ratte wahrscheinlich tägliche Kämpfe mit ihrer Mutter auszustehen gehabt hatte, die es wütend genug machten für das halbe Dutzend weiterer Auseinandersetzungen, die es dann in der Schule erwarteten. Was wohl aus dem Mädchen geworden war? Die Ratte war natürlich längst tot, denn so lange lebten die nun mal nicht.

Um ehrlich zu sein bewunderte Frances die Art, wie Ava inzwischen bei Diskussionen ernsthafte Geschütze auffahren konnte, wie sie ihre Argumente mit klugen Einwänden untermauerte, mit sorgfältig recherchierten Informationen. Selbst wenn sie zu viel Zeit online verbrachte, wie Frances fand. Aber wenigstens schaute sie nicht nur Katzenvideos. Ava präsentierte ihrer Mutter oft Fakten, die Frances neu waren, manchmal wie beiläufig, manchmal aber auch voller Begeisterung. Ihre Obsessionen – und daher auch ihre Zukunftspläne – wechselten fast wöchentlich: Sie wollte alte Gebäude restaurieren, sie wollte seltene Eidechsen züchten, sie wollte Psychologin werden, sie wollte Präsidentin werden, sie wollte nach Irland, Island, Neuseeland, New York ziehen.

Jeder warnte einen vor Teenagern, selbst Teenager taten das, insbesondere Mädchen. Sie zogen die Augenbrauen hoch, wenn sie deiner Vierjährigen beim Herumtollen zusahen, und sagten: «Warte bloß ab, wenn die in der Pubertät ist, dann kriegst du Probleme», oder etwas ähnlich Düsteres. Es stimmte zwar, dass Ava jetzt viel schwieriger war als mit sieben, dafür brachte sie aber unglaublich viel Enthusiasmus über Dinge auf, von denen Frances noch nie gehört hatte, und sie stellte Fragen über Moral und Metaphysik. Frances war zu dem Schluss gekommen, dass die Welt einfach keine selbstbewussten oder enthusiastischen Teenager mochte und deshalb allen einzureden versuchte, man müsse sie fürchten oder unterdrücken. Immer derselbe alte Bullshit. Man ließ dabei jedoch außer Acht, wie wundervoll es war zu beobachten, wie sich einer Heranwachsenden die Welt erschließt, wie sich vor ihr der gelbe Steinweg erstreckt wie im *Zauberer von Oz* und sich die grünen Türme der Smaragdstadt in verlockender Ferne am Horizont abzeichnen. In diesem Alter ist noch alles möglich, man kann alles tun, alles sein, was man will. Man kann in einem Monat achtzehn verschiedene Persönlichkeiten ausprobieren. Frances glaubte fest an Ava und ließ sich nicht von ihr abwerfen, egal wie heftig sie sich aufbäumte und bockte und ausschlug.

Die Glocke schrillte. Frances wartete noch eine Minute, bis die Kinder in ihren diversen Klassenräumen verschwunden waren, dann stieg sie aus. Ja, sie glaubte an ihr Kind. Aber das bedeutete nicht, dass es überflüssig war, ab und zu mit der Beratungslehrerin zu sprechen. Vertrauen ist gut, Kontrolle ist besser.

Die Beratungslehrerin hieß Jennifer und war gerade einmal halb so alt wie Frances. Sie war von Natur aus keck und selbstbewusst und hatte diese Eigenschaften in zahlreichen Cheerleader-Trainingsklassen und bei diversen Demos noch geschärft. Gerade war sie so forsch, dass sie einem Traktoranhänger hätte Starthilfe geben können.

«Ihre Tochter macht sich großartig!» Sie überflog Avas Akte. «Sie ist beliebt bei den Lehrkräften und Klassenkameraden, und die Schulschwester hat sie das ganze Semester noch nicht zu Gesicht bekommen ...» Jetzt erblickte sie etwas, und ihre Augen wurden schmal. «Obwohl, sie hat sämtliche Wahlkurse aufgegeben. Wussten Sie das?»

Wusste Frances nicht. «Meinen Sie die Schülerzeitung?»

Jennifer nickte. «Ja, und das Schulorchester. Und sie hatte einmal pro Woche den Comic-Club besucht, das hat sie auch aufgegeben.» Sie hob die Augen und blickte Frances an. Auf dem Poster hinter ihr an der Wand wurde man aufgefordert, auf Marshmallows zu verzichten. Frances lief unwillkürlich das Wasser im Mund zusammen. Dann dachte sie nach. Doch, Ava war definitiv letzte Woche länger in der Schule geblieben, «zur Orchesterprobe». Was zum Teufel hatte das zu bedeuten?

«Vielleicht braucht sie einfach mehr Zeit zum Lernen? Ich mache mir ein wenig Sorgen, weil ihre Noten schlechter geworden sind.»

Jennifer lächelte. «Noten sind für uns längst nicht mehr das Allerwichtigste, Frances. Es gibt viele zusätzliche Erfolgsindikatoren.»

Frances konnte es nicht ausstehen, wenn Säuglinge ihr Vorträge hielten. Besserwisserische Rotzlöffel. Trotzdem lächelte sie. «Das weiß ich ja, Jennifer, aber letztes Jahr hatte sie zum Beispiel ein A in Englisch und in Kunsterziehung. Ich will bloß sichergehen, dass es keine Probleme gibt, die ich möglicherweise nicht mitbekommen habe?»

Jennifer schaute erneut in die Akte. Sie nahm ein Blatt zur Hand, und ihr Blick fiel auf einen gelben Haftzettel. «Wie läuft es denn mit Piper?», erkundigte sie sich.

«Piper? Wer ist das?», fragte Frances verblüfft.

Jetzt war Jennifer selbst überrascht. «Piper ist eine neue Schülerin, die letzten Sommer von New York hergezogen ist. Wir haben ihr Ava als Mentorin zugeteilt, und das klappte im ersten Monat auch sehr gut, die beiden waren buchstäblich unzertrennlich, sie passten wirklich gut zusammen, ein tolles Paar. Aber dann muss was passiert sein, denn Ava und Piper hatten von einem Tag auf den anderen kaum noch Kontakt.»

Frances runzelte die Stirn. «Aber könnte das nicht ganz normal sein? Wenn man einen neuen Job antritt und eine Kollegin zugeteilt bekommt, tendiert man doch nach der Eingewöhnung auch dazu, sich eigene Freunde zu suchen, oder?» Als Jennifer eine verständnislose Miene machte, versuchte Frances zu erklären: «Haben Sie vielleicht den Roman *Rolltreppe oder Die Herkunft der Dinge* von Nicholson Baker gelesen? Der befasst sich mit genau diesem Thema, ja, man könnte sogar sagen, dass er dieser Art von Beziehung erst einen Namen gibt, ein wirklich phantastisches Buch ...» Da Jennifer mittlerweile echt besorgt aussah, verstummte Frances und räusperte sich. «Nein», sagte sie dann, «Ava hat Piper nie erwähnt.»

«Tja, das ist das Einzige, was in ihrer Akte erwähnt wird», bemerkte Jennifer achselzuckend, «abgesehen davon, dass sie ihre Wahlfächer sausengelassen hat. Verhält sie sich denn zu Hause irgendwie auffällig?»

Frances zuckte ebenfalls mit den Achseln. «Nein, bloß die übliche Gereiztheit und das Gejammer, weil wir ihr kein Smartphone kaufen wollen.»

Jennifer war schockiert. «Sie hat noch kein Smartphone?» Kurze Pause. «Aber so gut wie alle Neuntklässler haben eins! Was soll sie machen, wenn sie Sie im Notfall anrufen muss?»

«Tja, dann wird sie sich eben eins von denen leihen, die offenbar überall herumfliegen», entgegnete Frances. «Aber ich kann nicht glauben, dass die anderen tatsächlich alle Handys haben. Die sind nicht billig, und es kommen ja noch die monatlichen Gebühren hinzu.»

Jennifer wirkte nun ernsthaft besorgt. «Nein, wirklich, alle haben eins.» Sie erhob sich, offenbar war die Audienz damit beendet. «Tut mir leid, ich muss zu einer Lehrerkonferenz.» Sie reichte Frances ihre Hand. «Hat mich sehr gefreut, Sie mal wieder zu sehen, Frances, jederzeit gern. Aber Sie sollten wirklich überlegen, ob Sie Ava nicht doch ein Smartphone kaufen. Dass sie noch keins hat, macht sie zur Außenseiterin.»

Frances trat perplex auf den Korridor hinaus. Hatte sie etwas übersehen? Den Lehrerbrief mit den Anschaffungen fürs neue Schuljahr? Papier und Stifte, Schulbücher, iPhone? Die machten Witze, oder? Sie hob den Kopf und merkte jetzt erst, dass sie vom Büro der Beratungslehrerin falsch abgebogen war und sich nun in irgendeinem Schulflur befand. Die Glocke schellte, und sofort flogen die Türen auf, und die Schüler ergossen sich in die Gänge. Die meisten waren genauso groß oder noch größer als Frances und hätten mit ihren Ranzen eine dreimonatige Europareise überstehen können. Frances wurde hin und her geschubst, ehe sie in der Mitte eine Gasse fand.

«Mom?» Mist, jetzt war sie doch tatsächlich ihrer Tochter über den Weg gelaufen. Ava wirkte erfreut, doch dann legte sich Misstrauen über ihre Züge. «Was ist? Stimmt etwas nicht? Was machst du hier?» Die anderen Kinder schrammten an ihnen vorbei, und Frances wurde einen Moment lang an die Büffel-Stampede im *König der Löwen* erinnert. Sie hatte zu viele Disneyfilme gesehen.

«Alles ist gut. Ich musste kurz etwas mit Jennifer besprechen.» Sie musterte ihre Tochter. «Ist das ein Lidstrich?»

«Du bist hier, um zu checken, ob ich mich schminke?»

«Nein, ich hab bloß was gefragt. Und wo ich schon dabei bin: Du benutzt in der Schule Lippenstift?»

Avas Augen wurden schmal. «Also echt, Mom!»

Frances holte tief Luft. «Fangen wir noch mal von vorn an.»

«Na gut.»

«Hi, Ava, was für ein Zufall, dass ich dich hier treffe.»

«Nö, kein Zufall, ich bin jeden Tag hier. Du dagegen ...»

«Ich hatte mit eurer Beratungslehrerin etwas zu besprechen.»

«Wegen mir?»

«Worüber sollten wir sonst reden?»

«Über deinen geheimen Wunsch, Cheerleaderin zu werden?»

Frances lachte. «Ertappt!»

Ava grinste. Da schellte die Schulglocke schon wieder. «Ich muss gehen. Mom, im Ernst, was machst du hier?»

«Ich spioniere hinter dir her, was sonst? Wir reden nachher darüber, wenn ich dich abhole, okay?» Frances machte Anstalten, ihre Tochter zu umarmen, und erwartete natürlich einen Rüffler. Aber Ava schlang überraschend innig die Arme um ihre Mutter.

«Du fehlst mir, wenn ich in der Schule bin», flüsterte sie ihr ins Ohr.

«Du mir auch», antwortete Frances leise.

Sie ließen sich los. Ava setzte eine gleichgültige Miene auf, die sogar einigermaßen glaubwürdig war. «Man sieht sich.»

Frances nickte, und ihre Tochter schlenderte davon. Frances blickte ihr kurz nach, dann wandte auch sie sich ab. Als Ava sich noch einmal umdrehte, um ihrer Mutter noch einmal zuzulächeln, sah sie nur noch ihren Rücken.

9

Auf der Rückfahrt rief Frances Michael an und schaltete auf Freisprechfunktion.

«*What's up, Dog?*» Seine Stimme heiterte sie immer auf.

«Hast du kurz fünf Minuten zum Reden?» Sie bremste ab, um eine extrem langsame alte Dame die Straße überqueren zu lassen. Hinter ihr hupte jemand. Sie zeigte dem Fahrer im Rückspiegel ihren gestreckten Mittelfinger. Sollte sie die Frau überfahren, oder was? *Wir werden alle mal alt, du Idiot*, dachte sie, *nicht lange, und du wirst dir aus Angst in die Inkontinenzwindel pissen, weil dich irgendein Arschloch anhupt, der sich in seinem Wagen ganz groß fühlt, sich aber nie trauen würde, dich direkt anzuraunzen, bloß damit du schneller über die Straße humpelst. Fick dich doch, du Blödmann.* Der Typ hupte noch einmal. Frances ließ die Scheibe runter und streckte die Hand hinaus. Erst zeigte sie energisch auf die alte Frau, dann hielt sie erneut den Stinkefinger hoch. Hatte sie doch gewusst, dass ihr die Doku über mimische Verständigung, die sie neulich im Fernsehen gesehen hatte, irgendwann zupass kommen würde. Sie versuchte sich wieder auf ihren Mann zu konzentrieren.

«Jep, aber wirklich nur fünf Minuten, ich muss um zehn in ein Meeting.» Er klang beschäftigt, aber entspannt, was eigentlich sein Normalzustand war.

Frances warf einen Blick auf ihre Uhr. Fünf vor zehn. «Okay. Ich habe mit Avas Beratungslehrerin geredet.»

Michael lachte. «Willst du dich bei den Cheerleadern bewerben?»

«Das hat Ava auch gesagt. Was habt ihr bloß damit?» Die alte Frau hatte jetzt die andere Straßenseite erreicht und blieb keuchend stehen. Frances fragte sich, was wohl in ihr vorging, ob sie Menschen und Umgebung überhaupt noch wahrnahm oder ob sie sich einfach nur von einer Straße zur nächsten schleppte. Auf einmal hasste sie den jungen Typen hinter ihr aus tiefstem Herzen. Der scherte gerade aggressiv aus und düste mit einem zornigen Hupen an ihr vorbei. Da bemerkte sie, dass es sich bei dem Fahrer um eine Frau mittleren Alters handelte, genau wie sie.

«Ava war auch dabei? Warum hast du mir nicht auch Bescheid gesagt?» Das klang schon ein bisschen weniger amüsiert.

«Nein, nicht bei dem Gespräch. Wir sind auf dem Flur zusammengestoßen.»

«O weh, aufgeflogen! War sie sauer?»

«Eigentlich nicht. Aber sie war geschminkt, was heute früh definitiv noch nicht der Fall war.» Frances wusste selbst nicht, wieso sie das überhaupt erwähnte, es spielte eigentlich keine Rolle. Manchmal war sie ohne ersichtlichen Grund überkritisch und konnte sich deswegen selbst nicht ausstehen. Wenn es eine bewusste Reaktion gewesen wäre, hätte sie vielleicht vermieden werden können, aber meist überfiel es sie wie aus heiterem Himmel. Sie hatte mal gehört, dass ein großer Teil des menschlichen Denkens von der öffentlichen Meinung beeinflusst wurde und sich als innerer Monolog darstellte. Ein deprimierender Gedanke. Aber vielleicht war die Vorstellung, dass das ein deprimierender Gedanke war, ja auch nur wieder von außen gelenkt. Sie bekam allmählich Kopfschmerzen.

«Na und? Sie ist schließlich schon vierzehn. Wenn sich ihre Rebellion nur in ein bisschen Schminke äußern würde, hätte ich nichts dagegen. Vorausgesetzt, sie sieht nicht nuttig aus.»

«Quatsch, bloß Lidstrich und Lippenstift. Aber darum geht's gar nicht, Michael. Es geht darum, dass sie alle ihre Wahlkurse aufgegeben hat. Ohne uns was zu sagen.»

«Die Schülerzeitung?»

«Nicht nur. Auch das Schulorchester. Und den Comic-Club. Obwohl das irgendwie nicht zählt, weil ich gar nicht wusste, dass sie da auch drin war. Trotzdem, ein bisschen traurig ist es schon.» Frances hörte Stimmen im Hintergrund und merkte, dass ihr Mann nicht mehr ganz bei der Sache war. «Hörst du mir noch zu?»

«Nein», gestand er ehrlich. «Jason ist gerade reingekommen, ich muss gehen. Kannst du später noch mal anrufen? Wir besprechen das, bevor wir mit Ava reden, okay? Sie hat schließlich das Recht, selbst über ihre Freizeit zu entscheiden.» Wie so oft in solchen Fällen lag ein warnender Unterton in seiner Stimme. Wenn Frances ein Problem mit Ava hatte, stellte sich Michael oft auf die Seite seiner Ältesten. Eigentlich stellte er sich meist auf die Seite der Kinder, nicht nur seiner kostbaren Erstgeborenen. Er war ihr Jägersmann, ihr Beschützer. Und sie, Frances, war dann wohl die Alte mit dem giftigen Apfel. Das machte sie stinksauer, und sie spürte auch jetzt, wie der Groll in ihr hochbrodelte.

«Ja, klar. Ich weiß schon, alles ist dir wichtiger als deine Kinder.» Wieso provozierte sie ihn jetzt? Er war schließlich bei der Arbeit.

Eine Pause trat ein. Michael kannte sie seit über zwanzig Jahren und bewies es, indem er sagte: «Jetzt lass dich deswegen nicht stressen, Frank. Es ist wahrscheinlich ganz harmlos. Wir werden der Sache in Ruhe auf den Grund gehen, okay?» Er deckte die Sprechmuschel ab und sagte etwas zu seinem Kollegen. Dann war er wieder dran. «Und jetzt geh und iss was, du hörst dich an, als ob du einen Hungerast hättest. Wir reden dann später.»

Er hängte ein, und Frances war wie immer irritiert und getröstet zugleich. Manchmal brach einer von ihnen einen Streit vom Zaun, und der andere gab ebenfalls Zunder. Aber die meiste Zeit blieb der eine ruhig, wenn der andere Streit suchte, und erstickte das Drama gleich im Ansatz. Das war wohl der Vorteil einer langen Ehe: dass man beurteilen konnte, wann etwas wichtig war. Und wann es sich nur um Unterzuckerung handelte. Nervig ohne Ende.

Sie machte sich auf den Heimweg und überlegte dabei, was sie mit Ava machen und wie sie am besten an die Sache herangehen sollte. Unvermeidlich, da sie einander in der Schule über den Weg gelaufen waren. In diesem Moment klingelte ihr Handy.

«Hallo, du!»

«Ebenfalls hallo.» Frances grinste erleichtert. Es war ihre Freundin Lili, jemand, der *immer* auf ihrer Seite stand, egal was sie sagte. Jemand, bei dem sie sich nach Herzenslust über ihren Mann beklagen konnte. Er hätte ein Heilmittel gegen Krebs finden und den Nobelpreis für Medizin gewinnen können, und Lili hätte ihr zugestimmt, dass er die Petrischalen wirklich besser hätte ausspülen müssen.

«Wo bist du gerade?» Lili klang immer entspannt. Sie gehörte zu den Menschen, denen es gelang, alle Dinge so zu nehmen, wie sie kamen, und sich nicht weiter aufzuregen. Vielleicht wirkte sie ja nur äußerlich so, und innerlich war sie ein nervöses Wrack. Aber anmerken tat man ihr das nicht.

«Auf dem Heimweg.»

«Ich bin gerade in der Gegend. Wie wär's, wenn wir uns auf einen Kaffee treffen? Ich hab ein Stündchen Zeit, und da bist du mir eingefallen.»

Frances bog rechts ab. «Und die Wievielte bin ich, die du fragst?»

«Na, die Erste», entgegnete Lili empört. «Du bist meine erste Wahl. Aber wenn ich dich nicht erreicht hätte, hätte ich als Nächstes Anne Porter angerufen. Ich mag sie, aber bei ihr fühle ich mich immer ein bisschen underdressed. Bin froh, dass du drangegangen bist. Treffen wir uns am üblichen Ort?»

«Ja, bin in zehn Minuten da.»

Da sah man's mal wieder. In der einen Minute erschien einem alles trüb und düster, und in der nächsten wurde man auf einen Plausch samt Kaffee eingeladen. Dem Himmel sei Dank für Freundinnen. Und für Koffein.

Der übliche Ort war einer dieser belgischen Kaffee-Kettenläden, in denen sich Frances immer besonders modern und europäisch vorkam. Als sie das Hinterzimmer betrat, fiel ihr

Blick sogleich auf Lili, die begeistert winkte. Ihre Freundin war ausgesprochen hübsch, aber das schien ihr nicht bewusst zu sein. Frances lief im Schnellschritt auf sie zu. Die beiden umarmten sich.

«Mann, war ich froh, deine Stimme zu hören!» Frances setzte sich und bestellte sich einen Latte und ein Schoko-Croissant.

«Ach ja? Wieso das denn?» Lili grinste. «Nicht, dass ich mich nicht freue, aber ist was passiert?»

Das Croissant wurde gebracht, und Frances biss herzhaft ab. «Ach, nichts weiter. Wie geht's den Kindern?»

Lili hatte zwei Töchter, die Ältere ging zusammen mit Milo in die vierte Klasse. «Annabel geht es so weit gut, obwohl die anderen Mädchen manchmal ein bisschen gemein zu ihr sind. Clare ist fröhlich wie immer, aber ich habe fast den Eindruck, dass sie ... etwas normaler wird.»

Frances schüttelte den Kopf. «Du täuschst dich. Dieses Mädchen wird nie normal.» Lilis Jüngere war der absolute Knaller. «Wer ist denn gemein zu Annabel?»

Lili zuckte mit den Schultern. «Ach, du weißt schon. Cliquenbildung. Da wird entschieden, wer dazugehören darf und wer nicht.» Sie schüttelte sich angeekelt. «Diese kleinen Biester können so fies sein!» Sie nahm einen Schluck Kaffee. «Aber erzähl du lieber, was bei dir los ist.»

Frances schaute sich um. Sie kannte mindestens zwei Gesichter, was kaum überraschte, weil sie etwa dreimal pro Woche herkam und oft dieselben Leute antraf. Man kannte sich zwar nur vom Sehen, aber falls es beispielsweise zu einer Zombie-Invasion käme, würde man sich wie selbstverständlich zum Widerstand zusammenrotten. Man nickte sich grüßend zu, auch wenn man sich außerhalb des Cafés über den Weg lief, und es war nur eine Frage der Zeit, wann eine die Hand ausstrecken und sich vorstellen würde. Vielleicht sogar sie selbst.

«Hallo? Erde an Frances?», sagte Lili ironisch. «Wo bist du denn hin? Hast du was getrunken? Du bist doch nicht beschwipst, oder?»

Frances lachte. «Nein, ich war bloß kurz mit den Gedanken woanders. Passiert mir in letzter Zeit öfter. Passiert dir das nie?»

Lili nickte. «Doch, ständig. Neulich war ich zum Beispiel im Zoo, aber mein Kopf war ganz woanders.»

Frances verzog das Gesicht. «Ich mache mir Sorgen wegen Ava. Ihre Noten lassen nach, und ich habe gerade erfahren, dass sie sämtliche Wahlfächer hat sausenlassen, ohne mir etwas zu sagen.» Sie zuckte mit den Schultern. «Ich bin es einfach gewöhnt, ihre Ratgeberin zu sein. Aber offenbar hab ich diesen Job verloren, ohne darüber informiert zu werden.»

«Du meinst, der Schüler hat sich nun selbst zum Meister gemacht?» Lili grinste, als sie Frances' ratlose Miene sah. «*Star Wars*, du weißt schon. Darauf läuft es bei mir doch immer hinaus.»

«Ja», bestätigte Frances, «so ähnlich ist es wohl. Wie wenn man ihnen das Radfahren beibringt. Man schiebt sie an und läuft mit, und plötzlich haben sie es raus und ziehen davon, und man erkennt, dass diese Phase für immer vorbei ist.»

Lili gab der Bedienung einen Wink, die sofort herbeikam. «Könnten Sie mir noch ein Schoko-Croissant bringen? Und noch einen Latte, bitte.» Die Bedienung schaute Frances fragend an, aber die schüttelte den Kopf. Lili fuhr fort: «Aber du willst doch, dass sie selbständig werden, oder? Eigene Entscheidungen treffen.»

«Ja, natürlich. Es wird ja Zeit, sie ist vierzehn. Ich dachte nur nicht, dass es so abrupt geschehen würde und in diesem Ausmaß. Ich mache mir Sorgen, dass etwas passiert ist, aber ich weiß nicht, wie ich sie darauf ansprechen soll.» Sie erzählte Lili von ihrer Begegnung mit Ava in der Schule. Lili hörte stirnrunzelnd zu.

«Das ist deine geringste Sorge – sie wird schon selbst davon anfangen, wenn du sie heute Nachmittag abholst.» Sie lächelte der Bedienung zu und biss in ihr zweites Croissant. «Mann, warum gibt's hier nur so himmlische Sachen? Sie bieten zwar außerdem Sprossensalate und grüne Gemüsesäfte an, aber wie soll man sich für Grünzeug entscheiden, wenn es diese himmlischen Kalorienbomben gibt?» Lili hielt inne, dann streckte sie die Hand aus und wischte an einer Stelle über Frances' nackten Arm. «Du hast da ... Was ist das? Einen Fleck. Hast du dich wieder bekritzelt?»

Frances warf einen Blick auf die Stelle und musste schmunzeln. «Hab ich dir die Geschichte nicht erzählt?» Lili zog die Augenbrauen hoch und schüttelte den Kopf. «Da hat mich mein Bruder in den Arm gestochen.»

«Na, hör mal, ich bin ziemlich sicher, dass du das noch nie erwähnt hast! Ich wusste ja nicht mal, dass du einen Bruder hast.»

«Jetzt leider nicht mehr. Er ist gestorben.»

«Das tut mir leid.»

«Ja, mir auch.» Frances musterte liebevoll den kleinen grauen Punkt auf der Innenseite ihres Unterarms. «Er war jünger als ich, und ich sollte ihn bei den Hausaufgaben beaufsichtigen. Er hat sich wie immer aufgeführt, hat rumgemault und jeden Trick versucht, um sich zu drücken, zum Beispiel seinen Bleistift so lange zu spitzen, bis die Mine fast länger war als das Holz, weißt du, was ich meine?»

Lili nickte. «Klar.»

«Aber ich wollte nicht nachgegeben, hab ihn gedrängelt und gedrängelt, und da hat er schließlich mit dem Bleistift in meinen Arm gestochen.»

«Bisschen heftig, oder?»

«Die Mine blieb stecken, und ein dicker Blutstropfen quoll hervor und tropfte auf den Küchentisch. Es hat nicht sonderlich weh getan, war aber optisch ganz schön beeindruckend.»

«Und wie hat er reagiert?»

«Er hat geheult und gejammert und mich angefleht, es Mom nicht zu sagen.»

«Und hast du?»

«Klar hab ich. Die Bleimine ist in der Haut abgebrochen und hinterließ diesen Fleck hier. Aber im Laufe der Zeit ist er verblasst.» Sie berührte die Stelle mit dem Finger und spürte zarte, glatte Haut. «Mein Bruder ist wenige Jahre später gestorben, aber wenn ich den Fleck sehe, muss ich an ihn denken.» Sie sah wieder sein entsetztes Jungengesicht vor sich, seinen Schrecken darüber, dass sie blutete. Frances hob den Kopf und schaute Lili an. Zeit, das Thema zu wechseln. «He, ich hab gehört, dass du dich seit neuestem wieder mit jemandem triffst, stimmt das?» Lili war Witwe, ihr Mann war bei einem Autounfall ums Leben gekommen, aber das war auch schon alles, was Frances darüber wusste. Es war passiert, bevor sie sich kennengelernt hatten, als Lilis Kinder noch ganz klein gewesen sein mussten. So viele geliebte Menschen schon gestorben ... Auch wenn es lange her war, überschattete es die Gegenwart noch immer.

Lili schnitt eine Grimasse. «Ja, kann sein. Ach, ich weiß nicht. Nö. Oder doch.»

Frances lachte. «Gut, dass wir das geklärt haben.»

«Es ist noch zu früh, um was zu sagen. Wir kennen uns erst seit dem Sommer, und ich weiß nicht, ob ich schon wieder für so was bereit bin.»

«Wie heißt er denn? Komm, erzähl mir ein bisschen von ihm.»

Lili seufzte. «Er heißt Edward. Und er ist Holländer.»

«Ist er oft *stoned*?»

«Nö, überhaupt nicht. Und Clogs trägt er auch nicht. Er ist Gartenbaulehrer. Ich finde ihn sehr, sehr attraktiv, aber ... ach, ich weiß nicht. Die Kinder mögen ihn jedenfalls.»

«Na, das ist doch schon mal was.» Lili wollte offensichtlich nicht darüber reden. «Und was gibt es sonst Neues?»

«Ausnahmsweise sogar jede Menge. Ich hab mich selbständig gemacht. Meine Schwester will heiraten, glaube ich. Und der Hund hat schon wieder Würmer.»

«Was, schon wieder?»

Es war elf, als sie zusammen das Café verließen, und es fühlte sich so an, als hätten sie zwar nicht ihre eigenen, aber zumindest die Probleme der Welt gelöst. Frances überlegte, was sie in der Stunde, die ihr noch blieb, tun könnte, und entschied sich, einkaufen zu gehen. Das tat sie eigentlich immer, wenn ihr nichts Besseres einfiel: einkaufen gehen.

Frances und Iris hatten einst einen unvergesslichen

Nachmittag damit zugebracht, akribisch die Mahlzeiten für drei Monate im Voraus zu planen, um die Haushaltskasse zu entlasten und nicht immer so viel Geld für Lebensmittel auszugeben. Irgendwie war es doch nicht richtig, Schränke voller Dosen und Nudeln und Gefriertruhen voller Gefriergut zu haben und dann doch nie zu wissen, was man zum Abendessen kochen sollte. Ein Erste-Welt-Problem, schon richtig, aber dennoch ein Problem. Mit einem herrlichen Gefühl der Erleichterung und Freiheit, dass man nun Zeit für wichtigere Dinge habe, als Lebensmittel einzukaufen, hatten sie sich ans Werk gemacht. Doch drei Wochen später war wieder alles beim Alten.

Warum, zum Teufel, war es nur so schwer, etwas durchzuhalten? Die Literatur und die Populärkultur waren voller Beispiele von Menschen, die ihre Pläne eisern durchhielten, die täglich Fitness betrieben, die in Leggins in Sportstudios herumhüpften, Eisenbahnschwellen schleppten, Hürden überwanden ... Und sie brachte es nicht einmal fertig, sich an einen Haushaltsplan zu halten. Mit einem Gefühl abgrundtiefer Selbstverachtung schob Frances den Einkaufswagen durch die Gänge und hasste sich dafür, dass sie Oreos wählte, anstatt selbst Cookies zu backen, dass sie Honig-Nuss-Cheerios kaufte, anstatt die ganz normalen, denn mit denen hatte sie nicht mehr ankommen dürfen, sobald ihre Kinder die mit Honig probiert hatten. Dass sie immer noch verschwenderische – und umweltschädigende – Tampons verwendete, anstatt es mal mit diesen komischen wiederverwendbaren Mens-Tassen zu probieren. Sie warf zornig eine große Packung Salat in den Wagen, stellte sie aber gleich darauf wieder in die Kühltheke zurück – er würde zu Hause ja doch nur verrotten, und dann hätte sie wieder ein schlechtes

Gewissen, wenn sie ihn wegwerfen musste, wegen der Lebensmittelverschwendung und wegen der Mühen, die sich irgendein armes unterbezahltes Schwein beim Pflücken gemacht hatte. Es war natürlich gut, sich über die Probleme und Herausforderungen der Welt zu informieren, aber eigentlich konnte man danach doch nicht weitermachen wie bisher!

Sie beschloss, heute Abend Hähnchen zuzubereiten, und stand unschlüssig vor der Kühltheke. Was war besser, ein Maishähnchen oder ein Biohähnchen? Und was bedeutete das überhaupt? Was war die richtige Nahrung für Hühner? Neben ihr tauchte der Typ von der Fleischabteilung auf.

«Welches von diesen Hühnern hier hatte wohl ein schöneres Dasein, was meinen Sie?», fragte Frances ihn und war insgeheim sicher, dass er sie für verrückt hielt.

Aber er hatte Erbarmen und zeigte auf ein Huhn, auf dem «aus humaner Tierhaltung» stand. Sie nahm es und lächelte ihm dankbar zu.

«Das ist aber teurer», bemerkte er noch.

«Ach, das macht nichts», entgegnete sie, «ich gebe gern mehr aus, wenn ich dann kein schlechtes Gewissen haben muss.»

Er wandte sich ab und ging, wahrscheinlich, damit sie nicht sah, wie er die Augen verdrehte. Aber vielleicht war's ihm ja auch egal. Frances betrachtete das Huhn, das, human gehalten oder nicht, genauso tot war wie die anderen.

Manchmal wurde sie vorübergehend zur Vegetarierin, nämlich wenn sie eine dieser Horror-Dokus über grässliche Tierfabriken gesehen hatte, aber es fiel ihr beschämend schwer, sich auf Dauer daran zu halten. Sie war stattdessen zur «Eines blöden Tages»-Theorie übergegangen: Die Tiere lebten glücklich und gut versorgt mit viel Auslauf auf einer

Biofarm, und eines blöden Tages kam eben der Schlächter, und sie wurden – auf humane Weise – einen Kopf kürzer gemacht. Natürlich war Frances klar, was für eine hirnrissige Theorie das war, aber sie liebte Tiere nun mal über alles und brach bei solchen Dokumentationen regelmäßig in Tränen aus. Aber das verging dann auch schnell wieder. War das schlimm? Rücksichtslos? Oder schlicht oberflächlich?

Sie kehrte zur Gemüseabteilung zurück und suchte nach Biokartoffeln, die in unbehandelter, natürlicher Erde gezogen worden waren, die noch sämtliche wichtigen Bakterien und Mineralien enthielt, aber nicht von Düngemitteln verseucht worden war. *Ach, zum Teufel mit den Bioorganismen*, dachte sie ärgerlich, *ich hab ja nicht mal die Haushaltskasse im Griff, geschweige denn die unsichtbare Flora.*

Zu Hause wuchtete sie die Tüten auf die Anrichte, checkte den Anrufbeantworter (nichts), die Spülmaschine (musste ausgeräumt werden), den Abfalleimer (musste geleert werden), ließ die Hunde raus (mussten entwässert werden) und begann dann mit dem Auspacken. Wie üblich hatte sie Dinge gekauft, die sie bereits im Haus hatte, und anderes vergessen, das sie wirklich gebraucht hätte. Man sollte doch meinen, dass man den Haushalt ein wenig besser im Griff hatte, wenn man bereits über vier Lebensjahrzehnte auf dieser Erde wandelte. Dennoch kannte sie offenbar noch immer nicht den Unterschied zwischen Küchenrollen und Klorollen: Gewöhnlich hatte sie einen Vorrat vom einen, mit dem man sogar einen nuklearen Winter überstehen konnte, und nichts vom anderen. Auch neigte sie dazu, tonnenweise Spaghetti zu lagern, dafür aber nur ein halbes Päckchen Makkaroni. Oder je drei Dosen Anchovis, Artischockenherzen oder Kapern – die sie fast nie verwendete –, aber keinen

Thunfisch, den sie ein-, zweimal pro Woche brauchte. Man stellt eines Morgens fest, dass die Kaffeefilter ausgegangen sind, und nimmt danach bei jedem Einkauf welche mit, nur um diese traumatische Erfahrung nie wieder machen zu müssen. Schließlich quillt das Regal von Kaffeefiltern über, und erst da erkennt man, dass es jetzt vielleicht doch genug ist. Anschließend geht man davon aus, ausreichend Kaffeefilter für den Rest seines Lebens zu haben, und denkt nicht mehr daran. Bis man eines Tages erneut – und zum ungünstigsten Zeitpunkt – feststellt, dass keine mehr da sind. Warum war das alles nur so kompliziert?

Frances ging durchs Haus und ließ den Blick durch die Räume schweifen, als betrachte sie Bilder in einem Katalog. Wenn es ein Katalog gewesen wäre, dann einer mit dem Titel *Hoffnungslose Fälle*. In jeder Ecke und in jedem Winkel hatten sich Dinge abgelagert, wie Treibgut in Uferbuchten. Halbfertige Handarbeiten. Bücher aus der Bibliothek, die mittlerweile derart überzogen waren, dass es billiger gewesen wäre, sie neu zu kaufen. Drei Jahre alte Party-Einladungen. Und dann natürlich die «Fotoecke» auf dem Kaminsims. Hier hatte sie versucht, ein kunstvolles Arrangement aus Fotos und Erinnerungsstücken anzulegen, die aber schon drei Tage später hinter Schulformularen, Fisher-Price-Spielzeug und der Anmeldeplakette von Michaels Auto, die erst nächsten Monat draufmusste, verschwunden waren. Diese Plakette fand sie jetzt ständig, wenn sie etwas suchte, aber wenn sie sie dann tatsächlich brauchen würden, wäre sie bestimmt längst in irgendeiner Ritze des Universums verschwunden. Und überall, aber auch wirklich überall, lagen einzelne Socken herum oder Hundehaare.

Du liebe Güte.

10

Sara war bei der Arbeit, und Iris hatte das Haus für sich allein. Aber irgendwann wurde einem das Saubermachen und Aufräumen so langweilig, dass man sich am liebsten die Hand in der nächsten Schublade eingequetscht hätte. Daher beschloss sie, ihre Mutter anzurufen. Manchmal half das, manchmal auch nicht, aber zumindest war ihre Mutter immer da, vor allem seit sie das Haus aufgrund ihrer Diabetes und der schlimmen Füße nur noch schwer verlassen konnte. Iris' Vater war vor ein paar Jahren gestorben, und das Leben ihrer Mutter hatte sich seitdem so geändert, dass sie es wohl selbst noch nicht ganz begriff.

«Hallo, Schätzchen.» Ihre Mutter klang zwar ein bisschen müde, schien sich aber über den Anruf der Tochter zu freuen. «Wie geht's meinem Lieblingsenkel?»

«Prima.»

«Und wann schenkst du mir noch einen? Das wäre doch was! Denk an Wyatt. Jedes Kind sollte ein Geschwisterchen haben.»

«Du weißt doch, wie gern ich noch ein Kind hätte, Mom. Aber im Moment ist das schwierig.»

«Was sagt Sara denn dazu?»

Iris knipste den Wasserkocher an und nahm Tasse und Teebeutel aus dem Schrank. «Gar nichts. Wir haben nicht darüber geredet.»

«Aber wieso denn nicht?» In der Stimme ihrer Mutter

lag ein etwas schärferer Unterton. «Ihr habt euch doch hoffentlich nicht gestritten?»

Ihre Mutter hatte eigentlich keine Probleme mit Iris' Coming-out gehabt, sie war insgeheim sogar erleichtert gewesen, dass sich ihre Tochter nicht mit der Treulosigkeit von Männern herumschlagen musste (als ob Frauen nicht auch treulos sein konnten). Dass sie Oma war, freute sie wahnsinnig, auch wenn sie die Lebensentscheidung ihrer Tochter manchmal in ihrer Kirchengemeinde verteidigen musste. Es half, dass Sara und Iris geheiratet hatten, sobald das gesetzlich möglich geworden war, und seitdem eine harmonische, glückliche Ehe führten. Iris hatte manchmal das Gefühl, dass homosexuelle Paare mit strengeren Maßstäben gemessen wurden, als ob eine gescheiterte Ehe das gesamte Konzept gefährdete. Dabei spielte das Schlafzimmer in einer Ehe eigentlich nur eine untergeordnete Rolle. Viel wichtiger waren Gespräche am Küchentisch, Diskussionen über Zahnpasta und Toilettenpapier, Entscheidungen in Bezug auf Kinder und Haustiere und die Autoversicherung. Wie man seinen Partner oder seine Partnerin geschlechtlich befriedigte, war nur ein kleiner Teil davon, aber er bekam die ganze Presse.

Als sie und Sara ihre Hochzeit planten, hatte Iris verblüfft festgestellt, wie viel Literatur es übers Heiraten an sich gibt, aber wie wenig darüber, wie man auch verheiratet *bleibt*. Ganze Zeitschriften widmen sich der richtigen Tischdekoration oder einfallsreichen kleinen Geschenken für die Gäste. Vergebens suchte man Artikel darüber, wie man sich an den Gestank des Stuhlgangs vom Partner gewöhnt. Oder Ratschläge, was zu tun ist, wenn beide Partner eine Erkältung haben und Streit darüber herrscht, wer kränker ist und wer wen zu pflegen hat. Oder wer nachts aufsteht und sich um das Baby kümmert, oder wann ein altes und krankes Haustier eingeschläfert werden soll.

Dasselbe hatte sie empfunden, als sie schwanger war. Alles konzentrierte sich auf Schwangerschaft und Entbindung, aber kaum auf die ersten drei Monate danach. Da erschien einem selbst ein Dammschnitt wie ein Kinderspiel. Sie wollen mir die Vagina aufreißen wie eine Melone? Nur zu! Aber wie geht das mit dem ersten Klobesuch danach? Wie übersteht man neunzig Nächte mit nur zwei Stunden Schlaf, wie den ersten Krach mit dem Partner, wenn einem klarwird, dass man die kleine Bestie in der Krippe *nie wieder loswird* und das Arschloch daneben *vollkommen nutzlos ist?* Nicht mal fünfhundert Worte fand man zu diesen Themen, verdammt.

Iris merkte, dass ihre Mutter noch immer auf Antwort wartete. «Weil ich einfach noch nicht den richtigen Zeitpunkt gefunden habe, um es zur Sprache zu bringen. Sara scheint im Moment ganz glücklich zu sein, und ... und ich habe Angst, sie könnte nein sagen. Ich weiß nicht, was ich dann täte.»

Ihre Mutter stieß einen schwer zu beschreibenden Laut aus, eine Mischung aus Zungenschnalzen und Seufzen und einem zeitlosen Geräusch der Resignation. «Was *könntest* du denn tun?»

«Keine Ahnung. Deshalb hab ich's ja noch nicht angesprochen.» Iris goss den Tee auf und sah zu, wie sich der Beutel im heißen Wasser blähte und wieder zusammensank.

Ihre Mutter fragte: «Und wie geht's Frances?»

Iris schmunzelte. «Wie immer. Prima.»

«Hat sie inzwischen abgenommen?»

Iris verdrehte die Augen, beantwortete aber trotzdem die Frage. «Ich glaube nicht, sie sieht jedenfalls nicht anders aus als sonst.» Jetzt kam gleich wieder die Bemerkung, dass Frances als junges Mädchen doch immer so dünn gewesen sei.

«Dabei war sie doch früher immer so dünn, nicht wahr?»

«Schon. Aber sie hat halt Kinder gekriegt.»

«Aber das haben wir doch alle. Und du bist immer noch dünn.»

Iris setzte sich an den Küchentisch. Rosco warf sich hechelnd neben ihr auf den Fußboden. «Ich war nie dünn, Mom. Und ich habe ja nur ein Kind bekommen, sie drei.»

«Ich hatte vier. Und hab trotzdem meine Figur behalten.»

«Du bist aber nicht sehr verständnisvoll. Wir reden hier immerhin über deine Lieblingsnichte.»

«Du solltest mal hören, was ich über die Mischpoche rede, die ich am wenigsten ausstehen kann.» Ihre Mutter lachte. «Und wie geht's ihrem Mann? Trinkt er immer noch so viel?»

«Du bist eine abscheuliche Klatschtante.»

«Wenn man über die Verwandtschaft redet, ist es kein Klatsch. Dann ist es Familiengeschichte.»

Iris beugte sich vor und streichelte den Hund. Der konnte wenigstens schweigen wie ein Grab.

11

Wie Lili vorausgesehen hatte, begann Ava sie zu löchern, noch bevor ihr Hinterteil den Beifahrersitz berührt hatte.

«Also, wieso warst du heute in meiner Schule?» Sie stopfte ihren massigen Schulranzen in den Stauraum vor dem Sitz und fuhr diesen dabei so weit zurück, dass Lally hinten protestierend quiekte.

Frances warf einen Blick in den Rückspiegel. Lally war trotz Quieken kurz vorm Einschlafen. Milo, Wyatt und Theo hatten in der dritten Reihe diesmal ausreichend Platz und freuten sich, denn Kate saß ausnahmsweise vorn auf Lucas' Platz. Er war heute von Bill abgeholt worden, Frances hatte ihn nur kurz aus der Entfernung gesehen. Ein Zahnarzttermin, wie er ihr bereits letzte Woche angekündigt hatte. Bill schien alles im Griff zu haben; vielleicht war Julie ja einfach überflüssig geworden.

Frances warf ihrer Tochter einen Blick zu. Aufgebracht sah sie jedenfalls nicht aus, zumindest nicht äußerlich. «Ich wollte bloß mal wissen, wie du dich in der Schule machst.»

«Das hast du doch schon von mir erfahren, oder? Genügt das jetzt etwa nicht mehr? Jennifer hat sowieso null Ahnung.» Ava trommelte nervös mit den Fingern auf ihren Sitzgurt und verriet dadurch, dass sie weniger gelassen war, als es den Anschein hatte.

«Gibt es denn etwas, das ich wissen sollte, Ava?» Frances bemerkte im Rückspiegel, dass Milo bereits hersah. Verstehen konnte er dort hinten wahrscheinlich nicht viel, aber den Tonfall bekam er mit. Sie senkte die Stimme. «Vielleicht sollten wir lieber zu Hause in Ruhe darüber reden? Wir könnten uns zusammensetzen und ...»

«Und gemütlich plaudern? Wie du dich in mein Leben einmischst? Klar, setzen wir uns bei einer Tasse Tee zusammen, warum nicht.» Ihre Tochter wandte das Gesicht zum Fenster und sagte den Rest der Fahrt über kein Wort mehr.

Frances seufzte.

Als sie in ihrer Straße angekommen waren, begleitete Ava Kate, Theo und Wyatt rasch noch zu ihren jeweiligen Häusern, und Milo setzte sich mit Lally vor den Fernseher, denn nach der Schule durften sie immer erst mal eine halbe Stunde in die Kiste schauen. Dazu aß jeder eine Schale Piraten-Puffreis. Frances machte zwei Tassen Tee und ging damit hinauf zu Ava.

Ava blickte überrascht hoch, als ihre Mutter ins Zimmer trat. «Ach, sollen wir jetzt echt Tee trinken?»

Aber Frances wusste glücklicherweise, dass ihre Tochter nur auf dem Bett gesessen und gewartet hatte, dass sie kam, damit sie genau so eine Bemerkung machen konnte. Darauf fiel Frances nicht herein.

«Ja, das war doch eine gute Idee.» Frances hielt die Tassen hoch. «Aber es macht nichts, wenn du nicht willst.» Sie schaute sich im Zimmer ihrer Tochter um, die Einrichtung eine Mischung aus kleinem Mädchen und Teenager, mit Pferdepostern von früher und Rockstar-Postern von heute (die Frisuren hatten durchaus Gemeinsamkeiten), Puppen und Büchern und Schminksachen. Sie konnte verstehen, warum Eltern, die ihr Kind verlieren, nichts am Zimmer veränderten, denn jeder Gegenstand darin war von Bedeutung – genau wie hier in diesem Zimmer. Er war von Bedeutung für Frances, manchmal auch nur für Ava, aber das allein machte ihn auch wertvoll für die Mutter.

Ava nahm eine Tasse an und machte es sich erneut auf dem Bett bequem, schob ihren aufgeklappten Laptop ein wenig zur Seite, behielt aber ihre Ohrstöpsel im Ohr, damit sie so tun konnte, als sei sie durch eine eingehende Nachricht abgelenkt worden und müsse auf den Bildschirm schauen – wodurch sie ihrer Mutter bewies, wie langweilig und überflüssig sie das Gespräch fand. Aber auch darauf wollte Frances nicht reinfallen.

«Ohrstöpsel raus und Computer bitte zuklappen, ja? Ich möchte mit dir reden, und ich möchte auch hören, was du zu sagen hast.» Auf einmal fragte sich Frances, ob es nicht doch besser gewesen wäre, auf Michael zu warten, aber für einen Taktikwechsel war es jetzt zu spät.

Ava verdrehte die Augen, gehorchte aber. Ehrlich, was war das nur mit diesem Augenverdrehen bei Teenagern? Wahrscheinlich war es evolutionsbedingt. Mit dem ersten Achselhaarflaum und den ersten Pickeln zeigte sich auch das mit den Augen, und zwar bei hundert Prozent aller Teens und Twens auf der Welt. Frances stellte sich kurz eine Collage aus pickeligen Pubertierenden in verschiedenen Hautfarben und Nationalitäten vor, die alle simultan die Augen verdrehten. Dann richtete sie ihre Aufmerksamkeit wieder auf die Pubertierende, die vor ihr saß.

«Ich habe heute mit Jennifer gesprochen, weil dein Vater und ich uns Sorgen machen, dass du dich in der Schule nicht mehr so bemühst wie früher. So einfach ist das.» Frances strich die Tagesdecke glatt, wischte einen Krümel weg.

«Du meinst, nach dem Motto: ‹Mein Kind ist eine Versagerin, was soll ich bloß machen›?» Ava zog die Beine an, damit ihr ihre Mutter nur ja nicht zu nahe kam.

«Du bist doch keine Versagerin! Aber eben nicht mehr so gut wie früher.»

Ava schnaubte. «Ist das nicht dasselbe?»

Frances schüttelte den Kopf. «Nein, ist es nicht, und das weißt du genau, tu also bitte nicht so, als würdest du mich missverstehen. Hör zu, Liebes.» Sie berührte Avas Knie, aber die zuckte zurück. «Wir wollen dir doch nur helfen, weil wir dich lieben. Das ist nun mal unser Job.»

«Und wenn ich euch feuere?»

Frances schmunzelte. «Das kannst du nicht. Ist eine Lebensstellung. Unkündbar.»

Ava lächelte nicht. «Ich hab euch aber nie angeheuert.»

«Doch, das hast du. Als du auf die Welt gekommen bist. Mit der Tatsache deiner Geburt.»

«Und wieso lasst ihr Milo alles durchgehen?»

«Tun wir ja nicht, aber an ihn haben wir andere Erwartungen als an dich. Er ist schließlich erst zehn. Was wir von ihm erwarten, ist, dass er nach dem Pinkeln die Klobrille wieder runterklappt und sein Gemüse isst und so.»

«Bei mir wart ihr nicht so nachgiebig», presste Ava mit einem verdächtigen Glanz in den Augen hervor. Frances konnte nicht beurteilen, ob Wut oder Tränen dahintersteckten.

«Doch, waren wir. Vielleicht sogar noch mehr, weil du unser erstes Kind warst und wir da noch nicht wussten, wie gemein wir sein dürfen. Wenn die arme Lally acht ist, werden wir sie wahrscheinlich Schornsteine fegen lassen.»

Wieder kein Verziehen der Miene, kein Lächeln. Normalerweise gelang es Frances, mit Humor Risse in die hormonelle Eisschicht zu treiben. Sie wartete.

«Lally erlaubt ihr alles.» Jetzt griff Ava nach jedem Strohhalm. Sie war ganz vernarrt in Lally, und das beruhte auf Gegenseitigkeit. Als Lally zur Welt kam, war Ava zehn gewesen, und es hatte Momente gegeben, in denen nur sie den Säugling hatte beruhigen können. Sofortiger Ruhm, viele Male bezeugt von Familie und Verwandten, und diese Verbindung bestand noch immer.

«Sie ist vier. Was erwartest du? Sollen wir sie aufs College schicken? Soll Milo sich einen Posten im Finanzsektor suchen?» Frances hätte Ava gern noch mal berührt, aber die hielt sich nach wie vor so fern wie möglich. «Schätzchen, wir wollen doch nur, dass ihr glücklich lebt, und das bedeutet nun mal etwas anderes, wenn man vier ist, als mit vierzehn.»

«Und was soll es für mich bedeuten?» Frances hörte echtes Interesse in der mürrisch gestellten Frage. Ava fragte sich wirklich, was Glück für sie bedeuten mochte. Frances wusste noch, wie das damals bei ihr gewesen war.

Sanft sagte sie: «Wir erwarten von dir, dass du in der Schule fleißig lernst, dass du genug isst, ausreichend schläfst – selbst wenn du glaubst, dass du nicht mehr so viel Schlaf brauchst – und natürlich etwas mit deinen Freunden unternimmst. Keine wilden Partys oder ständiges Übernachten bei Freundinnen, denn das widerspräche den ersten drei Anforderungen, aber Spaß ist erlaubt, ja, er wird sogar unterstützt.» Frances musterte das Gesicht, das sie besser kannte als ihr eigenes, und suchte nach Hinweisen darauf, was in Ava vorging. Wenn sie den Tränen nahe war, bekam sie ein kleines Grübchen am Mundwinkel.

Und wenn sich ihr Wimpernschlag verlangsamte, stand ein Vulkanausbruch unmittelbar bevor.

Bis jetzt schien noch alles normal zu sein, aber Frances machte sich trotzdem sicherheitshalber bereit, in Deckung zu gehen. «Und wir wollen, dass du mit uns redest, dass du uns nicht ganz aus deinem Leben ausschließt.»

«Und das soll mich glücklich machen? Hab ich etwa nicht das Recht auf Privatsphäre?»

«Klar. Das hat jeder. Aber wir sind dazu da, um dir zu helfen, wie die Boxencrew bei Autorennen, bloß ohne Overall und schwirrenden Elektroschrauber. Aber wir können dir nicht helfen, wenn du uns nicht sagst, was du brauchst.»

«Aber ich brauche doch gar nichts!»

«Alle Menschen brauchen etwas. Keiner schafft es allein durchs Leben, Babe.» Warum machte sie es ihr bloß so schwer? Warum widersetzte sie sich so heftig? Als Ava klein war, war Frances alles für sie gewesen, ihre ganze Welt. Jetzt ging ihr die Mutter offenbar durch ihre bloße Existenz auf die Nerven.

«Aber wenn ich nun mal am liebsten in Ruhe gelassen werden will?» Da war sie, die kleine Einkerbung am Mundwinkel. Aber auch das Blinzeln hatte sich verlangsamt. Offenbar rang Ava mit sich selbst um Kontrolle.

Frances versuchte es anders. «Komm, trink einen Schluck Tee.»

«Ich will aber keinen verfickten Tee!»

Stille. Mist, jetzt musste Frances eine schnelle Erziehungsentscheidung treffen, aber damit lag sie oft daneben. Sie hätte auf Michael warten sollen. Sollte sie wegen des unflätigen Ausdrucks schimpfen? Oder nicht? Zwei Millisekunden, drei Millisekunden, vier Millisekunden ...

«Dann trink halt keinen verfickten Tee.»

Ava hörte ihre Mutter nur sehr selten fluchen, und wenn überhaupt, dann meist am Steuer. Jetzt huschte der Hauch eines Grinsens über ihr Gesicht. Frances schmiedete das Eisen, so lange es noch heiß war. «Wie wär's mit einem verfickten Kakao?»

Avas Grinsen wurde breiter. «Nee, Tee passt schon.» Ihre Tochter trank einen Schluck, und jetzt war auch der Wimpernschlag wieder normal und die Tränengefahr gebannt. Frances beglückwünschte sich innerlich und war versucht, es gut sein zu lassen, obwohl sie nichts weiter erreicht hatte, als ihre Älteste zum Lächeln und zum Teetrinken zu bewegen. Ernsthaft, an manchen Tagen konnte man schon darüber froh sein. Aber dann fiel ihr das Gespräch mit Jennifer ein, und sie beschloss, doch noch ein wenig weiter zu bohren.

In möglichst besänftigendem Ton, jeden Anklang von Vorwurf vermeidend, sagte sie: «Jennifer hat erwähnt, dass du deine Wahlfächer aufgegeben hast. Warum denn?»

Und schon war das Lächeln wieder weg. Ava machte ein finsteres Gesicht. «Warum? Nur so! Diese doofen Wahlfächer waren a) stinklangweilig und b) Zeitverschwendung. Jetzt hab ich mehr Zeit, um meine wichtigen Hausaufgaben zu machen. Das willst du doch, oder?»

Frances zuckte die Achseln. Vielleicht war das ja ansteckend. Gleich würde sie anfangen, die Augen zu verdrehen. «Wenn du wirklich mehr Zeit für deine Hausaufgaben brauchst, dann ist das in Ordnung.»

«Weil ich zu blöd bin, um sie in der normalen Zeit hinzukriegen?»

Ach, verdammt noch mal. «*Du* hast doch das mit den Hausaufgaben erwähnt, nicht ich.»

«Weil das alles ist, was dich interessiert.»

«Nein, was mich interessiert, bist du. Ich dachte, du hättest gern bei der Schülerzeitung mitgemacht.»

«Sie haben einen neuen Redakteur. Aber nicht mich. Ich bin gegangen.»

Frances war überrascht. «Deswegen?»

Sie konnte sehen, dass Ava jetzt zu gern Zuflucht bei ihrem Laptop gesucht hätte, sie streichelte unbewusst über dessen glatte Oberfläche. «Nee, ich hatte es einfach satt, das ist alles.»

«Und der Comic-Club?»

«Daumenkino. Kinderkram.»

«Und das Orchester?»

Eine Pause trat ein. Frances konnte genau sehen, was in Ava vorging. Sie überlegte, was sie ihrer Mutter letzte Woche erzählt und ob sie behauptet hatte, zur Orchesterprobe zu gehen (o ja), und ob Frances jetzt wusste, dass das geschwindelt gewesen war. Sie beschloss das Risiko einzugehen.

«Ja, das auch. Letzte Woche bin ich noch hingegangen, aber diese nicht mehr.»

Frances überlegte. Sollte sie zugeben, dass sie wusste, dass ihre Tochter log, oder das Ganze erst mal mit Michael besprechen?

Sie entschloss sich, weiterzumachen. «Ach ja? Jennifer sagte, du hättest schon vor ein paar Wochen aufgehört. Aber du hast letzte Woche zu mir gesagt, du würdest zur Probe gehen, oder?»

Ava zuckte wieder gleichgültig mit den Schultern. «Ach, echt?» Sie griff zur Tasse und trank einen Schluck.

«O ja, da bin ich sicher. Was hast du denn stattdessen

getan?» *So, das war offen und direkt. Du weißt und ich weiß, dass du behauptet hast, zur Probe zu gehen, aber da warst du nicht, also raus mit der Sprache.* Nicht schlecht, oder? *Oder?*

«Och, nichts. In der Bibliothek rumgehangen, glaube ich. Ich weiß nicht mehr genau. Hab's vergessen.»

Kacke. Ein Flanken-Bluff, der Klassiker unter Teenagern. Vielleicht hab ich ja was Unerlaubtes getan, vielleicht auch nicht, ich weiß nicht mehr. *Wirst du jetzt endlich Ruhe geben? Jetzt geht es noch, jetzt können wir das Schlagloch noch füllen und den Schein wahren. Wäre das nicht viel einfacher? Komm schon, lass gut sein.*

Frances wollte es nicht gut sein lassen. Ihre eigenen Eltern waren Meister im Wahren des schönen Scheins gewesen. Weitergehen, Herrschaften, hier gibt's nichts zu sehen, alles in bester Ordnung. Dabei waren sie gleichzeitig so fertig, so voller Trauer gewesen, dass sie fast den Verstand verloren hatten. Sie hatten den Verlust ihres Sohnes nie überwunden, aber der Nachbarschaft gegenüber mimten sie die Tapferen, die sich durch nichts unterkriegen ließen. Eine Inspiration für uns alle.

«Ich glaube dir nicht. Wenn du dich tatsächlich schon vor ein paar Wochen abgemeldet hast, warst du seitdem mindestens zweimal bei einer ‹Probe›. Und bei mindestens einer anderen Gelegenheit bist du ebenfalls erst später nach Hause gekommen.» Frances betrachtete ihre Tochter mit hochgezogenen Augenbrauen. «Was geht da vor, Ava? Ich bin nicht sauer, ich will bloß wissen, was los ist.»

Ava hatte einen verletzten Ausdruck auf dem Gesicht, der gleich darauf in Wut umschlug.

«Meine Privatsphäre geht dich einen Dreck an!»

«Doch, das tut sie. Ich will ja keine Fotos sehen, eine

mündliche Zusammenfassung genügt. Hast du einen Freund? Nimmst du Drogen? Falschgeldhandel unter der Football-Tribüne?»

Das war der Moment, in dem die explosive Mischung hochging und alles mit sich riss. Avas Gesicht lief rot an, und sie deutete anklagend mit dem Finger auf ihre Mutter. «Du hältst dich für echt witzig, oder? Immer ein Scherz auf den Lippen, wir sind ja alle so cool, wir sind ein Team, wir ziehen am selben Strang, blablabla ... Kommst immer mit der neuesten blöden Theorie, die du in irgendeinem Elternratgeber oder Podcast aufgeschnappt hast.» Ava betrachtete ihre Mutter mit einem ziemlich glaubhaften Ausdruck kalter Verachtung. «Dabei bist du auch nicht besser als andere Mütter, Mom. Du bist bloß eine dicke Frau, die ihre besten Jahre hinter sich hat und ihr leeres Dasein damit ausfüllt, hinter ihren Kindern her zu schnüffeln, um sich von den bevorstehenden Wechseljahren abzulenken.» Sie schwang die Beine vom Bett und sprang hoch, plusterte sich physisch auf, um mehr Platz zum Ausholen zu haben, um den Konflikt noch weiter eskalieren zu lassen.

Frances schnappte nach Luft, blieb aber, wo sie war. In Augenblicken wie diesen empfand sie eine abgrundtiefe Traurigkeit, etwas, das sie so in keinem anderen Zusammenhang erlebte. Sie war traurig, weil es nun mal weh tat, sich solche Attacken anhören zu müssen, und sie war traurig, weil sie in solchen Momenten das Gefühl hatte, als Mutter versagt zu haben – wie sonst wäre ihr Kind zu einer solchen Grausamkeit fähig? Sie wusste, dass Ava sich die härtesten Geschütze für sie aufhob, das verriet ihr der Verstand. Aber was half das, wenn man gleichzeitig wusste, dass die Gefühle der Tochter real waren, zumindest in diesen Augenblicken. Manchmal hasste Ava ihre Mutter tatsächlich aus tiefstem Herzen.

«Das ist nicht wahr, und es ist sehr gemein von dir. Ich hab dir nur eine einfache Frage gestellt, kein Grund, gleich derart auszuflippen. Ich will doch bloß wissen, was du machst und warum du mich belügst.» Frances hatte nicht gewollt, dass das Gespräch derart eskalierte. «Ich habe dich nie für eine Lügnerin gehalten, Ava. Bitte rede mit mir und sag mir, was los ist.»

«Nichts, hab ich doch schon gesagt. Ich habe in der Bibliothek rumgehangen und Hausaufgaben gemacht. Nichts weiter.»

«Warum hast du dann behauptet, dass du zur Orchesterprobe gehst?»

Noch ein Achselzucken. «Weil es einfacher war, als zu erklären, warum ich nicht mehr hingehe.»

«Ja, aber erklärt hast du es immer noch nicht. Und wer ist Piper?» *Ruhig bleiben, Frances. Wenn du dich jetzt auch noch aufregst, hast du verloren, dann endet alles in Tränen, und der emotionale Kater am nächsten Tag ist grauenvoll.*

Ava durchquerte das Zimmer und warf sich in den breiten Großvatersessel, der schon seit ihrer Geburt in ihrem Zimmer stand. Dort war sie gestillt und in den Schlaf gewiegt worden, dort hatte sie zahllose Bilderbücher und Bücher vorgelesen bekommen. Und jetzt war er ihr Nest, in dem sie sich mit untergeschlagenen Beinen zusammenkuschelte. Frances konnte sehen, wie es hinter ihrer Stirn rumorte, wie sie angestrengt überlegte, was sie sagen sollte, um nicht den Kürzeren zu ziehen. Ava wollte nicht wahrhaben, dass sie und ihre Mutter eigentlich auf derselben Seite standen, deshalb war es ihr so wichtig, bei Auseinandersetzungen zu gewinnen. «Piper ist irgendein Mädchen aus der Schule, das mich mal mochte, aber jetzt nicht mehr.»

«*Mochte* im romantischen Sinne?»

Avas Verachtung wurde, falls überhaupt möglich, noch größer. «Das würde dir wohl so passen, was? Wenn ich lesbisch wäre, so wie Iris? Wäre das nicht cool? ‹He, meine Tochter liebt Frauen, aber das ist total okay, wenn es sie glücklich macht.› Gott, du wärst ja so *verständnisvoll* und tolerant und modern!»

Jetzt reichte es Frances allmählich. «Und wäre das wirklich so schlimm? Was willst du? Sollte ich dich deswegen vor die Tür setzen?»

«Nein.» Ava warf ihre lange Mähne zurück und hatte dabei eine verblüffende Ähnlichkeit mit dem Palomino auf dem Poster über ihrem Kopf. «Ach, vergiss es, Mom, du weißt doch nicht mal, was du alles nicht weißt.»

Frances zählte innerlich bis drei. «Und was ist mit dem Orchester?»

«Ich hab Schluss gemacht, weil ich mehr Zeit für mich brauche, okay? Mein Tag war von vorn bis hinten durchgeplant, Schule, AGs und was nicht noch alles. Ich brauche einfach *ein bisschen Zeit für mich selbst.*» Ava hatte plötzlich Tränen in den Augen. «Alle wissen ständig, wo ich bin und was ich gerade mache. Mein Tagesplan ist einsehbar für jeden. Ich habe ungefähr so viel Freiheit wie ein Knacki. So fühle ich mich jedenfalls. Ich brauche verdammt noch mal ein bisschen Zeit, die nur mir allein gehört, in der ich frei atmen kann.» Sie barg ihren Kopf in einem flauschigen Kissen mit der Aufschrift «No Bad Days». «Ich will einfach bloß mal meine Ruhe haben!»

Frances streckte die Hand nach ihrer Tochter aus. «Ava, ich ...»

Erstickt drang es aus dem Kissen: «Ich meine das nicht im übertragenen Sinne, Mom, ich will allein sein, jetzt sofort! Bitte geh! Ich hasse dich!»

Frances, inzwischen selbst den Tränen nahe, stand auf und ging.

Das war ja prima gelaufen.

Michael machte ihr hinterher auch noch Vorwürfe. Als ob es nicht schon schlimm genug gewesen wäre.

«Ich dachte, wir hätten ausgemacht, dass wir zuerst miteinander reden, ehe wir Ava konfrontieren?»

Frances saß wieder einmal hinter Hunden verschanzt auf dem gemeinsamen Bett. Sie nickte. «Ich weiß, ich ... Ja, ich hätte warten sollen. Aber ich hätte nicht gedacht, dass es derart schnell und derart heftig eskalieren würde.» Sie unterhielten sich gedämpft, aber Michael war auch nicht der Typ, der laut werden musste, um sein Missfallen zu bekunden. Er runzelte die Stirn.

«Haben wir denn überhaupt eine Vorstellung, warum sie nicht mehr zu ihren Wahlkursen geht? Was wissen wir über diese Piper? Hat sie sie überhaupt mal erwähnt?»

«Vielleicht, ich weiß nicht, kann mich jedenfalls nicht erinnern, aber das will nichts heißen. Die erste Schulwoche ist immer das reine Chaos. Die Kinder sind in drei verschiedenen Einrichtungen, lauter neue Namen, ich bin froh, dass ich mir überhaupt gemerkt habe, wer welchen Lehrer hat.»

Michael musterte seine Frau, die sich hinter Jack und

Diane versteckte. Er liebte sie über alles, aber was ihr Verhältnis zu Ava anging, stand er vor einem Rätsel, das nicht kleiner wurde, sondern eher immer größer. Was ihn selbst betraf, so empfand er die Pubertierende, die unter seinem Dach lebte, wie ein wandelndes Mysterium, er wurde genauso wenig schlau aus ihr wie aus den Mädchen früher, als er noch zur Schule ging, und die es kaum für Wert befunden hatten, ein Wort mit ihm zu wechseln. Wenn seine Kinder Freunde mit nach Hause brachten, konnte er sie meist nicht auseinanderhalten und sich ihre Namen merken schon gar nicht. Für ihn sahen sie irgendwie alle gleich aus, ein vorbeihuschender Haarschopf nach dem anderen.

«War das Bella?», fragte er dann, und Frances oder Ava verdrehten die Augen und sagten: «Nein, das war Quinn, der sieht doch vollkommen anders aus!» Und er verzog nur das Gesicht. Seine eigenen Kinder erkannte er auch aus großer Entfernung oder sogar aus den Augenwinkeln, und das musste genügen. Er liebte sie bedingungslos, ganz besonders Ava, die ihm am ähnlichsten war. Aber seine Unterhaltungen mit ihr verliefen komplett anders als die zwischen ihr und Frances.

Frances hatte ganz zu Anfang einmal etwas gesagt, das er nie vergessen würde. «Du bist das Alphamännchen in ihrem Leben», hatte sie ihm erklärt, «du wirst für immer das Vorbild sein, an dem sie andere Männer misst. Und ihre Beziehungen zu Männern werden sich auf deinem Verhalten gründen. Wenn du sie respektlos behandelst, wird sie sich den gleichen Mist von ihrem künftigen Partner gefallen lassen.» Frances hatte kurz geschwiegen und dann lachend hinzugefügt: «Aber fühl dich bitte nicht unter Druck gesetzt, Baby.»

Er bemühte sich wirklich sehr und unterhielt sich meist nur über neutrale Themen mit Ava, über Dinge, bei denen Einigkeit herrschte, oder manchmal ließ er sie einfach schwatzen und hörte zu. Irgendwann kam ihm vielleicht in den Sinn, was Frances gesagt hatte, und dann fragte er sich: *Bin ich auch verständnisvoll genug? Höre ich ihr zu, nehme ich genug Anteil an ihrem Leben? Wäre es mir recht, wenn ihr künftiger Partner sie auf diese Weise behandeln würde ...?* Aber dann wurde er meist wütend, weil er sich vorstellte, dass irgendein Scheißkerl seine Tochter irgendwann schlecht behandeln könnte, und seine Gedanken schweiften ab, und plötzlich merkte er, dass Ava ihn mit hochgezogener Braue stumm ansah. O Mist.

Aber für ihn hatte Ava immer Verständnis, nur eben nicht für ihre Mum. Der kleinste Fehltritt, ein einziges gedankenloses Wort, und Ava explodierte wie ein Schachtelteufel. Frances nahm das sehr mit, das war unübersehbar, aber sie merkte nicht, dass sie es mit ihrer großen Anteilnahme nur schlimmer machte. Es würde beiden besser ergehen, wenn Frances das Ganze mehr an der Kehrseite vorbeiginge, dann böte sie Ava auch weniger Angriffsfläche.

Er setzte sich zu seiner Frau aufs Bett und streichelte den Hunden über die Köpfe, ergriff Frances' Hand. «Schatz, du solltest dir das nicht so zu Herzen nehmen.»

Frances zog ihre Hand fort. «Das versuche ich ja! Aber sie regt sich *immer* auf, egal was ich sage. Ich komme mir vor, als würde ich mit verbundenen Augen zwischen ... zwischen Explosivkörpern herumtapsen.»

Michael runzelte die Stirn. «Ein Minenfeld, meinst du?»

Pause. «Ja, ein Minenfeld. Herrgott, jetzt laufe ich auch noch mit einem Gehirntumor von der Größe einer Mandarine herum!» Sie ließ sich an die Brust ihres Mannes sinken. Diane, die dazwischensteckte, hob den Kopf und versuchte, beiden das Kinn abzulecken. «Aber das wäre vielleicht gar nicht das Schlechteste. Du kannst das alles sowieso viel besser als ich.»

Michael umarmte sie. «Quatsch, ich bin doch bloß der Gaststar, der Nebendarsteller, der gelegentlich einen großen Auftritt hat. Aber im Gegensatz zu den alten ‹Columbo›-Folgen muss ich nicht zwangsläufig der Bösewicht sein.»

«Ich vermisse ‹Columbo›.»

«Ach, das gibt's doch sicher auf Netflix.»

«Aber wenn es dann doch nicht so gut ist, wie ich es in Erinnerung habe?»

«Das sind die wenigsten Dinge, Schatz.»

«Ich liebe dich.»

Seinen Kopf auf den ihren gebettet, lächelte er. «Ich weiß.»

Anne stand im Badezimmer und wusch sich das Gesicht, sie spürte, wie sich die Körnchen wie immer unter ihren massierenden Fingerspitzen auflösten. Charlie saß mit den Kindern im Schlafzimmer nebenan und schaute ihnen bei irgendeinem Computerspiel auf dem iPad zu. Anne merkte an Kates Tonfall, dass die Sache in etwa zehn Minuten einen kritischen Punkt erreichen würde. In den nächsten – sagen wir – acht Minuten würde sie sich hier fertig machen, und dann würde sie raustreten und einschreiten wie die Super-Mom, die sie war. Sie schaute in den Spiegel und verzog das Gesicht. Da hörte sie Theo plötzlich sagen: «Wer ist Richard?»

Sie musste sich am Waschbecken festhalten, rutschte aber mit einer seifigen Hand ab und platschte ins Wasser, stieß sich dabei fast am Spiegel die Stirn. Ihr gefror das Blut in den Adern, ein Ausdruck, den sie bis zu diesem Zeitpunkt nie richtig verstanden hatte. Sie hörte Charlie antworten: «Keine Ahnung, hat es was mit dem Spiel zu tun?» Seine Stimme klang desinteressiert.

«Nö, das ist eine Textnachricht», entgegnete Theo perplex.

O Gott, nein, bitte.

«Was steht denn da?»

«‹Bist du da?›»

«Ist das alles? Hast du mein iPad oder Mommys?»

«Weiß nicht.»

Nein, bitte. Bitte nicht.

Charlie seufzte. «Los, zeig her.»

Anne betrachtete ihr Spiegelbild, hörte zu, wie draußen ein Riss durch ihr Leben ging, wie es gleich in tausend Scherben zerspringen würde. Wie alt sie aussah, alt und müde, in ihrem abgerissenen Kätzchen-Pyjama, ein früheres Muttertagsgeschenk der Kinder. Er war vorn ein wenig nass geworden. Ihre Arme, mit denen sie sich auf das Waschbecken stützte, zitterten, konnten ihren Oberkörper kaum noch halten. Sie sah aus wie ein Hund, der sich gleich übergeben muss, mit gekrümmtem Buckel, ängstlich. *Niemand wird es je erfahren.*

Charlies Stimme: «Es ist Mommys iPad ...» Laut rief er zu ihr ins Badezimmer: «He, Anne, hast du gewusst, dass du Textnachrichten auf dein iPad kriegst? Heißt das jetzt, dass sie nicht mehr auf dem Handy ankommen?»

Sie stellte fest, dass sie sprechen konnte. «Keine Ahnung,

Babe.» Wie normal sie klang. Vollkommen normal. «Wer ist es denn?»

«Weiß nicht, irgendein Richard.»

«Hm. Ich kenne keinen Richard. Vielleicht eine falsche Nummer.» *Wie unschuldig, ja gleichgültig ich mich anhöre.*

«Kann ich's wiederhaben, Dad?»

Eine kurze Pause. Anne sah förmlich vor sich, wie Charlie die Stirn runzelte, wie er leicht mit den Schultern zuckte und das Ganze gleich wieder vergaß. Das war typisch für ihn. Ironischerweise liebte sie ihn gerade deswegen.

«Klar, hier.» Noch eine Pause. «Aber gleich wird es Zeit ins Bett zu gehen, okay?»

Anne lehnte zitternd die Stirn an den Spiegel, den sie am liebsten in tausend Stücke geschlagen hätte, nur um dieses Monster, dieses Ungeheuer nicht länger ansehen zu müssen, das ihre Familie zu zerstören drohte.

Stattdessen nahm sie ihren Morgenmantel vom Haken und verließ das Badezimmer, um ihrer Familie dreist ins Gesicht zu lügen.

12

Wednesday morning at five o'clock as the day begins ...

Frances sang den Beatles-Song leise vor sich hin, als sie am nächsten Morgen ins Bad schlurfte. Die anderen schliefen noch, nur die Hunde folgten ihr, weil sie hofften, heute vielleicht ausnahmsweise im Bad gefüttert zu werden. Man konnte nie wissen, es lohnte sich, für alle Möglichkeiten offen zu bleiben.

Sie betrachtete sich im Spiegel, nackt und knittrig vom Bett. *Gar nicht übel*, dachte sie und drehte und wendete sich vor dem Badezimmerspiegel. Na gut, sie müsste fünfzehn Kilo abnehmen, aber abgesehen davon bot ihr Körper morgens einen eher erfreulichen Anblick, irgendwie ... glatter und kompakter und nicht so huckelig und knubbelig. Am Ende eines langen Tages in BH und kneifender Jeans, nach all dem Herumsitzen und Herumstehen und Autofahren sah ihre Haut immer aus wie ein U-Bahn-Fahrplan, durchkreuzt von dünnen und dickeren rosa Striemen. Als junge Frau war sie gertenschlank gewesen, kein einziges Gramm Fett. Auch mit Mitte zwanzig noch kein Hinweis darauf, dass die Schwerkraft irgendwann auch auf sie einwirken würde wie auf gewöhnliche Sterbliche. Sie konnte sich gut erinnern, dass sie sich damals vorgenommen hatte, die kleinsten Anzeichen von Cellulite sofort abzutrainieren.

Frances schnitt sich eine Grimasse. Jugendliche Torheit!

Sie war schlank geblieben, bis sie Kinder bekam, dann hatte sie pro Schwangerschaft ein bisschen Gewicht zugelegt und es hinterher nicht mehr ganz runterbekommen. Jetzt war sie Mitte vierzig und übergewichtig, mit einem Körper, der sich über den Beinen wölbte wie ein Muffin über dem Backförmchen. Keine Bäckerei hätte das besser hinbekommen. Ob ihr das etwas ausmachte? Nicht die Bohne! Es war ihr scheißverdammtnochmal egal. Außer wenn sie in der Stadt unterwegs war und sich zufällig in irgendeinem Schaufenster oder Spiegel erblickte und innerlich zusammenzuckte, weil sie so fett und faul und unattraktiv und alt und abgelaufen und unsexy und uninteressant, unsichtbar und gleichzeitig eine unübersehbare Tonne war, die sich durch die Straßen wälzte, eine Beleidigung für die Medien und alle braven Frauen. Ja, abgesehen von solchen Ausbrüchen von schwärzestem Selbsthass war ihr ihre Figur wirklich egal.

Aber heute früh fühlte sie sich gut. Das Gegenteil von Body-Dysphorie, konnte man vielleicht sagen. Body-Euphorie? Na, *so gut* auch wieder nicht ... Aber die Hunde liebten sie trotzdem. Mit ihren glänzenden schwarzen Augen, ihren heftig wedelnden Schwänzen gaben sie ihr zu verstehen, wie toll sie sie fanden. *Nicht zu fassen, wie phantastisch du bist*, schienen sie zu sagen, *und wie froh wir sind, ausgerechnet dich zum Frauchen zu haben.*

Frances streifte ihre Jeans über und betrachtete sich im Spiegel, so gut es ging, von hinten. Meine Güte, wie konnte man bloß einen so breiten Hintern haben? Was stimmte nicht mit ihr? Dann zog sie ein Sweatshirt an, das bis über den Po reichte. Ha! Kein dicker Hintern mehr. Bloß ein cooler Hoodie. Da hast du's, innerer Kritiker! Schieb es dir in deinen knochigen Arsch.

Sie machte sich auf den Weg nach unten. Natürlich versuchten die Hunde ihr auf der Treppe das Genick zu brechen, indem sie mit klackenden Krallen und flatternden Lefzen vor und hinter ihr die Stufen hinunterliefen. Sie warf im Vorbeigehen einen Blick ins Wohnzimmer und bemerkte, dass der Kater hoheitsvoll auf der Sofalehne saß und herblickte. *Ah, die Dienstboten sind endlich aufgestanden*, schien er zu sagen.

Frances setzte summend Kaffee auf, dann holte sie die Futternäpfe aus der Spülmaschine. Die Hunde ließ sie derweil in den Garten, damit sie ihr Geschäft erledigen konnten – in das sie dann später aus Versehen reintreten durfte. Carlton, der Kater, kam genau in dem Augenblick lässig hereingeschlendert, als sie seinen Napf füllte, der auf der Theke stand, damit die Hunde nicht rankonnten. Sie liebte diesen Kater. Er war außer ihr und Michael der älteste Bewohner im Haus. Sein Schnurren klang ein wenig heiser und rostig, und er ließ es nur für sie hören. Sein Fell war jetzt dicker und ein wenig matter als vor sechzehn Jahren, als sie ihn aus dem Tierheim geholt hatte. Die Hunde hatten Angst vor ihm, denn sein orange-braun gestreiftes Tigerfell signalisierte Gefahr, genau wie es sein sollte. Daher gingen sie ihm aus dem Weg, und er hatte ein schönes, friedliches Leben.

Die Hunde kamen wieder herein, der Kaffee tröpfelte in die Kanne, und Frances hörte Ava oben im Badezimmer rumoren. Wahrscheinlich begutachtete sie sich jetzt ebenfalls im Spiegel. Frances hoffte, dass ihre Tochter sah, wie schön sie war, aber sie bezweifelte es. Sie selbst – wie jede andere Frau, die sie kannte – hatte ihre jugendliche Schönheit und Perfektion erst rückblickend zu würdigen gewusst und empfand jetzt tiefes Bedauern – nicht etwa darüber, sie verloren zu haben, sondern weil sie sie früher nicht bewusster geschätzt hatte. Das hielt sich Frances immer vor Augen, wenn sie ihren Körper mal wieder schrecklich fand – eines Tages war sie, so Gott wollte, achtzig und dann würde sie sich bestimmt nach der straffen Haut und der Knochendichte der vierzigjährigen Frances zurücksehnen.

Sie dachte an Anne, ein paar Häuser weiter. Auch sie würde jetzt in der Küche umhergehen und die Pausenbrote für ihre Kinder zubereiten (es sei denn, sie gehörte zu jenen Müttern, die das Nötigste bereits am Abend vorher zusammenstellten und am nächsten Morgen nur noch das Weißbrot draufklatschten, das ansonsten durchgeweicht wäre), Kaffee trinken und einen Beatles-Song vor sich hin summen. Vielleicht machte sie ja auch aus dem Stand ein paar Yogaübungen und trug irgendein schickes Lycra-Outfit, von dem sie keine rosa Druckstreifen bekam, weil sie kein Gramm Fett am Körper hatte, denn das trainierte sie sich ja beim Sex mit Minderjährigen ab, die geile Schlampe. Frances schalt sich für ihre gemeinen Gedanken. In diesem Moment kam Ava herein.

«Morgen, Liebes», begrüßte Frances ihre Tochter.

«Yello», erwiderte diese, was man als neutrale bis positive Begrüßung einstufen konnte. Frances, die Avas Stimmung einzuschätzen versuchte, musterte sie mit einem Seitenblick. Sie hatte sie gestern Abend nicht mehr gesehen, da sie noch vor ihrer Tochter eingeschlafen war, was in letzter Zeit häufiger vorkam. Hatte sie ihre schlechte Laune mittlerweile überwunden? Oder stand sie, Frances, noch immer auf ihrer Shitliste?

Ava schaute in den Kühlschrank. «Fährst du später einkaufen?»

«Schreibt sich Tag mit g?»

Ava schmunzelte. «Könntest du wieder diese Käsesticks im Schlafrock besorgen?»

«Die mit Prosciutto, meinst du?»

«Genau.» Sie tauchte aus dem Kühlschrank auf und ließ die Tür zufallen. «Ich hab mir nämlich gerade den letzten genommen.»

«Okay.» Frances machte sich eine gedankliche Notiz. Diesen speziellen Snack gab es nur in einem bestimmten Supermarkt, nicht in dem, wo sie normalerweise einkaufen ging. Das bedeutete, dass sie extra dorthin fahren musste. Niemand in der Familie wusste zu schätzen, was für Anstrengungen sie unternahm, um ihre Lieben zu verwöhnen, wie sie ständig nach neuen Köstlichkeiten Ausschau hielt, ihre Lieblingssorten von diesem und jenem besorgte, sich auf die ausgefallenen Kleinigkeiten, die sie liebten, stürzte, die japanischen Süßigkeiten, das Ingwerbier von der guten Biomarke, einen etwas besseren Rotwein für Michael, obwohl sie selbst gar keinen Wein trank.

Früher priesen glückliche Frauen schöne Dinge für die ganze Familie in Haushalts-, Wohn- und Kochzeitschriften an, heute auf Pinterest. Frances fiel trotz ihrer Intelligenz genauso darauf herein wie jede andere. Auch sie wünschte sich, dass ein schöner dottergelber Krug voll glänzender Kochlöffel auf der weißen Marmoranrichte stand, sie wünschte sich breite Terrassentüren, von denen man einen herrlichen Blick über wogende grüne Täler hatte, und Ballerinas mit langen Bändern, die sich um die schlanken Waden wanden und unter den Säumen einer lässigen weiten Latzhose verschwanden, in der sie zwanzig Pfund schlanker aussah. Stattdessen stand bei ihr ein Einweckglas voller hölzerner Kochlöffel, die von den Hunden abgenagt worden waren, auf der Anrichte, schaute sie durch Fenster, die seit der ersten Amtsperiode von Präsident Obama nicht mehr geputzt worden waren, und wenn sie eine Latzhose anzöge, würde man sie nur mit einem männlichen Klempner verwechseln. Aber immerhin: Gegen ihr Snackregal kam so leicht nichts an.

Ava trat zu ihr und hielt ihr die Wange zum Kuss hin, dann verschwand sie wieder nach oben. Frances lauschte ihren Schritten, bis sie ganz verklungen waren.

Stepping outside she is free …

Annes Kinder waren jünger, vielleicht dachte sie deshalb ja noch nicht so oft wie sie, Frances, daran, dass sie sie irgendwann gehen lassen musste. Als Ava ins Teenageralter kam, konnten sie und Michael förmlich spüren, wie sehr sie auf einmal nach draußen drängte, wie sich alle ihre Energien auf ein eigenes Leben zu konzentrieren begannen. Manchmal tat der Gedanke weh, dass sich Ava bald ein College suchen, einen Freund haben, in eine andere Stadt ziehen würde. Zu anderen Zeiten wieder erfüllte es sie mit Stolz und Freude, erleben zu dürfen, zu was für einer wundervollen jungen Frau ihre Tochter heranreifte. *Aber mit Käsesticks zum Frühstück wirst du in der echten Welt nicht weit kommen*, dachte Frances. In diesem Moment wurde sie von Lally nach oben gerufen.

Anne machte kein Yoga, sondern übergab sich in die Kloschüssel. Sie tat es, so leise sie konnte, um niemanden zu wecken. Sie hatte die Schüssel mit Klopapier ausgekleidet und sich ein flauschiges Handtuch über Kopf und Schultern gebreitet, um die Würgegeräusche zu dämpfen. Sie war um vier Uhr morgens aufgewacht, die universelle Stunde von Reue und Selbstvorwürfen. Sie wusste, dass sie und ihr Geheimnis gefährlich nahe daran vorbeigeschrammt waren, aufzufliegen, dass sie beinahe – unverdientes – Vertrauen verloren hätte. Deshalb war ihr klar, dass sie endgültig Schluss machen musste. Sie hatte es zuvor schon mehrmals versucht, aber es war ihr nicht gelungen. Aber jetzt hing es nicht mehr nur von ihrer eigenen schwachen Willenskraft ab, sondern vom Karma. Und das war knüppelhart und vergab und vergaß nichts.

Es wurde allmählich hell, und der anbrechende Tag drang durch das Deckenfenster ins Bad. Anne lag auf dem kalten Fußboden, umgeben von Spritzern auf den Fliesen. Bald würde ihr Wecker läuten, sie musste ihn ausschalten, ehe Charlie davon wach wurde. Irgendwie musste sie hochkommen, die Kinder wecken, ihre Lunchboxen vorbereiten (sie war gestern zu geschockt gewesen, um es wie immer schon am Vorabend zu erledigen), sich einen Kaffee machen, die Schulranzen nach Formularen durchsuchen, die zu unterschreiben waren, die Kinderschuhe für den heutigen Tag zusammensuchen. Sie musste tun, als ob alles in Ordnung wäre, als ob ihr nicht das Herz in der Brust zu zerspringen und sie tot umzufallen drohte. Wenn sie nun tatsächlich stürbe? Wenn bei ihrem Begräbnis Richard auftauchen würde und die Kinder Charlie fragten, wer der große Mann sei, der da stand und heulte? Dieser Gedanke brachte sie auf die Beine. Noch einmal hing sie schaudernd über der Kloschüssel. Ihr brach der kalte Schweiß aus, und ein metallischer Geruch waberte durch das Bad. Hoffentlich war dieser Teil ihres Lebens mit dem heutigen Tag endgültig vorbei.

Lucas wollte wissen, warum Fruity Pebbles die Milch bunt wie einen Regenbogen machten. Bills Antwort lautete: «Chemikalien», aber damit gab sich Lucas nicht zufrieden.

«Welche denn?»

Bill nahm die Cornflakes-Packung zur Hand und las die Liste der Inhaltsstoffe durch. «Ich habe zu voreilig gesprochen, Sohn, sie enthalten nur natürliche Farbstoffe. Die Farbe kommt also von Obstsäften und so was.»

«Ja, es heißt ja auch *Fruity* Pebbles», erklärte Lucas weise.

Sein Vater nickte.

«Kommt Mom heute nach Hause?» Lucas trug seine Schüssel vorsichtig zur Spüle und verschüttete erst in der letzten Sekunde etwas. Er drehte sich ängstlich zu seinem Vater um, aber der lächelte gutmütig. Der Fußboden war ihm ziemlich egal.

«Nein, Schatz. Aber wir können später vielleicht mit ihr skypen, wenn du willst. Weißt du, wo deine Schuhe sind?»

Lucas nickte und lief los. Kurz darauf tauchte er mit zwei sehr ähnlichen auf, beides aber linke Schuhe. Bill schickte ihn noch mal fort, um weitere zwei zu suchen, die ganz genauso aussahen, dann ließ er sich auf die Treppe sinken und lehnte den Kopf gegen die Wand. Er schloss die Augen und dachte an seine Frau, an das vergangene Jahr, in dem sie all das täglich ohne seine Hilfe gemacht hatte. Er hatte keine Ahnung gehabt, womit sie es jeden Morgen zu tun hatte.

Dass ausgerechnet Schuhe ein solches Problem waren, hatte sie nie erwähnt. Kein Wunder, dass sie gegangen war: Das Schuhproblem raubte ihm allmählich selbst den Verstand.

«Ich werde deiner Mom eine SMS schicken», sagte Bill, als Lucas die Treppe heruntergestapft kam und noch zwei Schuhe präsentierte, die aber ebenfalls nicht zusammengehörten. «Ich mache mit ihr eine Zeit aus, okay?» Er erhob sich und schaute unters Sofa. Dort lag tatsächlich ein Schuh, der zu einem der vier passte, die Lucas aufgespürt hatte. Er ging vor seinem kleinen Jungen in die Hocke und band ihm die Schuhe zu. Lucas lehnte dabei seinen Kopf an Bills, und Bill traten angesichts dieser liebevollen Geste die Tränen in die Augen. Lucas' kleiner Kopf hätte sich eigentlich an Julies stützen, und Julies Finger hätten den Klettverschluss befestigen sollen. Aber das konnte sie nicht, und daran ließ sich nun mal nichts ändern. Bill erhob sich und ragte nun vor Lucas auf, der vertrauensvoll zu ihm hochblickte.

«Versprochen?»

Bill lächelte ihn an. «Versprochen. Ich schreibe ihr eine SMS. Aber ich kann dir nicht versprechen, dass sie Zeit hat. Manchmal hat sie zu viel zu tun, das weißt du ja.»

«Diese Arbeit dauert aber ganz schön lange, Daddy.»

Bill hob ihn hoch. «Ja, mein Junge, da hast du recht.»

Zehn Minuten später fuhr Frances mit Lally, Lucas, Wyatt und Milo vor Annes Haus vor, um Kate und Theo einzusammeln. Ava saß neben ihr und hörte mit Ohrstöpseln Musik. Auf dem vermüllten Fahrzeugboden häuften sich Schulranzen. Anne kam mit den Kindern heraus und blieb mit verschränkten Armen neben dem Wagen stehen. Sie trug ein graugrünes T-Shirt und schenkte Frances ein kleines Lächeln.

«Danke, dass du sie mitnimmst», sagte sie, aber der Ausdruck in ihren Augen verriet, dass sie noch für etwas ganz anderes dankbar war. «Ich habe beschlossen, deinen Rat anzunehmen», fügte sie hinzu, «und diese Sache, über die wir geredet haben, zu beenden.»

Frances schwieg für einen Moment und wartete ab, bis die wuchtige Schiebetür des SUVs mit einem dumpfen Klang eingerastet war. Dann schaute sie mit großen Augen zu ihrer Freundin auf. «Im Ernst?»

Anne nickte. «Ja. Ich bin zu dem Schluss gekommen, dass du recht hast und das Ganze echt nicht gut war.»

«Äh ... toll. Aber wir reden später darüber, ja?», erwiderte Frances. *Wenn ich nicht sieben Kinder im Auto habe, die alle wie Fledermäuse die Ohren spitzen und sich nicht scheuen, alles zu fragen, was ihnen in den Sinn kommt.*

«Okay.» Anne lächelte.

Frances fuhr los. Seltsamerweise war sie keineswegs beruhigt, sie wusste selbst nicht, warum. Sie warf einen Blick in den Rückspiegel und sah Anne mit verschränkten Armen vor dem Haus stehen. Es war ihr nichts anzumerken, sie wirkte ganz normal. Frances betätigte stirnrunzelnd den Blinker und bog ab.

Something inside that was always denied
For so many years. Bye, Bye.

13

Frances musste zu einer Lehrer-Eltern-Versammlung in die Grundschule, weshalb sie, nachdem sie die Kleinsten zum Kindergarten gebracht hatte, noch einmal zur Schule zurückfahren würde. Die Ablieferung der Jüngsten nahm immer ein wenig mehr Zeit in Anspruch, man musste noch etwas vorlesen, sich aus zahlreichen Umarmungen lösen und abschließend einen raschen Blick auf das heutige Snackangebot für die Kinder werfen.

Frances war mittlerweile erfahren genug, um der *Snacktyrannei*, wie sie es nannte, widerstehen zu können. Es begann ganz harmlos, mit der Einschulung des ersten Kindes in die Vorschule. In der ersten Woche wurden den Kindern von den Erzieherinnen Schalen mit Goldfisch-Cräckern und Obst angeboten, was ab der zweiten Woche dann jene Eltern übernahmen, die sich freiwillig zum Snackdienst gemeldet hatten. Das war der Moment, in dem schmetternd das Jagdhorn ertönte und die Hatz losging. Natürlich nur auf eine äußerst progressive, respektvolle Weise.

Erstes Blut wurde von Eltern vergossen, die sich auf die Kunst des Backens verstanden. Zu Frances' Pech war Ava ausgerechnet in einer Gruppe gelandet, in der ein Vater ein berühmter Gourmetkoch war. Er ließ große Platten voll herrlicher Obsttörtchen schicken, geformt wie Origami und gefüllt mit frischer Feige und Mascarpone. Für Dreijährige!

Die bissen einmal ab und fanden es «eklig». Andere tauchten mit kleinen Baby-Muffins auf, die alle möglichen gesunden Körner enthielten wie Chiasamen, oder mit selbstgebackenen(!) Müsliriegeln, die mindestens vier Gramm wertvolle Omega-3-Fettsäuren pro Portion enthielten. Einmal hatte sich Frances im Vorbeigehen eine Käsestange genommen und festgestellt, dass es die Käsestange aus dem sprichwörtlichen Paradies war, die beste, die sie je gegessen hatte. Zwei kleine Jungs benutzten sie allerdings als Lichtschwerter und fochten einen Kampf aus, dass die Krümel spritzten. Frances hätte sie am liebsten konfisziert. Die Käsestangen, natürlich, nicht die Jungs.

Irgendwann kam dann das Thema «Gluten-Intoleranz» auf, und von da an gab es hauptsächlich Obst, allerdings sorgfältig gewaschen und hübsch arrangiert. Ab und zu wurde eine Art Dip oder Konfitüre dazu gereicht, in anderen Fällen war das Obst in kunstvolle Formen geschnitten. Eine Obstschale aus dem Supermarkt auf den Tisch zu stellen, war ein absolutes Tabu. Nein, die Früchte mussten auf aufwendige Weise in Schalen unterschiedlicher ethnischer Herkunft arrangiert werden. «Wir möchten den Sinn für Ästhetik schulen», hatte eine Mutter Frances erklärt, «außerdem sollen sie sich an ein hohes Geschmacksniveau gewöhnen.» Ihr Sohn hielt allerdings in dem Moment in einer Ecke einen anderen Jungen im Schwitzkasten und streute ihm Sand in die Hose. Daher glaubte Frances nicht, dass Sinn für Ästhetik das Wichtigste war, was er entwickeln musste, aber sie sagte nichts. Als Milo dann in die Vorschule kam, meldete sie sich einfach nicht mehr zum Snackdienst, und jetzt, wo Lally so weit war, stellte sie einfach eine Großpackung Käsecracker auf den Tisch und ließ es dabei bewenden. Falls sie an einem Thementag dran war, nahm sie eben die mit Buchstaben drauf und war auch noch stolz auf den Einfall.

Die Grundschule dagegen war eine ganz andere Arena. Dort fanden die Schlachten bei den Elternkonferenzen statt. Frances gab Lally einen letzten Abschiedskuss und machte sich auf den Weg zurück zur Schule. Dort schnallte sie sich ihre Rüstung um und griff zum Pfefferspray, dann betrat sie die Aula.

Frances schaute sich nach einem bekannten Gesicht um, jemand, zu dem sie sich setzen konnte, und entdeckte Lili Girvan. Sie zwängte sich unauffällig zwischen den Sitzreihen zu ihr hindurch und ließ sich aufatmend neben ihre Freundin sinken. «Hab ich was verpasst?», flüsterte sie.

«Kaum», entgegnete Lili ebenso leise, «nur das übliche Menschenopfer und den Wettbewerb im Schafescheren.»

«Ah, gut.»

Miss Delgado, die stellvertretende Direktorin, stand vorn auf dem Podest und vertrat die Lehrerschaft. Den Elternpart repräsentierte Erica Feinberg, Dermatologin von Beruf und professionelle Viper, die im Knast gesessen hatte, weil sie einer Patientin nicht nur einzelne Hautteile, sondern gleich den ganzen Kopf abgelasert hatte. Nur ein Scherz, aber es beschrieb ihren Charakter. Sie hatte als Schriftführerin angefangen, war dann zur Schatzmeisterin aufgestiegen und hatte nun den Gipfel des Olymps erklommen, nämlich die Stelle der Elternratsvorsitzenden einer mittelgroßen staatlichen Schule. Offenbar ein wahrgewordener Traum, denn Ericas Augen glühten vor Begeisterung.

Lili beugte sich zu Frances. «Findest du nicht, dass Ericas Pupillen ungewöhnlich groß sind?» Sie schwieg für einen

Moment, ehe sie fortfuhr: «Die ist doch hoffentlich nicht high, was meinst du?»

«Kokain? Noch vor der Schule?»

Lili zuckte die Achseln. In diesem Moment begann Miss Delgado, die mehrere Zettel in der Hand hielt, zu sprechen.

«Vielen Dank, dass Sie sich die Mühe gemacht haben zu kommen. Wir werden versuchen, die einzelnen Punkte so rasch wie möglich durchzusprechen, ich weiß ja, wie kostbar Ihre Zeit ist.»

«Obwohl das hier, da sind wir uns sicher einig, natürlich unsere wichtigste Lebensaufgabe ist», mischte sich Erica ein.

«Meine nicht!», rief jemand in der ersten Reihe. Alle lachten. Es war Natalie Clements, die Mutter eines Sechstklässlers. Sie hatte noch nie bei einer Elternversammlung gefehlt, jedenfalls nicht bei denen, die Frances ebenfalls besucht hatte. Sie verfasste Texte für Comedians und Shows und hatte immer die größte Klappe. Manche Leute kamen nur zu den Versammlungen, um sich über Natalies Sprüche zu freuen. Erica konnte sie nicht ausstehen, was unbedingt als Pluspunkt für Natalie zu verbuchen war.

Miss Delgado, die täglich Hunderten von Kindern ohne jedes Anzeichen von Furcht entgegentrat, machte unbeirrt weiter.

«Unser erster Punkt betrifft die diesjährigen außerschulischen Angebote. Wir hätten neben den bereits bekannten Arbeitsgruppen wie Basteln und Werken, Trommeln und Yoga ein paar zusätzliche Kurse anzubieten.» Sie warf erneut einen Blick auf ihre Zettel, als wolle sie sich vergewissern, dass dort noch dasselbe stand wie vorhin. «Als Erstes möchten wir Stricken und Häkeln anbieten. Wie sich herausgestellt hat, kann Miss Mariachi hervorragend stricken und häkeln, und es ist mir gelungen, sie in einem schwachen Moment zu erwischen.» Erneut Gelächter. Die Anwesenden hatten sich offenbar mit zu viel Koffein gestärkt. «Das andere Angebot ist Gärtnern, was wir der großzügigen Spende eines anonymen Wohltäters verdanken. Sie reicht für das Anlegen von Hochbeeten und für einen Lehrer, der vom Fach ist und uns hilft.» Applaus. Miss Delgado errötete. Offenbar war der neue Aushilfslehrer ein attraktiver Bursche. Frances musterte Lili.

«Das ist doch nicht etwa dein Holländer?»

Lili schüttelte den Kopf. «Er hat möglicherweise was mit der anonymen Spende zu tun, und vielleicht haben ihm meine Kinder auch so lange in den Ohren gelegen, bis sie ihn kleingekriegt haben, aber der Lehrer ist ein junger Collegeabsolvent.»

«Und wieso wird Miss Delgado dann rot?»

«Weil er jung, attraktiv und Single ist. Und mehrere Sprachen spricht. Da kann man ruhig erröten.»

Miss Delgado räusperte sich. «Außerdem gibt es ein paar Vorschläge von Erica, die offenbar auf Wunsch anderer Eltern zustande kamen.» Pause. «Davon gehen wir jedenfalls aus.»

Alle merkten auf. Ominöse Äußerungen waren untypisch für Miss Delgado. Da war was im Busch.

Erica trat vor und verzog ihr Gesicht zu einem kosmetisch verschönerten Lächeln, das dennoch vollkommen natürlich wirkte. Dies war der Grund, warum sie so viel Kohle machte. «Esther Avilar hat angeboten, in diesem Jahr einen Reiki-Kurs für Kinder durchzuführen, was ich großartig finde.» Jemand hob die Hand, aber Erica wusste offenbar bereits, wie die Frage lautete. «Reiki ist eine Heilmethode, mittels derer die Lebensenergie kanalisiert wird.» Die Hand schoss erneut hoch. «Ja, Elliott?», fauchte Erica.

Elliott Schaefer hatte Zwillingsjungen in der vierten Klasse. Die verfügten über jede Menge Lebensenergie. «Muss man den andern dabei nicht berühren? Durch Handauflegen?», erkundigte er sich.

«Ja und nein», antwortete Erica. «Man berührt den Patienten nicht, die Hände schweben zur Regulierung des Chis lediglich dicht über dem Körper.»

«Ich glaube nicht, dass dieser Kurs eine gute Idee ist, mal ganz abgesehen von diesem Chi-Kram. Meinen Jungs würden Sie das mit den schwebenden Händen jedenfalls vergeblich erklären.»

«Dann melden Sie sie eben nicht zum Kurs an. Denken Sie dran: Wir selbst sind der beste Advokat unserer Kinder.»

Elliott wollte mehr sagen, aber Erica gab jemand anderem das Wort. Die Mutter eines Mädchens namens Araminta fragte: «Was ist mit persönlichen Grenzen und Schamgefühl?»

Die Mutter eines Jungen namens Ronin wollte wissen: «Wird der Unterricht in geschlechterspezifisch getrennten Kursen stattfinden?» Sie beeilte sich hinzuzufügen: «Das Geschlecht natürlich, mit dem sich das Kind identifiziert, nicht das, mit dem es zur Welt kam.»

Ein gemurmeltes «Selbstverständlich» ging durch die Reihen. Gender-Bewusstsein wurde hier großgeschrieben.

Erica hüstelte. «So weit sind wir noch gar nicht. Wir müssen das Ganze ja erst besprechen. Aber das sind wichtige Hinweise, die von der Arbeitsgruppe natürlich berücksichtigt werden. Ein weiterer Vorschlag ist Kochunterricht, aber natürlich ohne dass tatsächlich etwas am heißen Herd gekocht wird. Die Kinder sollen lediglich lernen, wie man aus Rohkost und Gemüse wundervolle Speisen zubereitet.»

«Herumfliegendes Obst?», warf Natalie ungläubig ein. «Na, da kann ja nichts schiefgehen.»

«Und schließlich», fuhr Erica unbeirrt fort, «Benimmunterricht.»

Da war sie also, die Granate, auf die alle gewartet hatten. Miss Delgado hielt den Blick geflissentlich auf ihre schneeweißen Sneakers gesenkt. Frances schaute zu Lili hinüber. Die hielt die Augen geschlossen, um den Moment auszukosten. Im Benimmunterricht erlernten alle Kinder übertrieben höfliche Umgangsformen und das richtige Besteck zu benutzen, und die Jungs wurden zusätzlich darin trainiert, einem Mädchen die Tür aufzuhalten. Wer das für trivial hielt, irrte gewaltig. Bei diesem Thema klaffte nämlich ein schier unüberwindlicher Graben zwischen beiden Lagern. Zumindest in Los Angeles.

Die einen sagten, dass gutes Benehmen unerlässlich war, wenn man im Leben Erfolg haben wollte. Das andere Lager hielt dagegen, man dürfe Kindern soziale Normen nicht hegemonisch aufzwingen, sondern müsse ihnen eine freie Entwicklung und Meinungsäußerung gestatten. Die meisten Eltern hatten natürlich gar keine Meinung dazu, versuchten, das Wort «hegemonisch» möglichst nicht in den Mund zu nehmen, und waren schon froh, wenn sie abends aus einem T-Shirt schlüpfen konnten, das nicht mit Banane verschmiert war. Frances fiel auf, dass beide Lager energische Unterstützer besaßen, die jederzeit bereit waren, sich ins Schlachtengetümmel zu werfen. Sie blickte sich im Saal um. Zwei Drittel der Anwesenden sank ein wenig tiefer ins

Gestühl und machte es sich für das bevorstehende Schauspiel bequem. Der Rest richtete sich aufmerksam auf und wetzte die Messer.

Frances berichtete Michael am Abend davon.

«Elodie Keene hat die Schlacht eröffnet, indem sie aufstand und sagte, Benimmunterricht untermauere die Verschwörung des männlichen Patriarchats.»

Michael zog sich die Schuhe aus. «Nicht schlecht. Einfach und auf den Punkt gebracht.»

Frances nickte. «Ja, fand ich auch. Ericas Antwort lautete, sie brauche ihr Kind ja nicht zu dem Kurs anzumelden. Und Elodie erwiderte, sie würde ihr Kind auch nicht beim Ku-Klux-Klan anmelden, aber das bedeute nicht, dass sie die Bildung eines solchen Bundes auf dem Campus zuließe.»

Frances' Mann ließ seinen Schuh fallen und starrte sie mit offenem Mund an. «Das ist ja unglaublich.»

«Allerdings. Dann stand Jessica Artessian auf – ja, ich weiß, sie hat zu viele s in ihrem Namen, darüber haben wir schon gesprochen – und sagte, das Erlernen von guten Manieren sei nicht dasselbe wie brennende Kreuze zu schwenken, womit sie nicht unrecht hat.»

«Ja, aber sie hat trotzdem zu viele –»

«Daraufhin sagte David Millar, dass Benimmunterricht in dieselbe Mottenkiste der Geschichte gehöre wie der Ku-Klux-Klan. Und das war der Punkt, an dem alle übereinander herfielen.»

«Phantastisch. Wieso gehe *ich* eigentlich nie auf solche Veranstaltungen?»

«Weil wir geknobelt haben und ich den Kürzeren zog.»

Lally kam zutiefst bekümmert ins Zimmer. «Mein Finger steckt in einem Erdferkel fest.»

«Wie oft ich das schon ...» Michael winkte seine kleine Tochter zu sich. «Aha, ich sehe, wo das Problem liegt.» Lally hatte den Kopf einer Figur aus dem «Kleinen Tierladen» am Finger. «Und wo ist der Rest von dem Tier?»

«Im Hund.»

«Okay.» Michael versuchte den Gummikopf mit Schaukelbewegungen zu lockern, bis er genug zu fassen bekam, um ihn zusammenzudrücken, sodass sich die Halsöffnung weitete und er ihn abziehen konnte. Er gab ihn Lally, sie bedankte sich brav und hüpfte davon, um es gleich noch mal zu machen.

«Das sollten sie einem mal im Schwangerschaftskurs beibringen und nicht nur, wie man Babys wickelt.»

Frances lachte. «Das Abnehmen von Fingern?»

«Das klingt ja schrecklich. Das Erlösen von Fingern?»

«Zu religiös. Finger-Extraktion?»

«Okay. Und sie sollten einen über die Versteckmethoden von Kleinkindern aufklären. Ich habe eine ganze Weile gebraucht, ehe ich begriff, dass ich nach meinen Schlüsseln auch in diversen Puppentaschen suchen muss, wenn sie mal wieder unauffindbar sind.»

«Ja, und im Backofen.»

«In der Toilette.»

«Sogar hinten an der Windel, die sie gerade anhaben.»

«Du sagst es. Und wie ist es bei der Versammlung schließlich ausgegangen?»

«Unentschieden. Es gab drei Lager.»

«Drei?»

«Zehn dafür, zehn dagegen, der Rest hat sich enthalten.»

«Da sieht man's mal wieder. Die Erziehungsberechtigten von heute haben einfach kein Rückgrat.»

Er nahm in seinem Lieblingssessel Platz und klappte den Laptop auf. Ja, es war wohl mal wieder ein ganz gewöhnlicher Abend im Bloom-Haushalt. «Aber du hast dich hoffentlich nicht wieder für irgendetwas einspannen lassen, oder?»

«Na ja ...»

Michael klappte den Laptop zu – Erfolg – und blickte seine Frau stirnrunzelnd an. «Frank, ich musste dir doch extra versprechen, dich davon abzuhalten, dass du dich wieder auf irgendwas einlässt. Der Walk-A-Thon letztes Jahr hätte dich fast deinen letzten Nerv gekostet.»

«Ich weiß. Und in der Grundschule habe ich mich auch auf nichts eingelassen, da war ich ganz brav. Bloß hinterher habe ich in der Highschool versprochen, eventuell bei der Organisation des diesjährigen Frühlingsfests zu helfen.»

Michael stieß ein gereiztes Schnauben aus und klappte seinen Computer wieder auf. «Du bist hoffnungslos.»

Sie musterte ihn. «Triffst du dich mit einer anderen?»

Er klappte ihn wieder zu. «Fragst du das wegen Anne?»

Sie antwortete nicht. Sie hatten mittlerweile so selten Sex, dass sie es ihm fast nicht hätte verübeln können, wenn er sich gelegentlich von einer Prostituierten einen Blowjob verpassen ließ oder was mit einer anderen anfinge ... Andererseits war sie sicher, dass ihr Herz aufhören würde zu schlagen, falls sie ihn verlieren würde. «Wir haben ... wir schlafen kaum noch miteinander.» Sie schluckte. «Es wäre nicht undenkbar, dass du dir das Nötige bei einer anderen holst. Wir sind schließlich alle bloß Menschen.»

Michael stellte seinen Computer beiseite, stand auf und kam zu ihr. Sie war tatsächlich eine Sekunde lang zutiefst erschreckt. *O Gott, er hat eine andere, und jetzt wird er's mir gestehen.* Und dann war alles aus, so wie nach Alex' Tod alles aus gewesen war. So wie in einem alten Zeichentrickfilm, wenn ein Geldschrank auf ein Haus herunterkracht. Michael setzte sich zu ihr aufs Bett.

«Frank, ich liebe dich von ganzem Herzen. Ich hab nichts mit einer anderen, ich hab ja nicht mal was mit dir. Manchmal mache ich mir Sorgen, *du* könntest was mit einem anderen anfangen. Früher hatten wir oft Sex, weißt du noch?»

Frances ergriff seine Hand und schmunzelte. «Ja, natürlich.»

«Aber dann kamen die Kinder und die Hunde, und wir hatten so viel zu tun und wollten lieber *in Ruhe* schlafen als miteinander. So ist es eben. Aber ich bin glücklich, Frances. Kein Sex auf der Welt ist es wert, dafür unser schönes Leben aufs Spiel zu setzen.»

«Nicht mal ein Blowjob von Angelina Jolie?»

Er runzelte die Stirn. «Das wäre die einzige Ausnahme, hatten wir doch beschlossen.»

Sie nickte. «Stimmt, für uns beide, wenn ich mich recht erinnere.»

Er wirkte erleichtert. «Na, siehst du.»

Frances blickte in seine graugrünen Augen, musterte seine langen Wimpern, das Gesicht, das mit der Zeit ein wenig schlaffer und breiter geworden war, die Haare, die hauptsächlich durch Nicht-Vorhandensein glänzten. «Sie hat übrigens neulich wieder angerufen.»

«Ach?»

«Sie war sauer.»

Er beugte sich mit einem Schulterzucken vor und gab Frances einen Schmatz auf die Lippen. «Ich hab versucht, es ihr möglichst schonend beizubringen, aber sie nimmt alles so ernst ...»

«Diese Schauspielerinnen.»

«Du sagst es.» Er erhob sich. «Bei uns ist alles in Ordnung, Frances, mach dir bloß keine Gedanken. Betrifft uns doch nicht, wenn Anne die Hosen nicht oben behalten kann, oder?»

Frances nickte. Michael setzte sich wieder in seinen Sessel und nahm den Laptop zur Hand. Sie dagegen fragte sich dennoch, ob das wirklich stimmte.

14

Lucas saß vor dem Laptop und sprach mit seiner Mutter, während Bill in der Küche Abendessen machte. Er konnte den Haarschopf seines kleinen Sohnes hinter dem Monitor aufragen sehen. Und er konnte seine Frau hören. Sie klang müde, das merkte er an der Art, wie sie Lucas nach seinen Erlebnissen des heutigen Tages fragte. Er runzelte die Stirn. Wenn er ihr helfen dürfte, wäre sie bestimmt nicht so verdammt müde.

«Und war es schön?»

Lucas' Haarschopf wippte auf und ab. «Ja, ganz toll.»

«Sind alle aus der Klasse dabei gewesen?»

Eifriges Nicken. «Ja, alle außer Alison, die ist krank. Sie konnte nicht mitkommen, weil sie zu Hause geblieben ist. Krank.»

«Die Arme. Hast du denn viele Spinnen gesehen?»

«Und wie! Die Mädchen hatten Angst, aber ich nicht. Wieso haben Mädchen eigentlich Angst vor Spinnen?»

«Nicht bloß Mädchen. Viele Leute fürchten sich vor Spinnen.»

«Du auch?»

«Nein.»

«Wovor hast du denn Angst?»

Eine Pause trat ein. Bill warf einen Blick zum Computer. Sicher überlegte Julie gerade, wie sie diese Frage beantworten sollte. Seine Frau hatte vor kaum etwas Angst. Sie war stark und zäh, war in ärmlichen Verhältnissen auf einer Farm im mittleren Westen aufgewachsen und hatte es bis zum College gebracht. Sie sprach so gut wie nie über ihre Kindheit. Sie hatten sich in einer Bibliothek kennengelernt, sich innerhalb einer Woche ineinander verliebt und waren seitdem zusammen. Ihre Mutter hatte er noch nie gesehen. Über ihren Vater sprach sie nicht.

«Ich friere nicht gern.»

Lucas warf seinem Vater über den Bildschirmrand einen Blick zu. «Niemand friert gern. Aber hast du davor Angst?» Sein Dad lächelte ihm zu. Er musste daran denken, wie oft er seiner Frau eine Decke, einen Pulli, eine Wärmflasche gebracht oder ihr seine Jacke überlassen hatte. Nein, sie fror wirklich nicht gern. Er hoffte, dass ihr dort, wo sie jetzt war, nicht kalt war, ehe er realisierte, dass er ja ohnehin nichts dagegen hätte tun können. Sie wollte seine Hilfe nicht mehr.

«Nein, Angst hab ich davor nicht. Aber ich fürchte mich vor Haien.»

Lucas schnaubte. «Unsere Lehrerin sagt, dass Kühe viel gefährlicher sind als Haie. Mit Kühen passiert Menschen viel öfter was.»

«Tatsächlich? Dann sollte ich mich vielleicht mehr vor Kühen fürchten.»

Bill merkte, dass ihr allmählich die Kraft ausging. Sie befand sich in einer anderen Zeitzone, es war dort noch später als hier, und sie hatte sicher einen anstrengenden Tag hinter sich. «Komm, Lucas, Zeit fürs Abendessen. Sag deiner Mommy tschüss.» Lauter rief er: «Tschüss, Jules, ich melde mich!»

«Okay», kam ihre Antwort, dann verabschiedete sie sich

leise von ihrem Sohn und versicherte ihm, wie lieb sie ihn hatte. Bill wusste ganz genau, wovor sie am meisten Angst hatte: ihren kleinen Sohn nie wiedersehen zu können.

Aber darüber wurde nie gesprochen.

Ava skypte ebenfalls. Die summenden, unsichtbaren Drähte des Providers brachten Eltern und Kinder, Großeltern und Enkel zu abendlichen Gesprächen von Angesicht zu Angesicht zusammen.

«Und wie geht's deiner Mom?»

Ava zuckte mit den Achseln und lächelte ihrer Grandma zu. «Ganz gut, denke ich. Ihr geht es doch immer gut, oder? Sie ist der ausgeglichenste Mensch, den ich kenne, das nervt echt. War sie schon immer so?»

Ihre Großmutter lachte. «O ja, sie war immer schon sehr stabil.» Mit gesenkter Stimme fügte sie hinzu: «Man könnte fast sagen, ein bisschen zu brav. Aber jeder mochte sie, weil sie so ein lieber, netter Mensch ist.» Ein trauriger Ausdruck huschte über ihr Gesicht. «Ich fürchte, ich habe mich viel zu wenig um sie gekümmert.»

Ava schnaubte. «Na, den Fehler macht sie bei mir jedenfalls nicht. Sie hängt mir ständig an der Backe.»

«Sie liebt dich halt.»

«Ich weiß.»

«Und sorgt sich um dich.»

«Das ist unnötig. Mir geht's gut.»

Jetzt schnaubte ihre Großmutter, das Original-Schnauben, das über die Generationen nun an ihre Enkeltochter weitergereicht worden war. «Also, Ava, bitte. Wenn man vierzehn ist, *kann* es einem gar nicht gutgehen, da ist man vollkommen von der Rolle.»

«So schlimm ist's auch wieder nicht. Nur manchmal.»

«Die Zeit zwischen elf und fünfzehn ist eine einzige Folter.»

«Die reinste Katastrophe.»

«Ein Mahlstrom aus wirbelnden und widerstreitenden Hormonstürmen.»

«Gut, du hast gewonnen, Oma. Aber ich will nicht mit dir über Hormone reden, das ist schräg.»

«Aber wieso denn?»

«Weil ich es selbst kaum kapiere, wenn ich mit mir allein bin. Ich will nicht auch noch darüber reden müssen.» Avas Blick fiel auf ihre fleckigen Socken, und sie wackelte mit den Zehen. Sie wünschte, sie hätte längere Zehen. Noch so etwas, das bei ihr nicht stimmte.

Grandma seufzte. «Deine Generation ist so viel prüder als meine! Ihr zieht euch online nackt aus oder setzt euch mit blankem Busen zum Chatten hin oder wie immer man das nennt, aber wenn es mal darum geht, offen über hormonelle Vorgänge und unkontrollierbare Triebe zu reden, werdet ihr auf einmal zimperlich.»

«Ja, die Jugend von heute», bestätigte Ava schmunzelnd. In diesem Moment drang die Stimme ihrer Mutter herauf, sie rief zum Abendessen. «Ich muss Schluss machen, das Abendessen ist fertig. Wir reden ein andermal weiter, okay?»

«Ja, natürlich. Und gib deiner Mutter einen Kuss von mir und bitte auch deinen Geschwistern. Wann können die mich endlich mit diesem Ding hier anrufen?»

Ava erhob sich und trug ihren Laptop zum Schreibtisch. «Weiß nicht. Milo hat einen Laptop. Ich könnte ihm ja mal helfen, die Skype-Verbindung einzurichten. Lally hat natürlich noch keinen. Also ... sie könnte vielleicht meinen benutzen.»

«Das wäre wirklich schön, Liebes. Und jetzt geh und lass dir das Abendessen schmecken.»

Ava klappte den Laptop zu und stand noch einen Moment lang da, die Hand auf das Gerät gelegt. Ein Lächeln umspielte ihre Lippen.

Wyatt und Iris mussten an diesem Abend allein essen. Sara war mit Dreharbeiten für einen Werbespot beschäftigt und verspätete sich mal wieder.

«Kommt Mommy nach Hause, bevor ich ins Bett muss?», erkundigte sich Wyatt mit vollem Mund. Aber Iris störte es nicht. Sara war Mommy. Iris war Mom.

Sie schüttelte den Kopf. «Wohl kaum, mein Schatz. Sie würde sicher gern, aber du weißt ja, wie lange sich diese Dreharbeiten hinziehen können.»

Wyatt nickte weise. «Regisseure.»

Iris schmunzelte. «Genau.»

Er breitete die Hände in einer großen Geste aus, in einer hielt er eine Karotte und sagte in hochnäsigem Tonfall: «Und von den Studios brauchen wir gar nicht erst anzufangen.»

Seine Mom lachte laut auf, und auch er kicherte, entzückt darüber, dass sein kleiner komödiantischer Beitrag gezündet hatte. Das war ein neues Talent von ihm. Iris beugte sich über den Tisch und streichelte seine Wange. Ein Glücksgefühl durchströmte sie, und sie musste feststellen, dass er sie immer wieder umhaute. Als er kleiner war, umfasste sein Wortschatz nur das, was er von Iris und Sara aufschnappte, doch dann kam das Fernsehen dazu, die *Sesamstraße* und andere Sendungen, und schließlich die Schule. Und durch all das eröffnete sich eine ganz neue Welt für ihn. Er begann mehr darauf zu achten, was Erwachsene sagten, und erschloss sich ein ganz neues Vokabular. Auch brachte er jetzt erstmals eigene Wortschöpfungen und Ideen ins Spiel, was Iris noch mehr begeisterte.

Sie musste daran denken, wie er mit sechs Wochen zum ersten Mal gelächelt hatte. Und zwar wie durch ein Wunder just in dem Moment, als sie das kleine Monster am liebsten auf einem Berg ausgesetzt hätte, weil sie den Stress nicht mehr ertrug. Ausgerechnet in dem Moment hatte er zum ersten Mal gelächelt, als wolle er sagen: *Seht her, ich bin doch ein menschliches Wesen, und eure ganze Mühe ist nicht umsonst, das werde ich euch beweisen.* Da machte ihr Herz einen auf Grinch und vergrößerte sich um das Dreifache. Und wenn sie ihren Sohn jetzt so ansah, wie er diese Comedy-Stückchen aus dem Hut zauberte, die er von seiner anderen Mutter gelernt hatte, der Frau, die sie so sehr liebte, dann fürchtete sie manchmal, dass ihr Herz eines Tages das Fassungsvermögen ihres Brustkorbs sprengen würde.

Anne und Kate lagen auf Kates Bett, Anne auf dem Bauch, das Buch vor sich aufgeklappt. Sie las ihrer Tochter vor, und

Kate kuschelte sich an sie. Die Kleine hielt einen Häkelhasen im Arm und hob immer dann den Kopf und schaute hin, wenn Anne ein Bild ankündigte.

«Sie ist ganz schön frech, oder?», stellte Kate fest. Es ging um *Pippi Langstrumpf*.

Anne lächelte. «Ach nein, eigentlich nicht, sie hat eben verrückte Ideen.»

«Aber ihr Pferd anzumalen ... Wärst du böse, wenn ich mein Pferd anmalen würde?»

«Dazu müsstest du erst mal eins haben. Und für ein Pferd ist unser Garten zu klein.»

Kate musste lachen bei der Vorstellung, ein Pferd im Garten zu halten. «Ja, und dann müssten wir immer seinen Pups wegräumen.»

«Genau.» Anne stützte sich auf einen Ellbogen und streichelte über Kates weiches Haar. Kate, die mit den Gedanken noch bei dem Pferd im Garten war, grinste ihre Mutter an. Anne erkannte Charlies Gesichtszüge bei ihrer Tochter wieder, aber die Augen hatte sie von ihr. Jedes Kind bestand aus einer einzigartigen Mischung von Erbanlagen, darunter längst vergessene, von irgendwelchen Vorfahren. Aber in der DNS blieben sie bewahrt und äußerten sich in einer bestimmten Größe, einem Sinn für Humor oder grünen Augen. Anne fiel plötzlich ein, dass sie heute mehrmals vergebens versucht hatte, Richard zu erreichen. Sie hatte ihm einige Textnachrichten geschickt, aber er hatte sich erst spät am Nachmittag gemeldet und geschrieben, er habe Prüfungsaufsicht gehabt und sich nicht eher frei machen können. Ob Charlie verreist sei und sie sich sehen könnten? Er sehne sich nach ihr.

Nein, hatte sie geantwortet, *wir reden morgen darüber.*

Ich liebe dich, hatte er erwidert, und sie hatte alles gleich wieder gelöscht.

«Ich hab dich lieb, Mom», sagte Kate und kuschelte sich an die Schulter ihrer Mutter. «Lies weiter.»

Also las Anne weiter von Pippi Langstrumpf vor und redete sich ein, als Mutter vielleicht doch keine Versagerin zu sein.

15

Am nächsten Morgen hatte Lucas Fieber, und Bill schickte Frances eine SMS, sie brauche ihn heute nicht mitzunehmen. In Momenten wie diesen war Frances dann doch froh um ihr Handy. Ava lag ihr täglich in den Ohren, sie müsse unbedingt eins haben, und sie beobachtete ebenso täglich, wie ihre Klassenkameraden mit übers Handy gebeugten Köpfen herumliefen wie eierhütende Pinguine, und sie fragte sich, ob gerade möglicherweise die zwischenmenschliche Kommunikationsfähigkeit einer ganzen Generation ausradiert wurde. Dann wiederum passierte irgendetwas – es gelang ihr, mit ein paar kurzen Textnachrichten einen ganzen Car-Pool zu organisieren, in letzter Minute einen Babysitter aufzutreiben oder etwas bei Amazon zu bestellen –, und dann seufzte sie über ihre eigene Abhängigkeit von dem glänzenden kleinen rechteckigen Ding.

In diesem Moment wurde ihr klar, dass sie, während ihre Gedanken umherwanderten, immer noch Anne ansah. Kate und Theo kletterten gerade hinten in den Wagen. «Entschuldige, Anne, hast du was gesagt?»

Anne, die ungewöhnlich mitgenommen und zerknittert aussah, lächelte. «Ja, ich hatte guten Morgen gesagt.»

«Guten Morgen», antwortete Frances automatisch.

Eine Verlegenheitspause trat ein, aus der sie glücklicherweise die Kinder retteten, die sich hinten mal wieder um die Sitzplätze zankten. Frances war froh, sich von Anne abwenden zu können, um den Streit zu schlichten. Und als sie sich wieder nach vorn drehte und losfahren wollte, war Anne bereits ins Haus gegangen.

«Mommy hat gar nicht auf Wiedersehen gesagt!», jaulte Kate.

Das war keine Bagatelle, wie Frances sehr wohl wusste. Wenn sich ein Elternteil nicht anständig von seinem Kind verabschiedete, konnte sich selbst der vernünftigste, reifste (oder ungezogenste) Sprössling von einer Sekunde auf die andere in ein heulendes Elend verwandeln. Und sein ganzer Tag war ruiniert. Frances dachte deshalb gar nicht daran, diesen Aufschrei zu ignorieren. Sie hatte schon ihr Handy gezückt, um Anne anzurufen, doch dann löste sie den Gurt, sprintete rasch zum Haus und klingelte.

Anne öffnete verdattert die Tür, das Smartphone in der Hand. «Was ist?»

«Du hast vergessen, dich zu verabschieden.» Frances hatte sich schon wieder abgewandt und lief zum Auto zurück.

«Mist, entschuldige.» Anne ging erneut zum Wagen. Es folgte ein so zärtlicher Abschied, als würde sie ihre Kinder für lange Zeit nicht wiedersehen.

Am Ende war auch das zur Zufriedenheit erledigt, und alle Beteiligten waren emotional für den bevorstehenden Schultag gewappnet. Nur Ava hatte beim vielen Augenverdrehen ihren Sehnerv überstrapaziert.

Anne ging wieder hinein. Sie war fest entschlossen, der Sache mit Richard jetzt ein für alle Mal ein Ende zu machen.

Und in Zukunft nicht noch einmal zu vergessen, sich von den Kindern zu verabschieden.

Da Charlie noch oben herumkramte, brachte sie ihm eine Tasse Kaffee hinauf.

«Danke, Babe», sagte er, zog sie an sich und roch den Rosenduft in ihrem Haar. «Was hast du heute vor?»

«Weiß nicht. Nichts Besonderes.» *Meinen Liebhaber abservieren.*

«Sollen wir uns zum Lunch treffen?»

«Ja, das wäre sehr nett. Und wo?» *Vorausgesetzt, ich habe mich bis dahin so weit erholt, dass ich nicht ständig kotzen muss.*

Er nannte ein Restaurant, in dem sie schon ein paarmal gewesen waren, nicht weit von seiner Kanzlei entfernt. Sie nickte und ging, um sich auch noch einen Kaffee zu holen. *Ich krieg vor Angst kaum Luft.*

Charlie blickte ihr nach und grinste wie ein Honigkuchenpferd. Was für ein Glück er doch hatte! Er sank auf die Bettkante und zog seine Schuhe an. Vielleicht würde er auf der Fahrt kurz in dem hippen kleinen Schmuckladen vorbeischauen, den Anne so mochte, und dort eine Kleinigkeit für sie besorgen, die er ihr dann beim Lunch überreichen konnte. Sie war anfangs, als sie sich kennenlernten, gar nicht sonderlich an ihm interessiert gewesen. Anne war Kunststudentin, er angehender Jurist. Es gab nicht viel Gemeinsamkeiten. Sie war ein ausgesprochener Freigeist, aber ein Freigeist, wie sich bald herausstellte, mit einem ausgesuchten Faible für Seidenunterwäsche und Vintage-Schmuck. Er machte ihr Geschenke und umwarb sie, bis sie sich schließlich in ihn verliebt hatte. Und nun, zehn Jahre später, waren sie immer noch zusammen.

Charlie zog seine Schnürsenkel fest und erhob sich, zupfte seinen Anzug zurecht. Ja, er hätte es im Leben nicht besser treffen können.

Breaking up is hard to do. Diese Songzeile kam ihr in den Sinn, als sie versuchte, mit Richard Schluss zu machen. Der Klang seiner Stimme bestärkte sie in ihrer Entscheidung, und auch ihre Übelkeit war mit einem Mal wie weggeblasen. Sie legte ihm die Situation dar.

«Aber es hat sich doch nichts geändert», protestierte er. Wie weinerlich er klang; das war ihr bisher noch nie aufgefallen.

«Doch, das hat es», entgegnete sie fest. «Du hast mir gestern Abend eine SMS geschickt, die mein Sohn zufällig gelesen hat. Da wurde mir plötzlich klar, dass es so nicht weitergehen kann. Es ist vorbei, Richard, ganz einfach. Ich bitte dich, das zu akzeptieren.» Sie stand in Unterwäsche im Bad und wollte im Anschluss an das Telefonat nach dem passenden Outfit für den Lunch mit Charlie suchen. Wollte sich heute besonders schön für ihn machen. Das Steuer noch einmal herumreißen. Ein Blick in den Spiegel verriet ihr, dass sie noch immer gut aussah. Der Vorteil von Seitensprüngen war die verjüngende Wirkung – Fettpolster schwanden, und der Körper wurde schlanker, elastischer. Junge Männer hatten eine unglaubliche Energie. Ihr spezieller junger Mann redete noch immer. Sie zwang ihre Aufmerksamkeit in die Gegenwart zurück.

«Ich bin in Zukunft vorsichtiger, versprochen. Am besten gar keine Textnachrichten mehr. Aber ich muss dich unbedingt sehen, bitte, du musst zu mir kommen! Du fehlst mir schrecklich.» Er war in der Schule, in seinem Büro, war extra früher hingefahren, in der Hoffnung, vor Unterrichtsbeginn mit ihr reden zu können. Morgens beim Aufwachen dachte er als Erstes an sie. Er dachte in der Pause an sie und beim Essen, er dachte an sie, wenn er vor dem Pissoir stand und pinkelte, wenn er sich die Hände wusch. Er wusste selbst, dass es allmählich gefährlich wurde, dass das Ende schrecklich schmerzhaft werden würde. Aber doch noch nicht jetzt. Nicht ausgerechnet jetzt schon. Er brauchte noch ein bisschen Zeit mit ihr. Mehr von ihr.

«Nein, Richard. Wir werden uns nicht wiedersehen. Es war schön, aber jetzt ist es vorbei. Wir wussten beide, dass es zu nichts führen würde. Ich hatte nie vor, meine Familie zu verlassen. Ich habe dir nichts vorgemacht.» *Dir nicht, aber alle anderen habe ich hintergangen.*

«Ich weiß.» Stille. «Ich komme kurz bei dir vorbei.»

«Nein.»

«Bitte. Lass uns miteinander schlafen. Wir können das hinterher besprechen, wenn ich dich hundertmal zum Orgasmus gebracht habe.»

Sie verzog das Gesicht. «Nein. Es ist vorbei, Richard. Das war's. Leb wohl.» Sie hängte ein und trat an ihren Schrank. Sollte sie das graugrüne Kleid anziehen? Elegante Frau in einem gewissen Alter? Oder doch lieber den kessen Overall? Junge Mom, die ihrem Mann immer noch gern einen bläst? Keine leichte Entscheidung.

Drei Meilen entfernt brach Richard weinend über seinem Schreibtisch zusammen.

Zufällig hatte sich Sara in demselben Restaurant mit ihrem Agenten zum Lunch verabredet. Beim Eintreten fiel ihr Blick als Erstes auf Charlie. Sie kannte ihn, weil man sich auf der Straße hin und wieder begegnete. War er nicht mit diesem eiskalten Mineralwasser verheiratet, deren Name ihr gerade nicht einfiel? Er entdeckte sie ebenfalls, da er offenbar auf jemanden wartete. Er hob die Hand zum Gruß.

«Hallo, Charlie, wie geht's Ihnen?» Sara beugte sich vor und bot ihm die Wange zum Kuss. In diesem Moment fiel ihr der Name seiner Frau wieder ein. Anne, sie hieß Anne. Sie kannten einander nicht näher, aber eins von ihren Kindern war in Wyatts Klasse, oder? Iris hätte es gewusst.

«Hi, Sara.» Er freute sich, dass ihm ihr Name rechtzeitig eingefallen war. «Alles prima. Und bei Ihnen?»

Sie lächelte und wies auf sein Glas. «Gut. Treffen Sie sich zum Lunch mit Anne?» *Siehst du, wie lässig ich meine Kenntnisse aus der Tasche zaubere? Ich kenne dich, wir kennen einander, wir sind Nachbarn und Bekannte, und ich habe den Sozialvertrag nicht mit Füßen getreten.*

Er nickte. «Sie ist spät dran, aber das ist eigentlich immer so. Und Sie? Treffen Sie sich mit Iris?» Fünf Punkte dafür, dass ihm der Name der anderen Lesbe eingefallen war. Natürlich waren sie für ihn nicht nur «die Lesben», sie hatten viele Labels: Nachbar, Eltern, Frau, heiße Frau (jedenfalls die, die vor ihm stand, nicht die andere), Berühmtheit (diese hier, nicht die andere), Eltern eines Sohnes, der ein Freund von Milo war, gehörten zum Car-Pool, Leute, denen man am Wochenende über den Weg lief oder beim Soccer-Training der Kinder ... eine lange Liste.

Sara schüttelte den Kopf und nahm Augenkontakt zu ihrem Agenten auf, den sie an einem weiter hinten gelegenen

Tisch entdeckt hatte. «Nein, ich bin beruflich hier. Ah, hab schon gesehen, wo ich hinmuss. Bis bald mal.»

«Ja, hat mich gefreut. Man sieht sich», sagte er, zufrieden darüber, dass er die Klippen dieser Begegnung reibungslos umschifft hatte, ohne irgendwelche Namen durcheinanderzubringen. Anne kannte sich da viel besser aus. Gerade als er das dachte, betrat Anne das Restaurant, und nicht nur *sein* Kopf drehte sich nach ihr um. Anne hatte ebenfalls viele verschiedene Bedeutungen für ihn, die allerwichtigste jedoch war Freundin und Partnerin, und er freute sich sehr, sie zu sehen. Er erhob sich, als sie auf ihn zukam. Sie schenkte ihm dieses unglaubliche Lächeln, bei dem er immer an die Geburt seiner Kinder erinnert wurde, an das erste Mal, als er ihre noch feuchten Köpfchen küsste und dann aufblickte und Anne in die Augen sah und diese fast greifbare Verbindung spürte, die jetzt für immer zwischen ihnen bestand.

«Hey, Babe», sagte sie und ließ sich auf den Stuhl ihm gegenüber sinken. «Hast du schon bestellt?» Sie blickte sich um, die hübschen cremeweißen Wände, der offene Kamin, die offenen Terrassentüren, die auf einen gepflegten Garten hinausführten. Los Angeles konnte so schön sein, vor allem jetzt, da sie wieder ein reines Gewissen hatte.

Er schüttelte den Kopf. «Habe gerade Sara Dingsbums gesehen, wie heißt sie noch, sie wohnen in unserer Straße.»

«Iris' Frau? Frances' Cousine?»

Er runzelte die Stirn. «Sie ist Frances' Cousine?»

Anne schmunzelte. «Nein, nicht Sara. Ihre Frau Iris ist Frances' Cousine mütterlicherseits. Ihre Mütter sind Schwestern.»

«Ach ja?» Es überraschte Charlie immer wieder, was Frauen über andere Menschen wussten. Er hielt es nicht für sexistisch, zu glauben, dass so etwas in Männerrunden einfach nicht zur Sprache kam. Er konnte sich einfach nicht vorstellen, dass einer seiner Kumpel sagen würde, he, hast du gewusst, dass Arthur, Dannys angeheirateter Cousin, du weißt schon, der, der das mit dem Weihnachtsfest gedeichselt hat, erinnerst du dich? Wie auch immer, dieser Arthur hat jedenfalls Diabetes. Ist ja auch kein Wunder, wo seine Oma schon daran gestorben ist. Nein, ein typisches Männergespräch wäre das nicht. Aber vielleicht hing er ja mit den falschen Männern rum.

«Ja, Frances und Iris sind mehr oder weniger zusammen aufgewachsen. Ihr Bruder ist früh gestorben, weißt du.»

«Der von Iris?» Allmählich langweilte ihn das Thema, und außerdem hatte er Hunger.

«Nein, Frances'.» Anne merkte, dass er das Interesse verlor, und um ehrlich zu sein, es war ja auch nicht *so* interessant. Sie gehörte nicht zu der Sorte Frau, die sich für alles und jeden interessierte. Ihr genügte es, über grundsätzliche Dinge Bescheid zu wissen. «Hast du Hunger?»

Er nickte und klappte die Speisekarte auf. «Worauf hättest du Lust?»

«Auf dich.»

Charlie blickte überrascht auf. Sie lächelte ihn auf eine sinnliche Weise an, die verriet, dass sie ihn wollte. Er zog die Augenbrauen hoch. «Hast du was getrunken?»

Sie grinste. «Blödsinn. Ich finde nur, dass du heute besonders sexy aussiehst. Oder ist das ein Problem? Darf ich meinen eigenen Mann nicht attraktiv finden?»

Er spürte, wie sich in seinem Schritt etwas regte, und schob seine Hand über den Tisch. «Doch, schon, ist nur schon eine Weile her.»

«Vielleicht zu lange?» Er hörte einen dumpfen Plumps, und dann schob sich ihr nackter Fuß unter sein Hosenbein.

Charlie war vollkommen verdattert. So war Anne schon lange nicht mehr rangegangen, eigentlich nicht mehr seit ihren Anfängen. Heutzutage mussten sie nicht mehr viel Zeit auf das Vorspiel verwenden, sie kannten einander, kannten den Körper des anderen und was ihm gefiel und wie der Sex am besten funktionierte. Wenn Pärchen darüber klagten, dass die Romantik verpufft sei, dann meinten sie meist das, dieses Fehlen der Ungewissheit, der Spannung, das Hin und Her des Balztanzes. Vielleicht gelingt es mir diesmal ja gar nicht, sie ins Bett zu kriegen ... Aber sobald man sich das Bett gekauft, die Bettwäsche schon mehrmals gewechselt, ja die eine oder andere Erkältung darin überstanden hat, sind Ungewissheit und Spannung natürlich weg.

Er kreuzte die Fußgelenke, sodass ihr Fuß gefangen war. Dann griff er unter den Tisch und kitzelte ihren Rist. Dabei ließ er ihr Gesicht nicht aus den Augen und sah, wie sich ihre Wangen röteten, wie sie sich auf die Lippen biss, um nicht loszukichern. Seine Finger wanderten höher, und ihr Lachen erstarb.

Er winkte die Bedienung herbei und bat um die Rechnung.

Am frühen Nachmittag, als Charlie Anne schläfrig im Bett zurückließ und wieder ins Büro fuhr, beschloss sie, ihre Kleidung radikal auszusortieren. Alles, was mit Richard zu tun hatte, alles, was er gesehen, berührt, ihr mit den Zähnen vom Körper gezupft hatte, musste weg, ab in den Müll.

Dann duschte sie und zog sich an und fuhr los und kaufte sich sechs neue Büstenhalter und sechs neue dazu passende Slips, alles eine Nummer kleiner als vorher. So schlank war sie nicht mehr gewesen, seit sie fünfundzwanzig war; die Affäre hatte ihr ihre gute Figur zurückgegeben. Aber die war jetzt nur noch für ihren Mann, und alles würde wieder gut werden.

Sie musste an den Ausdruck auf seinem Gesicht denken, als sie sich vorhin, wie früher, ganz langsam für ihn ausgezogen hatte. Er sah auf einmal viel jünger aus, und seine Augen hatten gefunkelt vor Begierde. Der Sex war gut, wirklich sehr gut gewesen. Sie spürte noch immer das Kribbeln auf der Haut und diesen leichten Schmerz in den Muskeln. Triumphierend händigte sie ihre Kreditkarte aus und lächelte der Kassiererin zu. Geschafft, Charlie würde nie etwas erfahren. Ihr war ein erfolgreicher Neustart ihrer Ehe gelungen, und alles war gut. Anne warf einen Blick auf die Uhr. Zeit, heimzugehen, bald würden die Kinder aus der Schule kommen.

16

Es war fast vier, als Frances Kate und Theo rasch noch zu ihrem Haus begleitete. Ausgerechnet in diesem Moment tauchte Richard auf. Er stellte seinen Wagen ab, stieg aus und war schon fast beim Vorgarten von Annes Haus, ehe er die Kinder bemerkte. Beide Parteien stießen aufeinander und blieben höflich stehen, um dem anderen den Vortritt zu lassen. Da ging die Tür auf, und Anne trat heraus. Sie rief den Kindern etwas zu, und dann erst fiel ihr Blick auf Richard. Um der Szene, die den Marx Brothers würdig gewesen wäre, die Krone aufzusetzen, kam in diesem Moment auch noch Charlie angefahren und hielt hinter Richards Wagen am Straßenrand. Die Kinder hüpften aufgeregt auf und ab und riefen laut: «Daddy, Daddy!», als kehrte er von einer siebenjährigen Expedition durch den Himalaya zurück und nicht von einem achtstündigen Arbeitstag in der Kanzlei. Anne wurde kreidebleich und hielt nach Frances Ausschau. Da war sie ja, und sie schritt zur Tat. Sie war ziemlich sicher, dass dieser junge Typ Annes Liebhaber sein musste. Charlie und er würden sich jeden Moment gegenüberstehen. *Keine Sorge, Sister*, verrieten ihre energisch ausholenden Schritte in den weißen Turnschuhen, *die Kavallerie ist im Anmarsch.*

Charlie stieg aus und ging um den Wagen herum. Sein Blick war ausschließlich auf die Kinder gerichtet, er nahm nichts anderes wahr. Sie warfen sich ihm an den Hals. In dieser Hinsicht waren Kinder wie Hunde: überglücklich, wenn man unversehens auf der Bildfläche erschien. Aber im Gegensatz zu Hunden waren sie durchaus in der Lage, dir für alles Mögliche und Unmögliche die Schuld zu geben – sogar für das schlechte Wetter und andere Naturgesetze. Lally und Lucas, die mittlerweile selbst aus dem Auto geklettert waren, blökten nach Frances. Sie spürten offenbar, dass hier etwas Spannendes vor sich ging. Ava war längst mit gesenktem Kopf und Kopfhörern in den Ohren im Haus verschwunden.

Wäre Charlie nur zehn Sekunden später aufgetaucht oder hätte Anne nur zehn Sekunden früher die Tür geöffnet, oder hätte Richard auch nur die geringste Ahnung gehabt, dass öffentliche Schulen eine Stunde früher Schluss machten als private, wäre das alles sicher nicht passiert. Aber manchmal klatscht einem das Leben eben eine solche Torte ins Gesicht.

Richard stand unschlüssig im Vorgarten, als Charlie ihn bemerkte. Richard blickte Anne an, und dann fiel auch bei ihm plötzlich der Groschen. Bis dahin hatte er noch geglaubt, sie habe die Tür für ihn geöffnet, und die niedlichen Kleinen, denen sie fröhlich etwas zurief, seien nur Nachbarskinder und nicht zu klein geratene Reiter der Apokalypse. Die Erkenntnis, dass es ihre Kinder waren und dass der Mann, an dessen Hals sie hingen, daher Annes Ehemann sein musste, ließ ihn erstarren wie ein Kaninchen im Scheinwerferlicht. Aber Frances war bereits zur Stelle, denn Improvisation und Multitasking waren nun einmal etwas, das Frauen den Männern voraushatten.

«Hallo, Sie Witzbold, falsches Haus!» Frances ging strahlend auf Richard zu. «Ach, hallo, Charlie, wie geht's?», fragte sie wie beiläufig.

«Gut», entgegnete Charlie, der die Szenerie mit einem perplexen Stirnrunzeln aufnahm. Frances schob sich kurzerhand an ihm vorbei und sprach Richard erneut an.

«Wir wohnen in der zweiundvierzig und nicht in der zweiunddreißig, Sie Dummerchen.» Sie hatte Richard erreicht und umarmte ihn flüchtig. «Gut, dass ich Sie erwische, bevor Sie beim falschen Haus klingeln, oder?»

«Ja ... äh, ja, natürlich», stammelte Richard. Er warf Anne einen Blick zu, die eher verärgert als verängstigt wirkte. «Entschuldigung.»

Kate und Theo stürmten an ihnen vorbei ins Haus, um ihrer Mutter zu erzählen, wie eigenartig es doch war, dass ihr Vater vor seinem eigenen Haus auftauchte. Charlie folgte, blieb dann aber höflich kurz bei Frances und dem anderen Mann stehen, um sie zu begrüßen.

«Charlie, das ist Phil. Phil, das ist unser Nachbar Charlie.» Richard hob automatisch den Arm, und so schüttelte Charlie dem Liebhaber seiner Frau zuvorkommend die Hand. Anne war leider bereits wieder im Haus verschwunden, um ein paar Cracker für die Kinder als Übergangssnack bis zum Abendessen in eine Schüssel zu schütten, und verpasste daher diese bizarre Szene. Sie hatte ihr Leben und ihr Schicksal vertrauensvoll in die Hände Gottes gelegt, der momentan in Gestalt von Frances auf Erden wandelte. Außerdem konnte ja gar nichts mehr schiefgehen, sie hatte schließlich bereits das Richtige getan, oder? Sie hatte das Problem aus der Welt geschafft.

«Freut mich, Sie kennenzulernen, Phil», sagte Charlie mit seinem lässigen Charme. Er schwieg für einen Moment, ehe er fragte: «Woher kennt ihr euch?»

«Von der Schule», antwortete Frances.

«Von der Arbeit», entgegnete Richard gleichzeitig.

Erneut trat eine kurze Verlegenheitspause ein. «Von beidem», erklärte Frances, «Schule für mich, Arbeit für ihn. Er ist Lehrer am Art College, und Ava überlegt, ob sie sich nach der Highschool dort bewerben soll. Wir sind über gemeinsame Bekannte aufeinandergestoßen, und jetzt ist Phil gekommen, um uns über die Aufnahmevoraussetzungen zu informieren.» Für sie klang das absolut lahm, aber Charlie nahm es ihr glücklicherweise problemlos ab. Er konnte sich offenbar nicht vorstellen, dass sie ihn anlog – was sie ja auch noch nie getan hatte.

«Wow, ihr fangt aber früh an», staunte er, «was kommt als Nächstes? Besuch aus Harvard oder Yale?»

«In ein paar Tagen», witzelte Frances. «Und jetzt kommen Sie, Phil, lassen wir diese Familie ihren Feierabend genießen.»

«Ja, sicher.» Richard war immer noch sehr blass, hatte sich aber wieder einigermaßen gefangen. «Ich könnte gut eine Tasse Kaffee vertragen. War ein harter Tag.»

«Kann ich mir vorstellen», bemerkte Frances ironisch.

«Okay, man sieht sich», sagte Charlie, der bereits auf dem Weg zum Haus war. In seiner Jackentasche steckte eine kleine Schmuckschachtel. Er hatte mehr als das Übliche ausgegeben, denn er konnte noch immer nicht fassen, wie phantastisch sexy Anne am Nachmittag gewesen war. Die Tür fiel hinter ihm zu.

Draußen trat schon wieder eine kleine Verlegenheitspause ein. Dann wandte sich Frances ab und marschierte zu ihrem Haus zurück, gefolgt von Richard, Lally und Lucas wie von einem Rudel Gänseküken.

Erst als sie ihr Haus erreichten, hatte sich Frances wieder

so weit beruhigt, dass sie sich Richard zuwenden konnte. «Wir brauchen eigentlich keine Auskunft über die Aufnahmevoraussetzungen fürs Art College. Sie können jetzt nach Hause fahren.»

Richard starrte sie an.

«Bitte fangen Sie jetzt bloß nicht an zu weinen», sagte sie leise. «Lally und Lucas, geht schon mal ins Haus, okay?»

«Bleibt Lucas zum Spielen?»

«Ja, Schätzchen, ein bisschen kann er noch bleiben. Bis sein Dad nach Hause kommt.»

«Dürfen wir fernsehen?»

«Ja, Mäuschen.» Erst als die Tür hinter den beiden zugefallen war, wandte sich Frances wieder zu Richard um. «Hören Sie, ich weiß, Sie kennen mich nicht, aber ...»

«Sie sind die Frau, die neulich reinkam, als Anne und ich ...» Er verstummte. Seine Stimme klang tief und sexy, aber in Frances' Ohren hörte sie sich vor allem traurig an. «Seitdem ist alles den Bach runtergegangen.»

Frances blieb streng. «Ja, das war ich, aber ich will ganz ehrlich sein: Diese Beziehung war von Anfang an falsch. Vorhin hätten Sie um ein Haar Annes Leben zerstört. Sie mögen vielleicht der Meinung sein, dass sie's ja nicht anders wollte, sie hätte sich ja nicht mit Ihnen einlassen müssen. Aber Annes Kinder sollten nicht unter den Fehlern ihrer Mutter leiden und auch noch Zeuge werden müssen, wie ihr bisheriges Leben in Flammen aufgeht.»

«Ich wusste ja nicht, dass sie da sind», erwiderte Richard hilflos.

«Die Schule ist um drei Uhr zu Ende.»

«Die Kunstschule nicht. Es tut mir leid.»

Frances zuckte gleichmütig mit den Achseln. «Gehen Sie nach Hause. Anne will Sie nicht mehr sehen.»

Richard wandte sich ab und wankte davon. Frances hatte noch nie eine so niedergedrückte, traurige Gestalt gesehen. Sie schaute ihm nach, bis sein Wagen um die Ecke gebogen war. Dann seufzte sie auf. Was für ein Schlamassel. Und jetzt hatte sie sich noch tiefer hineinziehen lassen.

Im Haus war alles wie immer. Draußen mochte sich ein Sturm von epischen Ausmaßen zusammenbrauen, aber hier rauschte kein Blatt am Zweig. Frances betrat die Küche. Da bemerkte sie, dass sie bereits von Ava erwartet wurde. Mist. Zu früh gefreut.

«Mit wem hast du draußen geredet?»

«Was?»

«Vorhin, draußen. Ich wollte dich was fragen, deshalb hab ich rausgeschaut, und du hast mit so einem Typen geredet.»

«Er hatte sich verfahren und mich nach dem Weg gefragt.» Frances hielt inne. «Was wolltest du mich denn fragen?»

«Du betrügst Dad doch nicht, oder?»

«War das die Frage?» Frances musterte ihre Tochter. Ava hatte ganz lässig gesprochen, aber ihrer Mutter fiel ihre angespannte Haltung auf, die leicht hochgezogenen Schultern. Ihre Tochter hatte eine Scheißangst.

«Nein, ich hab einen bestimmten Tee gesucht, aber dann hab ich dein Gesicht gesehen, und das sah nicht so aus, als würdest du dem Mann den Weg erklären.»

Frances wandte sich ab und trat an den Schrank über dem Wasserkocher, in dem sie den Tee aufbewahrte. «Welchen Tee möchtest du denn?»

«Wieso weichst du mir aus?»

Frances öffnete die Tür des Oberschränkchens und musterte die vielen Teeschachteln und Dosen, als könne eine davon die richtige Antwort enthalten. «Weil die Frage einfach albern ist. Nein, natürlich betrüge ich deinen Vater nicht. Wenn du's unbedingt wissen willst, das war ein Bekannter von Anne, und wir haben uns nur einen Moment unterhalten.» Stille. Frances setzte Wasser auf und ging zum Kühlschrank, um zu sehen, ob sich inzwischen vielleicht jemand ins Haus geschlichen und heimlich das Abendessen zubereitet hatte. Nein, natürlich wieder nicht. Über die Schulter gewandt bemerkte sie: «Du machst mal wieder aus einer Mücke einen Elefanten.» Dann entdeckte sie im Kühlschrank ein Kilo Hackfleisch hinter einem schlaffen Salatkopf. *Netter Versuch*, dachte sie, *und er hätte vielleicht sogar funktioniert, wenn dein grüner Freund hier nicht verwelkt und ein wenig geschrumpft wäre.* Sie griff hinein. «Wie wär's mit Spaghetti mit Hackfleischklößchen zum Abendessen?»

«Anne schläft doch nicht mit diesem Typen, oder?»

Ach, verdammt noch mal. Frances seufzte. «Ava, das geht nur die Erwachsenen etwas an, und es ist kompliziert. Wie du immer sagst: Halt dich raus aus meinen Sachen.»

«Das Leben der Erwachsenen soll kompliziert sein?», rief Ava empört. «Und was glaubst du, was mein Leben ist? Malen nach Zahlen?»

Ah, gut, dachte Frances, der pubertäre Narzissmus ihrer Tochter sorgte zuverlässig dafür, dass sich der Scheinwerferkegel wieder auf sie selbst richtete. Vielleicht hatte sich das Thema «Anne» ja jetzt erledigt. Frances wartete einen Moment lang auf die unvermeidlichen Folgefragen, aber sie blieben aus. Als sie sich umdrehte, stellte sie fest, dass Ava gegangen war.

Lucas blieb am Ende sogar zum Abendessen, weil Bill noch in einer Konferenz festhing. Frances schaute ihm zu, wie er seine Spaghetti aß und dabei über was auch immer mit Lally schwatzte. Wieder einmal wunderte sie sich darüber, wie anders das mit fremden Kindern war, egal wie viele eigene man hatte. Lucas war größer als Lally, und er bewegte sich anders. Und er war ein Junge. Aber daran lag es nicht, sie hatte ja selbst auch einen Jungen. Aber Lucas schien netter zu sein als ihre eigenen, braver und gutwilliger.

Frances fand es immer interessant, wie sich Kinder anderen Eltern gegenüber benahmen. Sie waren höflich und gesittet, ließen sich bereitwillig herumkommandieren und gingen auch nicht bei jeder Kleinigkeit hoch wie eine Rakete. Sie wusste das deshalb, weil andere Eltern dasselbe über ihre Kinder sagten. Wie wohlerzogen sie doch seien. Daheim weigerten sie sich, auch nur ein Salatblatt zu sich zu nehmen, aber wenn Frances ihre Kinder nach dem Spielen bei Freunden abholte, schwärmten ihr die Mütter immer vor, wie toll ihre Kinder doch seien. Sie sagten Dinge wie: «Wow, unglaublich, wie brav Lally ihr Gemüse aufisst; sie hat den Broccoli weggeputzt wie eine Große. Ich wünschte, ich könnte Twiddle-Dee dazu bringen, sein Gemüse auch so brav zu essen!» Oder: «Wir freuen uns immer, wenn Ava zum Babysitten kommt, Frances, man kann so gut mit ihr reden, sie hat immer so interessante Dinge zu sagen!» Es gehört zum Paradoxon des Elterndaseins, dass das Kind, das man gern gehabt hätte, jene Version war, die nur andere Eltern von ihm zu Gesicht bekamen. Die insgeheim viel nettere Version. *Gott sei Dank reden Eltern mit anderen Eltern über ihre Kinder. Ansonsten würden wir alle endlos im Strudel hängen und uns wünschen, unsere Kinder wären so lieb und nett wie alle anderen.*

Lucas jedoch war wirklich ein liebes Kind, das konnten selbst seine Eltern bestätigen. Vier ist ein schwieriges Alter, oder das war es zumindest für Frances' Kinder, aber er schien damit keine Probleme zu haben. Er argumentierte ebenso gern wie alle Vierjährigen, über alles und jedes, aber bei ihm wirkte es gutmütig und selbstbewusst. Frances ging in die Hocke, um Lucas die Spaghettisoße vom Gesicht zu wischen, und dabei fiel ihr auf, dass er Julies Augen hatte. Sie wünschte, sie hätten sich besser kennengelernt, ehe sie verschwand, aber vielleicht hatte sie sie ja falsch eingeschätzt und konnte froh sein, nicht näher mit ihr in Kontakt gekommen zu sein. Sie selbst jedenfalls hätte einen so lieben Jungen und einen so fürsorglichen Ehemann nicht einfach im Stich gelassen. Vielleicht war Julie ja ein egoistisches Miststück. Frances glaubte das in Wahrheit nicht, aber in letzter Zeit war so einiges passiert, womit sie nie gerechnet hätte. Vielleicht gehörte das ja auch dazu.

Später saßen Lucas und Lally schläfrig auf dem Sofa und bekamen von Milo etwas vorgelesen. Sie hatte oft ein schlechtes Gewissen, dass ihr mittleres Kind zwischen den beiden Mädchen unterging und sie ihm nicht genug Beachtung schenkte, aber er war gern ab und zu auch der Ältere und er hatte nach dem Abendessen mit den beiden Kleinen

Lego gespielt, bis sie müde wurden. Dann hatte Lally ihn gefragt, ob er ihnen etwas vorlesen könne. Frances war gerade in der Küche und räumte auf, als sie es hörte. Sie war schon dabei, sich die Hände an einem Geschirrtuch abzutrocknen, um diese Aufgabe zu übernehmen, da hatte Milo zu ihrer Überraschung ja gesagt. Einen Moment lang stand sie ganz still da und hörte zu, wie er sich fürsorglich nach ihren Wünschen erkundigte, ob er ihnen ein Bilderbuch vorlesen solle oder lieber eins mit mehr Text. Dann hatten sie sich aufs Sofa gekuschelt – *Brauchst du deine Decke, Lally? Ist dir warm genug, Lucas?* –, und da musste sie an ihren jüngeren Bruder denken, wie sie ihm als Kind auch vorgelesen hatte und wie er dabei den Kopf an ihre Schulter legte und seinen zerschlissenen Hasen an seine Brust drückte und den Abenteuern von *Mrs Piggle-Wiggle* lauschte. Ihr waren die Tränen gekommen.

Man wuchs in einer Familie auf, man verließ diese Familie, und dann, wenn es sich ergab, gründet man selbst eine und machte vieles genauso, wie man es als Kind erlebt hatte. Immer wieder ertappte sie sich dabei, dass sie Dinge sagte, die ihre Mutter auch immer gesagt hatte, und Feste so feierte wie zu Hause. Ihr war gar nicht klar gewesen, wie viel davon bei ihr hängengeblieben war und wie sehr sie bestimmte Gewohnheiten geliebt hatte. Das mit den Weihnachtssocken machte sie genauso wie ihre Mutter, und an Geburtstagen durfte sich das Geburtstagskind wünschen, was es am liebsten zu essen haben wollte, egal was. Die Zahnfee hinterließ eine glänzende silberne Halbdollarmünze, und zum Teufel mit der Inflation. Man schenkte ihnen, wenn man konnte, die besten achtzehn Jahre seines Lebens und sorgte sich um ihr Glück und ihr Wohlergehen, um ihre Zukunft und um die Entscheidungen, die sie trafen. Dann wurden sie selbst erwachsen, und die ganze Mühe wurde in einem einzigen Satz zusammengefasst: *Meine Mutter hat mir jeden Morgen ein Lunchpaket gemacht.* Oder: *Mein Dad war nur selten da.* Oder: *Meine Eltern haben sich scheiden lassen, aber das war schon in Ordnung.*

Frances kannte ein Paar, bei dessen Kind bereits als Säugling eine Herzoperation nötig war. Sie wusste noch, wie sie um ihr Baby gebangt hatten, als sein Leben am seidenen Faden hing. Die Mutter hätte sich selbst die Kehle aufgeschlitzt, wenn sie ihm damit hätte helfen können. Sie hätte alles getan, nur um ihr Kind zu retten. Sie hatte geweint und gebetet und sich an ihren Mann geklammert. Und diese ganze Erfahrung wurde dann später von ihrer Tochter folgendermaßen beschrieben: *Ja, komische Geschichte, aber ich hatte schon 'ne Herzoperation, bevor ich ein Jahr alt war, irre, oder?* Frances erinnerte sich gut daran, wie sie um zwei Uhr morgens im Bett gesessen und Ava gestillt hatte und wie sie das milchtrunkene Gesichtchen ihrer Tochter betrachtete. Da hatte sie auf einmal begriffen, dass ihre Mutter sie auf die gleiche Weise geliebt hatte und dass sie ihre Tochter immer viel, viel mehr lieben würde als diese sie. *Und so soll es ja auch sein.* Man sollte sich ja ohne zurückzuschauen von seiner Herkunftsfamilie lösen. Erst viel später, wenn man sein eigenes Kind in den Armen hielt, verstand man wirklich, was die eigenen Eltern durchgemacht hatten. Wie Kurt Vonnegut es so elegant ausgedrückt hat: «So it goes.»

Als Milo gerade die letzten Seiten des Bilderbuchs vorlas, kam Bill zur Küchentür herein. Frances wirkte ungewöhnlich traurig, fand er, aber als sie ihn sah, fing sie an zu strahlen, und was immer sie bedrückt haben mochte, war wie weggeblasen.

«Er ist ein richtig netter Bursche, euer Milo», bemerkte Bill und lächelte ebenfalls. Die angebotene Tasse Kaffee lehnte er mit einem Kopfschütteln ab. «Ich wünschte, Lucas hätte auch einen Bruder.»

«Er kann sich gern meinen ausborgen», bemerkte Ava, die am Küchentisch saß und ihre Hausaufgaben machte. Die Schwänze der Hunde klopften beim Klang ihrer Stimme wedelnd auf den Boden.

Bill lächelte Frances dankbar an. «Danke für deine Hilfe, Frances, das war ein wichtiges Meeting, ich hätte mich schwer loseisen können.»

«Aber gern», sagte Frances. «Wozu hat man Freunde? Lucas macht überhaupt keine Mühe, er und Lally verstehen sich prima. Es war uns eine Freude.» Sie wollte sich nach Julie erkundigen, aber in diesem Moment war Milo mit dem Vorlesen fertig und die Chance vertan.

Bill trug seinen kleinen Sohn, der sein Köpfchen auf seine Schulter gebettet hatte, über die Straße. Er wünschte, seine Frau wäre nicht gar so weit weg. Sie versuchten, sie anzuskypen, um gute Nacht zu sagen, aber sie reagierte nicht. «Vielleicht ist sie nicht da, Lucas, oder sie schläft schon. Wir versuchen's morgen wieder, dann klappt es bestimmt.»

Bill brachte Lucas zu Bett, anschließend machte er sich ein Schinkensandwich und aß es stehend, an die Spüle gelehnt. Dann ging er selbst schlafen. Vielleicht würde es morgen ja besser laufen.

17

Am nächsten Morgen wartete Anne, bis Frances mit den Kindern davongefahren war, dann wandte sie sich um und kehrte in die Küche zurück. Sie blieb schon im Türrahmen stehen, um ihr Handy hervorzuholen. Wütend tippte sie eine SMS.

Hey.

Keine Antwort, keine hin und her wandernden Pünktchen, die verrieten, dass er dabei war zu antworten. Anne machte sich eine zweite Tasse Kaffee. Es war vollkommen still im Haus. Charlie war in der Kanzlei, die Kinder waren fort, sie hatte ihr kleines Reich ganz für sich allein. Sie warf einen Blick auf ihr Handy. Aha, Punkte. Dann erschienen seine Worte, und sie konnte sein Gesicht vor sich sehen, den Ausdruck, wenn er an sie dachte.

Hallo.

Was zum Teufel hast du dir gestern dabei gedacht, einfach so aufzukreuzen wie Rambo?

Entschuldige, ich muss unbedingt mit dir reden.

Nein, es ist aus, lass mich bitte in Ruhe.

Ich muss aber mit dir reden.

Hör auf damit, Richard, es ist aus.

Nein, du kannst nicht per SMS mit mir Schluss machen, wir sind schließlich keine Teenager.

Doch, das kann ich, und das habe ich gerade getan. Gib Ruhe, Richard, ich will nicht, dass meine Familie darunter leidet. Ich werde deine Nummer blockieren.

Nein, ich liebe dich.

Tust du nicht. Melde dich nie wieder.

Anne beendete den Chat und legte das Handy beiseite. Dann brach sie plötzlich in Tränen aus und vergrub das Gesicht in den Händen. Sie weinte, weil sie ihn vermissen würde, sie weinte aber auch aus Angst, weil er sie einfach nicht in Ruhe ließ, und sie weinte aus Erleichterung, weil es getan werden musste und sie es getan hatte.

Da hörte sie ein Geräusch und fuhr herum. Charlie hielt mit zitternden Händen ein iPad hoch, sein Gesicht war bleich, es wirkte fast grünlich.

«Was zum Teufel hat das zu bedeuten, Anne?»

Sie starrte ihn fassungslos an. «Ich dachte, du bist schon weg.»

Er schüttelte den Kopf.

«Ich wusste nicht, dass du noch hier bist.»

Er runzelte die Stirn. «Soll das heißen, dass du mich betrügst, weil ich nicht wie üblich zur Arbeit gegangen bin?»

«Ich betrüge dich nicht», entgegnete sie mit fester Stimme, obwohl ihr gleichzeitig die Tränen über die Wangen liefen. Jetzt brach ihr außerdem noch der kalte Schweiß aus. Sie hätte Richard schon gestern Abend blocken sollen, als die Welt beinahe untergegangen wäre. Aber sie hatte es vergessen, und jetzt ging tatsächlich die Welt unter.

«O doch.» Charlie winkte mit dem iPad. «Ich habe gerade deine ganze Konversation mit *Richard* mitbekommen, den du angeblich gar nicht kennst. Wie lange geht das schon?»

Das iPad begann zu klingeln. Charlie schaute auf das Display. «Das ist er schon wieder.»

Anne wollte sagen, sie habe seine Nummer geblockt, aber das hatte sie ja noch gar nicht getan, zumindest nicht wirklich. Nur im Herzen und mit dem Verstand.

Das Gerät hörte auf zu klingeln, aber gleich darauf ging es wieder los. «Willst du drangehen, oder soll ich? Vielleicht sollte ich es tun. Wir werden schließlich von derselben Frau beschissen.»

Anne sagte nichts. Sie hatte nichts zu sagen, hatte keine Worte für das, was geschah, für das Ende der Welt. Das hätte nicht passieren sollen, es hätte längst vorbei sein, ihre Kinder vor Schaden bewahrt werden müssen. Sie hatte es schließlich in Ordnung gebracht, oder? Und dennoch dröhnte das laute Tuten einer Hupe durchs Haus. Die Kinder verstellten ständig den Klingelton, sie fanden das furchtbar lustig. Ihr Mann drückte kurz entschlossen auf die Freisprechtaste.

«Richard?», sagte er.

Kurze Pause. «Hallo?»

Anne wurde ganz schlecht, als plötzlich die Stimme ihres Liebhabers durchs Haus schallte, fast wie neulich, als sie von Frances ertappt worden waren, der Anfang vom Ende, wie sich herausstellte, der erste Riss im Schleier. Sie schaute auf ihren Mann, aber der konzentrierte sich auf das iPad. Sein Gesichtsausdruck war fassungslos, als könne er noch gar nicht richtig begreifen, was sich hier abspielte, was zum Teufel gerade mit seinem Leben geschehen war. Dabei war es noch nicht einmal neun Uhr. Er hatte auf dem Klo gesessen und durch die Nachrichten gescrollt, als plötzlich dieses Gespräch übers Display lief, ganz andere Nachrichten, als die, die er erwartet hatte. Er schwankte leicht, fing sich aber gleich wieder.

«Hier ist Charlie, Annes Mann. Meine Frau hat wohl gerade mit Ihnen Schluss gemacht, aber leider habe ich genau in dem Moment mitbekommen, was hier läuft.»

«Ich hatte schon mit ihm Schluss gemacht», beharrte Anne.

Charlie ignorierte sie. «Wir sollten uns auf einen Drink treffen, das müssen wir feiern. So etwas Bizarres geschieht schließlich nicht alle Tage.»

Es hörte sich so an, als ob Richard weinte. «Es tut mir so leid, aber ich liebe Ihre Frau!»

Charlie schnaubte verächtlich. «Ich auch. Aber beides scheint ihr am Arsch vorbeizugehen, oder?» Er warf einen kalten Blick auf Anne. «Sie kann manchmal erstaunlich gefühllos sein, wissen Sie. Wenn sie mal mit jemandem fertig ist, dann aber richtig. An Ihrer Stelle würde ich mich damit abfinden und einen Schlussstrich ziehen. Suchen Sie sich jemand Netteren. Sind Sie jung? Sie hören sich an, als ob Sie noch jung wären.»

«Ich bin siebenundzwanzig.»

Charlie musterte seine Frau, die zu zittern anfing. «Sex mit Jugendlichen, was, Anne? Du solltest dich schämen. *Ich* schäme mich jedenfalls.» Er hatte sich in den rücksichtslosen Rechtsanwalt verwandelt, der er vor Gericht sein konnte, Anne hatte es selbst schon erlebt. In diesem Zustand wurde er mit allem fertig. Sie bekam auf einmal große Angst. «Tja, Richard, aber ich werde mich nicht Ihnen zuliebe von meiner Frau scheiden lassen, das sollten

Sie wissen. Sie schuldet mir und meinen Kindern nämlich noch zehn Jahre Dienstzeit, selbst wenn ich sie jetzt nicht mal mehr mit der Kneifzange anfassen würde.»

«Ich liebe sie ...», wimmerte Richard und brach in heftiges Schluchzen aus. In diesem Moment hasste Anne ihn für seine Schwäche, sie hasste sich selbst dafür, ihn wiederholt in ihren Körper aufgenommen zu haben. Sie betrachtete ihren Mann und erkannte, dass *er* der Starke, der Kompetente, der Erwachsene war. Aber leider kam diese Erkenntnis sechs Monate und fünf Minuten zu spät. Er sprach noch immer mit dem iPad, hielt es sich wie ein Buch vors Gesicht.

«Tja, Pech für Sie, Richard, mein Beileid. Aber ich will eins klarstellen: Ich werde Ihre Nummer blocken, und falls Sie es wagen sollten, noch mal anzurufen oder auch nur in die Nähe meines Hauses zu kommen, werde ich die Scheiße aus Ihnen rausprügeln, dass Sie nur noch einen braunen Fleck hinterlassen. Kapiert? Ich werfe Anne jetzt gleich hochkant raus, Sie können sich gern anderswo mit ihr treffen und versuchen, die Eiskönigin mit Ihrem Geheule zu erweichen. Aber wenn Sie auch nur in meine Nähe kommen oder in die Nähe meiner Kinder, dann breche ich Ihnen den Arm, ich schwör's.»

«Anne?», rief Richard. «Bist du noch da?»

Charlie schaute seine Frau an, aber die sagte nichts. «Die ist schon weg. Viel Glück, Richard, ich kann bloß hoffen, dass auch Sie eines Tages von Ihrer geliebten Frau, der Mutter Ihrer Kinder, betrogen werden, dann wissen Sie selbst, wie es sich anfühlt, wenn einem die Eier durch den Fleischwolf gedreht werden, so wie jetzt mir.»

Und damit hängte er auf. In zehn Sekunden hatte er die Nummer geblockt, und gleich darauf schlug er das iPad mehrmals heftig auf die Kante der Anrichte, dass die Scherben auf den Fußboden prasselten. Dann blickte er Anne an, und ein Lächeln umspielte seine Lippen, das nur noch von Ferne an jenes Lächeln erinnerte, das sie von ihm kannte. Er befahl ihr, auf der Stelle sein Haus zu verlassen.

18

Frances war auf dem Nachhauseweg, als ihr Handy klingelte. Es war Iris.

«O mein Gott!», stieß diese mit einem hysterischen Lachen hervor. «Sitzt du gerade?»

«Ich bin im Auto und ja, ich sitze, das ist ja schließlich kein römischer Streitwagen», antwortete Frances. «Was ist los?»

Iris holte tief Luft. «Die Hölle ist los, aber es betrifft nicht uns. Ich wollte vorhin einkaufen gehen, und da standen Charlie und Anne Porter vor ihrem Haus, und er hat sie so was von zur Schnecke gemacht, das glaubst du nicht. Sie wollte noch mal rein, um ein paar Sachen einzupacken, aber er weigerte sich sie durchzulassen. Behauptete, sie habe das Recht, Teil dieser Familie zu sein, verwirkt. Sie solle gefälligst zu ihrem Lover gehen und sich ein paar Hipster-Klamotten von ihm borgen.» Iris lachte. «Im Ernst, er war echt witzig, aber auch ganz schön furchterregend und kalt und grausam. Und sie das heulende Elend, kaum zu glauben. Ich weiß, ich sollte nicht lachen, das ist wirklich nicht lustig, aber ... Meine Fresse!»

Frances wurde ganz schwindlig. Sie warf einen Blick in den Rückspiegel und wechselte gleich über zwei Spuren, um abzubiegen und einen kürzeren Weg nach Hause zu nehmen. «Du bist einfach stehen geblieben und hast dir das angesehen?»

«Nein! Ich bin rückwärts ins Haus zurückgestolpert und hab mich am Fenster postiert, um zur Stelle zu sein, falls er handgreiflich geworden wäre. Aber im Gegenteil, immer wenn sie einen Schritt näher trat, wich er einen zurück. Sehr effektive Körpersprache, Sara wäre entzückt gewesen.»

Frances fragte: «Ist sie noch da?»

«Sara?»

«Nein, Anne.»

Iris sagte nichts, offenbar spähte sie gerade durch die Gardinen. «Nö, die Straße ist vollkommen leer. Die Vorstellung ist, scheint's, vorbei.» Sie schwieg für einen Moment, ehe sie ergänzte: «Aber ich habe vorhin ein Auto vorbeifahren sehen, ganz langsam. Und drinnen saß, glaube ich, die Mutter eines Jungen aus der Dritten.»

«Na toll, dann wird es bis zur großen Pause die ganze Schule erfahren haben.»

«Hast du gewusst, dass sie ihn betrügt? Sie ist doch deine Freundin, oder?»

«Ja», antwortete Frances, «sie ist meine Freundin. Reden wir in ein paar Minuten darüber, ja? Ich bin gleich bei dir. Hast du Kaffee im Haus?»

«Klar hab ich Kaffee im Haus.» Iris hängte ein.

Frances drückte auf die Kurzwahltaste für Michael, aber bei ihm war besetzt. Kaum hatte sie aufgelegt, klingelte ihr Handy. Es war Michael. So was passierte ständig. Sie versuchten gleichzeitig, sich zu erreichen, oder sie dachte an ihn, und schon rief er an. Entweder waren sie wie Hund und Herr und wurden einander mit der Zeit immer ähnlicher. Oder sie waren so schlichte Gemüter, dass Gedankenübertragung kein Kunststück war.

«Hast du's schon gehört?», fragte er. Seine Stimme war leise, anscheinend war er schon bei der Arbeit.

«Bist du im Büro?»

«Nein, ich bin noch zu Hause. Ich wollte gerade gehen, aber Charlie und Anne haben auf der Straße eine Schlammschlacht ausgefochten, da habe ich mich wieder ins Haus verdrückt.»

Frances hörte das Klirren eines Hundehalsbands und wusste, dass ihr Mann sich gerade bückte und seine Liebste kraulte. «Herrgott noch mal, da bringt man bloß mal kurz die Kinder zur Schule, und hier bricht die Hölle los. Iris hat mich auch gerade angerufen, sie hat es ebenfalls mitgekriegt. Haben die Eintrittskarten verkauft?»

Michael lachte gedämpft. «Das war gar nicht nötig, man konnte es in der ganzen Straße hören. Wer hätte gedacht, dass Charlie über derartiges Lungenvolumen verfügt?»

«Er ist Rechtsanwalt, vielleicht bekommen die ja auch ein Stimmtraining, wie Schauspieler. Warum redest du so leise?»

«Ich rede nicht leise, du wirst bloß allmählich taub. Wie auch immer, jetzt ist es Gott sei Dank vorbei. Aber die Katze ist aus dem Sack. Vielleicht solltest du kurz Anne anrufen, um rauszukriegen, wie es ihr geht.»

«Ist sie weggefahren?» Frances spähte unwillkürlich in die vorbeifahrenden Wagen, ob in einem vielleicht Anne hinterm Steuer saß.

«Ja und nein. Charlie hat sie nicht zu ihrem Auto gelassen, er meinte, das gehöre ihr jetzt nicht mehr, weil sie auch nicht mehr zur Familie gehört. Er hat einen Uber bestellt, und als sie ihn fragte, wo sie denn hin solle, meinte er, er habe den Fahrer angewiesen, sie zum Gericht zu fahren, da könne sie dann gleich die Scheidung beantragen. Sie antwortete, er habe vorhin am Telefon doch gesagt, er wolle sich nicht von ihr scheiden lassen, und er sagte, er habe es sich inzwischen anders überlegt, und da könne sie mal sehen, wie es ist, wenn jemand über deinen Kopf hinweg eine Entscheidung trifft, die dein Leben über den Haufen wirft.» Er hielt inne und fuhr dann in einem ganz anderen Tonfall fort: «Das war ganz schön mies. Nicht gerade eine Sternstunde, für beide nicht. Charlie war eiskalt und gnadenlos. Und sie hat gebettelt und geschluchzt.»

Frances bog stirnrunzelnd in ihre Straße ein. «Ich bin fast da, aber ich bin mit Iris verabredet. Sollen wir uns dort treffen?»

«Nein, ich fahr jetzt zur Arbeit. Dass du mir ja nicht fremdgehst, hörst du?»

«Bestimmt nicht. Dito, okay?»

«Wo soll ich denn die Kraft dafür hernehmen?»

«Dito. Ich liebe dich.»

Er legte auf, und Frances bog in die Einfahrt von Iris' Haus ein.

Zwei Tassen Kaffee standen auf dem Tisch bereit, und Iris schnitt gerade einen Bananenkuchen an, als Frances die Küche betrat. Iris blickte auf und musterte ihre Cousine.

«Du hast es schon gewusst», riet sie.

Frances nickte. «Ja, aber erst seit ein paar Tagen. Ich glaube, die Affäre lief schon eine ganze Weile. Um ehrlich zu sein, mir war nicht ganz klar, was ich davon halten soll.»

Iris setzte sich und schob Frances ein Stück Kuchen über

den Tisch zu. Frances brach eine Ecke ab und aß sie. Mit Schokoladenstückchen, o weh. «Du willst mir hoffentlich nicht weismachen, dass das gesund sein soll?»

«Doch, da ist Obst drin. Bananen. Und die Schokostückchen sind Antioxydantien. Mit wem hat sie geschlafen? Kennen wir ihn? Bitte sag, dass es Mr Carerra aus der Schule ist.»

«Der Mathelehrer? Wieso das denn?»

«Weil ich ihn nicht ausstehen kann. Er ist gemein zu Wyatt.»

Frances schüttelte den Kopf. «Irgendein junger Kerl, den sie irgendwo kennengelernt hat. Niemand, den wir kennen.»

«Wie jung?»

«Weiß nicht, noch keine dreißig jedenfalls, aber ich habe ihn bloß kurz gesehen und das auch noch aus einem ungünstigen Winkel.»

«Wann hast du ihn denn gesehen?»

Frances erklärte den peinlichen Vorfall. Iris lauschte buchstäblich mit offenem Mund, ein Stückchen Kuchen in der Hand, einen Schokokrümel an der Oberlippe. Als Frances fertig war, warf sie sich das Stück in den Mund und kaute. «Also, das ist die beste Seitensprung-Bastel-Klorollen-Geschichte, die ich je gehört habe. Diese Schlampe.»

«Wieso sagst du Schlampe?», fragte Frances überrascht. «Weil sie ihn betrügt? Aber sie wollte ohnehin Schluss machen, glaube ich.»

«Deshalb ist sie trotzdem ein fieses Luder. Oder findest du nicht?»

Frances zuckte mit den Schultern. «Weiß nicht. Ich glaube fast, sie hatte so was wie einen Nervenzusammenbruch oder eine Art Depression oder so.»

«Na, für eine Schwangerschaftsdepression ist es jedenfalls zu spät. Ihre Jüngste ist schließlich schon sechs!»

«Es gibt auch noch andere Formen von Depression, weißt du.»

Iris wurde ernst. «Hör zu, man kann sich noch so mies fühlen, aber deswegen muss man doch nicht gleich fremdgehen. Wenn man heiratet, geht man einen Treuevertrag ein. Rumvögeln kann man nach der Scheidung, nicht vorher.»

«Betrügen sich Lesben etwa nicht?»

«Doch, klar. Wie andere Menschen auch. Jetzt, wo wir die eheliche Gleichstellung erlangt haben, machen wir genauso viele Fehler wie heterosexuelle Paare. Wir gehen fremd, wir lassen den anderen sitzen, wir lügen, wir ziehen über die Verwandtschaft her, wir besaufen uns an Thanksgiving und geben peinliche Geheimnisse preis ...» Sie warf sich den letzten Bissen Bananenkuchen in den Mund und grinste.

«Wow, erinnere mich bitte daran, an Thanksgiving einen großen Bogen um dein Haus zu machen», sagte Frances, «obwohl ... deine peinlichen Geheimnisse sind ja eigentlich auch meine peinlichen Geheimnisse.»

Iris stand auf, um noch ein Stück Bananenkuchen zu holen. Sie blickte Frances fragend an und schnitt dann auch noch eins für sie ab. Mit dem Teller mit beiden Stücken darauf kehrte sie zum Tisch zurück. «Glaubst du, Anne und Charlie werden sich jetzt scheiden lassen?» Sie fegte die Krümel zu Boden, und Rosco saugte sie begeistert auf.

«Keine Ahnung. Würdest du dich denn von Sara scheiden lassen?»

«Vielleicht. Kann sein. Ich weiß nicht. Sie ist ja ständig beruflich unterwegs, da ist die Versuchung sicher groß für sie. Einfach genug wär's ja, vor allem im Filmgeschäft. Ich müsste mich wohl scheiden lassen, wenn sie's mir gestehen würde.»

«Aber was ist mit *stand by your woman?*»

Iris betrachtete sinnend ihren Teller. «Das ist zusammen mit *my country, right or wrong* untergegangen. Zu viel *wrong*, wenn du mich fragst. Außerdem glaube ich, dass die Frauen früher sich nur deshalb nicht von ihren Männern trennten, weil sie gar keine andere Wahl hatten. Sie bekamen kein Geld, hatten keine Rechte und mussten obendrein fürchten, ihre Kinder zu verlieren. Gott sei Dank ist diese Zeit vorbei.»

«Für Frauen aus der Mittelschicht wie wir vielleicht schon. Aber es gibt auf der Welt sicher Millionen Frauen, die in der Ehehölle stecken und nicht hinausdürfen.» Frances machte sich über ihr zweites Stück Kuchen her. «Ich war schon immer der Meinung, es wäre leichter, Michael im Schlaf zu ersticken als sich von ihm scheiden zu lassen. Weniger Papierkram.»

«Du bist ein praktisch veranlagter Mensch, das bewundere ich an dir.» Iris grinste. «Gut, ich werde dir helfen, die Leiche verschwinden zu lassen, wenn's mal so weit ist», versprach sie.

«Nee, nicht nötig», entgegnete Frances. «Mit den Tötungsphantasien ist es vorbei. Mittlerweile sind wir wie siamesische Zwillinge, weißt du, zwei Köpfe, aber ein Herz und ein Rückgrat. Wenn ich ihn töten würde, könnte ich mir gleich selbst die Eingeweide rausreißen.» Sie warf einen Blick auf Iris, die ihre Gabel beiseitelegte.

«Jetzt hast du mir mit deinen plastischen Vergleichen glatt den Appetit verdorben.»

«Mist, entschuldige. Willst du das wirklich nicht mehr aufessen?»

Iris schüttelte den Kopf und schob Frances ihren Teller hin.

«O super.»

Zwei Stunden später, in einem Café unweit der Grundschule.

«Hast du schon gehört, dass Anne Porter fremdgeht?»

«Nein!»

«Doch. Mit einem blutjungen Kerl.»

«Nein!»

«Doch! Ihr Mann hat sie hochkant rausgeworfen. Hat sie im Kinderzimmer dabei erwischt, wie sie ihm gerade einen blies.»

«Was? Im Kinderzimmer?»

«Sag ich doch.»

Zweieinhalb Stunden später. Anderer Coffee Shop, ähnliche Sorte Mütter.

«Und ich hab gehört, sie hat ihren Mann mit ihrem Liebhaber erwischt und ist wutentbrannt ausgezogen.»

«Bisschen unwahrscheinlich, oder?»

«Aber er trug doch mal dieses rosa Hemd, war das nicht bei einem Schulpicknick letztes Jahr, erinnerst du dich?»

«Aber das war ein Osterfest, oder? Sollten da nicht alle in Pastellfarben erscheinen?»

«Ja, alle, ‹die so was im Kleiderschrank haben› ... Mein

Mann hat jedenfalls nichts gefunden, alles, was der hat, ist schwarz, grau und marine.»

«Oh ... ah, *verstehe*!»

Drei Stunden später, in einem Supermarkt, Gemüseabteilung.

«Die armen Kinder.»

«Sie sagen es. Was die wohl denken werden? Wenn sie nach Hause kommen und die Mutter einfach weg ist? Wie soll der Vater ihnen das jetzt erklären?»

«Nimmt Frances Bloom Annes Kinder nicht immer zur Schule mit? Vielleicht kann sie sich ja was einfallen lassen.»

«Die heilige Frances? Na, viel Glück.»

«Ich dachte, Sie mögen sie?»

«Tu ich ja. Aber ich würde sie noch lieber mögen, wenn sie nicht immer so freundlich und hilfsbereit wäre.»

«Ja, sie scheint wirklich alles unter Kontrolle zu haben, oder?»

«Kein Wunder, dass sie mit Anne befreundet ist. Wahrscheinlich treibt sie's auch mit anderen Männern.»

Vier Stunden später, am Schultor, kurz vor Schulschluss, Versammlung der Mütter, die zu früh da sind, weil sie nichts Besseres zu tun haben.

«He, ist das nicht Charlie Porter?»

«Wo?»

«Da, auf dem Weg ins Verwaltungsgebäude. Vielleicht will er ja mit der Rektorin reden.»

«Der verliert echt keine Zeit, oder?»

«Ist Anne auch da? Weiß nicht, ob ich sie überhaupt erkennen würde, sie bringt ihre Kinder doch nie selbst zur Schule.»

«Stimmt, dafür hat sie Frances Bloom eingespannt. Faule, rumfickende Kuh. Die interessiert sich doch gar nicht für ihre Kinder.»

«Aber Charlie Porter ist irgendwie sexy.»

«Definitiv. Und jetzt wieder Single ... mit einem gebrochenen Herzen.»

«Du bist einfach unmöglich.»

«Ich weiß.»

19

Charlie wartete im Vorzimmer darauf, dass Mrs Garcia Zeit für ihn hatte. Ihre Assistentin Jillian warf ihm wiederholt unter gesenkten Wimpern verstohlene Blicke zu und griff gelegentlich in die Schale mit Werthers Echten, die auf dem Tresen neben ihrem Schreibtisch standen. Täglich lutschte sie fast eine ganze Packung von den Dingern, und abends taten ihr die Backenzähne weh. Sie nahm sich vor, unbedingt Zahnseide zu besorgen. Die Bonbons waren eigentlich für die Kinder vorgesehen, aber die hatten viel zu viel Angst, sich eins zu nehmen, weil sie fürchteten, ihre Eltern könnten rauskriegen, dass sie verbotenerweise Zucker konsumierten. Die gleichen Eltern waren sich natürlich nicht zu schade, selbst in die Schale zu greifen, die Arschlöcher. Sie liebte Kinder, so wie der ganze Lehrkörper, aber sie verabscheute die Eltern.

Charlie hatte das Karamellbonbon, das die Assistentin ihm aufgedrängt hatte, zu Ende gelutscht, und jetzt war sein Mund ganz trocken. Er wollte sie gerade fragen, wo sich der Trinkbrunnen befand, als die Tür von Mrs Garcias Büro aufging und ein kleiner Junge herauskam. Da er weder tränenüberströmt war noch sonst wie bedrückt wirkte, schien man ihm keine Standpauke gehalten zu haben. Vielleicht war er einfach reingegangen, weil er Trost gebraucht hatte. Mrs Garcia war so eine Schulrektorin: lieb und nett. Es sei denn, man blockierte morgens beim Absetzen der Kinder die Nachrückenden oder hatte es versäumt, ein Exkursionsformular zu unterschreiben. Dann drehte sie sich zweimal um die eigene Achse, nahm ihre ursprüngliche Dämonengestalt wieder an und fuhr die Krakenarme aus.

Jetzt lächelte sie Charlie mit einem fast bedauernden Gesichtsausdruck an – aber das konnte eigentlich nicht sein. *Hier weiß doch noch niemand etwas von mir und Anne*, dachte er.

Er nahm vor ihrem Schreibtisch Platz, die Sitzfläche des Stuhls war noch warm von seinem Vorgänger.

Mrs Garcia war nicht gerade schlank, bewegte sich aber mit Anmut um ihren Schreibtisch herum und ließ sich dahinter nieder. Sie lächelte dem vor ihr sitzenden Vater aufmunternd zu. Mr Porter war ein ausgesprochen gutaussehender Mann, lange würde er wahrscheinlich nicht allein bleiben, vorausgesetzt, er ließ sich von seiner Frau scheiden. *Ein kalter Fisch, seine Frau*, überlegte die Rektorin, *aber manchmal sind die der beste Fang.* Sie erlebte nicht selten, dass Männer ihre Frauen wieder zurücknahmen, öfter jedenfalls als im umgekehrten Fall. *Männer fühlen sich schnell einsam. Verletzliche Kreaturen.*

«Mr Porter, schön, Sie zu sehen. Was kann ich für Sie tun?»

Charlie räusperte sich betreten. «Ich wollte bloß mitteilen, dass es bei uns zu Hause in nächster Zeit ein bisschen, äh ... schwierig werden wird. Das wollte ich Ihnen bloß sagen, falls Sie sich wundern, wenn sich Kate und Theo, äh ... irgendwie anders verhalten sollten.»

Mrs Garcia machte eine besorgte Miene. Sie hätte gern gesagt: *Ja, ich habe bereits davon gehört, Ihre Frau ist fremdgegangen, und Sie haben sie aus dem Haus geworfen. Für Ihre Kinder wird es nie mehr so sein wie früher. Für sie ist das wie ein Vulkan-*

ausbruch, als würde sich eine Schuttlawine über ihre armen kleinen Köpfe ergießen. Stattdessen sagte sie: «Ach ja? Hoffentlich nichts Ernstes?»

Charlie wurde rot. «Ähm ... ich weiß nicht. Meine Frau und ich, wir ... müssen ein paar Dinge klären. Sie ist ausgezogen ... aber wir werden das hoffentlich wie vernünftige Erwachsene in Ordnung bringen, damit die Kinder nicht zu sehr darunter leiden müssen.»

Abermals hätte Mrs Garcia, die in ihren drei Jahrzehnten Schulbetrieb schon alles erlebt hatte, worunter Kinder leiden können – von häuslichen Krächen, Misshandlungen, Nahrungsentzug, bis hin zur Scheidung –, am liebsten Folgendes gesagt: *Nun, wenn ihr euch wirklich wie Erwachsene benehmen würdet, dann wäre das alles gar nicht erst passiert, oder? Aber wir sind schließlich bloß Menschen, mit menschlichen Schwächen und Fehlern.* In Wirklichkeit sagte sie: «Ach, tut mir leid, das zu hören. Darf ich Ihnen einen Rat geben?»

Charlie blickte auf und nahm die Frau vor ihm zum ersten Mal richtig wahr. Das Gesicht, das ihn betrachtete, war geduldig und warmherzig. Sicher war es nicht das erste Mal, dass sie mit solch einer Katastrophe konfrontiert wurde. Also griff er nach dem Strohhalm, den sie ihm reichte. «Ja, bitte.»

Mrs Garcia lehnte sich zurück und legte ihre Finger an den Spitzen zusammen. «Für Ihre Kinder ist das der schlimmste Tag ihres bisherigen Lebens. Sie werden nie vergessen, wo sie an dem Tag waren, als sie erfuhren, dass ihre Mutter nicht mehr da sein wird. Sie müssen unbedingt klarstellen, dass es nicht ihre Schuld ist, dass sie selbst damit nichts zu tun haben, dass es ein Problem zwischen Ihnen beiden ist. Dass Sie aber beide ihre Kinder über alles lieben und versuchen werden, die Situation zu klären. Einzelheiten sind unnötig, Kinder wissen, was Streit ist, dass Menschen sich ständig streiten und sich wieder zusammenraufen. Aber bis jetzt ist ihnen noch nie in den Sinn gekommen, dass das auch bei ihren Eltern der Fall sein könnte. Man weiß natürlich, was eine Scheidung ist, man hat davon gehört, aber es ist für sie nichts Wirkliches, nichts Reales. Das ist, als würde ich Ihnen weismachen, dass alle Menschen außer Ihnen mit Tieren reden können. Sie haben zwar davon gehört, Sie haben Berichte darüber in der Zeitung gelesen und im Fernsehen gesehen, aber für wahr gehalten haben Sie es bisher nicht. Ab heute werden sich Ihre Kinder nie mehr ganz sicher und geborgen fühlen, aber das ist nun mal so, damit werden sie leider zurechtkommen müssen. So ist das Leben, es kann sich alles von einem Augenblick auf den andern ändern. Heute ist einfach der Tag, an dem Ihre Kinder das erfahren werden.»

Charlie starrte die Rektorin entsetzt an. «Das soll ein Rat sein?»

Mrs Garcia lächelte. «Ja, leider, entschuldigen Sie. Überlegen Sie nicht, was Sie sagen möchten, überlegen Sie, was die Kinder hören sollten, okay?» Sie musterte ihn mit gerunzelter Stirn. «Wird Mrs Porter ebenfalls anwesend sein?»

Charlie schüttelte den Kopf.

«Dann sollten Sie damit warten, bis sie kommen kann. Die Kinder müssen begreifen, dass sie sie nicht im Stich lassen will.»

«Ich weiß gar nicht, wo sie sich im Moment aufhält.»

Jetzt wurde Mrs Garcias Miene streng. «Das müssen Sie aber wissen, Mr Porter. Ich kann mir denken, dass Sie im Moment sehr zornig auf sie sind, aber selbst wenn Sie sich scheiden ließen, sie wird immer die Mutter Ihrer Kinder bleiben. Sie müssen sie im Notfall erreichen können – was wäre, wenn den Kindern etwas zustieße? Sie können sich zwar scheiden lassen, aber eine vollkommene Trennung kann es wegen Kate und Theo gar nicht geben.»

Da kamen Charlie auf einmal die Tränen. Die Schulleiterin schob ihm über den Schreibtisch eine Schachtel Papiertaschentücher zu. Sie war nur noch halb voll, wie Charlie feststellte. Wie viele Tücher waren wohl von heulenden Eltern verbraucht worden? «Ich will sie aber nicht sehen.»

Mrs Garcia zuckte mit den Achseln. «Ich fürchte, Sie haben keine andere Wahl. Oder doch, die haben Sie zwar, aber wenn Sie meinen Rat annehmen und das Wohl Ihrer Kinder an oberste Stelle setzen, auch wenn es momentan noch sehr schwer für Sie und für Ihre Frau sein sollte, dann schieben Sie Ihre eigenen Gefühle erst einmal ein wenig beiseite und machen es Ihren Kindern so leicht wie möglich.»

Charlies Brust wurde ganz eng, und nun begannen die Tränen wie Sturzbäche zu fließen. Er krümmte sich vornüber, verlor jedes Zeit- und Ortsgefühl. Mrs Garcia drückte seufzend auf einen Knopf und sagte: «Bitte keine Anrufe durchstellen, Jillian.»

Dann stand sie auf und ging um ihren Schreibtisch herum. Sie nahm Charlie Porter in die Arme und tröstete ihn, so wie vorhin den kleinen Jungen. Aber ein Splitter im Finger war natürlich leichter zu verkraften als ein Holzpflock im Herzen. Mrs Garcia saß eine Weile da und tätschelte den weinenden Charlie. Und wünschte, sie hätte ein Karamellbonbon.

Frances wollte gerade aufbrechen, um die Kinder von der Schule abzuholen, als sie eine SMS von Charlie erhielt.

Werde Theo und Kate selbst abholen, danke.

Okay. Hab's schon gehört. Bin da, falls nötig.

Das genügte, kurz und knapp. Keine Be- oder Verurteilungen, nur der Hinweis darauf, dass man zur Verfügung stand.

Okay.

Frances blieb einen Moment lang am Straßenrand stehen, den Blick aufs Handy gerichtet. Sie überlegte bereits, wie sie es ihren eigenen Kindern heute Abend beibringen würde. Sie mussten schließlich erfahren, was Kate und Theo im Moment durchmachten, und helfen, wenn es nötig war. Ein Auge auf sie haben, falls sie ins Schwimmen gerieten. Einfach würde es nicht werden, das Ganze war eine riesige Sauerei. Frances warf einen Blick auf ihre Uhr und dachte an Kate und Theo, die jetzt gerade Unterrichtsschluss hatten. Sie würden sich ihren Schulranzen über die Schulter werfen, ihre Jacke holen und vielleicht noch am Trinkbrunnen einen Schluck zu sich nehmen. Vollkommen sicher, dass sie auch heute wieder von Frances abgeholt wurden, dass sie das Schulgebäude verlassen würden, zu ihr ins Auto klettern, nach Hause fahren und dort bereits erwartet würden, es würde Abendessen geben, dann ins Bett und noch eine Geschichte und ein bisschen Knuddeln.

Stattdessen würden sie heute auf den Hof treten und ihren Vater erblicken, und ein instinktives Gefühl würde ihnen sofort verraten, dass etwas nicht stimmte. Frances presste mitfühlend die Lippen zusammen. Aber auch erleichtert, dass ihr erspart blieb, was Charlie jetzt bevorstand.

20

Ava reagierte, typisch für sie, vollkommen kompromisslos. Ihre jüngeren Geschwister dagegen waren besorgt und mitfühlend, wollten sofort wissen, ob ihre Mom und ihr Dad sich etwa auch scheiden ließen. Beruhigt, dass dies nicht der Fall war, verloren sie rasch das Interesse an dem Thema. Ava dagegen ließ sich über die Niederträchtigkeit von Erwachsenen aus.

«Also echt, ihr Erwachsenen predigt einem immer was von Ehrlichkeit, dass man nicht lügen darf und an andere denken soll und dieser ganze Mist. Dabei lügt und betrügt ihr doch ständig.» Sie ließ ihr kleines Messer kreiseln, das sirrende Geräusch schien ihr zu gefallen.

Frances räumte gerade die Spülmaschine aus, damit sie das Abendessensgeschirr einräumen konnte, und warf einen Blick auf Michael. Er und Ava saßen noch am Küchentisch, die Jüngeren hatten sich verdrückt, sobald sie konnten, und er war schon beim dritten Glas Wein. Er betrachtete seine Tochter bekümmert.

«Wir versuchen ja, es nicht zu tun, genauso wie du. Aber Erwachsene sind nun mal ebenso fehlbar wie Kinder, Ava.»

Sie musterte ihn voller zorniger Verachtung. «Warum macht ihr dann immer so einen Unterschied zwischen Kindern und Erwachsenen? ‹Dafür bist du noch zu jung, hierfür bist du noch zu jung›, ‹Das verstehst du, wenn du erwachsen bist›, ‹Das kannst du tun, wenn du erwachsen bist› … Und derweil führt ihr euch schlimmer auf als Kinder.»

«Anne hat bestimmt nicht vorgehabt, ihre Ehe zu zerstören. Sie hat einfach einen Fehler gemacht.»

Frances musste, weil das Geschirr beim Ausräumen der Spülmaschine so klapperte, die Ohren anstrengen, damit ihr nichts von dem Gespräch am Küchentisch entging. Ach was, die Spülmaschine konnte warten. Sie setzte sich wieder zu den beiden.

Ava war erfüllt mit selbstgerechtem Zorn. Alles drehte sich um sie, eine andere Sichtweise ließ ihre präfrontale Großhirnrinde momentan gar nicht zu. «Wenn ich mal was falsch mache, sagt ihr immer, ich hätte mir das vorher überlegen sollen, ich hätte vorher über die Konsequenzen meines Handelns nachdenken und mir beide Möglichkeiten ausmalen und entsprechende Vorkehrungen treffen sollen. Von Erwachsenen erwartet man das anscheinend nicht.»

Frances schüttelte den Kopf und schenkte sich Wein ein. «Doch, wir erwarten das auch von Anne, aber was sie tut, geht uns nichts an, wir müssen sie ja nicht großziehen. Wir haben nicht das Recht, ihr vorzuschreiben, was richtig ist und was falsch.»

«Und wieso eigentlich nicht? Einem Kind macht man ständig Vorschriften, aber ihr selbst lasst euch gegenseitig alles durchgehen.» Sie war wirklich erzürnt darüber. Als sie aufstand, um sich noch ein Glas Wasser zu holen, warf Frances Michael jenen Blick zu, der besagte: *Sollen wir lieber das Thema wechseln? Über etwas weniger Brisantes reden?* Aber sie konnte sehen, dass Michael ernsthaft daran interessiert war, was seine Tochter zu sagen hatte. Frances seufzte innerlich. Ihr schwante Übles – Gefahr, Will Robinson! Landminen voraus.

Michael versuchte es anders. «Vielleicht waren Anne und Charlie ja schon länger unglücklich in ihrer Ehe? Man kann in andere Familien nicht hineinschauen. Wir kommen ja auch nicht immer miteinander aus, oder? Deine Mom und ich, wir streiten uns manchmal, du und ich streiten. Vielleicht haben sie ja noch mehr gestritten.»

Aber Ava schüttelte den Kopf. «Nee, Charlie ist nett. Ich glaube, Anne ist einfach bloß eine egoistische, selbstsüchtige Schlampe.» Sie warf einen raschen Blick zu ihrem Dad, um zu sehen, ob er sich an der «Schlampe» störte, aber er ließ sich nichts anmerken. «Ich hab sie noch nie gemocht.» Sie wandte sich Frances zu. «Hab ich das nicht neulich erst gesagt?» Sie setzte sich mit ihrem Wasser wieder an den Tisch und schnürte die Schuhe auf. Zeit, es sich bequem zu machen, draußen wurde es allmählich dunkel.

Frances nahm einen Schluck Wein und nickte. «Ja, das stimmt. Aber was dein Dad sagen will, ist, dass man Menschen nicht vorschnell beurteilen sollte. Wir wissen ja nicht alles über die Sache. Und selbst wenn, sollte man das vielleicht trotzdem nicht tun. Du kennst ja das Sprichwort mit dem Glashaus, oder? Kein Mensch ist perfekt. Du zum Beispiel hast mich neulich auch angelogen.»

Stille trat ein. Mist, das hatte sie gar nicht sagen wollen, es war ihr so herausgerutscht.

Ava musterte ihre Mutter kühl und feuerte dann aus der Hüfte. «Und hast du Dad erzählt, dass du dich gestern auf der Straße mit Annes Liebhaber unterhalten hast?»

Michael blickte Frances an und sah, dass diese eigenartige Anschuldigung stimmte. Aber er deckte sie, was typisch für ihn war. «Ja, natürlich hat sie das. Doch sie verheimlicht mir seit Jahren, wo sie ihren Schokoladenvorrat aufbewahrt. Die Menschen haben nun mal Geheimnisse voreinander, aber meistens sind das ganz unwichtige kleine Dinge, die keine Rolle spielen.»

«Andere aber schon», wandte Ava verächtlich ein. «Die spielen sogar eine sehr große Rolle, und wenn sie auffliegen, machen sie alles kaputt.» Sie ließ auch den zweiten High-Top-Sneaker unter den Küchentisch fallen. Frances wusste jetzt schon, dass sie morgen früh danach suchen würde.

Michael hüstelte. «Das hört sich an, als hättest du bereits entsprechende Erfahrungen gemacht ... Hat jemand was zu dir gesagt, was alles kaputt gemacht hat? Ist etwas passiert, Ava?» Er sagte es ganz sanft und betrachtete seine Tochter dabei mit solcher Liebe und Zuneigung und Vorurteilslosigkeit, dass Frances nur staunen konnte. Sie hatte Ava ausgetragen, hatte sich dabei zum Aufbau der Knochen des Kindes Kalzium aus den eigenen Knochen saugen lassen, hatte sie brüllend vor Schmerzen zur Welt gebracht. Aber trotzdem war es ihr Vater, der sie am besten kannte.

Ava sah ihn an, und beide Eltern bemerkten, wie sich ihre Augen mit Tränen füllten und wie sie krampfhaft versuchte, sie zurückzuhalten. Sie schüttelte energisch den Kopf und erhob sich. «Nein, Dad, hier geht's nicht um mich, wie du selbst ständig zu mir sagst.»

Sie schob ihren Stuhl heftig unter den Tisch und brachte ihren Teller zur Spüle, dann lief sie so schnell aus dem Zimmer, dass die Hunde überrascht aufsprangen, um ihr zu folgen. Vielleicht wollte sie ja einen Abendspaziergang machen und würde sie mitnehmen? Michael wandte sich stirnrunzelnd Frances zu.

«Was meinte sie eben?»

Frances erhob sich seufzend und versteckte ihr Gesicht über dem schmutzigen Geschirr in der Spüle. «Annes Liebhaber ist gestern Nachmittag unerwartet aufgekreuzt, gerade als ich mit den Kindern ankam. Und zwei Sekunden später tauchte auch Charlie auf. Eine ganz unmögliche Situation.»

Michael runzelte die Stirn. «Das kapiere ich nicht. Wieso haben sie dann bis zum nächsten Tag gewartet, um sich zu bekriegen?»

Frances drehte den Hahn auf und ließ Wasser über die Teller laufen, ehe sie sie in die Spülmaschine einordnete. Damit erkaufte sie sich ein wenig Zeit. Dann wandte sie sich um und sagte: «Charlie hatte nichts gemerkt, jedenfalls nicht gestern. Ich habe Anne gedeckt.» Sie sah ihren Mann an. «So wie du mich vorhin bei Ava.»

«Aber wie war das möglich?»

«Ich hab getan, als würde ich ihn kennen und er sei nur beim falschen Haus gelandet.» Frances musterte Michaels Miene, konnte sie aber nicht recht deuten. Sie runzelte die Stirn. «Es war unüberlegt, ich weiß. Ich habe spontan reagiert, ich konnte einfach nicht anders. Sie ist eine Freundin, und die Kinder waren da, ich wollte nicht, dass ...»

«Alles in die Luft fliegt?»

Sie nickte. «Geholfen hat es allerdings nicht lange.»

«Wie wahr. Und jetzt steckst du auch noch mit drin, in dieser Ehegeschichte, oder vielmehr in deren Ende.»

Frances drückte die Klappe der Spülmaschine zu, schaltete sie ein. Sie wartete noch, bis sie das vertraute Stampfen des Apparats hörte, dann sagte sie: «Es kommt hoffentlich niemals raus.»

«Das wird allmählich zu einer schlechten Angewohnheit, Frank.»

«Was soll das heißen?» Sie wollte zum Tisch zurückgehen und sich Wein nachschenken, aber der kühle, fast kalte Ausdruck auf seinem Gesicht ließ sie innehalten. Sie lehnte sich stattdessen an die Kochinsel.

«Dass du dich überall einmischen musst, überall mitmachen. Du bietest allen Leuten deine Hilfe an, aber das machst du nicht nur, weil du helfen willst, sondern wegen irgendeines Kindheitstraumas, du willst unbedingt gebraucht werden, je mehr, desto besser.»

Frances betrachtete ihn und ließ sich durch den Kopf gehen, was er gerade gesagt hatte. Da wurde sie auf einmal ärgerlich. «Du bist ziemlich überheblich. Ich zwinge niemanden zu etwas. Ich habe meine eigenen Kinder, und ich nehme die Nachbarskinder mit zur Schule und kümmere mich auch noch um ein paar andere, sonst nichts. Ich bin keine Kinderdorf-Mutter, die alles und jeden unter ihre Fittiche nimmt.»

Michael schenkte sich sein viertes Glas ein. Das war gewöhnlich der Punkt, an dem die Sache aus dem Ruder lief. Er war kein Mensch, der laut oder gewalttätig wurde, wenn er zu viel getrunken hatte, aber durchaus kritisch. Und beim vierten Glas mitunter sogar fies. Frances hatte vor, nachzugeben und sich zurückzuziehen, sie hatte momentan genug Ärger am Hals, sie brauchte nicht auch noch Streit mit Michael. Morgen früh bereute er es sowieso und würde sich schlecht fühlen.

Aber leider war Michael noch nicht so weit. «*Ein paar andere*? Wie viele Leute haben dich als ‹im Notfall kontaktieren› angegeben, hm, Frances?»

«Ist doch unwichtig. Du hast recht, ich bin zu naseweis.» Sie wandte sich zum Gehen, aber er ließ nicht locker.

«Echt jetzt, Frances. Wie viele?»

Sie zuckte mit den Achseln. «Ein paar. Wieso ist das so wichtig? Es ist ja sowieso noch nie der Ernstfall eingetreten.» Sie begann zornig, die Anrichte abzuwischen, was den Reinigungsvorgang ziemlich effektiv gestaltete.

«Im letzten Jahr warst du die Notfall-Kontaktperson für sieben andere Familien – zusätzlich zu denen, deren Kinder du dir täglich ins Auto lädst. Und die Sache ist die: Du findest es super. Du findest es super, gebraucht zu werden, überall dabei zu sein. Du meldest dich für dies und für das, du kennst jede und jeden.» Er sagte es mit Verachtung, was Frances besonders verletzte.

Die Hunde kamen wieder hereingetappt. Wie sich herausgestellt hatte, war Ava lediglich rauf in ihr Zimmer gegangen, um zu schmollen. Beide wedelten zögernd mit den Schwänzen, als wollten sie sagen: «Schön ruhig bleiben, Leute.» Frances beugte sich vor und tätschelte ihre Köpfe, aber sie wurde allmählich selbst richtig sauer. «Und was gibt's daran auszusetzen? Ich bin nun mal von Beruf Hausfrau und Mutter. Ich kümmere mich um meine Kinder und helfe gelegentlich anderen Eltern. Ich hab schließlich Zeit, sie aber nicht. Und wenn ich keine habe, springen sie ein. Das ist hier wie ein Dorf, oder nicht?» Dann fügte sie unüberlegt hinzu, sie konnte einfach nicht anders: «Auf dich könnte ich schließlich lange warten, ist ja nicht so, als ob du mir groß hilfst.»

«Ich helfe dir durchaus.»

«Wann? Wann hast du dich zum letzten Mal um die Wäsche gekümmert?»

«Erst neulich, als ich nach San Francisco musste.»

Frances schnaubte. «Ja, klar. Du hast den Wäschekorb durchwühlt und deine eigenen Sachen rausgeholt und gewaschen, alles andere hast du liegen gelassen.»

Das vierte Glas war nun ebenfalls fast leer. Die Hunde verdrückten sich besorgt. Andere Männer hätten jetzt wahrscheinlich ihre Stimme erhoben, aber Frances' Mann wurde noch eine Spur leiser. «Wenigstens kümmere ich mich um meinen eigenen Kram. Du dagegen sorgst für jeden anderen, bloß nicht für dich selbst. Du nimmst dir nicht die Zeit, mal ein bisschen Sport zu treiben, oder dir vielleicht einen Teilzeitjob zu suchen und ein bisschen Geld dazuzuverdienen oder dir auch nur mal die Haare schneiden zu lassen. Wir haben seit sechs Monaten keinen Sex mehr gehabt, wir gehen nicht mehr zum Essen aus, unsere Gespräche drehen sich *nur* um die Kinder. Es gibt nur noch diesen Trott, diesen öden, *scheiß*-langweiligen Alltagstrott, Frances. Manchmal könnte ich mir die Kugel geben, so sehr kotzt mich das an.» Er versuchte sich nachzuschenken, aber die Flasche war leer. «Anne mag vielleicht ihr Leben in Schutt und Asche gelegt haben, aber immerhin war bei ihr mal was los.»

Frances machte auf dem Absatz kehrt und ging, denn sonst hätte sie etwas gesagt, was sie bereut hätte. Und woran sich ihr Mann hinterher wahrscheinlich ohnehin nicht mehr erinnerte.

Frances' Abend war noch nicht zu Ende, trotz ihres Zorns auf Michael. Daher verdrängte sie für den Moment seine verletzenden Äußerungen, vergrub sie im hintersten Winkel, bei anderen ähnlichen Dingen, und machte sich erst einmal daran, Lally zu baden. Nebenan saß Ava in ihrem Zimmer und schmollte, und Michael hockte unten in der Küche und tat dasselbe. Sie dagegen würde sich hier einigeln und die Haare ihrer Tochter zu zwei Shampoo-Hörnern formen. Sollten sie doch machen, was sie wollten.

Lally, die keine Ahnung von den seismischen Rissen im Gemüt ihrer Mutter hatte, erkundigte sich unschuldig: «Ist Anne jetzt nicht mehr Kates und Theos Mom?»

«Doch, natürlich, Schätzchen», antwortete Frances ein wenig erschrocken, «das bleibt sie immer. Wenn du einmal die Mom von jemandem bist, hört das nicht einfach irgendwann auf.» Das war zwar nicht besonders geschickt ausgedrückt, aber es war das Beste, was sie momentan auf Lager hatte. «Wenn eine Frau ein Kind zur Welt bringt, ist sie seine Mom. Für immer.»

Lally hatte da andere Informationen. «Aber was ist mit Kindern, die adoptiert sind? Die kriegen doch auch eine neue Mom.»

Klar. Das hätte sie kommen sehen müssen. Frances seufzte innerlich. Blöder Michael, er hatte sie ganz durcheinandergebracht. Frances taten auf den harten Fliesen die Knie weh, und sie ließ sich zur Seite auf ihren Po sinken. Schon besser. Obwohl sie spürte, wie Seifenwasser durch ihre Jeans drang. «Ja, aber die Frau, die das Kind geboren hat, bleibt trotzdem seine Mutter, auch wenn sie es nicht selbst aufzieht, das machen die Mom oder der Dad, die das Kind adoptiert haben. Und sie lieben dieses Kind genauso, als wenn sie seine richtigen Eltern wären, verstehst du, Mäuschen?»

Lally zog verwirrt die Nase kraus und schaute Frances mit Schaumhörnern an. «Hat es dann zwei Moms? So wie Wyatt?»

«Nein.» Frances drehte den Duschkopf auf und wartete, bis das Wasser die richtige Temperatur hatte. «Dreh dich um, Schatz, und leg den Kopf zurück.» Sie schirmte Lallys Augen, so gut sie konnte, mit der Linken ab und spülte dann mit dem Duschkopf in der Rechten das Haar des Kindes aus. Einige Düsen waren verkalkt, sodass ein dünner Wasserstrahl ihren Ärmel hochlief, während ein anderer sich gezielt auf ihre linke Brustwarze richtete. Sie ignorierte beides. «Wyatts Eltern sind beide Frauen, also hat er zwei Moms gleichzeitig. Adoptierte Kinder haben ihre Adoptiveltern, aber auch die Mom, die sie zur Welt gebracht hat. Meistens kennen sie die nicht sehr gut, manchmal aber schon.» Mann, das wurde allmählich kompliziert. «Aber es sind die Adoptiveltern, die sich jeden Tag um das Kind kümmern.»

«Seife! Seife!» Lally riss ihren Kopf nach vorn und streckte den Arm nach einem Handtuch aus, das Frances ihr gab. Die Kleine drückte es sich aufs Gesicht, dann legte sie erneut vertrauensvoll den Kopf nach hinten.

«Molly» – das war ein Kind aus Lallys Kindergartengruppe – «hat zwei Väter. Aber sie hat trotzdem noch irgendwo eine Mom, oder?»

«Ja, genau.» Dabei sollte man es wohl belassen, überlegte Frances, um das Kind nicht mit zu viel Informationen zu verwirren – ein Fehler, der ihr leider des Öfteren unterlief. Michael war bei solchen Sachen besser. Als Ava klein war, hatte sie eines Tages gefragt, wo sie eigentlich herkomme. Frances hatte bereits den Mund geöffnet, um die Sache mit den Bienen und Blumen zu erklären, als Michael schlicht antwortete: «Aus New York.» Ava hatte genickt und war zufrieden abgezogen.

Als Frances darüber lachte, hatte Michael erklärt: «Das ist wie in dem Witz, oder? Das Kind fragt die Eltern, woher es eigentlich gekommen ist, und sie fangen an, groß und breit über Empfängnis und Schwangerschaft und Geburt zu reden, und am Schluss sagt das Kind: ‹Ach so ... aber Billy kommt aus Chicago.›» Frances hatte sich daraufhin kopfschüttelnd zu ihm hin gebeugt und ihm einen Kuss gegeben. Sie wünschte, er wäre jetzt auch hier und würde ihr beispringen und nicht unten in der Küche herumhocken und sich im Selbstmitleid suhlen, der Blödmann.

Als Lally wieder auf dem Trockenen stand und von Frances in einen Kapuzenbademantel eingewickelt wurde, in dem sie aussah wie ein kleiner Dinosaurier, sagte sie: «Aber wenn sich Kates und Theos Mom und Dad scheiden lassen, wird sie nicht mehr ihre Mom sein, oder?» Sie überlegte für einen Moment. «Oder ihr Dad nicht mehr ihr Dad?» Besorgt grübelnd fügte sie hinzu: «Oder beide nicht mehr?»

Frances hob Lally hoch, was mittlerweile gar nicht mehr so einfach war, aber sie war noch nicht bereit, das aufzugeben. Sie trug ihre kleine Tochter fest an sich gedrückt ins Elternschlafzimmer und setzte sich mit ihr auf das große Bett.

«Okay, also, das läuft so.» Sie hielt kurz inne. «Willst du deinen Betthupferl-Kakao?» Lally schüttelte den Kopf. Sie war noch nicht so weit. «Den Schlafanzug?» Abermals schüttelte Lally den Kopf. «Okay, du weißt, dass ich mit deinem Daddy verheiratet bin, dass er mein Ehemann ist, ja?» Nicken. «Und ich bin seine Ehefrau.» *Vorausgesetzt, ich drehe ihm nachher nicht doch noch den Hals um.* Wieder ein Nicken. «Also gut, Mann und Frau können sich scheiden lassen, verstehst du, aber die Eltern ihrer Kinder bleiben sie trotzdem für immer.»

«Man kann sich nicht von einem Kind scheiden lassen?»

«Nein, ganz gewiss nicht.» Frances blickte auf und sah Ava im Türrahmen stehen. «Mommy bleibt man immer, verstehst du? Man hört nie auf, seine Kinder zu lieben oder sich um sie zu sorgen und zu wünschen, dass sie glücklich sind. So ist das, und es lässt sich nicht ändern.» Sie blickte Ava an, während sie das sagte, und sah, dass ihre Älteste jede Menge einzuwenden gehabt hätte, angefangen von Kindesmisshandlung über Drogensucht bis hin zu Totschlag, aber Frances wies mit einem leichten Stirnrunzeln auf Lally, und so verdrehte Ava lediglich die Augen. Jetzt war nicht der richtige Zeitpunkt für brutale Offenheit. Im Moment wollte Frances einfach, dass Lally sich in ihrer kleinen Welt sicher fühlte. Dagegen hatte offenbar auch ihre ältere Schwester nichts einzuwenden.

«Außer, wenn das Kind richtig böse ist, oder?» Lally blickte zu ihrer Mutter auf. «Wenn das Kind richtig, richtig böse ist, kann man sich dann von ihm scheiden lassen?»

Frances hatte keine Ahnung, ob ihre Jüngste ein schreckliches Verbrechen plante oder bloß überlegte, wie schlimm es tatsächlich war, wenn man sein Gemüse nicht aufaß. Sie gab ihr einen Kuss auf die frisch gewaschene kleine Stirn und schüttelte den Kopf.

«Nein, Schatz, man liebt sein Kind, egal wie böse und unartig es auch sein mag.»

«Selbst wenn es auf den Teppich kackt?» Sie sprach aus Erfahrung.

«Ja, sogar dann.»

«Oder deinen Hut stiehlt?»

Frances grinste. «Ja, selbst dann. Ich werde dich immer lieben, und es gibt nichts, aber auch gar nichts, was du dagegen tun kannst.»

«Großes Ehrenwort?»

«Großes Ehrenwort.»

Frances zog ihre Jüngste fest an sich und schaute auf ihre Älteste. Ava hatte einen eigenartigen Ausdruck auf dem Gesicht, den Frances nicht zu deuten wusste. Dann wandte sie sich ab und verschwand wieder in ihrem Zimmer.

21

Wyatt schlief bereits, als Sara endlich aus dem Studio nach Hause kam. Sie war noch geschminkt und sah einfach umwerfend aus. Iris saß mit einer Schale Eiscreme im Bett und blätterte im *New Yorker.* Sie trug ein Oma-Nachthemd aus weichem, altem Flanellstoff. Natürlich freute sie sich, Sara zu sehen, verwünschte sich aber gleichzeitig dafür, nur so wenig Eiscreme in die Schale getan zu haben. Es würde unbeherrscht wirken, wenn sie sich jetzt einen Nachschlag nahm. Schlechte Planung.

Sara warf sich zu Iris aufs Bett und gab ihr einen Kuss, dann richtete sie sich wieder auf. *Wo nimmt sie bloß ihre Energie her*, fragte sich Iris irritiert und klappte die Zeitschrift zu.

«Schickes Nachthemd», bemerkte Sara mit einem ironischen Grinsen. Iris' Oma-Nachthemden waren ein beständiger Quell der Heiterkeit. Iris war ganz verrückt nach echten alten Nachthemden und suchte bei eBay zwanghaft danach – alte Stücke, die von Omas getragen und in denen sie möglicherweise sogar gestorben waren. Sie liebte weichen, abgetragenen alten Flanell von hoher Qualität und empfand Schnitt und Muster als tröstlich. Sara wiederum fand das albern, aber auch irgendwie niedlich.

«Danke. Wie war's im Studio?»

Sara erhob sich mit einem Schulterzucken und verschwand im Bad. Von dort driftete ihre Stimme zu Iris heraus. «Nicht schlecht, eigentlich. Ich bin zwar abgehauen, so schnell ich konnte, aber es lief ganz gut, denke ich. David Rapelli ist ganz okay.»

Ihr Co-Star. Er war ein gutgebauter junger Mann, vom Typ sexy Nachbar: begehrenswert, aber leider verheiratet. Er und Sara spielten in dem Film ein Ehepaar, mehr wusste Iris nicht. Und wollte auch gar nicht mehr wissen.

«Ach ja?» Iris griff wieder nach ihrer Zeitschrift, aber da tauchte Sara bereits abgeschminkt aus dem Bad auf. Wie alle Schauspieler besaß sie die Begabung, sich in Sekundenschnelle abzuschminken. Offenbar muss man etwas nur oft genug machen, um wahre Meisterschaft darin zu erlangen. Iris tat, als habe sie Roscos Kopf tätscheln wollen.

«Ja. Er ist verheiratet und hat zwei Kinder. Nicht gerade viel in der Birne, aber das ist ihm selbst klar. Er ist dankbar für das, was er hat, nicht nur das gute Aussehen, das ihm vererbt wurde, sondern auch für sein Temperament und für den beruflichen Erfolg, natürlich. Ein Glückspilz eben.»

«Da kann er tatsächlich ganz schön dankbar sein.»

Sara nickte. «Ist er, zumindest meistens. Nur einmal fing er an, über das Catering und den Service zu maulen, aber das ist ihm schnell vergangen.»

«Wie meinst du das?»

«Lynsey ist die Regieassistentin.»

Lynsey war eine gemeinsame Freundin, die Sara ursprünglich über die Arbeit kennengelernt hatte. Eine begabte Regisseurin mit unglaublichem Organisationstalent – Lynsey hätte leicht bei Big-Budget-Filmen Regie führen oder einem Multinationalen Konzern vorstehen können. Stattdessen begnügte sie sich mit Fernsehfilmen, um genug Zeit (und Geld) für die Behandlung und Pflege ihrer kleinen Schwester zu haben, die unter Mukoviszidose im fortgeschrittenen Stadium litt. Lynsey war ein unglaublich mitfühlender Mensch (was sicherlich daran lag, dass sie mit ansehen musste, wie ein geliebter Mensch vor ihren Augen einem langsamen Tod entgegenging), hatte aber überhaupt keine Geduld mit Meckerern oder arroganten Menschen. Wenn jemand unhöflich oder launisch war, machte sie ihn zur Schnecke und sorgte dafür, dass er nie wieder angeheuert wurde.

Sara zog sich aus und schlüpfte zu ihrer Frau ins Bett. «Hmm, du bist schön warm.» Sie umschlang Iris mit ihren langen Beinen. Die kreischte auf und wich zurück.

«He, deine Füße sind ja die reinsten Eiszapfen! Fanden die Dreharbeiten etwa auf einem Eisberg statt?»

Sara lachte. «Ja, das junge Pärchen macht Urlaub im Grand Canyon, und auf einmal kommt ein riesiger Eisberg angeschwommen.»

«Globale Erwärmung macht's möglich.»

«Mag sein, aber dieser Film wird keine von diesen dystopischen Urlaubs-Liebeskomödien. Ich habe einfach bloß kalte Füße. Du hast mich geheiratet, in guten wie in schlechten Zeiten, also darf ich mir wohl die Eisfüße an deinen schönen warmen Beinen wärmen.» Und das tat sie. «Wie auch immer», fuhr sie fort, «Lynsey hat David kurz zur Seite genommen, und danach benahm er sich mustergültig. Du würdest ihn mögen, glaube ich.»

«Ist er auch so ein furchtbar kleiner Kerl?»

«Nö, er sieht in Wirklichkeit mehr oder weniger genauso aus wie im Film, also einfach hinreißend.»

Iris hatte festgestellt, dass die meisten Schauspieler in Wirklichkeit viel kleiner waren, als man annahm. Mit großem Kopf und auffälligen Zügen neigten sie dazu, sich in jeder reflektierenden Oberfläche zu betrachten, ob Spiegel, Fenster oder der Sonnenbrille ihres Gegenübers. Iris fühlte sich unwohl in Gegenwart von «Filmleuten» und hielt sich lieber von dem ganzen Betrieb fern. Trotzdem hatten sie und Sara ein paar Freunde aus der Filmindustrie, darunter Lynsey.

«Und wie war dein Tag?», erkundigte sich Sara, deren Füße allmählich auftauten. Ihr Arm lag um Iris' Taille, und sie barg ihr Gesicht am Hals der Geliebten, schnupperte behaglich den frischen Wäscheduft des Nachthemds ein. David Rapelli hatte ihr in Sachen Glück nichts, aber auch gar nichts voraus.

«Ganz gut», antwortete Iris achselzuckend. Dann jedoch richtete sie sich jäh auf und schnappte nach Luft. «Mein Gott, wieso hab ich dir das nicht gleich erzählt? Anne Porter hat eine Affäre und ist aufgeflogen! Charlie hat sie rausgeworfen. Es gab eine hässliche Szene, mitten auf der Straße, ich habe es selbst miterlebt. Es war schrecklich.»

Sara rollte sich ein wenig zur Seite und setzte sich auf. «Du machst Witze.»

«Keineswegs.»

«Sie hat ihn betrogen? Im Ernst? Wie lange lief das denn schon?» Sara schien ehrlich geschockt zu sein.

Iris schüttelte den Kopf. «Keine Ahnung. Ein paar Monate, glaubt Frances.»

«Frances? Woher weiß die das denn?»

«Sie hat mit Anne geredet.»

«Sie wusste es schon vor Charlie?»

«Ja, aber nur ein, zwei Tage.» Iris erzählte Sara den ominösen Vorfall mit den Klorollen.

Sara hörte verblüfft zu. «Ach, du dicke Scheiße», stieß sie

hervor und starrte Iris mit großen Augen an. «Die armen Kinder, die können einem echt leidtun. Was für ein Schlamassel. Willst du noch Eis?»

Iris nickte. Sara verschwand mit Iris' Schale nach unten. Der Hund folgte ihr. Iris blieb im Bett sitzen und hörte zu, wie sich die beiden in der Küche unterhielten. Allerdings schien Rosco seine Antworten in Zeichensprache zu geben, denn man hörte nur Saras Teil des Gesprächs. Kurz darauf tauchte sie mit zwei Schälchen wieder auf, für sich selbst einen walnussgroßen Klecks Vanilleeis, für Iris dagegen zwei Sorten Eiscreme mit einer Sahnehaube und großzügig Schokoladensoße.

«Die Maraschino-Kirschen sind leider weg», erklärte Sara und half Rosco wieder aufs Bett. «Genauer gesagt, ich hab die letzte an Rosco verfüttert.»

«Aha, daher also seine rote Nase. Glaubst du wirklich, dass Maraschino-Kirschen das richtige Futter für einen Hund sind?»

«Keine Ahnung. Aber er kriegt oft welche von mir und hat sich deswegen noch nie beklagt.»

«Ach ja?»

«Ja, deshalb ist das Glas ja auch immer so schnell leer. Egal, erzähl weiter von Anne und Charlie. Was wird jetzt aus den beiden?» Sie nahm – nackt – neben Iris Platz und stellte sich die Eisschale auf den Bauch, quiekte aber erschrocken auf und stellte die Schale hastig wieder weg. Dann streifte sie sich ein T-Shirt über und setzte sich, um ihr Eis in Ruhe zu verzehren.

Iris, die das ganze Drama verfolgt hatte, griff halbherzig zu ihrer Zeitschrift, legte sie dann aber wieder weg. «Weiß nicht. Das wissen sie im Moment wahrscheinlich selbst nicht, es ist ja gerade erst passiert.» Sie blickte Sara forschend an. «Würdest du dich von mir scheiden lassen, wenn ich fremdginge?»

Sara nickte. «Klar. Wenn ich's rauskriegen würde. Solange ich nichts weiß, ist es mir allerdings egal.» Sie runzelte die Stirn. «Du betrügst mich doch hoffentlich nicht?»

«Nein, natürlich nicht. Aber das würde ich dir auch wohl kaum auf die Nase binden, oder?»

«Stimmt.» Sara legte nachdenklich den Kopf schief. «Das heißt, es kommt drauf an, auf welche Art man sich betrügt.»

Iris wandte sich zur Seite und schaute ihre Frau fragend an. «Wie meinst du mit ‹auf welche Art›? Man schläft mit jemandem, mit dem man nicht verheiratet ist, was sollte es sonst für eine Art geben?»

«Nun, du vergisst die zahlreichen Variationen zum Thema Seitensprung.»

«Das müssen Sie mir näher erklären, Frau Professor.»

Sara setzte sich im Bett auf und schlug die Beine unter. Dann zählte sie an den Fingern ab. «Erstens die Wham-bam-thank-you-Ma'am-Variante, der sogenannte One-Night-Stand. Man reißt jemanden in einer Bar oder einem Nachtclub auf, hat Sex und sieht sich nie wieder. Mehr wird weder erwünscht noch erwartet.»

Iris nickte. «Ach ja, davon hab ich gehört. Und weiter?»

«Zweitens, man lernt jemanden auf dem Set oder im Urlaub kennen oder auf einem Kongress oder sonstwo. In diesem Fall geht es auch vorwiegend um Sex, aber nicht nur, man will auch einfach mal wieder die Erregung einer ersten Begegnung durchleben, des Frischverliebtseins. Herzklopfen und Schmetterlinge im Bauch, der ganze Kram. Man kriegt kaum einen Bissen runter und nimmt pro Tag ein Kilo ab. Man kauft sich neue Reizwäsche in zwei Größen kleiner ...»

«Oder verzichtet gleich ganz auf Unterwäsche ...»

«Du sagst es. Man flirtet in aller Öffentlichkeit und ergötzt sich an der verbotenen Romanze. Klar ist allerdings, dass das Ganze nichts weiter als ein Flirt sein darf, eine vorübergehende Affäre, die zwar leidenschaftlich und intim, aber nichts Bleibendes sein kann.»

«Okay, schon kapiert.» Iris war der Spaß an dem Thema vergangen. Sara hatte sich offenbar ausführlich Gedanken darüber gemacht. Zu ausführlich.

«Drittens – und jetzt kommen die Probleme – die Variante, die wie eine der obigen beginnt (meist der zweiten), und das Ganze läuft aus dem Ruder. Das kann jederzeit und jeder Person passieren, weshalb Untreue ja auch so blöd ist, vor allem, wenn man seine Partnerin oder seinen Partner von Herzen liebt. Man flirtet mal kurz mit der Garderobiere, und schon bricht sie bei dir ein und kocht dein Haustier im Suppentopf, falls du verstehst, worauf ich hinauswill.»

«Ja, ja, *Eine verhängnisvolle Affäre*, mit Glenn Close, auch das hab ich kapiert.»

«Tja, und schließlich die schlimmste – oder beste – Variante des Seitensprungs: Man verliebt sich ernsthaft in jemand anderen, und das bedeutet das Aus für deine Ehe.»

«Aber muss das immer die Folge sein? Dass die Ehe endet, meine ich?»

«Nein. Manchmal verliebt man sich, kommt aber doch wieder zur Vernunft oder wechselt den Job und den Wohnsitz und sieht sich nicht mehr, oder man spielt nur in Gedanken damit, macht aber nie Ernst. Manchmal weiß man aber auch von Anfang an, o weh, das ist was Ernstes, und man redet miteinander und kommt zu dem tragischen Schluss, dass in diesem Leben nun mal nichts draus werden kann. Oder man lässt sich drauf ein und verbringt eine herrliche Nacht miteinander und beendet es hinterher.» Sara stieß unversehens einen Seufzer aus. «Aber das ist meiner Erfahrung nach eine sehr riskante Variante, denn wenn man erst mal intim geworden ist, kann es sein, dass es kein Zurück mehr gibt, wie bei einer Verfolgungsjagd in einem Actionfilm, wo die Brücke hinter dir zusammenbricht und in den reißenden Fluss stürzt.»

Iris betrachtete ihre Frau, die versunken ins Leere starrte und nichts mehr wahrnahm. Sie räusperte sich. «*Deiner* Erfahrung nach?»

Sara kam zu sich und blickte Iris an. Deutete ihre Miene korrekt. «Nicht *meiner* Erfahrung nach, sondern nach den Erfahrungen, die ich mit anderen Leuten gemacht habe, den Beobachtungen, die ich mache. Und den vielen Büchern, die ich lese, den Filmen, die ich mir ansehe.»

Iris runzelte die Stirn. «Bist du da sicher?» Sie hatte auf einmal ganz kalte, feuchte Hände, und ihr Herz drohte an den Rändern zu verdorren.

Sara blickte sie schmunzelnd an. «Klar, Dummerchen. Deshalb mag ich es ja so gern, wenn ihr an den Drehort mitkommt, Wyatt und du. Dann muss ich mir wenigstens keine Sorgen machen, dass du was mit einer anderen heißen Mom anfängst. Oder mit der hübschen jungen Babysitterin, die gern erste Erfahrungen in lesbischer Liebe machen würde und nichts dagegen hat, sich von einer attraktiven älteren Frau einweisen zu lassen.»

«Du schaust zu viele Filme.»

«Ist mein Job.»

Iris schüttelte den Kopf. «Wenn Wyatt älter ist, wird es nicht mehr so leicht sein, ihn aus dem Unterricht zu nehmen. Und was dann? Du könntest monatelang irgendwo zu Dreharbeiten weg sein. Und wenn nun das Starlet unwiderstehlich ist?»

«Dann nehmen wir uns eben einen Privatlehrer. Für die Schulen wär das nichts Neues, wir leben schließlich in L. A. Es ist wegen Anne Porter, oder?»

Doch Iris dachte an das zweite Kind, das sie sich so sehnlichst wünschte. Wie würde sich so etwas auf ihre Ehe auswirken?

Sara stellte unvermittelt beide Eisschalen beiseite und setzte sich rittlings auf ihre Frau. Sie drückte Iris' Arme ins Kissen und beugte sich über sie. «Warum», sagte sie und gab ihr einen Kuss, «sollte ich», Kuss, «auch nur eine Sekunde», Kuss, Kuss, «deines Glücks riskieren», Kuss, Kuss, Kuss, «um ein paar Stunden lang mit irgendeiner anderen rumzumachen?» Kuss. «Ich muss ständig an dich denken. Immer wenn ich nicht gerade vor der Kamera stehe oder im Auto sitze oder mir ein Sandwich mache oder was auch immer – dann denke ich an dich! An dein Gesicht, deine Hände, deinen Körper, dein wunderhübsches Lächeln.» Sara beugte sich vor und fuhr neckisch mit der Zungenspitze über Iris' Nase. «Und an dein süßes, süßes Näschen.» Sie ließ eine Hand von Iris los und griff unter die Bettdecke und unter das Granny-Nachthemd. «Das Problem mit diesen Ungetümen ist, dass es so umständlich ist, sie dir wieder auszuziehen ...»

Später murmelte Sara kurz vorm Einschlafen schläfrig: «Stell dir vor, Anne wäre obendrein schwanger ... wie schrecklich, das würde alles noch viel komplizierter machen.» Sie und Iris hielten sich bei den Händen, und Sara drückte die Hand, die auf der Bettdecke lag. «Das Problem haben wir Gott sei Dank nicht, wir können sozusagen ohne Reue bumsen.» Ihr Atem verlangsamte sich, und schon war sie eingeschlafen.

Iris lag neben ihr im Dunkeln und starrte zur Decke. Ihr Herz krampfte sich zusammen. «Ja», sagte sie leise, «was für ein Glück.»

22

Als Frances am nächsten Morgen von ihrer Schulfahrt heimkehrte, saß Anne auf den Eingangsstufen ihres Hauses und wartete bereits auf sie.

«Kann ich kurz mit dir reden?» Sie sah schrecklich aus, bleich und zittrig, obwohl es, wie immer um diese Jahreszeit, schön warm war. Frances nickte nur und bemerkte beim Aufschließen der Haustür aus dem Augenwinkel, wie Charlie aus dem Haus und die Straße heraufkam, allerdings war sie sich nicht ganz sicher. O Gott, hoffentlich nicht, sie wollte sich wirklich lieber aus diesem Konflikt raushalten. Ihr ging es hauptsächlich um die Kinder, für die Kinder würde sie sich immer und jederzeit einsetzen.

Die Hunde begrüßten Anne begeistert. Sie wussten ja auch nicht, dass Anne a) ihren Mann betrogen hatte und b) selbst wenn, Hunde vergeben alles, so sind sie nun mal. Aber sie spürten Annes tiefe Verzweiflung, deshalb folgten sie ihr in die Küche und blieben schwanzwedelnd an ihrer Seite, als sie sich auf einen Stuhl sinken ließ. Frances holte die üblichen Tassen aus dem Schrank und schaute nach, ob noch genug Kaffee in der Kanne war. Anne streichelte derweil die Hunde und fühlte sich dabei wie der aufgewärmte Tod.

Oben im ersten Stock wurde die Dusche aufgedreht. «Michael ist noch nicht weg, das macht dir hoffentlich nichts aus?»

Anne streichelte die Hunde, als ob sie dafür bezahlt würde. Sie schüttelte den Kopf. «Spielt keine Rolle, ich will einfach nur mit dir reden.» Dann blickte sie jäh auf. «Hoffentlich hasst er mich jetzt nicht?»

«Michael?» Anne nickte. Frances schüttelte den Kopf. «Nein, gesagt hat er zumindest nichts. Außerdem steht es uns nicht zu, dich zu verurteilen, oder? Du hast ja nicht *uns* hintergangen.» Was sie nicht erwähnte, war, dass sie und Michael heute Morgen noch gar nicht miteinander gesprochen hatten, sie hätte also nicht sagen können, was genau er dachte. Sie hatte ihm die kalte Schulter gezeigt und ärgerte sich jetzt, dass er bei ihrer Rückkehr überhaupt noch im Haus war. Sie hatte gehofft, dass er sich vom Büro aus bemühen würde, es wiedergutzumachen, ihr einen Strauß Blumen schickte oder zerknirschte Entschuldigungen auf der Mailbox hinterließ. Und dass sie in aller Einsamkeit noch ein wenig länger an ihrem Groll festhalten konnte. Was nicht mehr so einfach wäre, wenn sie erst sein Gesicht gesehen hatte. Ihre Ehe hatte sich mittlerweile in eine tiefe, innige Freundschaft verwandelt, und böse Worte fielen gewöhnlich auf unfruchtbaren Boden, verglühten wie nicht genährtes Feuer. Zwar gingen sie häufig im Streit schlafen – selbst wenn man das nicht tun sollte –, aber es fiel ihnen schwer, den Groll länger als bis zum Nachmittag des nächsten Tages aufrechtzuerhalten.

Anne wurde ein wenig rot. «Die meisten werden wahrscheinlich nicht so verständnisvoll sein wie ihr.»

Frances war dabei, frischen Kaffee aufzusetzen, und nahm einen Filter aus der Schachtel. «Verständnisvoll würde ich es nicht nennen», entgegnete sie, «du weißt ja, was ich von der Geschichte halte, das habe ich dir neulich schon gesagt.

Aber ich bin alles andere als froh darüber, dass es jetzt so gekommen ist, wie ich vorausgesagt habe, wirklich alles andere als froh. Ich glaube, das weißt du. Mir wäre lieber, ich hätte mich geirrt, denn das Ganze ist eine Katastrophe.»

Anne schaute Frances an. «Ich weiß selbst nicht, was mit mir los ist. Ich habe mich so einsam und allein und leer gefühlt! Und dann ist plötzlich Richard aufgetaucht, und er hat mich mit ganz anderen Augen gesehen, er hat eine Anne entdeckt, von der ich nicht mal wusste, dass es sie gab. Bei ihm war ich ein anderer Mensch.»

Frances lehnte an der Anrichte und hörte dem blubbernden Kaffee zu. Bei einem Blick zur Seite bemerkte sie, dass die Wäsche fertig gewaschen war. Sie leerte den Inhalt des Trockners in einen Korb und stopfte die nasse Wäsche in den Trockner. «Und was für ein Mensch bist du jetzt? Hast du inzwischen einen Therapeuten?»

«Findest du, dass ich einen suchen sollte?», fragte Anne stirnrunzelnd. Sie schlug immer wieder die Beine übereinander und dann gleich wieder auseinander. Frances überlegte, ob sie sich möglicherweise eine Blaseninfektion zugezogen hatte.

Sie sagte: «Pass auf, wir betrachten die Sache jetzt mal ungeschönt, ja? Du hast das Leben mehrerer Menschen zerstört, einschließlich deines eigenen, und das nur wegen einer flüchtigen Bettgeschichte. Du hast keine Ahnung, wieso du das getan hast, du befindest dich in der Schwebe, und es führt kein Weg zur Normalität zurück. Ich an deiner Stelle würde mir schleunigst einen Therapeuten suchen. Du bist depressiv, meine Liebe.»

«Bin ich wirklich depressiv? Oder ist das nicht vielleicht eine angemessene Reaktion auf eine verheerende Situation?»

«Dass sie verheerend ist, hast du dir selbst zuzuschreiben. Du brauchst Hilfe, Anne, sieh es ein.» Der Kaffee war durchgelaufen. «Wie üblich?»

Anne nickte. «Hilfst du mir?»

«Ich bin nur ein Laie, Anne. Du brauchst fachärztliche Hilfe, und ich bin keine Psychologin oder Therapeutin.» Sie goss Halbfettmilch zum Kaffee, überlegte, ob Anne Zucker nahm, und entschloss sich dann, einen Löffel hinzuzufügen. Anne konnte die Kalorien im Moment gebrauchen. Die andere redete inzwischen weiter.

«Ich meine, bei Charlie. Wirst du mir mit Charlie helfen?»

Frances stellte Anne die Tasse auf den Tisch und wandte sich ab, um die Kekse hervorzuholen. «Hast du überhaupt schon gefrühstückt?», fiel ihr ein zu fragen. Anne schüttelte den Kopf. «Wie wär's mit Rührei?» Anne zuckte gleichgültig mit den Schultern, doch Frances holte eine Pfanne, Eier und Butter heraus. Erst mal was in den Magen, alles andere konnte warten. Frances' Mutter war immer eine gute Köchin gewesen, aber nach dem Tod von Frances' Bruder steigerte sich das fast zur Besessenheit. Frances musste unter den wachsamen Augen der Mutter drei Mahlzeiten pro Tag vertilgen, was sie widerspruchslos tat, da sie wusste, dass ihre Mutter dann wenigstens dreimal täglich das Gefühl bekam, alles im Griff zu haben, egal wie schwer sie das Schicksal auch getroffen hatte. *Wenn dieses Kind nur regelmäßig gefüttert wird*, schien sie zu denken, *wird es hoffentlich nicht auch plötzlich sterben.* Diese Auffassung hatte Frances unbewusst übernommen, weshalb sie Anne jetzt Rührei zubereitete. Immerhin etwas, das sie tun konnte. Ava hatte einmal gescherzt, dass auf Frances' Grabstein stehen würde: *Mir geht's gut, aber wann hast du zum letzten Mal etwas gegessen?*

Frances schlug zwei Eier in eine Schüssel, verquirlte sie mit einer Gabel und fügte eine Prise Pfeffer hinzu, ehe sie die Flüssigkeit in die heiße Pfanne goss. «Ich weiß wirklich nicht, was ich für dich tun könnte, Anne. Du musst das selbst wieder in Ordnung bringen, falls das möglich ist. Wie geht's den Kindern?»

Anne zuckte die Achseln. «Wir haben es ihnen gemeinsam gesagt, weil Charlie das so wollte, aber ich glaube nicht, dass sie es so richtig kapiert haben. Ich habe noch geholfen sie ins Bett zu bringen, aber dann bin ich gegangen.»

«Und wo wohnst du jetzt? Bei deinen Eltern? Die sind in Santa Monica, nicht?»

«Ja, aber da wohne ich nicht. Ich habe es ihnen noch gar nicht gesagt.»

Frances stellte ihrer Freundin einen Teller Rührei hin und ertappte sich dann dabei, wie sie wachsam neben ihr verharrte. Wie ihre Mutter. Ziemlich schräg, fand sie und setzte sich lieber.

Anne aß und bekam ein wenig Farbe ins Gesicht. «Hmm, die sind ausgezeichnet, danke.»

Frances schmunzelte. «Du musst besser auf dich achten. Du brauchst deine ganze Kraft, wenn du deine Ehe retten willst. Du wirst darum kämpfen müssen.»

«Ich glaube nicht, dass Charlie mir verzeihen kann.»

«Würdest du ihm denn verzeihen, wenn er dich betrogen hätte?»

Anne aß achselzuckend den letzten Bissen Rührei. «Keine Ahnung.» Sie musterte ihre Nachbarin. «Hilfst du mir, mit Charlie zu reden?», wiederholte sie.

Michael betrat die Küche, seine Haare waren noch feucht vom Duschen. Er machte den Mund auf, um Frances anzusprechen, klappte ihn aber beim Anblick von Anne wieder zu. Zwei Sekunden vergingen, dann hatte er sich gefangen. Frances beneidete ihn um diese Gelassenheit.

«Hi, Anne, tut mir leid, dass bei euch gerade alles im Eimer ist.» Und seine Ehrlichkeit, die mochte Frances ebenso.

Anne errötete. «Ja, ich hab ganz schön Mist gebaut. Entschuldige.»

Michael holte eine Thermostasse aus dem Oberschrank und füllte sie mit Kaffee. «Bei mir musst du dich gewiss nicht entschuldigen, Anne, wir machen doch alle mal Fehler.» Er fügte Milch hinzu und schraubte den Deckel drauf. «Gestern Abend, zum Beispiel, da hab ich mich meiner liebenswerten Frau gegenüber wie ein Riesenarschloch benommen. Sie hat mich deshalb heute früh noch nicht angelächelt, was eine schreckliche Strafe für mich ist.» Er trat auf Frances zu und sagte: «Ich bin ein richtiger Blödmann, Frances, bitte verzeih mir und lächle wieder, oder ich überstehe den heutigen Tag nicht.»

Frances musterte ihn mit schmalen Augen. Sie fand das so, so *nervtötend*. Immer wenn er sich benommen hatte wie ein Idiot, entschuldigte er sich hinterher auf so hinreißende Weise, dass sie ihm einfach verzeihen musste. Sie lächelte mühsam, ein Lächeln, das ein wenig breiter wurde, als er sich nun zu ihr herabbeugte und ihr einen Kuss gab. «Jetzt geh schon ins Büro, du Riesenarschloch.» Und das tat er. Zurück blieb der Duft ihres teuren Aveda-Haarshampoos, über dessen Kosten er sich zwar beschwerte, das er nun aber sogar selbst benutzte, der scheinheilige Blödmann. Wie froh sie war, nicht im selben Boot zu sitzen wie Anne! Sie wurde jäh von Dankbarkeit ergriffen. Ihre Ehe mit Michael war okay, selbst wenn sie sich von Zeit zu Zeit in die Haare bekamen (Haare! Ha!). Und selbst wenn sie kaum noch Sex hatten und nichts mehr zu reden, außer über die Kinder. Ja, es war keine sexy Ehe und auch keine spannende, lustige, romantische Ehe, aber eine solide, verlässliche Partnerschaft. Und dennoch: Falls aus Michael nach dem vierten Glas Wein tatsächlich die Wahrheit herausbrach, falls er tatsächlich so über sie dachte, dann war ihre Ehe vielleicht doch nicht so solide? Plötzlich flammte irgendwo im Hinterkopf ein kleiner Funken Sorge auf. Aber Frances trat ihn gleich wieder aus. Sie hatte jetzt andere Sorgen. Sie musste sich um andere kümmern. Und ja, die Ironie war ihr durchaus bewusst.

«Ich helfe dir, wenn ich kann, Anne», versicherte sie und ergriff die Hand ihrer Freundin. «Aber ich weiß nicht, was ich tun kann.» Sie hielt inne und fuhr dann behutsam tastend fort: «Gab's denn vorher schon Probleme?»

«Was meinst du?»

«Ich meine, zwischen dir und Charlie. Bevor das mit der Affäre anfing.»

Anne blickte durchs Fenster in den Garten der Blooms und bemerkte, wie vernachlässigt er war. Wie konnte Frances nur alles so verkommen lassen? War es ihr völlig egal, wie das aussah?

«Nein, es war alles wie immer. Aber bei Richard habe ich mich plötzlich wieder jung gefühlt, weißt du?» Sie schaute Frances an und bekam auf einmal heiße Wangen. «Erinnerst du dich noch, wie es mit Anfang zwanzig war? Wenn man frisch verliebt und geil war? Man hat tagelang im Bett verbracht und gevögelt, gelacht und gescherzt und wieder gevögelt, und man hatte das Gefühl, ganz allein auf der Welt zu sein, nur er und ich. So was hatte ich seit Jahren nicht mehr erlebt, und es war einfach phantastisch.»

Anne ließ schluchzend den Kopf auf die Tischplatte sinken und umklammerte Frances' Finger. *Okay*, dachte Frances, *das kann ich*. Sie hielt Annes Hand und dachte über das nach, was die Freundin gerade gesagt hatte. Plötzlich hatte sie Angst, dass Michael etwas Ähnliches bei einer anderen Frau empfinden könnte.

Der Laden hieß *Please Come Again* und lag an der Hollywood und Western. Frances war gewiss schon tausendmal daran vorbeigefahren und hatte gelegentlich einen Blick in die Auslage geworfen: Erotikspielzeug, wärmende Massageöle, Porno-DVDs, neckische Nachtwäsche. Und jedes Mal war dabei ein Bild vor ihrem geistigen Auge aufgetaucht, von ihrem Mann, der in einem kurzen schwarzen Damen-Negligé (und nichts darunter) auf einem Kinderdreirad jauchzend durchs Schlafzimmer radelte. Erlebt hatte sie das natürlich noch nie, aber die Vorstellung wurde unweigerlich durch die Wortkombination *Erotikspielzeug* und *neckische Nachtwäsche* ausgelöst. Ihre Phantasie war offensichtlich das größte Hindernis, das zwischen ihr und einem abenteuerlustigen Liebesleben stand.

Die Dame hinter dem Tresen, eine Latino mittleren Alters mit freundlichem Gesicht, besaß selbst erstaunlich normale Bedürfnisse. Sie mochte ihren Sex am liebsten einfach: Missionarsstellung, mit ihrem Mann und mit keinem anderen, mehr brauchte sie nicht. Außer vielleicht an Freitagabenden gelegentlich ein Dos-Equis-Bier extra. Dennoch gab es so gut wie nichts, das sie in den zwölf Jahren, seit sie hier arbeitete, noch nicht erlebt hatte. Daher wusste sie schon, als Frances hereinkam, was sie ihr höchstwahrscheinlich andrehen konnte: einen Vibrator, eine Flasche Massageöl und vielleicht, aber auch nur vielleicht, ein Paar Handschellen mit Fellbesatz. Den Vibrator würde Frances ein, zwei Mal benutzen, das Massageöl beim nächsten Mal, wenn sie einen steifen Nacken hatte, und die Handschellen gar nicht, die würden ein, zwei Jahre in der Nachttischschublade vergammeln, ehe ihr voll Schrecken der Gedanke käme, was die Kinder denken würden, wenn sie sie zufällig fänden. Dann würde sie überlegen, wie sie das ganze Zeug so unauffällig wie möglich wieder loswerden konnte – vorzugsweise, ohne die Putzfrau zu verschrecken. Sie würde alles in eine neutrale Papiertüte stecken und in einer Mülltonne in der Main Street versenken. Dabei würde ihr der Gedanke kommen, was wohl der nächste Obdachlose, der eigentlich nur auf der Suche nach einem angebissenen Sandwich war, denken würde, wenn er plötzlich auf so viel mehr stieß. Aber das war noch Zukunftsmusik, erst einmal galt es das Hier und Jetzt. Araceli war bereit.

«Guten Morgen, wie kann ich Ihnen helfen, heute besseren Sex zu haben?»

Frances entschlüpfte ein nervöses Kichern. «Muss es denn wirklich schon heute sein?»

Araceli nickte ernsthaft. «Man sollte es jeden Tag tun.» Sie sagte es so sachlich, als würden sie sich über Strickmuster unterhalten.

«Im Ernst?» Frances überkam ein Gefühl der Erschöpfung.

Araceli nickte. «Das ist wie mit jeder Art von Sport: besser jeden Tag ein bisschen, als einmal pro Woche viel.» Sie machte ihre Kundin auf das Angebot in dem Schaukasten aufmerksam, auf den sie die Ellbogen gestützt hatte. «Wie wäre es mit einem Vibrator? Oder einem anderen Sexspielzeug? Selbstbefriedigung ist der erste Schritt zur Befriedigung anderer.»

Frances hätte am liebsten die Flucht ergriffen. Das Wort «befriedigen» löste bei ihr immer Lachkrämpfe aus, sie wusste selbst nicht, warum. «Äh, hm ... ja, wieso nicht?» Sie trat näher und spähte durch die Scheibe. «Nur nichts zu ... Exotisches.» Da lagen Gegenstände in dem Schaukasten, über deren Verwendung Frances nur Vermutungen anstellen konnte. Mit den penisförmigen Dingern konnte sie was anfangen (sozusagen), aber es gab auch welche mit zwei Enden oder mit komischen Wurmfortsätzen oder gerippter Oberfläche. Oder beweglichen Teilen. Erhöhte das nicht das Risiko, wegen eines peinlichen Missgeschicks in der Notaufnahme zu landen? («Ja, Herr Doktor, ich habe mich aus Versehen draufgesetzt und es nicht mehr rausgekriegt. Was heißt hier, *wie genau*?»)

«Wie wäre es mit diesem Modell? Das ist besonders beliebt bei unseren Kundinnen.» Araceli hielt ein silbern schimmerndes, glänzendes, sieben Zoll langes, penisförmiges Rohr hoch, das an ein überdimensionales Zäpfchen erinnerte. Oder an eine längliche Pistolenkugel.

«Ist mir ein bisschen zu ... stählern», bemerkte Frances. Sie konnte sich jetzt schon ein gewisses Kind vorstellen, das den Vibrator, wenn es ihn fände, voller Begeisterung als *Star Wars*-Lichtschwert benutzen würde. Bloß nicht. Wo zum Teufel sollte sie dieses Zeug aufbewahren?

Araceli nahm einen anderen zur Hand. «Dieser erscheint

Ihnen vielleicht ein bisschen vertrauter.» Es war ein realistisch aussehender Penis. Araceli knipste ihn an, und er surrte freundlich vor sich hin. Frances nickte. Vor dem hatte sie tatsächlich weniger Angst.

Ihr Blick wanderte durch den Laden und blieb an einem Ständer mit Erotikwäsche hängen. Die Verkäuferin musterte unauffällig Frances' Figur, um zu sehen, womit sie es zu tun hatte. Dann trat sie hinter dem Tresen hervor. «Sie interessieren sich für sexy Wäsche? Wir hätten da viele hübsche Sachen.»

Frances sah ausschließlich mit dünnen Stoffstreifen behängte Kleiderbügel, aber sie hatte nichts dagegen, einen näheren Blick auf diese «Erotikwäsche» zu werfen. Die meisten Teile waren in Rot oder Schwarz, aber es gab auch einige in Fell oder Leder oder Tierfelldesign. Das erinnerte sie an Tierdokus, und sie stellte sich unwillkürlich einen Baby-Panda vor. Vielleicht wusste sie ja einfach nicht mehr, wie man sexy war. Früher, als junge Frau, war sie sehr sexy gewesen – sexy, befreit und enthemmt. Sie war vor Michael mit vielen Männern zusammen gewesen und stolz darauf. Frances war liberal und emanzipiert, was das betraf, aber insgeheim hatte sie auch ständig Angst gehabt, die Situation könnte ihr entgleiten und außer Kontrolle geraten. Dagegen war ihre Ehe mit Michael, die Geborgenheit und Wärme, die sie darin erfuhr, wie ein sicherer Hafen. Dann waren die Kinder gekommen, niedliche kleine Lustkiller, und damit hatte sich die Sache so ziemlich erledigt.

Araceli hielt ein schwarzes Teil hoch, das aus drei Häkeldeckchen zu bestehen schien, die mit Schnüren zusammengehalten wurden. Frances stellte sich vor, wie sie darin aussehen würde – wie die Schnüre in diversen Wülsten und

Falten verschwanden und sie fast aus den Häkeldeckchen platzte. Sie schüttelte den Kopf. «Mein Mann bevorzugt mich nackt», sagte sie, ohne zu überlegen, und brach sogleich in unkontrolliertes Gekicher aus. Was redete sie da? Als wäre sie eine Art Liebesdienerin. Sie stellte sich vor, wie Michael, hochaufgerichtet und stolz, vor seinem prächtigen Zelt stand und befahl, man möge sie baden und salben und dann zu ihm bringen. Da war es mit ihrer Beherrschung endgültig vorbei. Araceli wartete geduldig ab, bis sich die Kundin wieder einkriegte. Sie nutzte die Zeit, um zu planen, was sie heute zum Abendessen kochen würde.

Als sich Frances beruhigt hatte, kaufte sie den Vibrator, eine Flasche wärmendes Massageöl – und ein Paar Handschellen mit Pelzbesatz, die sie, aus einer spontanen Laune heraus, noch dazulegte. Araceli ließ sich, falls sie denn überrascht war, nichts anmerken.

Am Nachmittag rief Frances ihre Mutter an. Sie war selbst überrascht, dass sie überhaupt daran dachte, und noch überraschter, dass es in einem Augenblick geschah, in dem im Haus Ruhe herrschte und sie Zeit hatte. Niemand außer ihr war in der Küche, die Hunde tobten draußen im Garten, Waschmaschine und Trockner waren voll und vibrierten vor sich hin, auf dem Küchentisch stand ein Strauß Blumen, und oben im Nachtkästchen lag das Sexspielzeug ... Alles war friedlich, und sie hatte ausnahmsweise mal alles im Griff. Mehrere tausend Meilen entfernt, in New York, ging ihre Mutter ans Telefon.

Frances sagte: «Hallo, ich bin's.» Sie zog ihre Teetasse

heran und horchte nach den Kindern. Der Versuch, ein wichtiges Telefongespräch zu führen, war normalerweise die beste Methode, alle zusammenzutrommeln. Früher oder später erschienen sie, eins nach dem anderen, meist tränenüberströmt und immer mit irgendeinem Wunsch oder Anliegen. Es war die reinste Magie. Scheißmagie zwar, aber dennoch Magie.

«Hallo, mein Schatz, wie geht es dir? Was gibt es denn auf eurer Seite des Kontinents Neues?» Ihre Mutter hörte sich an wie immer, der Klang ihrer Stimme war Frances über alle Maßen vertraut. Sie liebte ihre Mutter sehr, aber sie tat ihr auch leid. Als sie noch in der Pubertät war, war das keine gute Mischung gewesen, aber jetzt war es in Ordnung. Weitgehend, zumindest.

«Nichts Besonderes.»

«Hab gehört, eure Nachbarin geht fremd. Ist das etwa so unwichtig, dass man es nicht mal erwähnen muss?» Ihre Mutter lachte, und Frances hörte das Knipsen, mit dem sie den Wasserkocher anstellte. Sie sah den Kocher vor sich, ebenso wie die Küche und die vielen kleinen und größeren roten Töpfe und Tassen und Schüsseln. Ihre Mutter hatte gern ein wenig Farbe im Haus und liebte vor allem Rot. Das machte es einfacher, Geschenke oder Mitbringsel für sie auszusuchen.

«Woher weißt du das denn schon wieder?», fragte Frances verblüfft. Sie nahm einen Schluck Tee und überlegte, ob sie aufstehen und die Keksdose holen sollte, war momentan aber zu faul dazu.

«Ava hat es mir erzählt.»

«Wann hast du denn mit Ava gesprochen?», wollte Frances überrascht wissen.

Ihre Mutter lachte abermals. Sie schien wirklich ausgesprochen guter Laune zu sein. Aber vielleicht hatte sie ja auch nur einen über den Durst getrunken. Oder einen Joint geraucht. Man konnte nie wissen.

«Gestern. Wir sprechen gern über Skype miteinander, weißt du. Das ist eigentlich gar keine schlechte Sache, dieses Internet. Scheint was Bleibendes zu sein. Du solltest dich vielleicht doch mal damit befassen.»

«Haha. Wie nett. Ich wusste gar nicht, dass ihr so oft in Kontakt seid.» Der Tee war süß genug, sie brauchte keine Kekse.

«So oft nun auch wieder nicht. Vielleicht ein, zwei Mal pro Woche. Sie erzählt gern. Und ich höre gern zu.» Ihre Mutter seufzte unerwartet. «Ich wünschte, ich hätte dir auch mehr zugehört, als du in dem Alter warst. Aber ich habe so gut wie keine Erinnerung an diese Zeit, tut mir leid.»

Frances zog die Augenbrauen hoch. «Das macht doch nichts, Mom. Das war schließlich eine schwere Zeit, oder? Wegen Alex. Ist mir schleierhaft, wie du das durchgestanden hast.»

«Rufst du deshalb an?»

«Was meinst du?»

«Morgen ist sein Todestag. Ich dachte, dass du vielleicht deswegen anrufst.»

Frances erhob sich und holte nun doch die Keksdose, die die Form eines Elefanten hatte. «Nein. Jedenfalls nicht absichtlich. Aber es kann natürlich sein, dass es mir irgendwie bewusst war. Nein, eigentlich wollte ich nur mal wieder deine Stimme hören.»

«Er wäre jetzt ungefähr genauso alt wie Michael, weißt du.»

Sie biss in ein Cookie, und es schmeckte wirklich köstlich. «Ja, ich weiß. Sie haben ja auch im selben Monat Geburtstag.»

«Beide im Mai geboren. Stier. Stier-Männer sind stark und gelassen. Ich muss oft an Alex denken, du auch?»

Ein zweiter Keks. «Ja. Ich denke manchmal, was für ein toller Onkel er gewesen wäre. Ich denke an die Cousins und Cousinen, die die Kinder gehabt hätten, meine Nichten und Neffen, deine Enkelkinder. Hätte natürlich sein können, dass er jemanden heiratet, den wir nicht ausstehen können, so wie das Mädchen von gegenüber.»

«Isabel? Die hat am Ende einen Proktologen geheiratet und ist nach Long Island gezogen.»

«Geschieht ihr ganz recht.»

«Wer weiß, vielleicht wären sie und Alex ja miteinander glücklich geworden. Wenn man ein Kind verliert, verliert man auch dessen ganzes Leben, das noch vor ihm lag. Überlegst du nicht auch manchmal, wie deine Kinder als Erwachsene sein werden? Wen sie heiraten, was sie mal machen werden?» Die Stimme ihrer Mutter schwoll an und ab, während sie in der Küche herumwuselte und dieses und jenes machte.

Frances lachte reuig. «Ach, ich bin schon froh, wenn ich heil durch den Tag komme. Aber doch, ja, solche Gedanken mache ich mir auch manchmal. Meistens stelle ich mir vor, wie's sein wird, wenn sie endlich alle aus dem Haus sind und ich wieder herrlich viel Platz habe.»

Ihre Mutter seufzte. «Ich habe mir immer vorgestellt, dass Alex nur verreist ist. Immer wenn es zu schwer wurde, stellte ich mir vor, er sei im Ferienlager oder so. Und dann schrieb ich ihm in Gedanken Briefe. Ich stellte mir vor, wie er auf Bäume klettert oder reiten lernt und eine tolle Zeit hat. Und viel zu beschäftigt ist, um mir zu schreiben.»

«Wow, das hört sich ... schmerzhaft an. Und auch ein bisschen wahnhaft.» Ob ein drittes Cookie zu Diabetes führen würde? Pah, das machte ihr Körper schon noch ein Weilchen mit.

«Allerdings», bestätigte ihre Mutter trocken. «Es ist schlimm, wenn man sein eigenes Kind überlebt, da sind sich die Experten einig.»

«Und wie ist es jetzt?»

«Immer noch schrecklich. Aber erträglicher, denn die Zeit heilt wirklich alle Wunden, das stimmt. Hinzu kommt, dass inzwischen auch bei meinen Freunden und Bekannten die Kinder längst aus dem Haus sind. In den ersten Jahren hat es vor allem deshalb so weh getan, weil ich ständig dieses nagende Gefühl hatte, etwas vergessen zu haben. Dann fiel es mir plötzlich wieder ein, aber es gab nichts, was sich dagegen tun ließ. Ich wusste, dass mich die anderen Mütter immer seltsam ansahen, wenn ich dich zur Schule brachte, und was sie dachten: wie froh sie waren, dass es nicht sie getroffen hatte. Träumst du auch manchmal, dass du ein Kind vergessen hast?»

Frances schüttelte sich. «O Gott, ja, vor allem, als sie noch ganz klein waren, jetzt nicht mehr so oft. Ich habe geträumt, ich sei losgefahren und hätte den Autositz auf dem Wagendach stehen lassen, oder ich hätte vollkommen vergessen, dass sie existieren. Und als es mir siedend heiß wieder einfiel und ich mit hängender Zunge nach Hause rannte, waren sie ganz dreckig und vernachlässigt und ausgehungert. Oder gar nicht mehr da, weil sie von der Fürsorge abgeholt und mir weggenommen worden waren. Einfach grässlich. Jetzt träume ich das zwar immer noch ab und zu, aber längst nicht mehr so oft.»

«Bei mir war es genauso. Immer. Auch tagsüber, wenn ich wach war. Es war schrecklich schmerzhaft, und dazu hatte ich ein schreckliches Gefühl im Bauch. Ich vergaß es für ein, zwei Sekunden, und dann fiel es mir wieder ein, und es war wie ein Keulenschlag. Dein Vater und ich haben fast ein ganzes Jahrzehnt lang nicht darüber geredet. Als hätten wir Angst, dass die bloße Erwähnung seines Namens den anderen umbringen könnte.»

«Wie geht es Dad?»

Ihre Mom lachte. «Er ist Meth-süchtig und trifft sich mit einer Vierzigjährigen.»

«Nein! Du machst Witze!»

«Ja, ich mache Witze. Es geht ihm gut, er arbeitet an einem Buch, er hält Vorlesungen, er ist ganz zufrieden. Allerdings hat er einen hartnäckigen Husten, und manchmal, in der Nacht, habe ich Angst, es könnte Krebs sein. Na, hoffentlich nicht.»

«War er beim Arzt?»

«Nein. Er sagt, ich soll mir keine Sorgen machen, also tue ich's auch nicht.»

Lally kam herein. Sie trug einen Badeanzug und ein Haarband mit Häschenohren. «Mit wem redest du?»

«Mit Grandma.»

Lally nahm den Hörer. «Hallo, Gramma. Hast du die letzte Folge gesehen?»

Pause.

«Nein, bloß sie.»

Pause.

«Ja, aber ...»

Pause.

«Weiß ich doch nicht.» Lally verdrehte die Augen und gab Frances den Hörer zurück. «Gramma kapiert das mit dem ‹Kleinen Tierladen› nicht.» Sie wandte sich zum Gehen, blieb aber noch einmal stehen. «Kann ich ein Glas Schokomilch haben?» Frances nickte und wies mit dem Kopf auf den Kühlschrank. Lally packte den Griff und zerrte ihn mit aller Kraft nach hinten. Die schwere Tür sprang auf und hätte sie beinahe über den Haufen geworfen. Überhaupt nicht witzig, aber sie fand es dennoch jedes Mal zum Kringeln. Frances wollte sich schon erkundigen, warum Lally einen Badeanzug trug, ließ es dann aber, da es ohnehin keinen Zweck gehabt hätte, zu fragen. Sie widmete sich wieder ihrem Gespräch.

«Was kapierst du denn nicht beim ‹Kleinen Tierladen›?»

«Ach, so einiges», antwortete ihre Mutter. «Was zum Beispiel hat ein Chamäleon in einer Haustierpension zu suchen? Sind das alles Tiere, die von ihren Besitzern im Stich gelassen wurden? Haben sie noch ein Leben außerhalb der Tierpension? Ist Blythe die Einzige, die mit ihnen reden kann? Und wieso hat sie so einen großen Kopf? Wer kümmert sich um sie, wenn ihr Vater Flugzeuge fliegt? Und ist die alte Dame, der der Laden gehört, auf Drogen? Wieso gehen diese witzigen Zwillinge eigentlich auf eine ganz normale Schule und nicht auf eine schicke Privatschule, wenn ihre Eltern schon so reich sind?»

«Wow, du hast ja wirklich jede Menge Fragen. Das hätte ich nicht gedacht.»

«Schaust du dir die Sendung denn nicht an?»

«Nein, nicht wenn es sich vermeiden lässt. Aber mir gefällt die Vorstellung, dass du in eurem hübschen Häuschen am Riverside Drive sitzt, ‹Der kleine Tierladen› anschaust und dir dazu Notizen machst.»

Ihre Mutter lachte. «Ich rede gern mit Lally über solche Sachen. Obwohl sie heute keine große Hilfe war.»

Frances fiel wieder ein, worüber sie vorhin geredet hatten. «Morgen sind es also dreißig Jahre, ja? Kaum zu glauben. Wird der Gedanke daran nicht allmählich leichter?»

«Tja, leichter schon, aber wenn etwas zu Beginn schwerer war, als ein Mensch ertragen kann, dann wird es nach vielen Jahren zwar leichter, ist aber immer noch furchtbar schmerzhaft.»

«Hoffentlich muss ich nie diese Erfahrung machen.»

«Das hoffe ich auch.»

«Es tut mir echt leid, Mom.» Frances nahm einen Schluck Tee und schaute in den Garten hinaus. Der Hund Jack wälzte sich gerade in einem Sonnenflecken. Zumindest hoffte sie, dass es nur ein Sonnenfleck war. «Ich sehe ihn in Milo, weißt du. Milo hat seine Haare. Und seine Ohren.»

«Ach ja? Schick mir doch mal ein Foto.» Gemurmel im Hintergrund. «Ah, da ist dein Vater. Willst du auch mit ihm reden?» Erneutes Gemurmel. «Ach nein, das geht nicht, wir müssen weg. Wir haben Karten für irgendwas.»

«Okay, Mom, hab dich lieb.»

«Ich dich auch, Frances. Gib den andern einen Kuss von mir.»

«Mach ich.» Sie legte auf, blieb einen Moment lang reglos am Tisch sitzen und starrte das Telefon an. Ava kam rein und erkundigte sich nach dem Abendessen. Frances überraschte ihre Tochter, indem sie sie auf ihren Schoß zog und fest an sich drückte. Ava, die sich anfangs verkrampfte, entspannte sich dann doch und ließ sich ein Weilchen von ihrer Mutter umarmen.

Kurz darauf erhoben sie sich, und Frances machte sich an die Vorbereitung des Abendessens.

23

Es war schon nach zehn, als Charlie endlich nach oben stapfte, um ins Bett zu gehen. Er hielt inne, denn er hatte ein Geräusch gehört. Dann ging er zu Theos Zimmer.

«Daddy?»

Charlie setzte sich zu seinem Sohn auf die Bettkante. Die Matratze gab unter seinem Gewicht nach, und Theo ließ sich das letzte Stückchen zu seinem Vater hinrollen und schmiegte sich an die Seite seines Oberschenkels. Nach außen hin war der Junge eher reserviert, in Wahrheit aber ein richtiger Schmusehase. Charlie streichelte Theos Kopf, strich das dunkle Haar zurück.

«Ja, was ist, Kumpel? Kannst du nicht einschlafen? Es ist schon sehr spät, weißt du, und du hast morgen Schule.»

«Ich weiß.» Was für ein klägliches Stimmchen.

«Was ist denn?»

«Kann ich dich was fragen?»

«Ja, klar.»

«Und du wirst auch bestimmt nicht böse?»

Charlie schüttelte den Kopf. «Nein, bestimmt nicht», versprach er und meinte es auch so. «Frag mich, was immer du willst, aber dann musst du schlafen.»

Der Junge nickte. Ein Mondstrahl stahl sich zwischen den Dinosauriervorhängen ins Kinderzimmer und fiel auf Theos Ohr. Charlie richtete seinen Blick dorthin, wo er die Augen seines Sohnes vermutete, um das Ohr nicht länger ansehen zu müssen, dessen Form den Ohren seiner Mutter ähnelte.

«Warum wohnt Mom nicht mehr bei uns? Was ist eigentlich wirklich passiert? In der Schule sagen sie, dass sie dich betrogen hat.»

«Wer sagt das?»

«Weiß nicht mehr», log Theo.

Charlie seufzte. «Na ja, das ist leider wahr. Deine Mom hat einen anderen Mann kennengelernt, den sie mehr mag als mich.»

Stille.

«Ich versteh nicht, was du meinst.»

Charlie zuckte die Achseln. «Ist auch nicht leicht zu erklären, Häuptling. Weißt du, wenn du ein Spielzeug eine ganz lange Zeit gehabt hast, und dann kriegst du auf einmal ein neues geschenkt, und das gefällt dir viel besser als das alte, weil es viel mehr Dinge machen kann, als das alte ...» Er verstummte und überlegte, ob Richard auch neue Dinge mit Anne gemacht hatte, Dinge, die ihm nie in den Sinn gekommen waren. Aber vielleicht hatte er einfach nur neue Witze auf Lager. Vielleicht hielt er sich fit, ging mehrmals pro Woche ins Fitnessstudio. Oder wenigstens gelegentlich. Vielleicht liebte er andere Seiten an Anne.

Theo wollte sich nicht zufriedengeben. «Ja, das verstehe ich, aber es gibt Spielsachen, die würde man nie, nie aufgeben, oder?»

«Welche zum Beispiel?»

«Zum Beispiel Rattenschwanz.» Rattenschwanz war der Name seiner Schmusedecke, die er liebte, seit er ein Kleinkind war. «Hat die Schmusedecke auch einen Namen?», hatte Anne eines Tages gefragt, als er daumenlutschend auf ihrem Schoß saß und die Decke an sich drückte, deren rote und blaue Streifen damals noch in kräftigen Farben leuchteten. Er hatte geantwortet, sie heiße Rattenschwanz. Und heute war «Ratti», wie das etwa dreißig Quadratzentimeter große Stück Decke mittlerweile auch genannt wurde, nicht mehr aus Theos Leben wegzudenken. Die Streifen waren fast rausgewaschen, aber der Zauber war noch der alte. Auch jetzt lag Ratti für den Fall des Falles zusammengefaltet unter Theos Kissen.

«Ja, so was gibt's natürlich auch.»

«So bist du für mich auch, Dad, wie Rattenschwanz.» Theo schlang seine Arme um die Hüften seines Vaters und kuschelte sich an seinen Schoß. «Ich würde nie einen neuen Dad haben wollen.»

Charlies Hals war wie zugeschnürt. Wenn Anne dieses Arschloch am Ende heiratete? Wenn der Kerl versuchen würde, seinen, Charlies, Kindern ein Vater zu sein? Wut und Angst überkamen ihn wie eine Flutwelle, und ihm wurde einen Moment lang ganz schwindelig. Doch dann öffnete er seine Fäuste und antwortete mit sanfter Stimme: «Buddy, niemand könnte dich und deine Schwester mehr lieben als ich. Und deine Mom liebt euch noch genauso wie früher. Das ist ein Problem zwischen uns, zwischen deiner Mom und deinem Dad, es hat nichts mit euch zu tun, verstehst du?»

Theo hob den Kopf und schaute zu seinem Vater auf. Jetzt fiel der Mondstrahl auf seinen Nacken und erhellte die Wirbel, die aus seinem Schlafanzugkragen hervorschauten. «Aber wenn sie uns wirklich so liebt», flüsterte er, «würde sie doch nie mit jemand anderem spielen wollen. Wir sind wie Ratti, die allerbesten, für immer und ewig. Gerade weil wir alt sind und nicht neu.» Ein Schluchzer brach aus seiner Kehle, aber er sprach tapfer weiter, weil er seinem Vater beweisen wollte, dass er keine Heulsuse war. «Ein neues Spielzeug kann toll sein, aber es *weiß* doch gar nichts. Ratti kennt mich, er weiß *alles* über mich, er war überall dabei. Weiß Mom das denn nicht? Ist es ihr egal?» Seine kleine Hand krallte sich an Charlies Bein fest. «Kriegt sie jetzt neue Kinder?»

In diesem Moment rief Kate laut nach Charlie und ersparte ihm die Beantwortung einer Frage, auf die er keine Antwort hatte.

«Ich sehe kurz mal nach Kate, okay, Buddy? Bin gleich wieder da.»

Theo blickte seinem Vater nach. Er tastete mit der Hand unter sein Kissen.

Kate hatte schlecht geträumt und wollte zu ihrem Dad ins Bett. Er hob sie hoch und trug sie in sein Schlafzimmer, ihr Köpfchen sank dabei bereits wieder auf seine Schulter. Er hatte gar nicht gewusst, dass es nachts so zugehen konnte, gewöhnlich schlief er tief und fest und bekam nichts mit. Er legte sein Töchterchen auf Annes Seite des Bettes und deckte sie zu, dann wandte er sich seufzend ab, um noch einmal nach Theo zu sehen. Sein Sohn war ebenfalls eingeschlafen, die geliebte Schmusedecke an seine feuchte Wange gedrückt.

Charlie ging selbst zu Bett, lag aber noch ein, zwei Stunden wach und überlegte, ob Anne jetzt möglicherweise tatsächlich neue Kinder bekommen würde.

24

Frances hasste Kinderfußball, auch Peewee-Soccer genannt, wie die Pest. Sie konnte auch Auberginen nicht ausstehen, aber das war nichts gegen Kinderfußball. Im Herbst ging es los, wenn es in L. A.s Breiten noch immer ganz schön warm war, und es hielt jede Menge schmerzhafter Erfahrungen bereit, für Kinder wie Eltern. Als sie und Michael überlegten, ein drittes Kind zu bekommen, hatte sie laut gedacht: «O nein, dann müssten wir ja noch mal Soccer durchmachen ...»

Aus irgendeinem Grund traf es sämtliche Eltern gleich hart. Das begann schon mit dem Anmeldeformular, das in Kompliziertheit und Detailverliebtheit den Anmeldeformularen für schicke teure Privatschulen nur wenig nachstand und zu den Formularen-die-einen-in-den-Wahnsinn-treiben gehörte. Dann kam der Tag der Mannschaftseinteilung, gewöhnlich ein Samstag, und er begann zu einer verboten frühen Zeit, etwa sieben Uhr morgens. Erfahrene Eltern manövrierten ihre Kinder zügig und mit einem klaren Ziel vor Augen durch das Getümmel, während andere sich noch verwirrt zu orientieren versuchten. Hilflos irrten die Neulinge mit ihren Kindern herum, die den Tränen nahe waren und hofften, noch irgendwo Aufnahme zu finden, «wo Platz war». Am Ende landete man, nur weil die Eltern nicht durchblickten, in einem Grüppchen mit anderem Strandgut, was schmerzlicher war, als man es sich vorstellen konnte. Hinzu kamen raffinierte Foltern wie Elternsprecher, Snack Mom und Co-Trainer, alles Ämter, die an Eltern hängenblieben, die sozusagen gerade erst vom Kartoffellaster gefallen waren.

Was Frances betraf, hasste sie den Job des Elternsprechers, aber Co-Trainer war auch nicht besser. Sie hatte selbst erlebt, wie weltberühmte Regisseure in leuchtenden Sporthemden aus hochwertiger, atmungsaktiver Faser von einem Dutzend Sechsjähriger, die einfach nicht in ein und dieselbe Richtung laufen wollten, in die Knie gezwungen wurden. Tausend Pferde auf Kommando über einen Bergkamm kommen lassen – kein Problem; überteuerte Schauspieler dazu zu kriegen, beim Knall der Klappe eine bestimmte Emotion zu zeigen – ein Kinderspiel; ein paar Produzenten zur Schnecke machen, die nicht einsehen konnten, wie wichtig es war, *echte* Schmetterlinge zu verwenden, und zum Teufel mit den Kosten – erledigt. Aber auf dem Sportplatz zu stehen und sich die heiße Oktobersonne auf den Glatzenansatz knallen zu lassen und Tarquin, Samson, Argo und Aero (Letztere waren Zwillinge) dazu zu kriegen, den Ball in eine bestimmte Richtung zu dribbeln und sich nicht gegenseitig an die Köpfe zu schießen – unmöglich. Snack Mom stank genauso: Frances hatte einmal erlebt, wie eine Mutter, die einen bekannten Mama-Blog über die Freuden des Augenblicks veröffentlichte, eine Packung Tic Tac aus den Tiefen ihrer Handtasche hervorkramte und den verschwitzten Kindern als Snack anbot. Gott sei Dank befand sich das Fläschchen mit den Xanax in ihrer anderen Tasche.

An diesem Samstag hatte Frances mal wieder die Arschkarte gezogen. Michael hatte «noch zu tun». Verbittert stand sie an der Seitenlinie und war zumindest froh, nicht auch noch Snack Mom spielen zu müssen. Da hörte sie, wie jemand ihren Namen rief. Sie drehte sich um und setzte ein verkrampftes Lächeln auf. Insgeheim dachte sie: *Mist, Mist, Obermist*, und wappnete sich.

Shelly war eine Mutter aus Milos Klasse, und Frances hasste und fürchtete sie gleichermaßen. Sie gab sich den Anschein einer «coolen Mom», trug bequemes Schuhwerk, das ein Vermögen kostete, ihre durchtrainierten, gebräunten Beine steckten in Leggins, und dazu trug sie Vintage-Kaftans. Ihr Schmuck war personalisiert und glänzte mit den Namen ihrer umfangreichen Kinderschar. Sie war überzeugte Veganerin und glaubte an die Heilkraft der Naturmedizin, sie erzog ihre Kinder elektronik- und zuckerfrei und hatte überdies die üble Neigung, mit der Geschicklichkeit einer erfahrenen Missionarin über andere Eltern herzufallen. Ihre Spezialität war das Heucheln von Mitgefühl und Besorgnis. Frances erkannte beim Näherkommen die kleine Falte zwischen Shellys Augenbrauen, die signalisierte, dass sie über Anne Porter reden wollte.

«Meine liebe Frances, wie *geht* es dir?», fragte sie besorgt und umarmte die andere. Frances hatte wie immer erst mal kurz ein schlechtes Gewissen, weil sie die Aufrichtigkeit dieser Frau in Zweifel zog. «Und wie geht's den Kids?» Sie hielt nach Lally Ausschau, die mit einem breiten Grinsen übers Spielfeld lief, allerdings in die falsche Richtung. «Lally scheint Spaß zu haben.» Beide beobachteten, wie der Schiedsrichter zu Lally hinlief und sie in die richtige Richtung drehte, was sie sich weiterhin grinsend und ohne zu kapieren, worum es ging, gefallen ließ. «Und das ist schließlich die Hauptsache, oder?»

«Klar», antwortete Frances, die den versteckten Seitenhieb sehr wohl verstand: *Deine Kinder sind Nieten im Sport.* Shellys Kinder dagegen waren von Natur aus in den meisten Dingen gut, was man ihnen natürlich nicht vorwerfen konnte. Otter und Persimmon, beides Mädchen, und zwei Jungen namens Gin und Arable. Shelly stellte genderspezifische Namen in Frage und fand, wie sie während eines unvergesslichen Kindergeburtstags verkündet hatte, dass Namen in der modernen Gesellschaft ja so ungeheuer bedeutsam seien. Frances dagegen fragte sich, wie bedeutsam es wohl sein mochte, wenn man sein Kind nach einem Wassersäugetier, das zweite nach einer Obstsorte, das dritte nach einem klaren Schnaps und das letzte nach einem landwirtschaftlichen Ausdruck benannte. Da die Kinder aber nett und locker waren, hatte sie diese Frage bisher noch nie laut geäußert.

«Ich habe das von Anne Porter gehört, ist das nicht schrecklich?», stieß Shelly atemlos hervor und senkte betrübt den Blick. Fast drückte sie sogar eine Träne hervor. Als sie einen kurzen Blick auf Frances warf und deren hochgezogene Braue bemerkte, fügte sie hastig hinzu: «Natürlich kenne ich sie kaum. Jedenfalls nicht so gut wie du.»

Frances fragte sich unwillkürlich, ob sie damit andeuten wolle, dass sie irgendwie in Annes Fehltritt verwickelt sei, behielt sich ein Urteil aber noch vor. «Ja, es ist sehr traurig. Ich hoffe, sie finden eine gute Lösung.»

«Schon der Kinder wegen.»

«Ja, aber auch ihretwegen. Eine Scheidung ist immer etwas Tragisches, selbst wenn beide bereit sind, die Ehe zu beenden.»

«Was Charlie ja offenbar nicht war, weil er schließlich der Betrogene ist.»

Frances zuckte die Achseln. «Da musst du ihn selbst fragen. Ich halte mich raus.»

«Und wie haben es ihre Kinder aufgenommen?»

Frances wies mit dem Kopf auf ein Spielfeld weiter hinten. «Theo ist Torwart und hat bis jetzt noch keinen Ball reingelassen, also scheint es ihm ganz gut zu gehen. Und Kate sitzt da drüben bei ihrem Vater und klebt Sticker in ihr Album. Sicher sind sie traurig, aber das wird schon wieder. Kinder können was aushalten, oder nicht?»

Shelly musterte Frances mit besorgt zur Seite geneigtem Kopf. «Weißt du, Frances, du musst deswegen nicht gleich in die Defensive gehen. Freunde müssen in Krisenzeiten zusammenhalten. Die ‹Dorfgemeinschaft›, schon vergessen?» Sie lächelte zuckersüß. «Schon interessant, was für Fragen solche Vorfälle bei einem selbst aufwerfen, findest du nicht? Wie steht es denn mit eurer Ehe? Habt ihr, du und Michael, auch Probleme?»

Frances wiederstand tapfer dem Drang, der Frau einen Handkantenschlag auf die Luftröhre zu versetzen. «Ich wollte nicht in die Defensive gehen, Shelly, tut mir leid, wenn du diesen Eindruck hattest.» Sie spürte, wie ihre Handflächen feucht wurden, denn sie hasste jede Form von Konflikt. «Aber wenn du dir wirklich solche Sorgen um die Porters machst, dann rede doch selbst mit Charlie, er sitzt ja gleich dort drüben.» Die Frage bezüglich ihrer Ehe ignorierte sie tunlichst. Ihr selbst wäre es nie eingefallen, andere Leute über ihre Ehe auszuquetschen, so etwas täte sie höchstens bei sehr guten Freunden (die sie mindestens schon zehn Jahre kannte) oder bei Verwandten oder an Bord eines sinkenden Schiffes, um die letzten Minuten mit einem sinnvollen Gespräch zu verbringen. Aber diese heuchlerische, falsche Intimität kam in den Kreisen, in denen sie sich bewegte, leider häufiger vor. Es gab immer Menschen, die über alles reden wollten, egal wie privat: ihre Gefühle, ihre Ängste, ihren Stuhlgang, die Therapie, die sie gerade machten, oder die Therapie, die ihre Kinder gerade machten, ihr Sexualleben, ihr neues Auto. Frances dagegen hatte kaum ausreichend Platz im Kopf für ihre eigenen Gefühle und für die täglichen Besorgungen. Sie kam sich manchmal vor wie der verrückte Hutmacher aus *Alice im Wunderland*: Nicht genug Platz! Nicht genug Platz!

Sie blickte sich um und hoffte, dass das Spiel bald zu Ende war oder dass Lally sich eine leichte Gehirnerschütterung zuzog oder etwas Ähnliches, bloß um diese dumme Kuh loszuwerden. Aber nein, Lally rannte immer noch fröhlich umher, jetzt zwar in eine andere Richtung, aber immer noch in die falsche. Bei Milo, der auf einem benachbarten Feld spielte, lief es ganz anders. Er war zehn und nicht vier, und das machte einen Riesenunterschied, wenn es um den Begriff «Regeln» und das Spiel mit Bällen ging. Ava hatte Soccer geliebt. Frances musste plötzlich an die vielen kleinen Trophäen denken, die ihre Älteste voller Stolz heimgebracht hatte, an ihre vom Obstessen pappigen Finger, oder wie sie mit wippendem Pferdeschwanz übers Feld gelaufen war. Diese Neunjährige gab es längst nicht mehr. Ava schien sich kaum mehr an sie zu erinnern, oder an die Dinge, die ihr einst so wichtig gewesen waren. Zum Beispiel Dinosaurier. Puppenkleider. Pferde. Lego. Nur das Zeichnen war noch übrig, dieses Hobby hatte sie bisher noch nicht aufgegeben.

«Frances?» Shelly musterte sie, wie konnte es anders sein, mit besorgter Miene. Die Falte zwischen den Augenbrauen hatte sich noch ein wenig vertieft. Shit, da war sie doch glatt einen Moment lang abgeschweift. Sie blickte Shelly mit einem zerstreuten Lächeln an.

«Entschuldige, Shelly, ich war mit den Gedanken woanders. Was hast du gesagt?»

Aber jetzt war Shelly plötzlich selbst abgelenkt. Mit neugierig funkelnden Augen blickte sie an Frances vorbei auf etwas, das offenbar interessanter war als Frances' kurzer Demenzanfall. Frances wandte sich ebenfalls um, ahnte aber bereits, was geschehen sein musste: Anne Porter war aufgetaucht.

Anne bemerkte schon beim Näherkommen, was für ein Riesenfehler es gewesen war, hierherzukommen. Aber sie hatte es Charlie versprochen, und jetzt gab es kein Zurück mehr. Einen öffentlicheren Ort hätte sie sich allerdings gar nicht aussuchen können, um sich zum ersten Mal «danach» wieder blicken zu lassen. Jeder, der sie kannte, war da, oder zumindest so viele, dass der Rest es aus erster Hand erfahren würde. Sie hatte, bis auf das Rührei bei Frances, seit Tagen kaum etwas zu sich genommen, und ihr war hundeelend. Ihre Eltern hatte sie noch immer nicht verständigt, denn ihre Mutter konnte schlechte Nachrichten nicht ausstehen. Jedenfalls sorgte sie immer dafür, dass es der Überbringer bitter bereute. Anne hatte deshalb beschlossen, lieber noch ein bisschen zu warten, bis sie bessere Nachrichten vorzuweisen hatte. Anstatt sagen zu müssen: «Hi, Mom, ich hab einen Fehler gemacht, und jetzt ist meine Ehe ein Trümmerhaufen», wollte sie lieber mit etwas aufwarten wie: «Hi,

Mom, Charlie und ich, wir hatten ein paar Probleme, aber jetzt ist alles wieder in Ordnung. Und wie geht's dir so?» Es mochte vielleicht dauern, aber es lohnte sich, so lange zu warten. Ihre Mom zog es vor, nur die guten Seiten ihrer Kinder zu verwalten.

Jetzt stand Anne am Rande des in der Sonne brütenden Fußballfelds und schaute sich nach ihren Kindern um. Sie gab sich Mühe, den Blicken der Eltern auszuweichen, von denen immerhin ein großzügiges Drittel sie ebenfalls ignorierte, aber die restlichen zwei Drittel glotzten interessiert zu ihr her, in der Hoffnung, sie wäre angetrunken oder übergeschnappt. Einige schauten hinter Anne, als hofften sie, sie hätte den Achtzehnjährigen mitgebracht, mit dem sie es trieb.

Im nächsten Moment fiel ihr Blick auf Frances. Diese schaute ebenfalls zu ihr, aber eher mit einer fragenden Miene, als wolle sie sagen: «Geht's dir gut?» Anne vermied jeglichen Augenkontakt mit anderen und machte sich mit resoluten Schritten auf den Weg zu der Freundin. Erst beim Näherkommen erkannte sie, wer bei Frances stand: Shelly, der Super-GAU, die größte anzunehmende Katastrophe. Beinahe wäre sie abrupt stehen geblieben. Doch da trat Frances bereits um Shelly herum und kam ihr entgegen. Sie wandte dabei ihren Körper ein wenig zur Seite und wies auf eine Bank, eine mimische Botschaft, wie ein Flügelsignal: *Keine Panik, setzen wir uns erst mal in Ruhe dort hin, nicht stehen bleiben, du schaffst das.* Annes Hände begannen zu kribbeln, und ihr wurde übel, sie stand kurz vor einer Panikattacke.

Frances sagte, kaum dass sie in Hörweite war: «Halb so schlimm, halb so schlimm, komm, wir gehen zu der Bank.

Und dann hole ich den Taser raus und zeig's diesen Ludern, okay?»

«Okay», stieß Anne kaum hörbar hervor.

Sie gingen nebeneinander, und Frances bemerkte: «Lili ist auch irgendwo, und Jim und Andy. Zur Not bilden wir eine Sichtschutzmauer um dich.»

Sie hatten die Bank erreicht und setzten sich. Annes Atem ging hektisch, sie war grau, ja grünlich im Gesicht.

«Ich glaube, ich muss mich übergeben.»

Frances ließ lässig ihre Handtasche von der Schulter auf den Boden fallen. «Ach du liebes bisschen, jetzt hab ich auch noch den Inhalt meiner Handtasche verschüttet. Schnell, beug dich vor und steck den Kopf zwischen die Knie. Tu so, als würdest du mir beim Aufsammeln der Sachen helfen.»

Anne gehorchte. Frances hatte, wie sich herausstellte, eine ganze Menge in ihrer Handtasche: Spielsachen, Süßigkeiten, Kleingeld, ein Deck mit Spielkarten, die sich freundlicherweise über den Rasen verteilt hatten, ein kleines Hot-Wheels-Spielzeugauto, ein Fläschchen mit Seifenblasenflüssigkeit, mehrere Stifte und mehrere Kappen, die aber nicht zueinanderpassten, und so weiter und so fort.

Frances kniete sich vor die Bank, um Anne abzuschirmen, während sie alles einsammelten. «Besser?»

Anne, die den Kopf noch immer gesenkt hielt, schluchzte kurz auf. «Nein.»

Frances stieß einen sanften, tröstenden Laut aus, wie man es bei einem Kind macht, und berührte Anne am Knie. «Anne, du hast Fehler gemacht, aber heute bist du wegen deiner Kinder hier, reiß dich zusammen. Du wirst dich nicht übergeben oder in Panik ausbrechen, und das Gefühl wird in deine Arme und Beine zurückkehren. Dann stehen wir auf, und du wirst dich nach deinen Kindern umschauen. Und wenn du sie siehst, geht es dir gleich besser, okay?»

«Falls sie mich überhaupt sehen wollen. Falls Charlie mich lässt.»

«Aber er hat doch gesagt, dass du kommen sollst, oder?», fragte Frances besorgt. «Du bist doch nicht etwa auf eigene Faust hier?»

Anne schüttelte den Kopf und sammelte die Spielkarten ein. Dann suchte sie nach einem Gummiband, um sie zusammenzuhalten. Frances reichte ihr ein schwarzes Elastik-Haarband, das musste reichen. «Nein, er hat mich aufgefordert zu kommen.»

Frances war erleichtert. «Ausgezeichnet.»

Anne setzte sich plötzlich auf. «Er kommt her.» Sie sah gleich viel besser aus, hatte sogar wieder ein bisschen Farbe im Gesicht. Beim bloßen Anblick ihres Mannes klang ihre Panik ab, selbst wenn er sie inzwischen hasste. Anne versuchte zu lächeln. Er hatte ihr Lächeln immer geliebt.

Charlie lächelte nicht. Er wandte sich Frances zu und sagte giftig: «Schön zu wissen, auf wessen Seite du stehst, Frances.»

Frances setzte sich auf die Hacken zurück und schaute zu ihm auf. Er schien nur mit großer Mühe die Beherrschung zu wahren. «Jetzt sei nicht blöd, Charlie. Sie sah aus, als würde sie gleich in Ohnmacht fallen. Ich wollte den Klatschbasen nicht noch mehr Zunder liefern, deshalb habe ich ihr geholfen. Ich hoffe, du würdest dasselbe für mich tun.»

Er schüttelte den Kopf. «Nicht, wenn du deinen Mann betrügst und das Glück deiner Kinder zerstörst. Dann wärst du genauso eine Schlampe wie sie.» Er musterte seine Frau voller Abscheu. «Ich an deiner Stelle hätte sie auf den Boden knallen lassen.»

Frances erhob sich. «Freut mich zu sehen, dass du so gut damit fertig wirst. Ich geh jetzt lieber zu meinen eigenen Kindern, bevor ich noch etwas sage, das wir dann beide nie mehr vergessen können.» Sie schaute Anne noch einmal an und schenkte ihr ein Lächeln. «Entschuldige, Anne, ich hoffe, du fühlst dich besser.»

Die diversen Fußballspiele waren in dem Moment offenbar vorbei, denn hinter ihnen brach Lärm und Jubel los. Kate und Theo riefen laut nach ihrer Mutter und rannten begeistert auf sie zu. Frances' Kinder warteten bereits mit vertrauensvollen Mienen auf sie, bald gab es Safttüten oder sogar ein Eis.

«Geht es Anne gut?», erkundigte sich Shelly und vertrat Frances den Weg. Die heuchlerisch-besorgte Art, in der sie das sagte, wurde Frances auf einmal zu viel. Shelly kannte Anne kaum, sie wollte nur als Erste die saftigen Einzelheiten erfahren.

«Klar, was denkst du denn», bemerkte Frances ruppig und drängte sich an der anderen vorbei. Die rannte ihr hinterher.

«Nicht zu fassen, dass sie Charlie betrogen hat, oder? Ein so netter Mann! Diese armen Kinder. Wie kann man bloß so egoistisch sein! Was meinst du?» Shelly schnalzte missbilligend mit der Zunge. Frances, die ihre Gangart kein bisschen verlangsamte, schaute Shelly mit hochgezogenen Augenbrauen an.

«Du hast doch keine blasse Ahnung, Shelly. Verkneif dir deine heuchlerischen Kommentare und deine intoleranten Urteile, sie interessieren eh keinen. Dein Familienleben mag ja wirken wie eine Abfolge von idyllischen Postkartenszenen, aber falls du auch nur ein bisschen so bist, wie wir Normalsterblichen, dann hangelst du dich selbst ebenfalls von einem Beinahe-Desaster zum nächsten und kneifst beim Husten die Beine zusammen, um dir nicht in die Hosen zu pinkeln, weil du vier Kinder zur Welt gebracht hast.»

Shelly starrte sie mit offenem Mund an.

«Genau, wie ich's mir dachte.» Frances ließ leise einen Furz zischen und ging weiter. Sie war eigentlich gegen chemische Waffen, aber manchmal musste man nehmen, was man hatte.

25

Theo und Kate waren außer sich vor Freude, ihre Mutter zu sehen, was Charlie nicht überraschte. Er hatte sich im ersten Moment ebenfalls gefreut, doch dann war erneut der Zorn in ihm hochgeschossen. Offenbar dauerte es ein Weilchen, ehe das Herz mit dem Verstand mitkam. Er war so wütend auf Anne, dass er sie am liebsten angeschrien oder geohrfeigt hätte, und das hatte er noch nie in seinem Leben getan, mit niemandem. Er verzichtete darauf, wegen der Kinder, denn die hingen strahlend an ihrer Mutter, und sie lächelte sie an, als ob sie nicht gerade wegen eines Ficks ihr Glück aufs Spiel gesetzt hätte.

Vor zwei Tagen, nach seinem Gespräch mit der Rektorin, hatte er sich gezwungen, seine Frau anzurufen.

«Ich bin's.»

«Ach, Charlie, es tut mir so unendlich leid, ich wollte nie ...» Sie war gleich wieder in Tränen ausgebrochen. Er war immer noch ihr Notfallkontakt. Würde er bei einem Notfall überhaupt noch kommen? Sie musste das ändern – wie so vieles andere in ihrem Leben.

Er dagegen hätte den Tränen nicht ferner sein können. «Spar dir das. Wir müssen es den Kindern zusammen sagen. Ich habe gerade mit der Schulrektorin geredet, sie hat mich überzeugt, dass es das Beste für die Kinder ist.»

Eine Pause. «Was sollen wir ihnen denn sagen?»

«Nun, dass wir uns im Moment nicht besonders mögen

und dass du für eine Weile ausziehst, damit wir Freunde bleiben können. Dass wir aber trotzdem ihre Eltern sind und bleiben und sie über alles lieben und dass das Ganze nichts mit ihnen zu tun hat.»

«Wirst du ihnen erzählen, was ich getan habe?»

«Heute nicht. Heute werden wir nur sagen, was sich ändert. Schaffst du das? Mrs Garcia sagt, es wäre besser, wenn wir es ihnen zusammen beibringen, aber wenn du das nicht auf die Reihe kriegst, mache ich's auch allein.»

Während Anne jetzt in der Hitze stand, die an diesem Samstag über dem Sportplatz lag, und ihre Kinder im Arm hielt, dachte sie kurz daran, wie kalt er sich am Telefon angehört hatte. Sie blickte zu ihm auf. Er sah aus, als wolle er sie schlagen. Sie hatte noch nie Angst vor ihm gehabt, nicht das kleinste bisschen, aber jetzt schlug sie die Augen nieder.

Konzentrier dich auf die Kinder, Anne. «Wo wollt ihr hingehen, meine Süßen?»

Kate krähte, sie wolle ein Eis haben, aber Theo machte eine verwirrte Miene. «Fahren wir denn nicht heim?»

Charlie, der hinter ihm stand, meldete sich zu Wort. «Aber Mommy wohnt doch jetzt nicht mehr bei uns, nicht wahr?»

Theo wandte sich stirnrunzelnd zu seinem Vater um. «Aber sie kann zu Besuch kommen, oder? Sie ist doch immer noch unsere Mom.» Er drehte sich wieder zu Anne um und zog an ihrer Hand. «Du kannst mit in mein Zimmer kommen, Mom.»

«Und in meins!», rief Kate eifersüchtig. «Wir könnten ‹Kleiner Tierladen› spielen.»

«Das will sie nicht spielen», sagte Theo verächtlich.

Aber Anne hätte im Moment ihren rechten Arm dafür

hergegeben, wenn sie «Kleiner Tierladen» mit Kate hätte spielen können, als ob nichts geschehen wäre. Sie wartete, dass Charlie ihr die Erlaubnis gab, ihr eigenes Heim zu betreten, das auf sie beide eingetragen war und in dem sie Wohnrecht hatte, ob ihm das nun passte oder nicht.

Charlie war hin und her gerissen: Einerseits wollte er Anne nicht mal mehr in der Nähe seines Hauses wissen, andererseits wünschte er sich, dass sich seine Kinder geliebt und sicher fühlten. Und auf seiner Seite standen. Er schämte sich so für dieses Gefühl, dass er sich sofort einverstanden erklärte. Klar könne Anne mit nach Hause kommen.

«Ich fahre mit Mom!» Kate sprang begeistert auf und ab. «Hast du jetzt ein neues Auto, Mom?»

Anne schüttelte den Kopf. «Ich bin zu Fuß gekommen, wir können also zusammen nach Hause fahren.» Sie sagte es, als ob alles in Ordnung wäre, aber in Wirklichkeit krampfte sich ihr Magen zusammen, und sie musste dringend auf die Toilette, so nervös war sie.

Ihrem Gesicht war davon jedoch nichts anzumerken, und sie gingen gemeinsam zum Auto, als wäre es ein Samstag wie jeder andere.

Charlie, der hinter Anne das Haus betrat, hätte fast die Beherrschung verloren, als sie Anstalten machte, ihren Schlüssel ans Schlüsselbrett zu hängen. Annes schmerzliche Erkenntnis, die dieser Geste unmittelbar folgte, übertrug sich wie eine Schallwelle von ihr auf ihn, das Ganze dauerte höchstens eine Sekunde und machte ihn noch wütender. Er wollte nicht mehr wissen, was in ihr vorging, wollte sich diese Verbindung zu ihr am liebsten herausschneiden wie einen Tumor. Er wollte ausholen und sämtliche Erinnerungen an seine Ehe mit ihr wie einen Ball weit, weit hinaus aufs Meer schleudern, außer Sichtweite, außer Hörweite, unwiederbringlich verloren, versenkt. Aber es war unmöglich zu vergessen, dass er Anne geliebt hatte, ebenso unmöglich, wie von einem Tag auf den anderen eine Sprache zu verlernen, die man zehn Jahre lang täglich gesprochen hatte. Sie hatte sich in seinen Gehirnwindungen festgesetzt. Seine Augen hatten jeden kleinsten Ausdruck von ihr registriert und abgespeichert. Ihre Ängste, ihre Vorsicht, ihre Leidenschaft, die Geburtswehen, ihr Lachen. Seine Hände hatten jeden Millimeter von ihr erforscht, sie zum Höhepunkt gebracht, ihr das Haar aus dem Gesicht gehalten, wenn sie sich erbrach, hatten sie über die Schwelle ihres ersten Hauses getragen, ihr die heiße Stirn gekühlt, wenn sie fieberte, ihr Windeln und Wischtücher gereicht, ihr Kaffee gebracht. Er kannte ihr Parfüm, den Geruch ihres Blutes, ihres Haars, ihres Atems am Morgen. Kannte jede Tonlage, deren ihre Stimme fähig war, jede Modulation, jeden Laut. Er hörte sie auch jetzt sprechen, als sie die Kinder fragte, ob sie Hunger hätten. Als ob sie immer noch ihre Mutter wäre – was sie natürlich war und immer bleiben würde. Auf einmal hasste er sie mit jeder Faser seines Seins, hasste sie genauso leidenschaftlich, wie er sie zuvor geliebt hatte.

«Ich mache ihnen etwas zu essen», verkündete er und schob sich brüsk an ihr vorbei. Allein diese leichte Berührung verriet ihm, wie sehr sie abgenommen hatte und wie zerbrechlich sie geworden war. *Raus mit dir aus meinen Gedanken!*, hätte er am liebsten gebrüllt. *Verpiss dich, ich wünschte, du hättest nie existiert.*

«Gibt's Rosinentoast?», erkundigte sich Kate. Er nickte und lächelte ihr zu. Dabei ging ihm kurz der verrückte Gedanke durch den Kopf, ob er seine Kinder nicht anlog, wenn er so tat, als ob alles in Ordnung wäre, obwohl er in Wahrheit alle Kraft aufbieten musste, die er hatte, um nicht vollkommen dem Irrsinn zu verfallen. Ob Anne sich auch so fühlte? Ging's ihr ähnlich? Diese gähnende Kluft zwischen Innen und Außen? Nun, er riss sich um der Kinder willen zusammen. Und das sollte sie verdammt noch mal auch tun, die Schlampe.

Er nahm zwei Scheiben Rosinenbrot aus der Tüte und steckte sie in den Toaster. Er drückte den Hebel nach unten, der gleich beim ersten Versuch einrastete, anstatt erst beim zweiten oder dritten. Seht ihr? Innerlich zwar ein Wrack, aber äußerlich tüchtig.

Die Kinder rannten zum Umziehen nach oben. Anne musterte ihren Mann, der vor dem Toaster stand, als wolle er ihn mit seinem Leben verteidigen. Er hatte es geschafft, den Hebel beim ersten Mal runterzubekommen, ihr gelang das nie. Blödes, klappriges Ding, war es nicht schon der fünfte in ebenso vielen Jahren? Wie konnte es sein, dass man nur noch diese Billigtoaster zu kaufen bekam? Ihre Großeltern hatten immer nur einen Toaster gehabt, so weit sie zurückdenken konnte, einen mit zittrigen blauen Email-le-Blümchen an den Seiten, die offenbar ein Künstler mit Schüttellähmung gemalt hatte, aber es war ein solides Gerät gewesen.

Charlie war wütend, sie erkannte es an der Haltung seiner Schultern. Sie sehnte sich so sehr nach dem alten Charlie, wie sie sich noch nie im Leben nach etwas gesehnt hatte. Die Brotscheiben kamen mit einem Ruck wieder aus dem Toaster, und sie sah zu, wie er sie mit Butter bestrich. Das Messer flog mit sicheren Bewegungen übers Brot, ohne dass etwas über den Rand geriet. Er liebte seine Kinder so sehr, aber sie, Anne, würde er nie wieder lieben. Er wandte sich um und machte sich mit dem Teller auf den Weg, eine Rosinenbrot-Duftfahne hinter sich herziehend.

«Charlie!», rief sie ihm mit brüchiger Stimme nach.

«Toast ist fertig», entgegnete er harsch und verließ den Raum.

Sie wartete in der Küche auf ihn, aber er kam nicht zurück. Ein Rundumblick verriet, dass es jetzt, da sie nicht mehr hier wohnte, viel sauberer und ordentlicher in der Küche war. Wer hätte gedacht, dass sie die Unordentliche in der Familie war? Sie ging nach oben, aber ihre Schlafzimmertür war fest geschlossen. Also betrat sie Kates Zimmer. Kate hatte ihre Sportsachen inzwischen ausgezogen, war aber offenbar vom eintreffenden Rosinentoast überrascht worden, denn sie trug zwar Leggins und Socken, aber noch kein frisches T-Shirt. Anne fegte Brotkrümel von ihrem kleinen Oberkörper und zog ihr ein Sweatshirt über den Kopf. Dann nahm sie auf dem Schaukelstuhl Platz, in dem sie Kate schon als Säugling gewiegt hatte, und zog ihre Tochter zu sich auf den Schoß.

«Wie war es in der Schule? Gibt's was Neues?»

Kate nickte, und ihr weiches, glattes Haar streifte dabei Annes Kinn. «Ella hat ein Kätzchen gekriegt. Wir wollten es Yellowy nennen, aber ihre Mom hat es einfach Butterscotch genannt.» Sie beugte sich ein wenig von ihrer Mutter weg und schaute sie an. «Ist das nicht ein doofer Name? Was soll der überhaupt heißen?»

Überrascht antwortete Anne: «Das ist eine Art Süßigkeit, wie ein Bonbon. Und auch eine Farbe, dunkelgelb oder gelbbraun.»

«Ach so, jetzt versteh ich!» Kate nickte eifrig. «Dann ist es vielleicht doch okay.» Kleine Pause. «Warum kannst du nicht mehr bei uns wohnen?», erkundigte sich Kate leise. «Daddy könnte doch gehen, und du könntest wiederkommen.»

Anne, die mit den Gedanken noch bei dem Kätzchen war, gab sich einen Ruck. «Das geht nicht, Baby. Daddy und ich, wir mögen uns im Moment nicht besonders, und ...»

«Du hast gesagt, es ist nicht in Ordnung, wenn sich jemand entschuldigt und man trotzdem noch böse ist. Man muss die Entschuldigung annehmen. Das hast du gesagt, als Liesl auf mein Osterhühnchen getreten ist und ich so wütend war und sie geweint hat, weißt du noch? Ich weiß es noch.»

Anne erinnerte sich daran. «Ja, das stimmt, es ist besser, wenn man dem anderen verzeiht, wenn ...»

«Und du hast gesagt, dass es dir leid tut, oder? Das hast du doch gesagt? Du hast dich entschuldigt?» So etwas Wichtiges würde ihre Mom doch sicher nicht vergessen.

Anne nickte. Beiläufig fiel ihr auf, dass auch Kates Zimmer aufgeräumt war. Er hatte also eine Putzfrau kommen lassen. Es lag nicht an ihr und dem schlechten Einfluss, den sie womöglich hatte, es war seine Bereitschaft, ein Problem mit Geld zu lösen.

«Aber dann soll Daddy dich wieder heimkommen lassen und wieder gut mit dir sein.» Kate versuchte zappelnd, von

Annes Schoß zu rutschen. «Warte, ich sag's ihm, vielleicht hat er deine Entschuldigung ja nicht richtig gehört.»

Anne hielt Kate an der Hand fest. «Er hat sie gehört, Liebes, aber er ist immer noch sehr, sehr wütend. Ich habe was Schlimmes angestellt, da reicht es vielleicht nicht, wenn ich mich entschuldige.»

«Aber wieso reicht das nicht? Was sollst du denn sonst tun?», fragte Kate verwirrt.

Anne schluckte. «Weißt du noch, dass ich sagte, man hinterlässt in den Menschen kleine Löcher, wenn man was Gemeines sagt oder tut?» Das hatte sie irgendwo aufgeschnappt, auf Facebook vielleicht, eine praktische Analogie, irgendwas mit Nägeln und Löchern. Sie hatte weise genickt, als sie es las, und einen Widerhall im Herzen empfunden. «Wenn man sich entschuldigt, dann klebt man diese Löcher zu, aber sie sind trotzdem noch da, verstehst du? Es hilft, aber ganz weg kriegt man sie nicht.»

«Ach so.»

«Du hast einen Teller kaputt gemacht», kam Theos Stimme von der Tür. Anne blickte auf, und auch Kate drehte sich zu ihrem Bruder um.

«Echt?» Daran konnte sich Anne gar nicht erinnern, seltsam.

Theo nickte. «Kate war nicht da. Das war nach meiner Rauferei mit Ollie, als du in die Schule kommen und mit Mrs Garcia reden musstest, weißt du noch?»

Jetzt fiel es ihr wieder ein.

«Du warst stocksauer und hast einen Teller rausgeholt und gesagt, wenn man jemandem weh tut, ist das, wie wenn man einen Teller kaputt macht. Und dann hast du ihn auf die Tischkante geschlagen. Er ist in zwei Teile zerbrochen, und du hast die Stücke aneinandergehalten und gesagt, schau, jetzt ist er wieder ganz, aber es wird immer ein Riss bleiben.»

Anne überlegte stirnrunzelnd. Shit. Wann hatte sie denn diesen brillanten Einfall gehabt? Ein erzieherisches Juwel, das sie jetzt auf eine Weise einholte, mit der sie nicht gerechnet hatte.

«Aber der Teller ist doch wieder heil, oder?», fragte Kate ängstlich. «Du und Daddy, ihr könnt doch trotzdem wieder zusammen sein, auch wenn ihr auseinandergebrochen wart?» Sie schaute hilfesuchend zu ihrem großen Bruder, dessen Gesicht so unbewegt war, als sei es aus Porzellan. «Wenn sich Mom entschuldigt und er danke sagt und sie wieder heimkommen lässt, dann können sie wieder zusammen sein, oder?» Ihr Bruder zuckte lediglich mit den Achseln. Mit seinen zehn Jahren wusste er, dass das Leben ein bisschen komplizierter war.

«Ich hab mich ja entschuldigt, Schätzchen, aber Daddy ist nun mal immer noch sehr böse und braucht noch ein wenig Zeit. Dir geht's doch auch manchmal so, wenn du richtig, richtig sauer bist und in dein Zimmer rennst, dann brauchst du auch erst mal Zeit, um dich wieder zu beruhigen, stimmt's?»

Kate wirkte überfordert. Anne fragte sich plötzlich, ob diese ganzen Vergleiche und Beispiele wirklich hilfreich waren oder ob man damit nur versuchte, etwas eigentlich Unerklärliches zu erklären. Wäre es den Sizilianern besser ergangen, wenn man ihnen als Schulkindern den Ablauf eines Vulkanausbruchs erklärt hätte? Wenn sie aus Wasser und Mehl und Backpulver einen Vesuv gebaut und sich angeschaut hätten, wie das mit der hervorschießenden Lava funktionierte? Hätten sie ihren bevorstehenden Untergang dann vielleicht besser verkraftet? Hätten sie gesagt: *Ach ja, das kennen wir, wir wissen, wie das funktioniert, das hatten wir im Unterricht. Klar werden wir jetzt unter Lava begraben und von heißer Asche erstickt, unsere Körper werden zu Holzkohle zerbröseln, aber immerhin wissen wir, woher es kommt. Das ist doch schon mal was. Auf das* Warum *können wir uns allerdings noch immer keinen Reim machen, und wir geben den Göttern die Schuld.* Kate sah nicht aus, als würde sie das Ganze so richtig verstehen. Ihre Miene verriet, dass sie ihr Herz ans Steuer gesetzt hatte, kein Wunder, denn ihr Verstand versuchte ihr mitzuteilen, dass es sich hier um eine echt beschissene Situation handelte.

Das Mädchen lief plötzlich aus dem Zimmer. Theo und Anne schauten einander an, und Anne wurde klar, dass das, was sie in der Miene ihres Sohnes las, Mitleid war.

Kate stellte im Elternschlafzimmer ihren Dad zur Rede und sagte mit tränenerstickter, aber dennoch zuversichtlicher Stimme: «Mommy sagt, dass es ihr leidtut, Daddy, es tut ihr echt leid, okay?»

Anne erhob sich. Als sie das gemeinsame Schlafzimmer betrat, sagte ihr Mann gerade: «Ich weiß, aber dafür ist es zu spät, Häschen.»

Kate stampfte zornig mit dem Fuß auf. «Es ist nie zu spät für eine Entschuldigung, Daddy, das hast du letzte Woche selbst zu mir gesagt, als du die Nachspeise bei mir im Zimmer auf dem Boden gefunden hast.»

«Das war etwas anderes.»

«Nein! Mommy hat was Schlimmes gemacht, sie hat's dir nicht gesagt, so wie ich mit der Nachspeise. Und als du es gehört hast, hat sie gesagt, es tut ihr leid. Und ich hab dir geholfen, es wieder wegzumachen, oder? Obwohl alles ganz klebrig war, hab ich dir geholfen, und ich hab mich entschuldigt, und du hast gesagt, es ist wieder gut.» Sie fing an zu weinen. «Wieso kann sich Mommy dann nicht auch entschuldigen? Wieso ist es zu spät?»

«Mommy hat mehr gemacht, als eine Nachspeise auf den Boden zu kippen, Häschen. Etwas, das Erwachsene machen und das sich nicht mehr aufwischen lässt. Es lässt sich nicht mehr gutmachen.» Charlie blickte seine Frau an und am liebsten hätte er gesagt: *Bitte komm heim, lass uns nie, nie wieder darüber reden. Tun wir, als ob nichts geschehen wäre, lass uns diese verdammten Seiten aus dem Kalender reißen und in einen anderen Staat ziehen und noch mal ganz von vorn anfangen.* Aber das ging nicht, denn er konnte es nicht vergessen, es hatte sich bei ihm eingegraben wie eine Narbe in die Haut, und jedes Mal, wenn er sie streifte, wenn Schweigen eintrat in ihrer Ehe, würde er daran erinnert werden.

All das konnte Anne ihm vom Gesicht ablesen. Gleichzeitig bemerkte sie, dass er die Boxershorts trug, die sie ihm vor Jahren zu Weihnachten geschenkt hatte, die mit den Rentieren auf Skiern. Es war von hier aus nicht zu erkennen, aber sie wusste, dass der Stoff um seine Eier herum schon dünn wurde. Erst vor ein paar Wochen war ihr der Gedanke gekommen, dass es vielleicht Zeit für eine neue Weihnachtsshorts wurde. Bei dem Gedanken an das nächste Fest krampfte sich alles in ihr zusammen. O mein Gott, seine Eltern ...

«Sie hat gesagt, dass es ihr leidtut!», kreischte Kate, die jetzt nicht mehr an sich halten konnte. Ihre Nase war verstopft, und in ihrem Hals stauten sich die Tränen. «Du musst ihre Entschuldigung annehmen, du musst! Du bist so gemein, jetzt bist du der Böse! Du musst sagen, dass es dir leidtut! Ihr beide müsst!» Sie warf sich schluchzend zu Boden und versuchte sich buchstäblich das Haar auszureißen vor Verzweiflung darüber, dass sie zu klein war, um diese schlimme Sache wieder in Ordnung zu bringen. Ihr Bruder war es, der sich schließlich erbarmte, sich zu ihr auf den Boden setzte und sie fest in die Arme nahm, sich auch nicht abbringen ließ, als sie daraufhin in ihrer ohnmächtigen Wut auf ihn eindrosch, ihn kratzte und schlug. Denn er war der Einzige, bei dem sie sich noch sicher genug fühlte, um böse sein zu dürfen. Theo schaute Vater und Mutter mit kaltem, reglosem Blick über den Kopf seiner kleinen Schwester hinweg an. Zehn Jahre alt. Und aufgrund der schrecklichen Situation unmittelbar zum Erwachsenen befördert.

Anne wandte sich ab und wankte aus dem Raum, drückte sich feige. Am Fuß der Treppe angelangt konnte sie noch hören, wie Charlie die Badezimmertür hinter sich zuzog und die Kinder allein auf dem Teppich sitzen ließ. In dem Zimmer, in dem sie Weihnachtsgeschenke öffneten, sich eine Umarmung abholten oder Zuflucht suchten, wenn sie nachts aus schlechten Träumen hochschreckten. Blindlings rannte sie aus dem Haus, ließ die Tür offen, ließ ihre weinenden Kinder im Stich. Sie war doch eine Rabenmutter, sie war so schlimm, wie sie es immer geahnt hatte, und sie verdiente ihre Familie gar nicht. Wenn in diesem Moment ein Auto vorbeigefahren wäre, sie hätte sich mit Freuden vor die Räder geworfen.

26

Als Frances nach dem Fußball heimkam, kochend vor Wut auf Shelly und voller Stolz darüber, dass es ihr gelungen war, auf Kommando zu furzen, erwies sich Michael als wenig solidarisch. Er hatte seinen Laptop auf dem Schoß und schaute Sport. Sie erzählte ihm, was geschehen war, und er verzog das Gesicht.

«Wärst du an meiner Stelle nicht auch sauer geworden?», fragte sie mit einem Stirnrunzeln.

Michael zuckte mit den Achseln, ohne den Blick vom Bildschirm zu nehmen. «Ich finde, du hast sie genauso verurteilt wie sie Anne. Aber das mit dem Furz ist klasse.»

Frances ließ sich aufs Bett sinken und schaute ihren Mann an. «Aber Shelly kennt Anne nicht mal!»

«Du doch auch nicht, jedenfalls nicht so gut. Nicht wie Iris. Ihr seid vollkommen unterschiedlich, du und Anne. Ich würde sagen, ihr seid gute Bekannte, ziemlich gute Bekannte, mehr nicht.»

«Ist Charlie etwa nicht dein Freund?»

«So würde ich ihn nicht bezeichnen. Mal ein Bier mit ihm trinken, nichts dagegen. Oder mit ihm und Theo und Milo Ball spielen. Aber würde ich ihm das mit meinen Erektionsstörungen anvertrauen? Bestimmt nicht.»

«Du hast Erektionsstörungen?»

«Nö.»

«Na siehst du.»

«Darum geht es doch nicht. Ich versuche nur, dir den Unterschied zwischen Freunden – guten und weniger guten – und Bekannten deutlich zu machen.» Er lehnte sich zurück und musterte Frances nachdenklich. «Es gibt Freunde, mit denen man nur befreundet ist, weil die Kinder zusammen zur Schule gehen. Wir freuen uns, ihnen bei Schulveranstaltungen oder an Kindergeburtstagen zu begegnen. Wir unterhalten uns bei solchen Veranstaltungen am liebsten mit ihnen, weil wir sie lieber mögen als andere Eltern und mehr gemeinsam haben, klar. Aber wir würden sie nie zum Essen zu uns einladen, denn dann ginge uns nach höchstens einer Dreiviertelstunde der Gesprächsstoff aus.»

Frances runzelte die Stirn. «Und welche Leute meinst du damit?»

«Tracy und Arthur? Andrew und John? Und Dahlias Eltern, wie heißen sie noch gleich?» Michael schien sein Thema gut zu beherrschen. Frances ließ sich das Gesagte durch den Kopf gehen. Er hatte recht. Das waren alles Menschen, die sie mochte, aber sie hatte nicht den Wunsch, sie besser kennenzulernen.

«Aber bei Anne und Charlie ist es doch etwas anderes.»

«Nur weil sie Nachbarn sind und weil das bedeutet, dass Theo und Milo sich auch außerhalb der Schule sehen können, ergo wird diese Freundschaft ja vermutlich von längerer Dauer sein. Hinzu kommt, dass du die Kinder zur Schule fährst, und daraus wiederum ergibt sich eine Abhängigkeitsbeziehung.» Michael wollte seine Finger schon zu einer Pyramide zusammenlegen, wie ein Professor, überlegte es sich aber und kratzte sich stattdessen unter der Achsel. Klassenbewusst wie immer.

«Seit wann hast du einen Doktor in Anthropologie?»

Frances streifte ihre Turnschuhe von den Füßen und fragte sich dabei, ob das Hundescheiße oder Erde war, was an den Sohlen klebte. Dann schob sie sie einfach unters Bett. Eine befreundete Ärztin hatte ihr einmal erklärt, der ganze Planet sei von einer dünnen Schicht aus Kotpartikeln bedeckt, warum sich also Sorgen machen?

Michael hatte auch auf ihre letzte Frage eine Antwort. «Seit ich so viel Zeit im Stau verbringe. Da kann man über alles Mögliche nachdenken.» Er schaute wieder auf das Spiel. «Jedenfalls gibt es daneben die wirklichen Freunde, wie Sam und Cory oder Mark und Dana, mit denen wir uns angefreundet haben, als die Kinder noch in der Vorschule waren, und mit denen wir noch immer gut befreundet sind, auch wenn wir uns nicht mehr so oft sehen. Wir umarmen uns, wenn wir uns treffen und, was noch wichtiger ist, wir können im Notfall auf sie zählen. Wir könnten mitten in der Nacht mit brennendem Arsch bei ihnen auftauchen, und sie würden ohne zu fragen einen Eimer Wasser holen und ihn über uns auskippen. Das sind Freunde, bei denen wir ohne Vorwarnung unsere Kids abladen und verschwinden könnten, um dem Gesetz zu entfliehen, sicher in der Gewissheit, dass die Freunde gut auf sie achten würden, bis Gras über was auch immer gewachsen ist und wir wieder gefahrlos aus dem Exil zurückkehren können.» Er schenkte Frances ein träges, selbstsicheres Grinsen. «Bei Anne würdest du die Kinder wahrscheinlich nicht so gern absetzen, sie ist verdächtig perfekt.» Dann korrigierte er sich. «Bis vor kurzem jedenfalls. Jetzt ist sie nur noch ein bildschönes Wrack.» Er brach in ein albernes Gekicher aus.

Frances musterte ihn misstrauisch. «Du hast doch nicht

etwa gekifft, während ich weg war?» Keine Antwort. Ihre Augen wurden schmal. «Hast du also doch!»

«Ist in Kalifornien schließlich mittlerweile erlaubt.»

«Weiß ich. Aber jetzt erscheint mir dieses ganze Gespräch in einem ganz anderen Licht, und mich wundert nichts mehr. Ist mir egal, wenn du gelegentlich einen kleinen Joint rauchst, es ist schließlich Samstag, und du hast nichts vor und sitzt hier noch immer in Boxershorts rum. Aber deine großartigen, weltumspannenden Theorien über Freundschaft kann ich jetzt natürlich nicht mehr ganz so ernst nehmen.» Sie streifte ihre Jeans ab und bewarf ihn damit. Er fing sie geschickt auf.

«Siehst du? Ich bin noch im Besitz meiner katzenhaften Reflexe.»

«Das ist nicht ganz so beruhigend, wie du glaubst.» Frances streifte eine Jogginghose über und schlüpfte in Hausschuhe, denn sie hatte selbst nicht mehr vor, irgendwo hinzugehen. «Hast du Ava gesehen?» Ihr kam plötzlich ein Gedanke. «O Gott, sie hat doch hoffentlich nicht mitgekriegt, wie du Pot rauchst? Ich hab schon genug Probleme mit ihr.»

Er schüttelte den Kopf. «Keine Sorge, ich hab ein paar Züge genommen, als ich mit den Hunden draußen war, nichts weiter.»

«Trotzdem, du bist kein gutes Vorbild für deine Kinder. Ich werde mal nach Ava sehen und fragen, wie weit sie mit ihren Hausaufgaben ist.»

«Schon fertig, hab bereits nachgeschaut», entgegnete Michael und zielte mit den Zeigefingern wie mit Pistolen auf Frances. Sie verdrehte die Augen.

«Blödmann.»

«Mag sein», sagte er, «aber wenn das Spiel hier vorbei ist, spiele ich mit Lally ‹Mein Kleines Pony›, das hab ich ihr versprochen. Und dank der zarten Bedröhnung werde ich es wahrscheinlich sogar genießen.» Er blies auf seine Finger, als wären es rauchende Colts, und tat dann, als würde er sie wieder ins Holster zurückstecken.

Dagegen konnte Frances nichts einwenden. Spiel, Satz und Sieg: Papa Pothead.

Ava hatte ihre Hausaufgaben tatsächlich bereits erledigt und schien in ausreichend guter Stimmung, dass Frances es riskierte, sich auf die Bettkante zu setzen. «Was hast du heute noch vor?»

Ava zog sich die Ohrstöpsel aus den Ohren und lächelte ihre Mom an. «Weiß nicht, hast du vielleicht eine Idee?»

Frances überlegte. «Du könntest bei der Buchhandlung vorbeischauen. Oder in einem Geschäft für Künstlerbedarf?»

«Au ja!» Ava sprang auf und machte sich auf die Suche nach ihren Schuhen. Frances freute sich: Der Punkt ging an Mom und ihre gute Idee mit dem Laden. Im Geiste ging sie rasch durch, was abzuhaken war, ehe sie guten Gewissens mit Ava das Haus verlassen konnte: Für Lally war gesorgt, die Hunde hatten ihr Futter bekommen, zum Abendessen wollten sie Pizza bestellen ... Blieb Milo.

Ihr Sohn lag auf dem Bett, als Frances sein Zimmer betrat, und las ein Buch, was sie derart überraschte, dass sie einen erstaunten Laut von sich gab. Milo blickte auf und grinste.

«Ich sitze nicht immer nur vor dem Computer, weißt du. Nach dem Fußballspielen ist es mir dafür zu heiß.» Er trug noch seine Stollenschuhe und verteilte Erdbröckchen auf der Tagesdecke. Frances gefielen diese würmchenartigen Erdbrocken, die aussahen, als seien sie von Mutter Natur gehäkelt worden, oder wie abgeschliffene Strandkiesel mit Löchern darin, Dinge, die in der Natur vorkamen, aber aussahen, wie von Menschenhand geschaffen. Sie trat näher, um ihm die Schuhe auszuziehen.

«Was liest du denn?», erkundigte sie sich, während sie am rechten und am linken zerrte.

Er klappte das Buch zu und zeigte ihr die Vorderseite. Es war eine Graphic Novel über einen Zehnjährigen und gehörte zu einer Serie von Bänden, die er sehr mochte. Manchmal las sie ihm abends daraus vor, und wer glaubt, dass Comics keinen guten Vorlesestoff abgeben, der irrt sich. Milo mochte alle Charaktere, sowohl die schwachen und schüchternen als auch die starken und heldenhaften. Und Frances mochte sie, weil er sie mochte. Wann immer ein neuer Band angekündigt wurde, bestellte sie ihn gleich vor und freute sich darauf, den Lesespaß mit ihrem Sohn teilen zu können.

«Ava und ich wollen zu dem Laden für Künstlerbedarf fahren. Möchtest du mitkommen?»

«Ach nee, danke, ich hab's hier ganz gemütlich. Dad ist ja da, oder?»

Frances nickte. Milo stieß einen Laut aus, der «Na, siehst du» heißen sollte, und steckte seine Nase wieder ins Buch. Sie musterte sein Ohr und den Haaransatz dahinter, der dem von Michael ähnelte. Die Haarfarbe hatte er von ihr, aber die Fülle und die Locken von ihrem verstorbenen Bruder Alexander, der leider nie zum Lieblingsonkel werden konnte, was er ansonsten bestimmt geworden wäre. Milo war dasjenige ihrer Kinder, das sie am wenigsten verstand, obwohl er ihr in vieler Hinsicht am ähnlichsten war. Er war genauso still und freundlich und zuverlässig. Aber gerade weil er so ausgeglichen wirkte, machte sie sich oft Sorgen um ihn. Sie fürchtete, er könnte in der Schule zu wenig Beachtung finden oder irgendwann explodieren oder eine tiefe Traurigkeit oder Wut oder etwas Ähnliches in sich verstecken.

Manchmal setzte sie sich zu ihm und plauderte stundenlang mit ihm über Pokémon oder Minecraft oder Star Trek, je nachdem, wovon er gerade begeistert war, und hoffte, das Gespräch würde sich irgendwann auf persönlichere Dinge richten, aber das tat es fast nie. Wäre ihr Bruder noch am Leben gewesen, hätte er die Brücke zu diesem Kind sein können, aber damit musste sie jetzt allein klarkommen. Milo und Michael hatten ein unkompliziertes Verhältnis, sie bauten gern etwas aus Lego oder besuchten Baseballspiele oder machten andere typische Vater-Sohn-Sachen. Michael verdrehte immer nur die Augen, wenn sie ihre Sorgen um Milo äußerte, und sagte dann: «Hör auf, ständig was reparieren zu wollen, was gar nicht kaputt ist.»

Sie tätschelte Milos Schulter, was dieser nur noch am Rande wahrnahm, und ging.

27

Im Laden für Künstlerbedarf war erstaunlich viel los, fand Frances, um sich gleich darauf zu sagen, dass sie doch gar nicht beurteilen konnte, ob die Menge an Kunden «erstaunlich» war. Hier war schließlich nicht ihr Revier, nicht mal ihre Gegend. In ihrem Supermarkt kannte sie die Kassiererinnen mittlerweile alle mit Namen, sie kannte die Leute im Trader Joe's (ein Discounter), in der Buchhandlung am Larchmont Boulevard, im Coffee Shop, im Saftladen ... das waren ihre Geschäfte. Aber das hier war Avas Reich. Daher folgte sie zurückhaltend ihrer sich interessiert umblickenden Tochter.

Ein junger Mann wich ihnen aus, streckte aber kurz darauf noch einmal den Kopf in die Regalgasse und räusperte sich. Frances blickte auf. *Ach, verdammt noch mal.*

«Kennen wir uns nicht?», erkundigte er sich mit einem verwirrten Stirnrunzeln. Die Frau kam ihm bekannt vor, allerdings war er in letzter Zeit aufgrund seiner Traurigkeit ziemlich verwirrt. So vergaß er häufig, was er gerade machen wollte oder wohin er als Nächstes gehen musste. Keine Schülerin, dafür war sie zu alt. Eine Lehrerkollegin?

Avas Blick huschte von ihrer Mutter zu dem heißen Typen, der sie angesprochen hatte, und sie wäre beinahe in ein albernes Gekicher ausgebrochen. Als ob ihre Mom den kennen würde! Trotzdem, falls doch ... Ava strahlte den jungen Mann an, und er lächelte zerstreut zurück. Das Mädchen fiel ihm jetzt zum ersten Mal auf. Sogleich ging er im Geiste die Liste seiner Schülerinnen durch. Vielleicht war diese Frau, die ihm so bekannt vorkam, ja eine Mutter, und er war ihr schon mal in der Akademie begegnet.

Aber Frances wich jetzt kopfschüttelnd vor ihm zurück. «Nein, das glaube ich kaum, tut mir leid.» Ava hatte sein Gesicht neulich nicht gesehen, und es bestand auch jetzt kein Grund, warum sie erfahren sollte, wer das war.

Aber Ava hatte sich nicht abgewandt, und auch der Mann ließ sich nicht so leicht abschütteln. «Nein, nein, ich bin sicher, wir kennen uns. Ich bin Richard Seitz, Lehrer an der Otis.»

«An der Kunstakademie?», nahm Ava das Gespräch auf. Frances brach allmählich der Schweiß aus, und sie zerrte am T-Shirt ihrer Tochter.

«Komm Ava, wir haben noch was zu erledigen.» Dann schaute sie Richard an, mit einem Ausdruck, als wolle sie sagen: *Klar kennen wir uns. Aber entweder du tust nur so, als wäre dir nicht glasklar, wer ich bin, und dann kriegst du einen Tritt in den Arsch, wenn du nicht mit dieser Scharade aufhörst, oder du hast tatsächlich vergessen, wer ich bin, und dann steht's schlimmer um dich, als ich gedacht hätte.*

Er trat einen Schritt zurück. «Verzeihen Sie, es muss ein Irrtum sein.»

«Ich überlege, später auch zur Kunstschule zu gehen. Die Otis ist eine gute Schule, stimmt's?» *O Gott*, dachte Frances, *Ava flirtet mit diesem Typen, weil er unbestreitbar süß ist und ihr im Alter jedenfalls näher steht als Anne, aber trotzdem reicht es jetzt.*

Aber Richard kapierte es noch immer nicht. «Ja, auf jeden Fall. Ich kann euch gern einmal herumführen, wir haben gelegentlich einen Tag der offenen Tür.» Er holte seine

Brieftasche heraus. «Warte, ich gebe dir meine Karte, dann kannst du mir eine E-Mail schicken.»

Das war der Moment, in dem Frances ihm einen derart warnenden Blick zuschoss, dass bei Richard endlich der Groschen fiel. Jetzt wusste er wieder, wer sie war und wo sie einander begegnet waren. Und warum sie ihre niedliche Tochter aus dem Gang mit den Kreidestiften wegzerrte.

Ava war stinksauer. «Wieso dufte ich nicht mit ihm reden?» Sie saßen im Auto, und Ava hatte sich zornig hinter ihrer Einkaufstüte verschanzt.

«Weil er zu alt für dich ist», entgegnete Frances und beäugte sehnsüchtig die Eisdiele auf der gegenüberliegenden Straßenseite. Sie brauchte jetzt unbedingt einen Milkshake. Kein Wunder, dass sie Übergewicht hatte. Sie aß, wenn sie sich mies fühlte, was häufiger der Fall war, als man glaubte. Sie aß aber auch, wenn sie sich gut fühlte. Oder wenn sie traurig war. Oder zornig. Okay, sie aß, wann immer ihr verdammt noch mal danach zumute war. Und da sie sämtliche Argumente bereits hinter sich hatte («Aber ich will das essen, nein, du bist zu dick, doch, ich scheiß auf den Schlankheitswahn, ich bin Feministin, ich lass mir keine Gehirnwäsche verpassen, aber du musst auf deine Gesundheit achten, ach was, meine Gesundheit ist doch scheißegal, ich soll mich doch bloß irgendeiner gesellschaftlichen Norm unterordnen, aber ich bin schließlich erwachsen, und ich besorge mir jetzt diesen verdammten Milkshake, also halt endlich die Klappe»), drehte sie kurzerhand den Motor ab und stieg aus. Es ging um mehr als einen Milkshake, es war ein politisches Statement, und sie würde sich auch noch einen Schuss Malz dazu gönnen! Als Ava unbewegt im Wagen sitzen blieb, beugte sich Frances zu ihr hinein.

«Willst du kein Eis?»

«Er war nicht zu alt für mich. Und zweitens: Igitt, der ist dreißig, an so was solltest du nicht mal denken. Ich hab mich doch bloß nach dieser Schule erkundigt! Du willst doch, dass ich später mal aufs College gehe, oder?» Ava stieg nun doch aus, und Frances ging zur nächsten Parkuhr, um Geld einzuwerfen.

«Klar sollst du aufs College gehen, aber ich möchte nicht, dass du dich in irgendwelchen Künstlerläden mit fremden Männern unterhältst. Als Nächstes bittet er dich, nackt für ihn Modell zu sitzen.»

«Wenn er Maler ist? Dann wäre es ja schließlich nicht abwegig, oder?» Ava war jetzt nicht mehr zornig, sie begann das Gespräch sogar amüsant zu finden.

Sie betraten die Eisdiele mit dem hohen Deckengewölbe und den Metallstühlen und Tischen und den bekannten Gesichtern.

«Schokomalz?», erkundigte sich der junge Mann hinter dem Tresen zuvorkommend. Frances war so oft hier, dass sie von der Belegschaft inzwischen «Mama Malz» genannt wurde, was sie natürlich nicht ahnte, obwohl es ihr wahrscheinlich egal gewesen wäre. «Und du?» Er blickte Ava an, und seine Miene veränderte sich dabei ganz leicht, was Frances dennoch nicht entging. Sie stellte fest, dass die Tage, in denen sie selbst von jungen Männern angelächelt und bemerkt worden war, längst vorbei waren. Man brachte ihr Freundlichkeit entgegen und nach einiger Zeit sogar Anerkennung, aber keine Bewunderung, kein Anhimmeln mehr. Das machte ihr im Grunde nichts aus, obwohl sie Frauen kannte, die es hassten, unsichtbar geworden zu sein, zu verblassen wie Marty McFly auf diesem bekannten Familienfoto.

«Für mich auch einen Milkshake, aber bitte mit Cookies und Sahne», bestellte Ava, und sie lächelte, als wolle sie sagen: «Ja, ich sehe dich auch, ist es nicht schön, dass wir uns bemerkt haben, also hi, Baby.» Sie wandten sich ab, um auf das Bestellte zu warten. Ava nahm den Gesprächsfaden wieder auf.

«Wenn einen ein Künstler nackt malt, ist das doch was anderes, als ob ich mich einfach so ausziehen würde, oder?»

Frances, die die Kuchen und Torten im Schaukasten bewunderte, schüttelte den Kopf. Da war ein Blue Velvet Cake in besonders auffallendem Blau, den sie eigenartig fand, aber dennoch gern probiert hätte. «Nein, das weißt du ganz genau. Du bist vierzehn, du solltest nicht mal ans Ausziehen denken.» Um Aufrichtigkeit bemüht fügte sie hinzu: «Oder doch, natürlich, in deinem Alter denkt man an solche Sachen, sehr oft sogar, aber tun sollte man sie nicht.» Sie rang noch ein wenig mit sich, dachte an ihre eigene Teenagerzeit zurück. Sie selbst hatte ihre Jungfräulichkeit mit fünfzehn verloren, ganz unbekümmert, an einen anderen Fünfzehnjährigen. Sie standen immer noch in Kontakt, auf Facebook, seine zwei Söhne waren ungefähr in demselben Alter wie Ava. «Zumindest nicht mit jemandem, der doppelt so alt ist wie man selbst.»

Ava musste lachen. «Mom, du hast gerade in einem einzigen Satz eine volle Kehrtwendung gemacht.» Sie musterte ihre Mutter. «Aber du kanntest ihn, oder?» Im nächsten

Moment fiel der Groschen. «Das war Annes Liebhaber von neulich?»

Frances antwortete mit einem unbestimmten Achselzucken. «Vielleicht war es irgendein Vater, oder ich habe ihn ein paarmal in einem Café gesehen. Du kennst doch sicher auch Leute vom Sehen, aus der Schule oder so. Man sieht sich täglich, aber man kennt sich nicht wirklich.»

«Klar.» Die Milkshakes waren fertig, sie bezahlten und kehrten auf die Straße zurück.

Dort wartete Richard auf sie. «Ich muss unbedingt mit Ihnen reden», sagte er zu Frances. Und brach in Tränen aus.

Ava wurde trotz heftiger Proteste ins Auto geschickt. Sie hätte zu gern gehört, was es zu bereden gab. Zweifellos durchsuchte sie gerade ihre Wurfsternesammlung nach einem geeigneten Objekt, mit dem sie ihrer Mutter auf fünfzehn Meter Entfernung den Kopf vom Hals abtrennen konnte. Frances stand in besagter Entfernung auf dem Bürgersteig und behielt das Auto im Auge, um sicherzugehen, dass die Scheiben schön oben blieben.

«Wie geht es Anne? Geht es ihr gut?» Richard hatte für den Moment aufgehört zu heulen, wirkte aber so, als ob es jederzeit wieder losgehen könnte.

Frances zuckte die Achseln. «Sie lebt. Aber sie hat sich ihr Leben gründlich vermasselt, das können Sie sich ja wohl denken.»

Er schüttelte den Kopf. Frances erkannte jetzt, dass Ava recht hatte, er war bestimmt an die dreißig und demnach kein Kind mehr. Alt genug, um selbst Kinder zu haben oder zumindest verheiratet zu sein. Vielleicht war er sogar bereits geschieden. Sie hatte auf einmal Mitleid mit ihm. Wer konnte wissen, was er und Anne füreinander empfunden hatten? Die Affäre war Frances' bescheidener Meinung nach ein schwerer Fehler gewesen und der Preis dafür viel zu hoch, aber das musste ja nicht heißen, dass die Beziehung bedeutungslos gewesen war.

«Sie redet nicht mehr mit mir. Ich hab nicht mehr mit ihr telefoniert, seit ich mit ihrem Mann gesprochen habe.» Seine Augen waren trocken, aber die Tränen saßen ihm im Hals.

«Sie haben mit Charlie geredet?», erkundigte sich Frances verwirrt.

Richard bemerkte die Freundlichkeit und das Mitgefühl in Frances' Augen. Da kamen ihm erneut die Tränen. «Ja, er war plötzlich an ihrem iPad und hat gesagt, ich soll mich verpissen. Er hat gedroht, mir den Arm zu brechen, falls ich auch nur in seine Nähe oder in die Nähe der Kinder käme.»

«Tatsächlich?» Frances musste auf einmal grinsen und legte rasch eine Hand vor den Mund. Wie peinlich das alles war.

Da musste Richard, der einer Hysterie nahe war, selbst grinsen. «Ja, er nahm kein Blatt vor den Mund. Ich muss zu meiner Schande gestehen, dass ich mir nie viel Gedanken um Annes Mann gemacht habe. Für mich war er immer nur ‹der andere›.»

Frances wurde wieder ernst. «Nicht nur der andere. Der *eigentliche*. Der Mann, mit dem sie verheiratet ist. Aber ich verstehe, was Sie meinen.» Sie warf einen Blick zum Auto und bemerkte, dass Ava zu ihnen hersah. Na toll, was die jetzt wohl denken würde. Höchste Zeit, diese bizarre Begegnung zu einem Ende zu bringen. «Aber Sie mussten doch gewusst haben, dass es irgendwann so enden würde, Sie sind schließlich kein Kind mehr.»

Richard wischte sich mit dem Handrücken übers Gesicht. Frances hätte ihm am liebsten ein Taschentuch gegeben. «Schon, aber ich liebe sie doch so sehr! Ich will sie heiraten. Aber sie will nichts mehr mit mir zu tun haben.» Er brach erneut in Tränen aus und stolperte blindlings auf Frances zu. Die nahm ihn mütterlich in die Arme, denn auch wenn er erwachsen war, war er früher schließlich das Kind einer anderen Mutter gewesen. Hemmungslos weinend barg er den Kopf an ihrer Schulter. Frances tätschelte ihm den Rücken und gab beruhigende Laute von sich, wie sie es seit vierzehn Jahren tat. Ein Blick aufs Auto ergab, dass Ava mit verständnisvoller Miene zusah. Auf dem Sitz daneben stand Frances' Milkshake und wurde immer wärmer. Bockmist, verdammter.

28

Und wieder brach ein strahlend schöner Tag an. Manchmal hatte Frances das Gefühl, dass sich Mutter Natur einen Scherz mit der Menschheit erlaubte. *Sonne und blauer Himmel, echt jetzt? Schon wieder?* Vögel zwitscherten, und Blumen wiegten ihre zarten Röckchen in der Brise und schickten ihren Duft in die Nasen von Obdachlosen und Heuchlern gleichermaßen. Frances hoffte, dass der heutige Tag nicht so stressig werden würde wie der Samstag.

Sie kratzte sich am Hintern und furzte leise. Unglücklicherweise war das das Signal für die Hunde, dass sie wach und verfügbar war, um ihnen ihr Futter zu geben. Jack trat ihr auf den Bauch, und sie fuhr mit fuchtelnden Armen in die Höhe. Wenig schmeichelhafte Momente wie diesen gab es viele im Leben, ganz besonders für Frances. Sie schaffte es immerhin ohne Knochenbrüche in die Vertikale und tappte ins Badezimmer.

Hatte sie wirklich drei Pfund zugenommen? Wie war das möglich? Das dritte Stück Bananenbrot konnte es doch nicht gewesen sein. Auch nicht der Milkshake. In der Überzeugung, dass es sich nur um Sabotage durch fremde Mächte handeln konnte, trat sie von der Waage, denn eine andere Erklärung hatte sie nicht. Ganz klar, irgendjemand hatte es auf sie abgesehen.

Gefolgt von den Hunden, die offenbar Steppschuhe trugen, so erschreckend laut klang ihr Getrappel, ging sie nach unten. In der Küche blieb sie erst einmal geschockt stehen. Es sah aus, als ob während der Nacht Einbrecher gehaust hätten: Sämtliche Schränke und Schubladen standen offen, leere Tüten auf der Anrichte und neben dem Kühlschrank stand eine halbvolle Tüte Milch. Der eine zusätzliche Handgriff, sie in den Kühlschrank zurückzustellen, war den Vandalen offenbar zu viel gewesen. Oder besser gesagt, Ava, die sich in der Nacht wohl noch einen Snack zubereitet hatte. *Erst mal Kaffee*, dachte Frances, *ich brauche jetzt erst mal einen Kaffee*. Die Realität musste sich noch zehn Minuten gedulden.

Frances nahm die Kanne aus der Maschine und warf den vollen Filter in den Abfalleimer. Dann trat sie an die Spüle, um die Kanne mit Wasser zu füllen. Dabei blieb sie mit dem weiten Ärmel ihres Frottémantels an der Tülle hängen und füllte stattdessen ihn mit kaltem Wasser. Kein guter Anfang. Sie krempelte den tropfnassen Ärmel auf und versuchte es erneut.

Als das erledigt war, gab sie den Hunden ihr Futter. Während der Kaffee durchlief, machte sie Ordnung, schloss sämtliche Schränke und Schubladen, warf Tüten weg und trat versehentlich in eine Urinpfütze ungewissen Ursprungs. Fluchend riss sie Papiertücher von der Rolle und saugte die Flüssigkeit damit auf. Dann goss sie ein wenig Halbfettmilch in eine Tasse und schrieb *Milch* auf die Einkaufsliste. Sie warf die vollgesogenen Papiertücher in den Abfalleimer, wusch sich die Hände und trocknete sie kurzerhand am Fell der Hunde ab, weil keine Küchenrolle mehr da war. Sie schrieb *Küchenrolle* auf den Einkaufszettel und goss Kaffee in die Tasse, in der sich bereits Milch befand.

Jetzt kann es nur besser werden, dachte sie grimmig –

oder hoffte es zumindest – und ging mit ihrem Kaffee in der Hand wieder nach oben, um Ava zu wecken. Es gelang ihr, durch das Zimmer zu huschen und einen Vorhang aufzuziehen, ehe sie von der schlafenden Bewohnerin angebrüllt wurde. Ava war ein ausgesprochener Morgenmuffel, was Frances dazu gezwungen hatte, ein ausgeklügeltes Wecksystem zu entwickeln. Es bestand aus wiederholten, blitzschnellen, todesmutigen Vorstößen ins Zimmer, fast so, als würde man versuchen, einen Bären mit einem Stock zu piksen. Phase eins: Vorhänge. Phase zwei: Licht anknipsen. Phase drei: Übergabe der Teetasse. Gewöhnlich funktionierte das, auch wenn es keine Garantie gab. Es war morgendliches Russisch Roulette: Im günstigsten Fall wurde man mit mürrischem Schweigen oder ein paar ungnädigen Bemerkungen begrüßt, im schlimmsten Fall mit lautem Gebrüll und Türenknallen. Das musste Frances jeden Morgen durchmachen, und allmählich verstand sie, warum manche Eltern so froh waren, wenn ihre Kinder endlich aus dem Haus und auf dem College waren.

Sie ging wieder nach unten, um für die Jüngeren heißen Kakao zu machen. Gott sei Dank hatte sie ja noch zwei «normale», also nicht-pubertierende Kinder. Milo und Lally entfalteten sich jeden Morgen wie erwachende kleine Knospen und kuschelten sich in die Arme ihrer Mutter. Sie brachte jedem von ihnen eine Tasse Kakao und ging wieder nach unten, um Avas Tee zu holen. Unterwegs machte sie erneut einen Blitzvorstoß und knipste in Avas Zimmer das Licht an. Das darauffolgende Gebrüll bestand diesmal aus verständlichen Beschimpfungen, es funktionierte also.

Nachdem sie ihrer Tochter den Tee gebracht hatte (diesmal drang unwirsches Gemurmel unter der Decke hervor, immerhin ein Fortschritt), ging Frances, um sich selbst anzuziehen. Sie nahm sich Zeit, musterte die umfangreiche Garderobe in ihrem begehbaren Schrank und begutachtete das auf dem Schuhbaum hängende Schuhwerk. Währenddessen richtete sie einen Dampfstrahler auf ihr Gesicht, um vor der anschließenden Hautpflege die Poren zu öffnen. Natürlich stimmte nichts davon: In Wahrheit schlüpfte sie in die Jeans von gestern und in den darunterliegenden Kapuzenpulli. He, sie hätten schließlich davonlaufen können, wenn sie nicht ein zweites Mal angezogen werden wollten, oder? Selbst schuld, wenn sie so bereitwillig liegen blieben, wo man sie abgelegt hatte ...

Frances beugte sich über Michael, der ein genauso großer Morgenmuffel wie seine Tochter war. «Hallo du ... Wie wär's mit einer Tasse Kaffee?»

Michael drückte sich das Kissen auf den Kopf und fuchtelte mit einem Arm, als wolle er sie wegscheuchen wie eine lästige Fliege. «Hau ab, es ist noch mitten in der Nacht!»

«Es ist schon nach sieben.»

«Ist es nicht.»

«Doch, leider.» Frances tätschelte das Kissen, unter dem sie Michaels Kopf erahnte, aber der schüttelte sich vor Grauen. Er hatte ihr irgendwann mal erklärt, was es mit diesem Problem auf sich hatte, warum ihm und Ava das Aufwachen so viel schwerer fiel als normalen Menschen. «Erinnerst du dich an diesen Science-Fiction-Film, in dem die Crew Jahrzehnte im Kälteschlaf verbrachte und dann plötzlich aufgeweckt wurde und wie sie sich zitternd erbrachen?» Frances hatte skeptisch genickt. «Für uns ist es genauso.»

«Wie, du wachst jeden Morgen auf, als wärst du jahrzehntelang im künstlichen Koma durchs All gerast?»

«Ja. Und das auch noch mit dem Gefühl eines drohenden Verhängnisses, als wäre man nur geweckt worden, weil man ein Notsignal von einem fremden Planeten oder einem anderen verlassenen Raumschiff empfangen hat.» Michael hatte ein ernstes Gesicht gemacht. «Einfach schrecklich.»

Frances ließ sich dennoch nicht davon abhalten, die beiden jeden Morgen aufzuwecken, wenn auch vielleicht mit etwas mehr Zartgefühl. Und sie hielt Koffein bereit. Als sie nach unten kam, saß Milo bereits fertig angezogen vor dem Fernseher, schaute *Sponge Bob* und löffelte eine Schüssel Cheerios mit Milch. Er war so flink, dass keiner mitbekam, wie er sich anzog, man hörte nur ab und zu, wenn man zum richtigen Zeitpunkt an seiner Tür vorbeiging, das Sirren eines Reißverschlusses oder das *Wusch* eines über den Kopf gezogenen Sweatshirts, das war alles. Danach ging er nach unten und machte sich selbständig Frühstück – Frances war nicht sicher, ob er wirklich ihr Sohn war.

Sie brachte auch Michael eine Tasse Kaffee und warf auf dem Weg todesmutig einen Blick in Avas Zimmer. Ihre Älteste suchte nach einem bestimmten Paar Socken, das sich gewiss nicht dort befand, wo sie nachsah. Frances wich rasch zurück, damit man nicht wieder ihr die Schuld gab, und machte sich auf den Weg zu Lally, um ihr zu helfen.

Lally war das glatte Gegenteil eines Morgenmuffels, aber genauso anstrengend, wenn nicht sogar mehr. Sie erwachte jeden Morgen voller Begeisterung über den neuen Tag, der sich zu ihrem alleinigen Vergnügen vor ihr erstreckte. Sie schlenderte nackt im Haus umher und sang fröhlich vor sich hin, spielte dieses und jenes, so lange man sie ließ. Das war zwar süß, aber nervig, vor allem wenn man unter

Zeitdruck stand. Sie weigerte sich, etwas anzuziehen, verabscheute Kleidung geradezu und empfand sie als den Beginn allen Unheils. Es war, als würde man versuchen, eine Katze in einen Gummianzug zu zwängen. Aber Frances ließ nicht locker, sie schmeichelte und drohte, bis am Ende auch die Jüngste angezogen und fertig für den Kindergarten war.

Frances warf einen Blick auf die Uhr: Noch eine Viertelstunde, dann mussten sie los. Sie schaute noch mal nach Michael, der auf der Bettkante saß und guckte wie ein soeben geschlüpftes Küken: große Augen, zerzauste Haare, zerknittertes Gesicht. Er glotzte sie an und fragte, warum das Fell des Hundes feucht sei. Sie erklärte es ihm. Er nickte und umklammerte unter der Bettdecke seine Eier, als könnten sie ihm jeden Moment weggenommen werden. Unmöglich war das nicht.

Okay, jetzt noch die Pausenbrote. Erdnussbutter mit Johannisbeergelee für Lally, Käse für Milo (die vierte Klasse verzichtete in diesem Schuljahr auf Nussprodukte). Frances fügte noch drei kleine Tupperschüsseln mit Kirschtomaten hinzu, obwohl sie jetzt schon wusste, dass sie sie heute Abend beim Auspacken der Schulranzen wiedersehen würde. Mit den Bananen war es das Gleiche, aber sie gab das Obst ja ohnehin hauptsächlich deshalb mit, um vor den Lehrern zu bestehen. Die überprüften nämlich gelegentlich die Lunchpakete und freuten sich dann zu sehen, wie wichtig Frances die gute Ernährung und Gesundheit ihrer Sprösslinge war – und übersahen vielleicht gnädig die Erdnussbuttersandwiches und Schoko-Müsliriegel, die das Einzige waren, was die Kinder tatsächlich aufaßen.

Ava erschien. Sie trug ein ärmelloses Trägertop mit der

Aufschrift: «Feminismus ist die radikale Annahme, dass Frauen auch Menschen sind.» Frances schnalzte missbilligend. Ava runzelte die Stirn.

«Geh rauf und zieh dich um. Das entspricht nicht den Bekleidungsvorschriften, das weißt du ganz genau.»

«Wegen des Slogans?»

«Nein», antwortete Frances, «weil man deine bloßen Schultern sieht.» Ava öffnete den Mund, um zu widersprechen, aber Frances hob die Hand. «Blödsinn, ich weiß. Mit der Befolgung solcher Regeln unterstützt man nur die Macht des Patriarchats und toleriert die Dominanz des männlichen Blicks gegenüber dem Recht auf persönliche Entfaltung, und außerdem ist es ein super T-Shirt. Das verstehe ich ja alles, aber letztes Mal hat man dich gezwungen, ein schlabbriges Justin-Bieber-Kapuzenshirt überzuziehen, und jemand hat ein Foto davon auf Instagram gepostet, und du warst total niedergeschlagen.»

Zwanzig Minuten später verließen sie das Haus. Kate und Theo standen bereits mit ordentlich gekämmtem Haar am Straßenrand – offenbar versuchte der arme Charlie, *Ordnung ins Chaos zu bringen*. Dann kam Wyatt, mit einer angebissenen Scheibe Toast in der einen und seinen Schuhen in der anderen Hand, und am Schluss Lucas, der eine Tüte Cheerios in der Hand hielt. Frances sah, dass es tatsächlich die Tüte aus der Packung war, und fand es eine bewundernswert unkomplizierte Alternative zur Lunchbox.

Also gut. Zeit für die Schule.

Kate wurde in der großen Pause von ein paar Klassenkameradinnen gestellt.

«He, stimmt es, deine Mom hat euch verlassen?»

Kate blickte stirnrunzelnd in die Runde. Vier Mädchen standen vor ihr, und sie kannte alle seit dem Kindergarten. Alison, Jemma, Becky und noch eine, deren Namen sie sich nie merken konnte. Sie nickte achselzuckend.

«Kann sein. Sie wohnt im Moment nicht bei uns. Aber sie kommt bald wieder nach Hause.»

Alison schüttelte den Kopf. «Kommt sie nicht», erklärte sie entschieden. Alison gehörte zu den Kindern, die immer eine Meinung haben und sie entschieden ausdrücken. Sie lag oft falsch, aber eine Meinung hatte sie.

«Doch», beharrte Kate, selbst nicht schüchtern. «Sie haben im Moment Probleme. Aber wenn die vorbei sind, kommt Mom wieder nach Hause.»

Alison seufzte. «Mein Dad wollte angeblich auch wieder nach Hause kommen, ist er aber nie. Sie sagen immer, sie kommen wieder, aber das ist gelogen.»

«Diesmal vielleicht nicht.»

Noch ein Seufzer. «Doch, immer. Aber vielleicht kannst du ja bei ihr leben? Das gibt es doch oft, oder?» Sie schaute die anderen hilfesuchend an. Jemma meldete sich zu Wort.

«Meine Mom wohnt jetzt in einem viel schöneren Haus als vorher, als sie noch mit Dad zusammen waren. Sie sagt, jetzt wo sie ihn nicht mehr unterstützen muss, kann sie sich was Schöneres leisten. Ich darf bei ihr eine Katze haben. Und ein Fahrrad.»

Kate ließ sich das durch den Kopf gehen, aber Jemma wusste noch mehr zu berichten. «Und wenn ich bei meinem Dad übernachte, darf ich lange aufbleiben und mit ihm

Fernsehen gucken. Und hinterher lässt er mich in seinem Bett schlafen.»

«Und er?»

«Schläft auf dem Sofa», entgegnete Jemma achselzuckend. «Ich glaube, das mag er sowieso lieber.»

«Warum könnt ihr nicht zu zweit in dem Bett schlafen?»

«Weil das Bett nicht groß genug ist. Es ist ein schmales Bett, so wie meins bei Mom, kein großes Elternbett.»

«Und wo wohnt deine Mom jetzt?», fragte Alison Kate.

Ein Ball kam angeflogen, aber Becky fing ihn mit den blitzartigen Reflexen einer Siebenjährigen ab und donnerte ihn wieder zurück zu der Gruppe von Jungen, die auseinanderstoben wie ein Taubenschwarm vor einem Kleinkind. Einer rief ihnen, aus welchen Gründen auch immer, Verwünschungen zu. Becky zeigte ihm kühl den Stinkefinger.

«Ich weiß nicht, wo sie ist», erkannte Kate mit plötzlichem Schrecken.

In diesem Moment schrillte die Schulglocke: Die Pause war zu Ende, und die Mädchen wandten sich zum Gehen. Plötzlich legte Becky Kate tröstend den Arm um die Schultern. «Keine Angst, Kate, fast keiner hier hat noch beide Eltern, das ist gar nicht so schlimm.»

Aber für Kate war es schlimm. Trotzdem lächelte sie.

Später, beim Abendessen, konnte man es Lally überhaupt nicht recht machen. Sie wollte einen anderen Teller. Einen anderen Löffel. Eine andere Sorte Nudeln. Frances versuchte ihr klarzumachen, dass alle Nudeln gleich schmeckten, aber das wies Lally als geradezu lächerlich zurück. Michael, wenig hilfreich, war ihrer Meinung.

«Ich glaube, die dickeren, die Penne, Rigatoni und Farfalle, die schmecken schon ein bisschen anders als die dünnen.»

«Wie anders?»

«Anders als Spaghetti und Spaghettini», mischte sich nun auch Ava ein.

«Nein», widersprach Frances überzeugt, «der unterschiedliche Geschmack kommt nur daher, wie die jeweilige Nudelsorte mit der Soße kommuniziert.»

«*Kommuniziert*? Im Ernst? Ich halte Nudeln ehrlich gesagt nicht zu einer so aktiven Reaktion fähig. Ist doch eher ein passives Lebensmittel.»

«Nein, Michael. Erst Soße und Pasta zusammen ergeben den unverwechselbaren Geschmack, ansonsten würde man sie ja ohne alles essen.»

«Aber ich *will* sie ja ohne alles essen», beklagte sich Lally, der das Gespräch zu sehr abschweifte. «Ich will bloß Butter und Käse dazu.»

«Aber du magst doch Hackfleischsoße.»

«Nee, die hab ich noch nie gemocht.»

Das stimmte natürlich nicht, aber Frances war es plötzlich egal. Sie setzte noch einmal Wasser auf und gab Lally derweil ein Schüsselchen Erdbeeren.

Milo, der während dieser Auseinandersetzung still weitergegessen hatte, schob seinen Teller von sich. «Fertig. Gibt es noch Nachtisch?»

Frances nickte. «Es ist Eis in der Gefriertruhe, wie immer. Aber du kriegst es erst, wenn alle anderen Nachtisch bekommen, auch wie immer.»

Milo seufzte. «Darf ich dann aufstehen?»

Frances seufzte ebenfalls. «Könntest du nicht mal ein bisschen bei deiner Familie am Tisch sitzen bleiben, auch wenn du schon zu Ende gegessen hast? Vielleicht haben wir ja was Wichtiges zu erzählen.»

«Echt?»

«Nein.»

«Na gut, dann geh ich Hausaufgaben machen.»

Frances entließ ihren Sohn mit einem ergebenen Nicken. Er erhob sich und stellte den Hunden seinen Teller zum Ablecken auf den Boden. Es war zwar nur noch ein winziger Rest Soße drauf, aber die Hunde nahmen ihre Vorspülpflicht sehr ernst. Sie wurden nervös, wenn man ihnen den Teller nicht zum Ablecken gab. Wovor fürchteten sie sich eigentlich? Von einem Wasserhahn ersetzt zu werden?

«Ich hab was Wichtiges zu erzählen», verkündete Lally mit einer Erdbeere im Mund.

«Ach ja?» Ava war offenbar guter Laune.

«Ja. Treasure kriegt einen kleinen Hund, einen Welpen. Könnten wir nicht auch einen Welpen haben?», wandte sich Lally an ihre Mutter.

«Nicht noch ein Hund», antwortete Michael automatisch.

Aber so leicht ließ sich Lally nicht abschütteln. «Aber Jack und Diane sind alt genug. Wir könnten ihnen doch einen Welpen schenken.»

«So funktioniert das nicht», erklärte ihr der Vater. «Sie würden sich nicht um den kleinen Hund kümmern, das müsste deine Mom übernehmen, und sie hat schon genug zu tun.»

«Aber ich würde doch helfen, und ...»

«Lally, ich hab im Moment echt genug um die Ohren, ja?», sagte Frances, ein wenig schärfer als beabsichtigt.

Lally warf ihrer Mutter einen ängstlichen Blick zu und gab erstaunlicherweise klein bei. «Okay.»

Stille.

«Ist das alles?», fragte Ava verblüfft. «Du gibst einfach auf?» Sie streckte die Hand aus und befühlte die Stirn ihrer Schwester. «Heiß ist sie nicht.»

«Schon gut, ich will doch kein neues Hündchen.»

Frances runzelte die Stirn. Es war ganz untypisch für Lally, so schnell aufzugeben. Das musste einen tiefergehenden Grund haben.

«Ich will Mommy nicht böse machen.»

Michael warf einen Blick zum Herd. «Ich glaube, das Wasser kocht.»

Frances erhob sich, um die Spaghetti hinzuzufügen.

«Ich kann auch die Penne essen.» Die Vierjährige begann tapfer, ihre inzwischen kalt gewordenen Nudeln zu essen.

«Das macht ihr nichts aus, Lal, ehrlich», versicherte Michael. Er beugte sich über den Tisch und tätschelte Lallys Arm. «Mom macht dir Spaghetti.»

Aber Lally hatte irgendetwas aus der Fassung gebracht. Ihr soßenverschmiertes Kinn zitterte. Ava erkannte dank ihrer mysteriösen Verbindung zu ihrer jüngeren Schwester als Erste, wo – sozusagen – der Welpe begraben lag.

«Mom würde uns nie verlassen, Lally. Keine Angst, sie geht nirgendwohin.»

Michael schaute Frances an, die gerade eine Handvoll Spaghetti ins Wasser geworfen hatte und einen Kochlöffel in der Hand hielt, der nun mitten in der Luft verharrte.

Lally fing an zu heulen. Sie legte ihren Löffel beiseite und wischte sich mit den Fäusten übers Gesicht.

«Aber vielleicht doch.»

«Bestimmt nicht», entgegnete Ava fest. «Es würde dir nie gelingen, sie zu vertreiben, schon gar nicht wegen eines

Welpen oder weil du was anderes zum Abendessen willst. Ich versuche seit Jahren, sie in den Wahnsinn zu treiben, glaub mir.»

Lally schaute ihre große Schwester schniefend an. «Echt?»

«Ganz echt. Du hast einen echten Profi vor dir.»

Milo, der auf die Auseinandersetzung aufmerksam geworden war, kam wieder hereingeschlendert. «Weißt du noch, wie ich fast mal die Wohnzimmervorhänge in Brand gesetzt hätte?», warf er ein.

Lallys Augen wurden kugelrund. Damals war sie noch nicht auf der Welt gewesen, kannte aber die Geschichte, den berühmt-berüchtigten Vorfall «mit dem brennenden Vorhang». Alternativ auch unter dem Titel «Als der Hund uns das Leben gerettet hat» bekannt. Jack war damals noch der einzige Hund in der Familie gewesen und ein heroischer noch dazu.

«Wenn sie uns nicht mal wegen eines Brandes verlässt, dann bestimmt nicht wegen Spaghetti.»

Lally schaute Milo an und nickte vertrauensvoll. Doch dann bewölkte sich erneut ihre Miene. «Aber Kate und Theo haben gar nichts gemacht, und ihre Mom hat sie trotzdem verlassen.»

Michael räusperte sich. Jetzt war er dran. «Aber die Gründe, warum Anne gegangen ist, haben nur mit ihr selbst zu tun, nichts mit den Kindern. Eltern würden ihre Kinder nie verlassen, bloß weil sie was angestellt haben. Oder zumindest nur sehr, sehr, sehr selten.» Er erhob sich, trat um den Tisch herum und ging vor Lally in die Hocke. Er drehte ihr kleines Gesicht zu sich.

«Jetzt hör mir mal gut zu, Alexandra. Es gibt nichts, aber

auch gar nichts, das du tun könntest, um deine Mom oder mich dazu zu bringen, dich im Stich zu lassen, verstehst du? Wir sind seit langer Zeit eine Familie, und wir werden dich nie verlassen, nicht mal, wenn du aufs College gehst. Selbst dann würden wir dich noch in den Supermarkt begleiten und dir beim Einkaufen helfen.»

«Nee, wie gruselig», bemerkte Ava, «mit mir macht ihr das aber nicht, klar?»

«Versprechen kann ich nichts.»

Lally fand schließlich den Mut, Frances anzusehen. «Du gehst nicht weg, Mommy?»

Frances, die im Topf rührte, hatte das Gespräch Michael und ihren anderen Kindern überlassen, die das auf ihre unnachahmliche Art am besten konnten. Aber ihr blutete das Herz, auch wenn sie sich äußerlich ruhig gab, damit ihre kleine Tochter nicht noch mehr Angst bekam. Sie lächelte Lally liebevoll an und schüttelte den Kopf. «Nein, Baby. Dein Dad hat recht, ich würde dich um keinen Preis verlassen, egal was du tust. Ich fürchte, du wirst mich nie los.»

«Da hörst du's», sagte auch Ava, «sie ist in der Beziehung wie eine Erbkrankheit.»

«Oder ein Leberfleck», fügte Milo hinzu und ging wieder. Die Krise war schließlich vorbei.

«Oder wie Termiten», überlegte Michael laut. «Man sieht sie zwar nicht, aber sie sind immer da, tief im Holz.»

Frances warf eine Nudel an die Decke, wo sie neben der anderen kleben blieb, die schon dort gehangen hatte, bevor Lally auf die Welt kam. Sie wartete einen Moment, aber sie fiel nicht wieder ab.

29

Und wieder mal Samstag. Es gab ein Kinderbuch, das Frances besonders mochte. Darin spielten die Buchstaben des Alphabets plötzlich verrückt, sie wollten nicht mehr in der üblichen Reihenfolge erscheinen. Es begann mit dem A, aber dann wurde ein Buchstabe sauer und drängelte sich vor, und bald brach Chaos aus. Frances wünschte, dass es im Alltag auch manchmal so wäre. Sie würde zum Beispiel gern mal den Dienstag loswerden. Und dafür lieber zwei Donnerstage einlegen. Der Dienstag ist ein schrecklicher Tag, ein Seelenmörder von einem Tag, man hat fast noch die ganze Woche vor sich, und die Arbeit tut sich ja nicht von allein. Dienstag ist der Tag, an dem man alles in Frage stellt. An dem man sich wünscht, man hätte etwas anderes studiert. Oder einen anderen Mann geheiratet. Sich eine andere Frisur machen lassen. Am Mittwoch reißt man sich dann wieder zusammen, denn im Ernst, schließlich folgt ein Tag dem anderen, und das war schon das ganze Leben so. Was würde es nutzen, gegen dieses System anzukämpfen? Aber bei der Arbeit läuft es immer noch nicht rund. Und Donnerstag? Donnerstag ist prima, da wächst einem wieder Kraft zu, man mobilisiert noch mal sämtliche Reserven, um alles fertig zu bekommen, damit man am Freitag früher gehen kann. Das Wochenende ist in Sicht.

Frances dachte über solche Dinge oft nach. Wenn es bei

Jeopardy! eine Kategorie für «Vollkommen überflüssige und nutzlose Gedanken» gäbe, wäre sie gewiss der Champion.

Frances befand sich mal wieder beim Kinderfußball, sie hatte bei *Schere, Stein, Papier* gegen Michaels *Stein* den Kürzeren gezogen. Sie regelten alles mit Ausknobeln, aber mittlerweile brauchten sie sechs Runden, ehe es zu einer Entscheidung kam. Mindestens sechsmal hatten beide das Gleiche, bis entweder der eine oder der andere mit Stein gewann. Würden sie, wenn sie achtzig waren, dreißig Runden benötigen, um zu einem Ergebnis zu gelangen? Noch so eine Frage für *Jeopardy!*, falls sich der Sender je bei ihnen melden sollte. Manchmal spielte sie mit den Kindern «verrücktes» Knobeln, dann gab es andere Möglichkeiten, wie Hai (eine Hand macht Beißbewegungen), Spinne (offensichtlich) oder Feuer (Spinne rauf und runter) oder Kaninchen (wer dafür eine Zeichnung braucht, kann's gleich vergessen). Sie versuchte es auch mal bei Michael damit, aber er lehnte es kategorisch ab.

«Woher willst du wissen, dass Hai Schere besiegt?», hatte er gefragt.

«Och, ich weiß nicht», hatte Frances geantwortet, «weil der Hai einer der gefährlichsten Killer der Meere ist, mit superstarker Haut und immer wieder nachwachsenden Zähnen? Und eine Schere schließlich nur eine Schere ist, selbst wenn sie rasiermesserscharf sein sollte. Außerdem müsste man dem Hai schon sehr nahe kommen, um ihn mit einer Schere zu verletzen, und ich glaube nicht, dass er es freundlich aufnehmen und dich verschonen würde, wenn du ihm gerade eine Schere in die Seite gerammt hättest.»

«Stimmt», hatte er eingeräumt, «aber wenn wir so anfangen, kann das wer weiß wo hinführen.»

«Wohin denn?»

«Gewaltexzesse, meine Liebe. Du könntest einen Karateschlag versuchen, und ich dich mit meiner Fingerpistole erschießen. Und schon hätten wir den schönsten Tarantino-Film.»

Frances erhielt plötzlich einen Fußball an den Kopf, was sie jäh aus ihren Reminiszenzen an «Die hirnrissigsten Gespräche mit meinem Mann» riss. Einen Kanal, den sie oft einschaltete.

«Entschuldige!» Ein kleiner Junge kam angerannt und holte sich den Ball wieder. «Entschuldige, Frances!»

Sie schaute nach unten. Es war Lucas.

«Macht doch nichts, Schätzchen», sagte sie lächelnd, «ich hab meinen Kopf ohnehin gerade zu nichts Bestimmtem gebraucht.»

Er rannte wieder davon. Frances winkte Bill zu, der in Tornähe stand. Dann hielt sie in der Hoffnung auf eine Verwundung, die eine vorzeitige Erlösung von dieser Tortur ermöglichte, nach ihrer eigenen Brut Ausschau. Es musste ja kein gebrochenes Bein sein, ein aufgeschürftes Knie würde schon reichen.

«Hallo, Frances, alles paletti?», erkundigte sich ihre Freundin Lili, in der Hand einen Maxi-Becher Kaffee.

«Ja, leider, alle sind gesund und munter.» Frances schaute sich um. «Hast du Herrn Edamer denn gar nicht mitgebracht?»

Lili nickte und deutete mit einem Finger der Hand, mit der sie den Becher hielt, aufs Spielfeld. «Er steht da drüben und schaut Clare zu. Ihre Mannschaft sind die rosa Delfine. Er ist derjenige mit dem rosa Delfin-Maskottchen unterm Arm.»

Frances sah ihn. «Ganz schön groß.»
Lili nickte. «Jep.»
«Und ganz schön breitschultrig.»
Lili seufzte. «Jep.»
«Und teuflisch attraktiv. Kann verstehen, warum du dir nicht sicher bist.»
Lili schnalzte missbilligend. «Aber schau nur, wie er diesen rosa Delfin schwenkt! Ganz schön albern für einen erwachsenen Mann, oder?»
Frances zuckte die Schultern. «Ich finde es süß. Ich finde *ihn* süß. Und Clare scheint ihn zu mögen, so wie sie sich an seine Knie klammert.»
Lili schmunzelte. «Ja, die Kinder mögen ihn sehr. Annabel war anfangs nicht sicher, aber jetzt tut sie, als ob sie ihn angeschleppt hätte. Weiß selbst nicht, warum ich mir in Bezug auf ihn noch immer nicht sicher bin. Er ist sehr nett.»
Frances zuckte abermals mit den Schultern. «Vielleicht weil wir alle spinnen und keine Gelegenheit auslassen, uns selbst in die Suppe zu spucken? Weil wir ein schlechtes Gewissen haben, wenn es uns gutgeht, während überall auf der Welt Menschen leiden?»
«Mag sein.» Lili nahm nachdenklich einen Schluck aus dem Becher. «Außerdem ist er unheimlich gut im Bett, und wer kann das schon gebrauchen.»
«Ach, das macht nichts», beruhigte Frances, «das vergeht schnell wieder, glaub mir.»
Lili musterte sie. «Lässt das Liebesleben zu wünschen übrig?»
Frances nickte. «Der Wunsch ist so ziemlich das Einzige, was noch vorhanden ist, und selbst der lässt nach. Meine

Mutter hat mal gesagt – und das ist mir unvergesslich geblieben –, wenn man in den ersten zwei Jahren einer Beziehung nach jedem Sex einen Dollar in ein Glas legt und dann nach der Heirat ein Jahr wartet und dann jedes Mal eine Münze rausnimmt, wenn man Sex hat, wird man das Glas dennoch nie wieder leer kriegen.»

Lili runzelte die Stirn. «Kapiere ich nicht, ich kann nicht gut rechnen.»

«Ich hab's erst auch nicht verstanden. Ich hab gesagt, sie irrt sich, aber sie hat bloß gelacht. Jetzt verstehe ich sie, glaube ich. Nach den ersten zehn Jahren hat man nicht mehr oft Sex, und wir sind jetzt schon zwanzig verheiratet.» Sie hüstelte. «Aber wie sind wir bloß darauf gekommen?»

«Weil wir uns über meinen sexy Holländer unterhalten haben.»

«Ach ja. Jedenfalls, genieße es, solange du kannst.»

«Ich hab zwei kleine Kinder, da findet man selten Gelegenheit, am Kronleuchter zu schaukeln.»

«Dann nehmt euch ein Hotelzimmer.»

Lili war schlagartig hellwach. «Uuuh, so wie Anne Porter? Stimmt das, was man hört?»

Clare kam angerannt und hielt ihrer Mutter den Delfin hin. «Kannst du den für uns halten?», bat sie.

«Warum macht Edward das nicht?»

Und schon tauchte auch der schöne Holländer auf. Mann, der war wirklich umwerfend. Frances musterte ihn verstohlen. Er bemerkte sie und reichte ihr die Hand. «Hallo, ich bin Edward.»

«Guten Tag!» Frances drückte seine Hand. Lili fühlte sich sichtlich unbehaglich, was Frances diebischen Spaß machte. Sie hätte am liebsten gesagt: «Lili hat erzählt, dass Sie gut im Bett sind», sparte sich das aber für eine Gelegenheit auf, wenn keine Kinder in Hörweite waren. Lili schien zu ahnen, was in ihr vorging. «Habt ihr Delfin-Probleme?»

Er räusperte sich. «Das Spiel ist vorbei, und Clare möchte noch kurz zum Spielplatz. Wenn du nichts dagegen hast?»

«Geht nur», sagte Lili, «Annabels Spiel ist in einer Viertelstunde auch vorbei, wir kommen dann nach. Ich nehme Pinky so lange.»

«Der heißt nicht Pinky», sagte Clare.

Lili musterte den Delfin. «Nicht? Aber wie heißt er dann?»

«Das ist Dolfy, sie hat den Namen geändert», erklärte Edward gespielt ernst. «Er heißt jetzt nicht mehr Pinky.»

«Wieso?»

Er wollte schon antworten, aber Clare zerrte an seiner Hand. «Mom, können wir jetzt gehen?», sagte sie. «Über den Namen können wir uns später unterhalten.»

Lili hob entwaffnet die Hände und nickte.

«Siehst du, Edward? Man muss nur streng mit ihr reden, dann kapiert sie alles», erklärte Clare. Edward ließ sich von der Kleinen fortziehen, dabei warf er den beiden Frauen einen bedauernden Abschiedsblick zu.

«Ja», sinnierte Frances, «ein unausstehlicher Kerl.»

«Stimmt das mit Anne?»

«Meinst du das mit der Affäre oder das mit der Scheidung oder beides?»

«Alles. Erzähl mir alles.»

Aber Frances fühlte sich plötzlich überfordert. «Muss ich wirklich? Mich hat das selbst ziemlich mitgenommen, und ich kann nicht darüber reden wie über irgendeine Klatschgeschichte. Entschuldige, dass ich so offen bin, aber du bist nicht irgendwer, sondern eine echte Freundin. Ich weiß, ich zerreiß mir sonst auch das Maul, aber diese Sache geht mir echt nahe, es ist ja praktisch nebenan passiert. Kann sein, dass mir dadurch endgültig die Lust am Klatsch vergangen ist. Aber rede doch selbst mit Anne, ihr kennt euch ja.»

Lili musterte Frances besorgt. «Alles in Ordnung mit dir? Tut mir leid, ich wusste nicht, wie sehr dich das mitnimmt. Aber du hast recht, wenn man selbst betroffen ist, vergeht einem der Spaß.» Sie seufzte. «Nach dem Tod meines Mannes kamen alle möglichen Leute auf mich zu, die ich kaum kannte. Auf einmal wollten alle mit mir reden, fingen an mich auszufragen, sich nach meinem Befinden zu erkundigen und so weiter. Die meisten haben es bestimmt nur gut gemeint, wollten behilflich sein. Aber nach ein paar Monaten kann man die geschenkten Brathähnchen einfach nicht mehr riechen. Man hat es satt, Besucher ins Haus bitten und ihnen was anbieten zu müssen. Und über etwas zu reden, was einem großen Kummer bereitet und nur einen selbst angeht.» Stille. «Warum bringen eigentlich immer alle Brathähnchen vorbei?» Wieder Stille. «Ich habe diesen Leuten einen Spitznamen gegeben: Trauergeier.»

Eine erneute Stille trat ein, dann sagte Frances: «Kennst du eigentlich die Brathähnchenbude an der Achten und Western?»

«Die mit dem Brennholz vor der Tür? Die aussieht, als würde sie jeden Moment zusammenbrechen?»

«Genau. Deren Geflügel könnte dir helfen, deine Brathähnchenphobie zu überwinden. Wir nennen sie Speckhähnchen, einfach weil sie so phantastisch schmecken. Obwohl überhaupt kein Speck dabei ist. So gut sind die.»

Lili musste grinsen. «Das mag ich so an dir, Frances. Deine Mitleidlosigkeit ist unglaublich tröstend.»

«Findest du?», fragte Frances ein wenig perplex. «Ist das gut?»

«Ja, klar. Ah, schau, Annabel ist fertig. Na endlich, Gott sei Dank.» Lili trank aus und umarmte Frances. «Ich bin froh, dass du so bist, wie du bist, und dass du Annes Privatsphäre respektierst. Ich werde die saftigen Einzelheiten dann von woanders einholen, bei jemandem mit weniger hohen Moralvorstellungen.»

«Prima. Man sieht sich ja wohl oder übel nächste Woche, nicht?»

«Ja, leider. Aber nur noch fünf Wochen bis Saisonschluss!»

Und damit machte sich Lili auf den Weg zu ihrer Ältesten, die ihrer Mutter von Tag zu Tag ähnlicher wurde. Das Glückskind.

Milo warf sich gegen Frances' Unterleib und hätte sie fast umgestoßen. «Fertig! Gewonnen!» Er blickte begeistert wie ein hechelnder Welpe zu ihr auf, mit seinen dürren, schlaksigen Armen und Beinen und seinem zerzausten Haar. Er roch nach Kinderschweiß, was sich in ein paar Jahren ändern würde, wenn die Pubertät einsetzte und Sportsachen dann auf eigenen Beinen aus der Sporttasche würden klettern können.

Lally kam ebenfalls herbeigeschlendert. «Wir haben verloren, glaube ich jedenfalls. Mir egal.» Sie setzte sich ins Gras und zerrte sich die Schuhe von den Füßen, zu ungeduldig zum Aufknüpfen. «Können wir jetzt Eis essen gehen?»

Bill und Lucas gesellten sich auch zu ihnen. «Hallo allerseits. Wir dachten, wir könnten vielleicht zusammen Mittagessen gehen und hinterher noch ein Eis holen?», schlug Bill vor. Lucas hinkte und hatte ein frisches Pflaster am Knie. Allerdings hinkte er mit dem falschen Bein, dem ohne Pflaster. Trotzdem war es keine schlechte Vorstellung.

Die Kinder brachen in Jubel aus, und auch Frances nickte. Sie schaute sich auf dem Sportgelände um. Überall fanden sich Familien und Kinder zusammen, um über die zweite Hälfte des Tages zu entscheiden. Weiter hinten waren zum Beispiel Iris und Sara, und irgendwo beim Spielplatz Lili und Edward. Alle diese Familien kämpften mit den Widrigkeiten des Alltags, gaben jeden Tag ihr Bestes oder taten manchmal auch nur so – und manchmal versuchten sie aktiv, einander zu zerstören. Doch alle vereint beim blöden Peewee-Soccer und einig in dem Wunsch nach gesunden und fitten Kindern und dem Bestreben, eine Samstagsbeschäftigung für die Sprösslinge zu finden. Zweifellos ein tiefschürfender Gedanke, dessen Bedeutung sich Frances leider entzog. Sie zuckte innerlich mit den Schultern. Sie war hundemüde und brauchte dringend Kaffee. Das Leben ist, wie es ist, man tut, was man kann, und belohnt sich dafür mit Eiscreme.

Ava wurde derweil gerade erst wach. Es war so still im Haus ... Sie überlegte. Ah, es war Samstag, also Kinderfußball. Sie drehte sich zur Seite und kuschelte sich tiefer in die Kissen. Ihre Gedanken streiften Richard, den süßen Typen, mit dem Anne Porter was hatte. Sie musste zugeben, dass sie ein wenig beeindruckt gewesen war, aber Anne sah ja auch noch ziemlich gut aus für ihr Alter. Piper schlief mit einem älteren Jungen aus der katholischen Jungenschule. Ihre Eltern durften nichts davon erfahren, er war schließlich fünf Jahre älter als sie. Er fand sie jedenfalls nicht zu jung, um mit ihr zu vögeln. Ava selbst hatte ihn noch nie getroffen, kannte aber seine Online-Posts, was auf das Gleiche hinauslief. Er zeigte dort schließlich nur, was er zeigen wollte. Piper behauptete, er sei in Wirklichkeit viel netter. Ava konnte das nur hoffen. Lauter Fotos von ihm und seinen Kumpels und dazu einige, auf denen er irgendwelche Tiere auf dem Arm hatte, damit auch weiterhin für den Nachschub an Blowjobs von Mädchen gesorgt war, die gerade erst die Zahnspange abgelegt hatten.

Ava selbst hatte noch mit keinem Jungen geschlafen. Sie hatte sich mal auf einer Bar-Mizwa befummeln lassen, aber sich gewehrt, als der Typ mit seiner Hand in ihren Slip greifen wollte. Über Petting wusste sie Bescheid, ihre Freundinnen hatten ihr davon berichtet, aber es hörte sich nicht gerade verlockend an. Dieselben Hände, die einen befingerten, machten mit irgendwelchen Blödmännern High-Fives oder imitierten irgendwelche doofen Gang-Gesten, die sie eh nicht kapieren ... igitt, nee. Außerdem würde es wahrscheinlich eh weh tun – sie schaffte es ja nicht mal, einen Tampon einzuführen, weil sie da unten so eng war. Piper hatte gesagt, wenn man nicht wollte, dass sie einem an die Wäsche gingen, musste man ihnen einen blasen, «dann können sie an nichts anderes mehr denken». Aber war Sex denn ein Kampfsport? Sollte es dabei nicht ein wenig ... kooperativer zugehen? Ihre Mom hatte ihr neulich ein «Aufklärungsgespräch» aufgezwängt, was ihr so peinlich gewesen war, dass sie gar nicht genau zuhören konnte. Irgendwas von wegen sich auf nichts einlassen, was man nicht tun will, dass es aber durchaus okay war, etwas ausprobieren zu wollen, man brauche deswegen keine Schuldgefühle zu haben. Ava wäre am liebsten im Erdboden versunken.

Sie konnte verstehen, warum Piper ältere Jungs lieber mochte. Die Jungen in ihrem Alter mochten ja inzwischen tiefere Stimmen haben, aßen aber trotzdem noch am liebsten Süßkram zum Frühstück, schubsten und rempelten einander, warum, hätte niemand sagen können. Ältere Jungs dagegen – diejenigen, die ihre Mutter «junge Männer» nannte – wollten dich wirklich ins Bett kriegen und wussten auch, wie sie das anstellen mussten und was zu tun war, wenn sie dich endlich überredet hatten – nicht schlecht, wenn man selbst nur vage Vorstellungen davon hatte. Manchmal führte das allerdings dazu, dass man mit Aktionen konfrontiert wurde, mit denen man nicht gerechnet hatte und für die man noch gar nicht bereit war. Piper behauptete, das Meiste sei einfach nur toll. Und einem Jungen einen zu blasen sei auch ganz einfach, das Wie ergäbe sich von selbst, man musste es nicht erst lernen. Ava, die Wange ins Kissen gedrückt, runzelte die Stirn. Sie spürte wieder diesen Druck in der Magengrube und im Unterleib, wie immer in letzter Zeit, wenn sie an Sex dachte.

Sie war vierzehn und wünschte, sie hätte einen Freund, mit dem sie rumprobieren könnte. Der Junge aus der Oberstufe hatte offenbar einen Kumpel, der auf Pipers Online-Account Fotos von Ava gesehen hatte und sie süß fand. Aber das spielte sowieso keine Rolle mehr, jetzt, wo sie und Piper zerstritten waren. Sie konnte ja schlecht zu Piper gehen und sagen: «Hallo, ich weiß, wir haben Krach. Ich hab dich wegen einer ernsten Sache auffliegen lassen, und du hast aus Rache behauptet, ich hätte dich angemacht. Könntest du mich vielleicht trotzdem mit dem Kumpel von deinem Freund verkuppeln, damit er mich entjungfert, aber so, dass es nicht gleich überall im Internet zu sehen ist?»

Ava zog sich stöhnend die Decke über den Kopf.

30

Die Kinder liefen natürlich ständig rein und raus. Normalerweise wäre es ihnen völlig egal gewesen, was die Erwachsenen machten. Aber sie spürten, dass etwas nicht stimmte, und fingen an zu quengeln.

Theo wollte raus und mit seinem Vater spielen. Charlie wurde prompt in das Generation-X-Dilemma geworfen: Ich möchte meinen Kindern eine ähnlich freie und wilde Kindheit bieten, wie ich sie hatte, sie aber andererseits auch nicht vernachlässigen. Doch unglücklicherweise geht mein Leben gerade den Bach runter, und ich bin kurz davor auszurasten und mit einer Gabel auf sämtliche Küchengeräte einzustechen. Vielleicht ist heute also nicht gerade die beste Zeit zum Frisbeespielen.

«Im Moment passt es nicht, Theo, tut mir leid. Ich unterhalte mich mit Michael.»

Theo ging mit einem Achselzucken nach draußen und lümmelte sich auf eine Schaukel, wo er reglos sitzen blieb. Charlie und Michael blickten ihm nach.

«Er tut sich wohl immer noch schwer damit, was?», erkundigte sich Michael und wies auf Theo, der nun immerhin anfing, lustlos hin und her zu schaukeln.

Charlie zuckte, wie vorhin sein Sohn, mit den Achseln. «Ja, glaube schon. Die letzten zwei Wochen waren einfach furchtbar. Wenn ich Anne nicht so hassen würde, würde ich ihr glatt eine Medaille verleihen für all das, was sie täglich zustande gebracht hat, ohne dass es mir aufgefallen ist. Ich hatte ja keine Ahnung, wie langweilig und öde und *nervtötend* es ist, für Kinder zu sorgen. Ich muss die Putzkolonne mittlerweile dreimal pro Woche herbitten.»

Michael lächelte. «Wird dir das Einkaufen allmählich zu viel?»

«In der ersten Woche lief es prima. Ich hatte mir vorgenommen, den Haushalt wie ein präzises Schweizer Armeehospital zu führen ...»

«Ich dachte, die Schweizer haben keine Armee.»

«Ach, nein?»

«Glaube nicht. Ich könnte mich natürlich auch irren.»

«Na ja, dann eben wie irgendeine super-effiziente Einrichtung, was zwar viel weniger cool klingt, aber ich beuge mich deiner überlegenen Kenntnis in europäischer Militärkunde. Ich habe die Kinder geweckt und angezogen und ihnen ein warmes Frühstück auf den Tisch gestellt. Hab sogar so eine Form gekauft, mit der man aus Pfannkuchenteig die Namen der Kinder gießen kann. Ich habe spätabends noch die Wäsche gewaschen, getrocknet und zusammengefaltet ...»

Michael stieß ein bewunderndes «Wow» aus.

«Ja, nicht wahr? Aber nach einer Woche hatte ich einen kompletten Nervenzusammenbruch. Ich saß mit einem Bier in der Badewanne und hab in den Schaum geheult wie ein Schlosshund – natürlich so leise wie möglich, um die Kinder nicht zu wecken. Ich weiß einfach nicht mehr, was ich tun soll.»

Kate kam herein, in einer Hand eine Art Barbiepuppe, in der anderen eine Rolle Tesafilm. Die Barbie hatte kurzes, nicht besonders vorteilhaft abgeschnittenes Haar. Kate legte beides vor die Männer auf den Tisch. Dann schob sie die Hand in die Tasche und holte das abgeschnittene Puppenhaar hervor.

«Kleb das bitte wieder an, Daddy», befahl sie. «Hier ist Tesa.»

Charlie betrachtete seine kleine Tochter und entdeckte in ihrem Gesicht die Ähnlichkeit mit Anne, aber er liebte sie trotzdem. «Äh ... ich glaube nicht, dass das funktioniert, Süße.»

Kate runzelte die Stirn. «Doch. Du musst es nur richtig ankleben.»

«Es würde aber nicht mehr so aussehen wie vorher.»

«Macht nichts. Kleb es einfach dran.»

«Man wird den Tesa sehen. Und wahrscheinlich geht das Haar schnell wieder ab.»

«Kleb's an, Daddy.» Komm mir jetzt nicht mit der Realität, alter Mann. Ich habe eine Vision, und die wird jetzt auch umgesetzt.

Charlie seufzte und warf Michael einen hilflosen Blick zu. Der bemühte sich um eine tröstende Miene. Charlie zog einen langen Streifen Tesafilm ab und versuchte ihn auf dem Tisch auszubreiten, aber er rollte sich immer wieder auf. Schließlich hielt Michael das eine Ende fest und bat Kate, ihren Finger auf das andere zu legen. Charlie versuchte nun die Haarbüschel auf dem Klebeband zu fixieren, was nicht so einfach war, denn die Haare, die mit dem Band Kontakt hatten, blieben zwar kleben, aber die darüber lösten sich immer wieder ab. Schließlich versuchte er, einzelne dünne Büschel anzukleben, was aber aussah wie Spinnenbeine, eine Frisur, die Kate wohl nicht im Sinn gehabt hatte.

Michael kam schließlich auf die rettende Idee. Er hielt einen Finger hoch (aber nicht den, mit dem er das Tesa festhielt) und schlug vor, eine Art Sandwich zu machen, das Haar also zwischen zwei Klebestreifen zu kleben, und dieses Haarsandwich dann mit noch mehr Tesa am Kopf der Barbie zu befestigen. Der Vorschlag wurde einstimmig angenommen, und nun funktionierte es zwar ein wenig besser, aber Preise gewann man damit nicht. Michael glaubte von ferne zu hören, wie sich der alte Vidal Sassoon im Grab umdrehte.

Schließlich wurde das Haar an Barbies Kopf gehalten und mit viel Tesa umwickelt. Am Ende sah sie aus, als wäre sie in einen Mähdrescher geraten. Kate hielt sie hoch und begutachtete sie.

«Prima, Daddy!» Sie rannte davon, rief aber noch: «Vielen Dank!»

Charlie erhob sich, um Kaffee nachzuschenken. «Noch eine Tasse?»

«Gern. Für ein Bier ist's wohl noch zu früh, nehme ich an?»

Charlie warf einen Blick auf die Uhr, die über der Terrassentür hing. Es war fünfzehn Uhr.

«Muss man sich am Wochenende überhaupt an Regeln halten?» Er stellte die Tasse fort und öffnete stattdessen den Kühlschrank, holte zwei Flaschen Bier heraus. Der Öffner lag ohnehin bereits auf dem Tisch. «Das Beste daran ist, dass es Anne nicht gefallen würde.» Er setzte sich und prostete seinem Nachbarn zu. «Cheers.»

Sie tranken, und Michael schob zerstreut die restlichen Barbiehaare zu einem Häufchen zusammen. Er warf einen Blick in den Garten. Milo war inzwischen hinzugestoßen.

Beide Jungen saßen auf benachbarten Schaukeln und stießen sich mit Leibeskräften ab.

«Glaubst du, Frances würde fremdgehen?», wollte Charlie wissen. Er sah Michael nicht an, sondern blickte ebenfalls in den Garten.

Michael runzelte die Stirn. «Eher nicht. Woher sollte sie die Zeit nehmen?»

Charlie verzog das Gesicht. «Anne hat Zeit dafür gefunden.»

«Aber Anne hat auch nicht ständig Kinder im Schlepptau. Frances hat vormittags ungefähr zwei Stunden zur Verfügung, und die verbringt sie meist beim Tierarzt.»

«Ja, ihr habt wirklich viele Haustiere.»

«Sie liebt Tiere, was soll man machen? Ich habe anfangs protestiert, aber es hatte keinen Zweck. Sie kümmert sich nun mal gern um alles und jeden.»

«Und wenn sich nun ein anderer Mann um *sie* kümmern würde? Für Anne habe ich allein ja offenbar auch nicht gereicht.» Er trank aus und holte sich noch ein Bier.

Michael hielt sich nach wie vor an seiner ersten Flasche fest. «Ich würde den beiden viel Glück wünschen.»

Charlie machte eine fassungslose Miene. «Es wäre dir egal?»

«Nein, egal wär's mir natürlich nicht. Aber es würde die Qualität meiner Ehe doch nicht wirklich beeinträchtigen, oder? Mein Glückwunsch, wenn sie es schaffen sollte, einen anderen Mann in ihrem vollen Zeitplan unterzubringen und trotzdem noch alle übrigen zufrieden zu stellen. Dann ist sie sogar noch tüchtiger als bisher angenommen. Wenn sie das schafft, sollte vielleicht sie die Firma leiten und nicht ich.»

«Und du?» Charlie machte einen Schritt auf die Terrasse, um nach den Jungen zu sehen. Mit besorgtem Blick verfolgte er ihre wilden Schwünge, unter denen sich die Schaukelstange bereits gefährlich zu biegen begann.

«Ob ich was mit anderen Frauen habe?»

«Ja.»

«Ich hab ja nicht mal Sex mit meiner eigenen, wieso um alles in der Welt sollte ich dann Sex mit anderen haben?»

Charlie wandte sich zu ihm um und grinste. «Weil du keinen Sex mehr mit deiner Frau hast? Wir sind schließlich nur Menschen.»

«Ja, schon. Aber ich hätte gar nicht mehr das Bedürfnis. Ich schaue mir gern mal einen Porno an und hole mir einen runter, und damit hat sich's. Ich bin nicht mehr so luststeuert wie früher. Ob ich zufrieden bin? Ja, vielleicht. Vielleicht bin ich aber einfach nur zu müde für all das. Lieber sitze ich mit meiner wunderbaren Frau im Bett und schaue mir einen guten Film mit ihr an, anstatt in Bars rumzuhängen und Frauen aufzureißen. Ehrlich.» Er lachte. «Das ist mir wichtiger als so ziemlich alles andere, ganz besonders, wenn ich meine Kinder versorgt und glücklich weiß.» Er hielt inne. «Aber wer weiß, vielleicht hab ich ja einfach noch nicht die Richtige getroffen.» Er trank einen Schluck.

«Oder vielleicht hast du doch und bist mit ihr verheiratet.»

Michael hob die Flasche. «Auf meine Frau.»

«Auf Frances», bestätigte Charlie, «eine treue Seele.»

Michael zog die Augenbrauen hoch. «Sie ist kein Hund, weißt du.»

Charlie schmunzelte. «Wie war sie, als ihr euch kennengelernt habt?»

«Genauso. Sie ist einfach eine liebenswerte, warmherzige Frau, die sich gern um andere kümmert. Manchmal vielleicht ein bisschen zu viel, aber es gibt Schlimmeres. Ich war ein ziemliches Arschloch, und sie hat einen besseren Menschen aus mir gemacht.» Michael stellte sein Bier ab und wünschte, er hätte stattdessen doch einen Kaffee.

Charlie fragte zögernd: «War sie immer schon so ... kurvig?»

Michael lachte. «Sie hat Übergewicht, sag's ruhig, Charlie, ich fürchte mich nicht vor der Wahrheit. Nein, früher war sie schlank und rank. Dicke Titten hatte sie immer, aber ansonsten kein Gramm Fett auf den Rippen. Aber dann bekam sie drei Kinder und hat zugenommen.» Er deutete auf sich selbst. «Ich übrigens auch, aber ich habe keine so gute Ausrede.»

«Stört es dich denn gar nicht?»

«Was denn?»

«Dass sie sich ... so gehenlässt.»

Michael musterte den anderen neugierig. «Sie lässt sich nicht gehen, Charlie, sie erlaubt sich, so zu sein, wie sie ist.» Er zuckte die Achseln. «Kennst du meinen Freund Jason?»

Charlie nickte. «Der Rothaarige, der immer mit dem Fahrrad unterwegs ist.»

«Ja, der mit dem Rad. Ich habe ihn etwa zur selben Zeit kennengelernt wie Frances. Seitdem hat er den Großteil seiner Haare verloren, und sein Hintern ist ein Stück nach unten gerutscht, trotz des Fahrradfahrens. Aber erwartet jemand von mir, dass ich mir deswegen Gedanken mache? Dass es unsere Freundschaft beeinträchtigen könnte?» Er machte eine Pause, aber Charlie sagte nichts. Also fuhr Michael fort: «Bei ihr ist es dasselbe. Ich kann doch nicht von Frances erwarten, dass sie nach drei Kindern noch so aussieht wie zu Anfang, nicht nach allem, was sie in den letzten zwanzig Jahren gemacht hat, einschließlich zwanzig Jahre älter zu werden. Wenn es ihr nichts ausmacht, ein paar Pfunde mehr rumzuschleppen, ist das für mich in Ordnung. Wenn es sie irgendwann zu sehr stört, wird sie schon was dagegen unternehmen.» Er nahm einen Schluck und zeigte mit der Flasche auf Charlie. «Ich kapiere nicht, wieso manche Männer sich darüber beklagen, dass ihre Frau nicht mehr so aussieht wie früher. Wie sollte sie? Erwartest du denn, dass du für immer so bleibst wie jetzt? Ich meine, natürlich schaue ich gern mal einer Dreiundzwanzigjährigen nach, sie sind bildschön und haben umwerfende Ärsche, aber worüber sollte ich mich mit einer so jungen Frau unterhalten? Über YouTube? Veganismus?» Er verzog das Gesicht. «Außerdem hab ich jetzt selbst Töchter, das ändert so einiges. Wenn ich junge Frauen ansehe, muss ich daran denken, dass sie ja die Töchter anderer Väter sind. Das verdirbt einem den Spaß.»

Charlie ließ sich seine Worte durch den Kopf gehen. «Ja, aber wenn sie anfangs lieb und nett sind und dann betrügerische Huren aus ihnen werden, so wie Anne?»

Michael zuckte die Achseln. «Keine Ahnung. Aber sonst lief doch noch alles? Sie liebt eure Kinder, kümmert sich um dich, bringt dich zum Lachen, erscheint, wann und wo sie es versprochen hat – oder? Wenn es nur um den Sex geht, also weißt du, das kann doch nicht das Einzige sein, was du an ihr geliebt hast! Wird dadurch alles andere wertlos?»

Kate erschien wieder mit ihrer malträtierten Barbie. Sie hatte den Kampf mit dem Klebeband aufgegeben. «Dad, können wir zum Spielzeugladen fahren? Barbie braucht einen Hut.»

Theo und Milo saßen draußen im Garten auf den Schaukeln. Beide versuchten im Takt zu schwingen, doch dann nahm einer mehr Schwung und wurde schneller als der andere.

«Hör auf, Dummy», sagte Milo, «je kräftiger du anstößt, desto höher kommst du.»

«Weiß ich doch, Blödmann», entgegnete sein Freund. «Aber ich bin größer als du, ich muss mich gar nicht so viel bewegen und komme trotzdem höher.»

«So funktioniert das nicht, Dorkosaurus. Ich bin zwar kleiner, aber stärker. Ich mache schließlich Taekwondo.»

Theo schnaubte. «Pah. Und ich spiele Soccer.»

«Ich doch auch.»

«Ich wiege mehr als du. Und wenn man was Schwereres wirft, fliegt es weiter.»

«Glaube ich nicht. Ich glaube, alle Dinge fliegen gleich weit.»

Ungläubiges Schnauben, gefolgt von Schleifgeräuschen von Füßen durch den Kies, der unter der Schaukel lag. «Ach ja? Ich kann also eine Feder genauso weit werfen wie einen Stein? Du spinnst ja.»

Wieder Schleifgeräusche. «Mein Dad hat gesagt, wenn man eine Tonne Steine und eine Tonne Federn aus derselben Höhe runterfallen lässt, kommen sie gleichzeitig unten an.»

Stille. «Dann schau jetzt mal her und lerne, Sensei.» Theo nahm einen Kiesel und ein Stöckchen.

«Sensei nennt man den Lehrer, nicht den Schüler, du Loser.»

Theo holte aus. «Scheißegal. Pass gut auf.»

Er warf den Kiesel, der in weitem Bogen jenseits des Gartenzauns landete. Dann warf er das Stöckchen, und das kam nicht so weit.

«He! Bei dem Stock hast du dich nicht so angestrengt. Warte, lass mich mal.»

Milo nahm einen Kiesel und einen Zweig zur Hand und warf sie nacheinander mit aller Kraft. Da er eine etwas bessere Körperbeherrschung besaß als Theo, gelang es ihm, beide fast gleich weit zu werfen.

«Nee, das gilt nicht! Das hast du absichtlich gemacht. Es zählt nur, wenn du beide genauso stark wirfst.» Aber Theo war plötzlich die Lust vergangen. «Ich will das nicht mehr spielen.» Er wollte zur Schaukel zurück, fügte aber noch hinzu: «Man soll sowieso nicht mit Steinen werfen.»

«Ich glaube, man soll nicht damit auf *jemanden* oder *etwas* werfen», präzisierte der gewissenhafte Milo, «wenn man sie einfach so ins All schmeißt, ist es in Ordnung.»

«Ins All? Spinnst du? Da müsste man schon Iron Man sein oder so.» Theo setzte sich wieder auf die Schaukel. «Weißt du, wie spät es ist?»

Milo schüttelte den Kopf. «Ich hab kein Handy. Hast du eins?»

Theo verzog das Gesicht. «Nee. Schön wär's.»

Milos Miene erhellte sich. «Vielleicht kriegst du ja jetzt eins, wo deine Mom und dein Dad nicht mehr zusammen wohnen. Vielleicht musst du ja plötzlich deine Mom sprechen oder sie was fragen. Ihr könntet FaceTime machen oder so was. Meine große Schwester kriegt vielleicht bald eins», verriet er. Dann verzog er bekümmert das Gesicht. «Aber sie würde es mir nicht leihen. Sie mag mich nicht mehr, sie ist jetzt in der Pubertät.»

«Wieso denn nicht?»

Milo zuckte die Achseln. «Keine Ahnung. Sie hat mich einfach von heute auf morgen nicht mehr gemocht.»

Theo fing wieder an zu schaukeln. «Vielleicht mag sie dich ja irgendwann wieder.»

«Ja, vielleicht.»

Theo schaukelte höher. «Mein Dad mag meine Mom auch nicht mehr. Einfach so, von einem Tag auf den anderen.»

«Wieso?»

«Weil sie ihm untreu war.»

Milo machte eine ratlose Miene. «Was bedeutet das?»

«Ich glaube, es heißt, dass sie einen anderen Mann geküsst hat. Das sagt jedenfalls Eloise aus meiner Klasse. Sie sagt, manche Väter küssen andere Frauen, und dann müssen sie ausziehen und dürfen nicht mehr zu Hause wohnen bleiben. Das war bei ihrem Dad so, und sie denkt, das könnte auch bei meiner Mom so sein.»

«Aber wenn sie von einem anderen Dad geküsst worden ist, ist das doch nicht ihre Schuld, oder?»

Theo schaukelte, so hoch er konnte, und seine Antwort drang abgehackt zu Milo herab. «Weiß auch nicht. Ich weiß nicht, wieso das so schlimm sein soll. Ich küsse Grandma ständig, aber ich muss deswegen nicht gleich ausziehen.»

Milo fing auch wieder an zu schaukeln. Da tauchte plötzlich Lally in der Küchentür auf. «Theo! Dein Dad sagt, du sollst jetzt Schluss machen.»

Theo hörte auf, sich anzustoßen, und ließ die Schultern hängen, dann bremste er mit den Fußspitzen.

«Siehst du deine Mom heute?»

Theo sprang von der Schaukel, als sie noch relativ hoch war. Er landete unversehrt und bückte sich, um eine Handvoll Kiesel aufzuheben. Er holte mit aller Kraft aus und schleuderte sie bis ans Ende des Gartens, wo sie raschelnd in der Hecke landeten.

«Nein, heute nicht», entgegnete er knapp.

31

Dienstagfrüh wechselte Frances noch ein paar Worte mit Iris, während Wyatt schon mal ins Auto kletterte. Ava musterte die beiden Frauen, ihre ungeschminkten Morgengesichter waren ein vertrauter Anblick für sie. Sie liebte ihre Mom, sie war nett, aber sie war auch übergewichtig und trug ziemlich gammelige Klamotten. Iris dagegen war groß und schlank und modebewusst. Ava bekam Schuldgefühle, weil sie es wagte, so etwas zu denken. Als sie klein war, war ihre Mom für sie das schönste Wesen, das sie sich vorstellen konnte. Die achtjährige Ava hatte zu ihrer Mutter aufgeblickt, in ihre warmen braunen Augen, umrahmt von seidigem Haar, und sie hatte geglaubt, das glücklichste Kind auf der Welt zu sein, weil sie eine so schöne, tolle Mutter hatte. Dann hörte sie eines Tages auf dem Spielplatz mit an, wie eine Spielkameradin ihre Mutter als dick bezeichnete. Plötzlich bemerkte sie Ava und sagte hastig: *Nicht sehr dick, natürlich, nur ein bisschen dick* ... Aber es war bereits zu spät. An diesem Tag, als sie von ihrer Mutter abgeholt wurde, nahm Ava zum ersten Mal wahr, dass sie dicker war als andere Mütter. Sie entschied nach einer Weile, dass es egal sei, dass sie die weichen Arme und den gepolsterten Schoß ihrer Mutter mochte, ihre warmen Umarmungen. Alles an ihrer Mutter war weich und gepolstert, nichts war hart und kantig. Als sie langsam älter wurde und mehr auf die Meinung anderer Kinder achtete, auf Zeitschriften und

Fernsehsendungen, wurde ihr klar, dass es okay war, sich ein bisschen für andere zu schämen. Jeder schämt sich ein bisschen für dicke Menschen, selbst die dicken Menschen.

Dann kam eine Phase, in der sie ihre Mutter ermutigte, sich neue Klamotten zu kaufen, sich mehr zu bewegen. Aber auch das war vorbei, als sie in die Pubertät kam und mit ihren Hormonen zu kämpfen hatte. Von da an sorgte sie sich nur noch um ihr eigenes Aussehen. Jetzt, mit vierzehn, wusste sie, dass ihr Unbehagen über den Körperumfang ihrer Mutter gesellschaftlichen Zwängen entsprang und im Grunde Bullshit war. Gleichzeitig jedoch wünschte sie, ihre Mutter würde sie in einiger Entfernung vom Schultor absetzen. Und im nächsten Moment hasste sie sich wieder für solche Gedanken und beschloss, von jetzt an netter zu ihrer Mutter zu sein. Aber dann kam sie von der Schule heim, und ihre Mutter fragte nach den Hausaufgaben, und schon ging sie wieder unter die Decke, und der Streit begann von vorn. Ava wusste selbst nicht, warum ihr ihre Mutter so auf die Nerven ging, es war einfach so. Sie konnte es nicht ausstehen, wie sie beim Aufräumen in der Küche vor sich hin trällerte, es nervte, wenn sie mit den Hunden redete, als ob es Menschen wären, und sie hasste die endlose Parade alter Kapuzenshirts und unmodischer Jeans. In Avas Schule waren viele Moms super-hip, es passte nun mal zu dieser Art von Schule. Mutter und Tochter tauschten untereinander Klamotten, sie gingen zusammen in Boutiquen oder zur Maniküre, oder was immer man in diesen Nagelstudios so trieb. Ava wollte gar nicht zu diesen Mädchen gehören, ehrlich nicht, aber es war manchmal nicht einfach, sich ständig gegen den Strom zu stemmen. Manchmal wäre sie gern einfach mitgeschwommen.

Dann gab es natürlich noch die andere Ava, eine Ava, die sich, wenn sie in der Schule oder mit Klassenkameraden nicht zurechtkam, am liebsten in die Arme ihrer Mutter geflüchtet hätte, um sich mal gründlich auszuweinen. Sie sehnte sich nach der ruhigen Stimme ihrer Mutter, nach ihrer Wärme und Gelassenheit. Wenn sie ihr überraschend in der Schule begegnete, so wie neulich, dann wollte ihr schier das Herz aufgehen vor Liebe und Freude. *Das ist meine Mom*, sang ihr Herz, *da ist sie!* Und wenn sie einander ansahen, lächelte ihre Mutter garantiert auf diese bestimmte Art, die wie eine Umarmung war. Doch dann regte sich die andere Stimme, eine kalte Hand packte ihr Herz und befahl ihr, sich zusammenzunehmen, sie war schließlich kein kleines Kind mehr. Avas Lächeln erlosch dann zwar nicht, wurde aber weniger strahlend. Und dann hob ihre Mutter fragend die Augenbrauen, und schon gingen die Auseinandersetzungen wieder los, und der Moment war vorbei.

Ava hatte in letzter Zeit das Gefühl, auf einem dieser Transportbänder zu stehen, wie es sie in Flughäfen gab. Sie wollte umdrehen, musste aber wie verrückt auf der Stelle laufen, um zu verhindern, dass sie fortgerissen wurde, in die Zukunft. Sie hatte neulich wieder einmal *Alice im Wunderland* gelesen, und es war ein ganz anderes Leseerlebnis gewesen als mit neun Jahren. Damals hatten sie vor allem die grinsenden Katzen und rennenden Hasen in einem Märchenland fasziniert. Diesmal las sie eine Geschichte über eine verrückt gewordene Welt, wo man scheinbar aus den lächerlichsten Gründen den Kopf verlieren konnte.

Bücher waren noch immer ihre liebste Zuflucht. Orwell bekräftigte ihren Nihilismus, Steinbeck trieb sie zu Tränen, Saroyan erweckte Sehnsüchte nach einer Zeit, die sie nie kennenlernen würde. Ava tauchte regelrecht ab in diese Romane und kam dann irgendwann wieder zum Vorschein, als hätte sie eine Nachmittagsvorstellung im Kino besucht und träte nun blinzelnd in den hellen Tag und in eine Welt hinaus, in der sie sich nicht gut zurechtfand. Jeder Tag war, als würde sie in eine fremde Wirklichkeit zurückkehren, wo alles zu hell, zu schrill, zu laut war. Irgendwann kam dann ihre Mutter ins Zimmer und brachte ihr eine Tasse Tee, und dadurch wurde ihr wieder klar, dass sie fast noch ein Kind war, und die Verwirrung darüber war so groß, dass ihr schwindlig wurde. Ava hatte irgendwo gelesen, dass Wirbelstürme Kräfte entwickeln können, die einen Strohhalm in den Stamm einer Eiche treiben. Sie war solch ein Strohhalm, auch sie wurde von unbegreiflichen Kräften geschüttelt.

Als sie von ihrer Mutter am Schultor abgesetzt wurde, blieb sie ein paar Sekunden lang unschlüssig stehen und schaute dem entschwindenden Wagen nach. Am liebsten wäre sie ihnen nachgerannt, nur um wieder in den Kindergarten zu dürfen, mit den anderen.

Frances warf einen Blick in den Rückspiegel und sah ihre Tochter ein wenig verloren vor der Schule stehen. Sie wünschte, sie würde sie noch so gut verstehen wie früher. Ava war immer wie ein offenes Buch gewesen, aber das war jetzt nicht nur zugeklappt, es war auf einmal in einer ganz anderen, ihr unverständlichen Sprache geschrieben. Wie schwer das alles war! Frances hätte ihrer Tochter gern geholfen, wusste aber auch, dass es mit vierzehn ja gerade darum ging, zu lernen, wie man selbst zurechtkam. Zum Glück hatte sie ja noch zwei jüngere Kinder, deren Bedürfnisse einfacher gestrickt waren.

32

Der Dienstag war traditionell der Tag zum Fremdgehen, aber an diesem speziellen Abend war Anne entschlossen, ihre Ehe zu retten. Sie hatte sich besondere Mühe mit ihrer Kleidung gegeben und sich für etwas entschieden, das sie seit dem Beginn ihrer Ehe mit Charlie nicht mehr getragen hatte. Jetzt, wo ihr wieder alles passte, stand ihr eine riesige Auswahl zur Verfügung – wenn sie allerdings weiterhin kaum etwas aß, würden ihr selbst diese Sachen bald zu weit sein. Anne wartete im Restaurant auf Charlie, nippte an ihrem Wein und rückte nervös das Besteck zurecht. Sie war früh dran gewesen, er verspätete sich. Schließlich tauchte er auf und brachte die ziemlich frisch gewordene Luft von draußen mit herein. Sein Anzug war makellos: Offenbar kam er vom Gericht. Anne wurde noch nervöser, als sie ihn sah, fast als hätten sie sich erst kürzlich kennengelernt. Sie kannte jeden Zentimeter von ihm, aber dieser Gesichtsausdruck war neu, so hatte er sie bis jetzt noch nie angesehen.

Anne versuchte ein Gespräch in Gang zu bringen. «Bei wem sind denn die Kinder?»

«Bei Shirley.»

«Die wunderbare Shirley.»

«Jep. Sie ist phantastisch. Absolut zuverlässig.» *Im Gegensatz zu gewissen anderen Leuten.*

«Jep.» *Im Gegensatz zu mir.*

Charlie nahm die Speisekarte zur Hand. «Hast du Hunger?»

Annes Blick streifte seine Finger, mit denen er die Karte hielt, und ihr fiel auf, dass er wieder angefangen hatte, an seinen Nägeln zu kauen, was er nicht mehr tat, seit sie sich kennengelernt hatten. *Das geht auch auf meine Kappe*, dachte sie bei sich. *Es ist meine Schuld, dass er jetzt wieder alten Unsitten frönt.*

«Ein bisschen», antwortete sie und griff ebenfalls zur Speisekarte. «Vielleicht einen Salat.»

«Du siehst schrecklich aus, vielleicht solltest du mal wieder was Anständiges essen», sagte er grob, ließ die Karte sinken und musterte sie. «Es sei denn, du arbeitest alles ab, ehe es sich auf die Rippen setzen kann?»

Sie hielt inne. «Meinst du, mit Richard?»

«Heißt er so?»

«Das weißt du genau. Du warst der Letzte, der mit ihm gesprochen hat. Ich habe Richard seitdem nicht mehr gesehen.»

Charlie hob die Karte wieder vors Gesicht. «Armes Schwein», bemerkte er, «du bist wirklich ein kalter Fisch, Anne.»

«Nein», widersprach sie ruhig, «ich bin verzweifelt. Ich habe meine Ehe zerstört, meine Familie, und ich tue alles, um es wiedergutzumachen. Ich werde ihn nie wiedersehen. Ich werde mein Leben lang Tag für Tag darauf warten, dass du mir vergibst.»

«Gib dir keine Mühe.» Die Bedienung erschien, und Charlie schenkte ihr sein Megawattlächeln, mit dem er auch die Richter einwickelte. Die Kellnerin errötete. «Hallo, ich hätte gern das Steak mit Pommes, und die Dame mir gegenüber nimmt einen kleinen Salat und ein Glas Wasser.»

Die Kellnerin warf Anne einen fragenden Blick zu. Diese zog die Augenbrauen hoch und sagte: «Nein, ich nehme auch das Steak mit Pommes, vielen Dank. Kein Salat. Und noch ein Glas Cabernet, bitte.»

Die Kellnerin blickte wieder zu Charlie. «Und Sie, Sir? Auch einen Wein?»

«Nein, danke, ich muss fahren.»

Die Kellnerin verschwand. Sie fragte sich, was zum Teufel mit den beiden los war. Ein attraktiver Mann, eine hübsche Frau, aber eine Stimmung zum Schneiden.

Sie schwiegen. Ein Junge, der offenbar zur Aushilfe da war, brachte Brot und Butter, und Charlie zerriss gleich eine Scheibe. Auch eine Art, seine Wut auszulassen.

«Wie geht es den Kindern?», erkundigte sich Anne, um Sachlichkeit bemüht.

«Das schert dich doch einen Dreck.»

«Charlie ...»

«Mies geht's ihnen, was sonst. Kate hat wieder angefangen, ins Bett zu machen. Theo hat sich in der Schule geschlagen, will aber nicht darüber sprechen. Ich kann mir allerdings vorstellen, wie gut sich das anfühlt, jemandem die Scheiße aus dem Leib zu prügeln, wenn man so wütend ist, dass man seine Eltern nicht mal mehr ansehen will.»

«Er ist immer noch so zornig?»

«Hat mich in drei Wochen kein einziges Mal angelächelt.»

«Was unternimmst du wegen Kate?»

«Ich wechsle die Bettwäsche. Ich hab diese Plastikmatte wieder ausgegraben, die wir früher benutzt haben, und lege sie jetzt immer unter. Geht schon. Sie wird drüber wegkommen. Wie wir anderen auch.»

«Ihr fehlt mir so.»

Charlie warf sich einen Bissen Brot in den Mund und sagte kauend: «Das hättest du dir vorher überlegen sollen, ehe du am Schwanz eines anderen gelutscht hast.»

«Es tut mir so leid, Charlie, ich habe einen schweren Fehler gemacht, aber ich ...»

«Ach, halt die Klappe, Anne. Wir sind hier, um über die Scheidung zu reden, nicht um alte Sachen durchzukauen.»

«Können wir es wirklich nicht noch mal versuchen? Ich liebe dich ...»

«Aber nicht genug, um mir treu zu bleiben, was? War ich nicht gut genug für dich, Anne? Nicht genug Action im Bett? Ich wollte ja, aber du hast immer nein gesagt.»

«So war das nicht.»

«Ich würde ja fragen, wie es dann war, aber es interessiert mich nicht. Ich kann kaum an einem Tisch mit dir sitzen, so juckt es mich in den Fäusten. Ich bin kein gewalttätiger Mensch, aber dich könnte ich glatt totprügeln für das, was du unseren Kindern angetan hast.» Die Kellnerin tauchte auf und bekam den letzten Satz noch mit. Sie ließ sich nichts anmerken.

«Ihr Wein.» Sie stellte ihn Anne hin.

Anne griff mit zitternder Hand danach. «Es tut mir so leid, Charlie.»

«Ach, leck mich am Arsch, Anne.»

Er sah zu, wie sie einen Schluck nahm, und hätte in Tränen ausbrechen können. Er war wütend, er war aggressiv, aber er war auch fürchterlich einsam und allein und traurig. Am liebsten hätte er sie angefleht, wieder nach Hause zu kommen. Doch er hielt sich krampfhaft an seinem Zorn fest, wandte den Blick ab, um nicht sehen zu müssen, wie sich ihre großen grauen Augen mit Tränen füllten.

«Ich habe nie aufgehört dich zu lieben, Charlie. Ich glaube ernsthaft, dass es eine Art Nervenzusammenbruch war, eine Art Aussetzer.»

«Ist mir scheißegal, Anne. Alles was ich will, ist, einen Plan zu machen, wer die Kinder wann bekommt.»

«Nein, Charlie, bitte, so hör mir doch zu. Ich gehe jetzt seit einiger Zeit zu einem Therapeuten. Ich nehme Antidepressiva. Ich habe eine Eheberaterin für uns gefunden – könntest du nicht mit mir hingehen? Bitte, ich flehe dich an, wir könnten doch versuchen, das wieder in Ordnung zu bringen! Ich will mich nicht von dir scheiden lassen. Ich will wieder heimkommen und für immer bei euch bleiben. Ich habe einen Fehler gemacht, Charlie, einen schlimmen Fehler, aber ich war nicht ich selbst.» Ihre Hände zitterten. Sie stellte ihr Weinglas ab, bevor noch etwas verschüttet wurde.

«Warum hast du mich dann nicht um Hilfe gebeten, Anne? Wieso hast du dir nicht schon vor Monaten psychiatrische Hilfe gesucht? Musstest du stattdessen was mit einem anderen Mann anfangen? Mich monatelang hintergehen? Uns alle hintergehen? Anstatt was gegen diese angebliche Depression zu unternehmen? Ich kaufe dir das nicht ab, das mit dem ‹Aussetzer›. Ich glaube, du bist einfach nur ein selbstsüchtiges Biest, das sich einen jüngeren, attraktiveren Mann ins Bett geholt hat, der dich für was Besonderes hielt. Ich hasse dich, Anne, ich hasse dich aus tiefster Seele.» So wütend er war, seine Worte kamen kalt hervor, distanziert. Anne hatte das Gefühl, als würden ihr die Eingeweide herausgerissen.

Er hob den Arm und winkte die Kellnerin herbei. «Könnte ich bitte die Rechnung haben? Mir ist der Appetit vergangen.»

Anne protestierte. «Aber wir haben doch noch gar nicht besprochen, wie ...»

Charlie schüttelte den Kopf. «Ich bin offenbar noch nicht so weit, klar? Bist du mit dem Auto hergekommen?» Die Kellnerin legte die Rechnung vor, und er warf seine Kreditkarte auf den Tisch.

«Nein, mit dem Taxi.»

«Dann fahre ich dich schnell zu dir, und wir können im Wagen reden, und das war's dann. Ich kann nicht hier mit dir in einem Restaurant sitzen und Smalltalk machen.» Seine Stimme klang wie zugeschnürt, den Tränen nahe. Anne musste auf einmal an jene Nacht denen, als Kate noch ein Säugling gewesen war und kritisch hohes Fieber bekommen hatte. Charlie war mit dem Baby ins Krankenhaus gefahren, während sie daheim blieb, um auf den kleinen Theo aufzupassen. Er hatte Anne angerufen und mit tränenerstickter Stimme erzählt, dass man eine Lumbalpunktion vornehmen, ihn aber nicht mit reinlassen wolle. Er stünde hier draußen und könne seine kleine Tochter herzzerreißend weinen hören. Anne kannte diesen Mann so gut, liebte ihn schon so lange. Und jetzt hatte sie alles zerstört.

Stumm gingen sie hinaus zum Parkdienst, stumm warteten sie auf ihren Wagen, stumm fuhren sie zu dem Apartmentblock, in dem Anne derzeit wohnte. Sie setzte mehrmals zum Sprechen an, Charlie jedoch schwieg. Als er am Straßenrand hielt, drehte sie sich zu ihm um.

«Was wird jetzt mit den Kindern?»

«Ach ja, hast du diese Erklärung unterzeichnet?»

«Ja, aber ich habe sie nicht bei mir, sie liegt drinnen, entschuldige, ich hab sie vergessen ...»

«Dann hol sie. Wir müssen mich als Hauptansprechpartner eintragen lassen, sonst rufen sie weiterhin dich an, wenn in der Schule irgendetwas sein sollte. Du bist leider nicht mehr vertrauenswürdig, Anne. Wer weiß, was du gerade anstellst, wenn dich die Kinder womöglich brauchen.»

«Charlie.» Anne empfand jetzt zum ersten Mal so etwas wie Zorn. «Charlie, ich weiß, du bist wütend auf mich, aber um Himmels willen, ich hab einen Fehler gemacht, den Tausende Eheleute machen! Ich bedaure ihn zutiefst, aber die Sorge um die Kinder steht bei mir trotzdem an erster Stelle. Du bist stinkwütend, aber dass mir die Kinder über alles gehen, musst selbst du zugeben.»

Charlie drehte den Motor ab und stieg aus. «Wie auch immer, Anne, jetzt gib mir diese verdammte Einverständniserklärung, und dann machen wir noch den Besuchsplan.»

Sie gingen hinauf in Annes Wohnung. Auf dem Schreibtisch lagen Papiere, und sie kramte darin herum. «Sie muss hier irgendwo sein, ich habe sie eben noch unterschrieben.» Anne schaute ihren Mann an. «Man wird mich aber trotzdem benachrichtigen, wenn etwas sein sollte, oder? Du wirst im Notfall eben nur als Erster angerufen?»

Er stand ungehalten hinter ihr. «Ja, ja, es geht bloß um die gesetzlichen Vorschriften.»

Sie reichte ihm das Formular und ergriff impulsiv seinen Arm. «Charlie ...»

Er musterte die Konturen ihres Gesichts, das in diesem Moment noch genauso schön war wie vor Jahren, als sie neben ihn an den Altar trat. Er wurde steif und hasste sich dafür, dass er sie noch immer begehrte. Diese Frau zu begehren war ihm zur Gewohnheit geworden, zu einer physischen Notwendigkeit, der Verstand hatte da offenbar nichts mitzureden. Wie sie zu ihm aufsah, mit schief geneigtem Kopf und einem bittenden Ausdruck in den großen grauen Augen ...

Da riss er sie mit einem Mal an sich und küsste sie brutal, vergrub seine Finger in ihrem langen Haar, wie er es schon Hunderte Male getan hatte. Anne konnte einen Moment lang nicht mehr denken, ihr war schwindelig vor Erleichterung. Sein Mund erkundete ihr Gesicht, ihre Kehle, und ihre Arme schlangen sich wie von selbst um seinen Hals. Sie zog ihn fest an sich, musste ihm dringend zeigen, dass sie es auch wollte, dass sie *ihn* wollte, dass sie es wiedergutmachen würde. Er wandte sich mit ihr dem Bett zu, und sie fielen stolpernd auf die Matratze. Seine Hände waren an ihrer Taille, zogen ihre Bluse aus dem Rock, sie nestelte ungeduldig an seinem Gürtel. Da fuhr er plötzlich zurück.

«Anne ...»

«Bitte, Charlie, du fehlst mir so.» Sie mischte ihre Worte mit Küssen, versuchte, ihn wieder an sich zu ziehen, machte sich an seinen Hemdknöpfen zu schaffen. «Ich bin deine Frau, bitte liebe mich ...» Sie kannte ihn so gut und berührte ihn so, wie er es am liebsten hatte. *Komm schon, Baby*, sagte ihr Körper, *ich weiß, dass du mich willst, denn ich weiß, wie es sich anfühlt, wenn du mich willst.*

«Ich hasse dich», sagte er mit brechender Stimme. Sein Gesicht war nass von Tränen. Freudig erregt leckte sie sie ab, denn sie glaubte immer noch an eine Versöhnung. «Ich hasse dich», hauchte er noch einmal mit einem Seufzen.

«Es tut mir so leid ...» Anne zog sein Gesicht an ihre

Brüste, bog ihren Rücken durch und presste sich an ihn. «Verzeih mir, bitte.»

Die Finger in ihrem Haar vergraben hielt er kurz inne. Dann gab etwas in ihm nach, und er beugte sich vor und begann sie wieder zu küssen. *Bloß zwanzig Minuten lang alles vergessen*, dachte er, *mehr ist gar nicht nötig.*

Danach drehte er sich fort. Sie lag zusammengekauert neben ihm.

Er räusperte sich. «Das war ein Fehler, Anne, entschuldige.» Seine Stimme war trocken, der Anwalt hatte wieder die Kontrolle übernommen.

Sie drehte sich zu ihm hin, schmiegte sich an seinen Rücken, schlang die Arme um ihn. Er versteifte sich, aber sie klammerte sich an ihn. «Das war kein Fehler. Wir sind verheiratet. Verzeih mir bitte und lass mich wieder nach Hause kommen. Ich verspreche dir, dass es von jetzt an besser werden wird.»

Er fuhr zornig herum. «Es war vorher schon gut, Anne, jedenfalls habe ich das gedacht. Ich hatte keine Ahnung, dass du Probleme hast. Und das ist auch der Grund, warum du nicht mehr zurückkommen kannst. Wie kann ich dir je wieder vertrauen? Woher soll ich wissen, ob du glücklich bist oder nicht?»

Anne versuchte ihn festzuhalten, aber er entzog sich. «Ich vermisse die Kinder schrecklich. Ich vermisse dich.»

Charlie richtete sich auf und setzte sich auf die Bettkante. Sie hätte ihn gern berührt, gestreichelt, die angespannte Schulter- und Nackenpartie massiert, wusste aber, dass sie das nicht mehr durfte, dieser Moment war vorbei. «Sie vermissen dich auch, Anne, und ich ebenso. Aber du bist nicht mehr der Mensch, für den wir dich gehalten haben. Sie wissen ja nicht, dass dir der Sex mit einem anderen Mann wichtiger war als das Glück deiner Kinder. Sie wissen nicht, dass du mir vorgemacht hast, du würdest mich noch lieben ...»

«Aber ich liebe dich doch! Ich habe nie aufgehört, dich zu lieben. Ich war nur einfach so ... so einsam und allein. Meine Therapeutin sagt, ich habe Depressionen.»

«Musstest du deswegen gleich rumvögeln? Warum hast du nicht gemacht, was andere Menschen auch machen? Die Kindheit durchkauen und Medikamente nehmen?» Er erhob sich und suchte seine Kleidung zusammen. Sie hatte dabei schon so oft zugesehen, in so vielen Häusern und Hotelzimmern, dass sie genau sagen konnte, in welcher Reihenfolge er sich anzog, wann er sich hinsetzen, wann er nicht länger in Versuchung sein würde, ins Bett zurückzukehren. «Und warum warst du so einsam? Ich war doch da, und die Kinder waren da, und du hast Freunde. Was soll das, Anne, zum Teufel? Bist du ein Kind, dass du ständig Unterhaltung brauchst?»

Er war zornig, er verachtete sie, und er verachtete sich selbst dafür, dass er schwach geworden, dass er sich auf ihr Niveau begeben hatte, vielleicht sogar noch tiefer. Ihm war übel. Diese ganze Geschichte brachte ihn noch um. Er hielt beim Anziehen inne und fuhr auf: «Ist dir eigentlich klar, dass ich in den letzten zwei Wochen zehn Pfund abgenommen habe? Ich musste Meetings verlassen und hab im Auto geheult. Auf den Toiletten in der Kanzlei geht es nicht, weil da jederzeit jemand reinkommen könnte. Die würden mich ja für übergeschnappt halten. Gestern hab ich gesagt, ich muss früher weg, um die Kinder abzuholen, und einer der Partner hat gemeint, ob es nicht allmählich Zeit wird, dass ich mir einen Babysitter besorge. Ich hab gesagt, er soll sich gefälligst um seinen eigenen Scheißdreck kümmern, und jetzt verliere ich vielleicht sogar meinen Job, und dann stehen wir alle auf der Straße, und dann ist deine Zerstörung dieser Familie wirklich komplett. Vielleicht willst du dann ja mit deinem jungen Liebhaber in unser Haus einziehen und mir meine Kinder wegnehmen, und ich ziehe unter eine Brücke und pumpe mich mit Schnaps voll, weil ich ein Komplettversager bin!» Er war immer lauter geworden, und am Schluss brüllte er sie mit hochrotem, verweintem Gesicht an.

Es wurde an die Wand gehämmert, und Charlie hämmerte wutentbrannt zurück. Dabei fiel ein Bild von der Wand und zerbrach auf dem Fußboden. «Es kann nie wieder so werden wie früher, Anne. Siehst du das Bild?» Er deutete darauf. «So ist das auch mit uns: ein Scherbenhaufen. Das lässt sich nicht mehr rückgängig machen. Unsere Ehe ist am Ende. Und das ist deine Schuld.»

Sie lag schluchzend auf dem Bett, als er schließlich davonstürmte. Der Luftzug der zufallenden Tür wehte ihr das Haar über die Wange wie eine streichelnde Hand.

33

An Iris' Geburtstag war strahlend schönes Wetter, so wie fast immer in Südkalifornien. Milde Winde, funkelnder Sonnenschein. Es gibt einen Grund, warum die anderen wichtigen amerikanischen Großstädte über Los Angeles die Nase rümpfen und sich über dessen angebliche Kulturlosigkeit lustig machen: Neid. Warum sich L.A. nichts aus der Meinung anderer Städte macht? Weil es zu sehr damit beschäftigt ist, all den hübschen Mädchen in zarten Sommerkleidern nachzuschauen und all den glücklichen Menschen, die sich hier ihren amerikanischen Traum verwirklichen und sich obendrein vorbildlich ernähren. San Francisco, pah. Den Nebel könnt ihr behalten.

Iris' Geburtstag war jedenfalls einer von diesen traumhaften Tagen. Von Rosco, dem Hund, bekam sie einen zartrosa Morgenmantel aus feinstem Kaschmir geschenkt, seidenweich wie das Ohr eines Säuglings. Von Wyatt bekam sie ein Gummispielzeug in Form einer Geburtstagstorte. Und von Sara einen selbstgetöpferten Kaffeebecher mit der Aufschrift MOM.

Iris schwieg verblüfft, als sie ihn ausgewickelt hatte.

«Äh ... also die Farbpalette ist toll», bemerkte sie perplex, «aber ich hab doch nur zwei Hände.»

Wyatt bog sich vor Lachen. «Das ist doch *mein* Geschenk! Ich hab das gemacht! Und das ist doch ein Schwert!» Er nahm seiner Mutter den Becher aus der Hand und zeigte auf den dornartigen Auswuchs an der Tasse, den Iris für einen dritten Henkel gehalten hatte. «Siehst du? Das ist ein Schwert, und du hast einen Helm auf.»

Sara war ebenfalls verwirrt. «Ich dachte, das wären ihre Haare?»

Wyatt schnaubte. «Aber sie hat doch keine grauen Haare! Er sollte aus Silber sein, aber es gab kein Silber, da musste ich Grau nehmen.» Er schaute Iris ganz geknickt an. «Es gab einfach kein Silber.»

Iris umarmte ihn. «Das ist ein absolut wundervoller Becher, und er gefällt mir sehr. Silber wäre zu viel gewesen, Grau ist viel realistischer. Ich sehe aus wie ein echter Ritter, kampfbereit und auch ein bisschen schmuddelig.»

Wyatt grinste dankbar. «Ja, die haben sich wahrscheinlich oft schmutzig gemacht.»

«O ja! Drachentöten ist eine schweißtreibende Arbeit.»

Aber er war immer noch besorgt. «Ich hab die Namen auf die Geschenke geklebt, aber die sind durcheinandergekommen. Rosco hat die Gummitorte ausgesucht.»

«Eine sehr gute Wahl, obwohl er auf lange Sicht wahrscheinlich mehr davon haben wird als ich.» Iris biss versuchsweise in die Gummitorte, und die gab ein klägliches Quieken von sich. «Schmeckt nach Kuchen.» Sie betrachtete Rosco mit neuem Respekt. Er erbot sich schwanzwedelnd, ihr das Gummispielzeug abzunehmen, falls es ihr zu lästig wurde.

Wyatt war noch nicht ganz überzeugt. «Magst du die Tasse genauso wie den komischen rosa Mantel?»

«Noch mehr sogar.»

«Echt? Der Mantel hat dir aber sehr gefallen, als du ihn ausgepackt hast.»

«Ja, aber da hatte ich die Tasse ja noch gar nicht gesehen!»

«Kann ich jetzt fernsehen?»

Iris schaute aus dem Fenster ihres Schlafzimmers, das sich in Höhe der Baumkronen befand, die ihr Haus umstanden. Vom Bett sah es aus, als würde sie in einem Baumhaus wohnen. «Erst mal frühstücken, mein Schatz, dann kannst du schauen, was die anderen Kinder machen und ...» Ihr Handy gab einen Signalton von sich. Sie nahm es zur Hand und las die SMS.

Happy Birthday, alte Schachtel, schrieb Frances, *möchte Wyatt vielleicht zu uns rüberkommen? Es gibt Pfannkuchen. Dann kann das Geburtstagskind im Bett frühstücken.*

Ja, toll!, schrieb sie zurück, *gute Idee, vielen Dank.*

Ich schicke Milo vorbei. Viel Spaß noch.

«Zieh dich schnell an und warte unten, Wyatt. Milo kommt gleich und holt dich ab. Es gibt bei deiner Tante Pfannkuchen.» Der Junge quiekte begeistert auf und rannte davon. Er war gern mit seinem Cousin und seinen Cousinen zusammen. Sie ließen ihn manchmal an ihre Computer und brachten ihm Minecraft bei.

Iris schaute Sara an. «Ist noch Kaffee da?»

Sara nahm Iris die Geburtstagstasse aus der Hand. «Ja, und außerdem frische Zimtrollen von Acme.»

Iris kuschelte sich genießerisch ins Bett. «Du verwöhnst mich.»

«Da Wyatt jetzt weg ist, werde ich dich noch viel mehr verwöhnen.» Sie blieb im Türrahmen stehen und vollführte ein Striptease-Tänzchen, wäre dabei aber fast die Treppe runtergefallen. Erst als sich der Lachkrampf der beiden Frauen gelegt hatte, ging Sara nach unten, um Frühstück zu holen.

Nachdem die Zimtrollen aufgegessen waren und die Glasur von den Fingern geleckt war, wälzte sich Sara auf den Bauch und musterte ihre Frau nachdenklich.

«Ich muss was mit dir besprechen», verkündete sie.

Iris nickte. «Ja, ich auch. Aber du zuerst.»

Sara bettete kurz die Stirn auf die Matratze. Iris bemerkte es irritiert. «Stimmt was nicht?»

«Nein, aber diese Sache mit Anne will mir nicht mehr aus dem Kopf.» Sie schaute Iris an. «Und neulich Abend warst du so ... besorgt. Hätte natürlich ein brillanter Doppelbluff sein können, und in Wahrheit betrügst du mich längst.»

Iris lächelte. «Ich kann dir versichern, dass du die Einzige in meinem Leben bist. Aber falls *du* mir untreu sein solltest, sag es bitte nicht, ich müsste dich sonst nämlich mit diesem Kissen hier ersticken.» Sie bewarf Sara mit einem Kissen. Die fing es auf und schob es sich unter den Busen. Iris bewunderte die anmutigen Schultern ihrer Frau, die hervortretenden Knochen des Schüsselbeins und den sanften Schwung ihres Rückens. Hoffentlich dauerte diese Besprechung nicht allzu lange, denn sie wollte die Wyatt-freie Zeit gerne ausnutzen.

«Also, was gibt's?», fragte sie mit gespielt finsterem Gesicht, «bin ich dir jetzt etwa zu alt?» Sie lagen, was ihr Alter anging, nur drei Monate auseinander.

Sara wartete nur mit hochgezogenen Brauen ab, bis Iris still war. «Hör zu, ich wollte nichts sagen, ehe es definitiv ist. Aber ich habe ein Filmangebot bekommen.»

«Echt?»

«Ein Spielfilm, ja. Ein guter.»

«Wann?»

«Bald.»

«Wo?»

«In China.» Sara lachte zynisch auf. «Dort konzentriert sich ja momentan das ganze Geld. Es wurde offenbar vertraglich festgelegt, dass die Hauptdreharbeiten in China stattfinden müssen. Aber das macht nichts, es ist ein richtiges Studio, mit richtig guten Leuten, das wird toll.»

Iris setzte sich auf, nahm sich ein Kissen und hielt es schützend vor ihren Oberkörper. Dann beugte sie sich vor und griff nach ihrer Kaffeetasse, aber sie war leer. «Es ist also eine gute Rolle?» Sie brauchte dringend mehr Kaffee. Obwohl, vielleicht hatte sie schon zu viel getrunken, denn ihr Herz klopfte heftig.

Sara setzte sich jetzt ebenfalls. Sie bemerkte, wie Iris ihre Tasse hielt, das leichte Zittern der Hand. Da wusste sie, dass sie aufgebracht war. Verdammt, sie hätte doch bis nach der Geburtstagfeier warten sollen. «Süße, hör zu: Ich möchte, dass ihr mitkommt, du und Wyatt. Es wird drei Monate dauern. Wir können Wyatt bestimmt aus der Schule nehmen, er ist ja erst in der ersten Klasse, das holt er schnell wieder auf. Und du brauchst gar nichts zu tun.»

«Nicht?»

Sara schüttelte den Kopf. «Du brauchst dich nur um Wyatt und um mich zu kümmern und kannst ansonsten Däumchen drehen, bis ... weiß nicht, sich was ergibt. Kommt mit mir nach China, das wird sicher toll.» Sie wackelte mit den Augenbrauen. «Wir können uns ein Haus mieten, das Studio übernimmt die Kosten, ich habe das in den Vertrag aufnehmen lassen.»

Iris dachte darüber nach. Warum war sie so verstimmt? Sie war schließlich mit einer Schauspielerin verheiratet, einer erfolgreichen obendrein. Das Reisen an Drehorte gehörte dazu, und es machte ja auch Spaß, wenn auch nicht so viel, wie Sara offenbar dachte. Es gehörte die ewige Warterei dazu, darauf, dass Sara abends endlich Schluss machen konnte, und dann war da natürlich noch Wyatt, um den sie sich in einer fremden Umgebung und ohne all die hilfreichen Dinge und Menschen, die ihr zu Hause zur Verfügung standen, kümmern musste. Aber ein Blockbuster wäre eine große Chance für Sara, für sie alle. «Aber was hat Anne damit zu tun?»

«Anne?», wiederholte Sara verwirrt.

«Du hast gesagt: ‹Diese Sache mit Anne will mir einfach nicht mehr aus dem Kopf.›»

Sara schmunzelte erleichtert. «Aber doch nur, um zu sagen, dass ich euch, dich und Wyatt, jetzt noch mehr zu schätzen weiß.»

Iris saß stumm da und überlegte, was sie sagen, was sie davon halten sollte.

Sara runzelte die Stirn. «Was ist denn? Ich will einfach, dass wir zusammen sind. Du warst noch nie in China, Wyatt ist in einem idealen Alter, warum also nicht?» Sie musterte ihre Frau, verstand nicht ganz, warum sie sich nicht so freute, wie sie es erwartet hatte. Sie ging doch gern auf Reisen. «Wir nehmen uns einen Privatlehrer, falls du Angst hast, Wyatt könnte zu viel versäumen.»

«Seit wann weißt du davon?», fragte Iris herausfordernd. Sie wusste selbst nicht, was sie auf einmal geritten hatte, warum sie so reagierte. Es war unsinnig. Warum konnte sie sich nicht einfach für Sara freuen? Was hatte sie gegen diese Reise? Nun, sie hatte eigentlich über ein Baby reden wollen, dieses Wochenende sollte es mal nur um sie und um ihre Bedürfnisse gehen, schließlich hatte sie Geburtstag. Fair war das nicht, dass sie jetzt über China sprachen.

«Seit ein, zwei Wochen», erwiderte Sara. «Der Produzent hat mich vor einem Monat angesprochen, aber ich habe nicht weiter darüber nachgedacht; du weißt ja, wie das ist. Letzte Woche kam er dann noch mal auf mich zu, und es ging eine Zeitlang hin und her. Montag muss ich ihm eine Antwort geben.»

«Du hast noch gar nicht endgültig zugesagt?»

Sara beugte sich vor und sah Iris in die Augen. «Nein, Liebling. Was hast du denn? Was ist? Wovor hast du Angst? Rede mit mir.»

Iris holte tief Luft. «Ich will noch ein Kind haben», erklärte sie, «und zwar so schnell wie möglich.»

Ein oder zwei Stunden später hatte sich das große Schweigen über die beiden gesenkt. Sara hatte im Prinzip nichts gegen ein weiteres Kind, aber erst nach China. Iris hatte nichts gegen China, aber vorher wollte sie es mit einer künstlichen Befruchtung versuchen. Der Streit wogte hin und her, auch noch während sie sich ankleideten, und nun saßen sie draußen auf der Terrasse und schwiegen, damit es nicht wieder von vorn losging. In diesem Moment hörte man die Haustür, und Frances' Stimme drang zu ihnen in den Garten hinaus.

«Hallo! Wo habt ihr euch denn versteckt?»

Iris rief einen Gruß, und Sara erhob sich.

«Ich bringe euch euer Kind zurück», erklärte Frances, die

außerdem ihre ganze Familie mitgebracht hatte, «und eine Torte. Hab gehört, hier gibt's ein Geburtstagskind.»

Iris zog die Augenbrauen hoch und drehte sich in ihrem bequemen Rattansessel um. «Die ist ja riesig!»

Frances stellte das Prachtstück grinsend auf dem Tisch ab. «Ich habe letzte Woche zwei Pfund abgenommen. Die müssen natürlich so schnell wie möglich wieder drauf.»

«Ich mag deine Methoden.»

Die Türglocke schellte. Sara schaute Iris an und zuckte fragend mit den Schultern. «Erwartest du jemanden?»

Iris verzog das Gesicht. Sara ging öffnen und tauchte kurz darauf mit Bill und Lucas wieder auf. Lucas hatte ein Geschenk auf dem Arm.

Bill blickte sich gespielt betreten um. «Wir stören hoffentlich nicht? Wir wollten nur kurz ein Geschenk vorbeibringen.»

Iris war platt. «Wie nett! Woher wusstet ihr überhaupt, dass ich Geburtstag habe? Kommt, setzt euch!» Lucas sah ein bisschen verloren aus, aber Wyatt lief zu ihm hin, und die beiden verschwanden nach oben, wahrscheinlich um irgendwas auseinanderzunehmen.

Sara erinnerte sich ihrer Gastgeberpflichten und riss sich zusammen. «Wie wär's mit Tee?» Sie wünschte, sie könnte den Pausenknopf drücken und sich zuerst in Ruhe mit Iris aussprechen. Manchmal genügte es eben nicht, verheiratet zu *sein*, man musste es auch *bleiben* – und dafür etwas tun. Nur spielte die Zeit oft nicht mit, und man musste sich mit anderen Dingen beschäftigen.

Bill, der lächelte, war natürlich eingeweiht und gefiel sich in seiner Rolle als erster Überraschungsgast. «Ja, bitte, gern.»

Abermals schellte es. Iris warf Sara, die ein wenig gestresst wirkte, einen stirnrunzelnden Blick zu. Allmählich kam ihr das Ganze verdächtig vor. Aber es waren bloß Charlie und die Kinder. Theo verschwand sogleich nach oben, aber Kate blieb an der Seite ihres Dads. Auch sie hatte ein Geschenk mitgebracht, und Charlie hatte einen Karton Champagner auf dem Arm.

«Hi», sagte er und stellte ihn auf dem Tisch ab. «Ich dachte, den könnt ihr vielleicht gebrauchen. Hab ihn in der Kanzlei geschenkt bekommen, weiß allerdings nicht mehr, wofür ...» Er verstummte. Dann erblickte er Michael. «He, Michael, wie geht's?» Er ging zu ihm. In diesem Moment klingelte es schon wieder. Als Sara verschwand, um zu öffnen, nahm Iris Frances beiseite.

«Was geht hier vor?», zischte sie.

«Was meinst du?», fragte Frances unschuldig. Sie wollte nicht diejenige sein, die die Überraschung verdarb.

«Frances, Sara und ich hatten einen fürchterlichen Streit. Ich will ein Baby, und sie will nach China. Wenn du mir jetzt nicht gleich sagst, was hier los ist, platze ich!» Sie packte ihre Cousine beim Arm. «Spuck's aus, Frank.»

Na gut. Verwandtschaft ging vor. Frances beugte sich nach vorn und verriet leise: «Sara hat die behutsamste Überraschungsparty für dich organisiert, die die Welt je gesehen hat. Es ist mir egal, ob ihr Streit habt, sie hat das wochenlang geplant, und Wyatt macht sich vor Aufregung fast in die Hosen. Also reiß dich zusammen und tu so, als ob, klar?» Sie richtete sich auf und bedachte ihre Cousine mit einem strengen Blick. «*It's your party and you can cry if you want to*, aber mach das bitte hinterher, ja?»

Iris nickte zerknirscht.

«Außerdem braucht diese Straße dringend einen schönen Tag», fügte Frances hinzu, «und der heutige eignet sich perfekt.»

Iris nickte erneut und schenkte sich ein Glas Sekt ein.

Diesmal erschienen Lili und ihre Töchter, Annabel und Clare. Kate freute sich, Annabel zu sehen, und die beiden gingen spielen. Clare trat auf Iris zu und schaute lächelnd zu ihr hoch.

«Hi, Iris! Ich bin Clare, erkennst du mich noch?»

Iris lächelte ebenfalls. «Klar, ich kenne dich schließlich, seit du ein ganz kleines Baby warst, wie könnte ich dich da vergessen?»

«Du bist ja schon alt», erklärte Clare unbekümmert, «meine Mom nennt mich auch ständig Annabel, und dabei hat sie mich *in ihrem Bauch gehabt*, verstehst du?»

«Stimmt.» Iris nahm einen Schluck Sekt. «Hast du mir auch was mitgebracht?»

«Ja», sagte das Mädchen. Sie überlegte. «Verrate es aber nicht Sara, denn es soll, glaube ich, eine Überraschung sein. Mom hat ein echt doofes Geschenk ausgesucht, leider. Ich wollte ja, dass sie dir Computer-Barbie schenkt, aber sie hat stattdessen eine blöde Vase oder so was gekauft. Und ein Stück Papier für eine Massage.» Sie verdrehte die Augen. «Lächerlich.» Das war ein neues Wort, und es gefiel ihr so gut, dass sie es gleich wiederholte. «Lächerlich!»

«Ja, die Erwachsenen.» Iris nickte weise.

«Echt, oder?» Clare stieß einen Seufzer aus, dann sagte sie: «Immerhin hab ich Computer-Barbie gekriegt, das ist gut ... Sie hat Ohrhörer für ihr Handy und sogar einen Laptop. Leider kann man ihr den nicht aus der Hand nehmen, doof, oder? Wie soll sie aufs Klo gehen? Irgendwann muss sie ihn doch mal abstellen.» Clare schwieg nachdenklich. Offenbar stellte sie sich vor, wie man mit einem Laptop in der Hand aufs Klo ging. Dann zuckte sie mit den Schultern und lief davon. Iris fing Lilis Blick auf und grinste kopfschüttelnd. Lili verdrehte die Augen und formte mit den Lippen das Wort *Sorry.*

Irgendjemand hatte wohl dafür gesorgt, dass die Haustür offen blieb, denn jetzt trafen in stetem Strom weitere Freunde ein und brachten Essen und Geschenke mit, und Saras *großer Plan* enthüllte sich in seiner ganzen Genialität. Iris befand sich gerade in der Küche, als sie Saras Blick auffing. Sie hob ihr zweites Glas Sekt, das auf wundersame Weise in ihrer Hand gelandet war, und lächelte angespannt. Sara erwiderte den Blick einen Moment lang und schlug dann die Augen nieder. Sie hatte sich so viel für diesen Tag erhofft, und jetzt wünschte sie nur noch, dass er vorbei wäre.

Eine Stunde später war die Party in vollem Gange. Zwei Pärchen hatten Babys dabei, die die Runde machten, wie zwei schlafende Brotlaibe. Iris hatte gerade eins davon auf dem Schoß, sie wusste nicht, von wem es war, aber es handelte sich offenbar um ein Mädchen, denn es trug ein rosa Mützchen mit Hasenohren. Obwohl, heutzutage war selbst das kein Hinweis mehr. Dann tauchte jemand mit einem noch aufregenderen kleinen Wesen auf, nämlich einem drei Monate alten Dackel, und ein entzückter Aufschrei ging durch die Gästeschar. Iris war ein wenig beschwipst. Ihr Blick fiel auf die großartige Torte, und sie beschloss, sich ein Stück zu nehmen.

Sara kam zu ihr und ging neben ihrem Sessel in die Hocke. «Gefällt es dir?» Sara war für alle eine höchst vergnügte

Gastgeberin, nur Iris konnte sehen, dass hier die Schauspielkunst am Werke war.

Iris nickte und wollte gerade zu einer Versöhnung ansetzen, als im vorderen Zimmer plötzlich Stimmen lauter wurden. Ein Glas zerbrach. Anne war eingetroffen.

Als Sara und Iris den Raum betraten, herrschte Charlie seine Frau gerade an: «Was hast du hier zu suchen?»

«Ich bin eingeladen», entgegnete diese. Sie war in die Hocke gegangen und sammelte die Scherben auf – Charlie hatte bei ihrem unerwarteten Auftauchen sein Glas fallen gelassen. «Iris ist mehr meine Freundin als deine.»

«Du hast die Rechte an dieser Nachbarschaft und all diesen Leuten aufgegeben, da du jetzt woanders rumvögelst, Anne», sagte Charlie, der offensichtlich mehr getrunken hatte, als gut für ihn war. Ein paar Leute waren im Raum gewesen, als die beiden an der Tür kollidierten, und hatten nicht mehr rechtzeitig fliehen können. Das Grüppchen schaute Sara jetzt flehend an und hoffte auf einen Helikopter.

Sara trat zwischen die beiden. «Hi, Leute, könntet ihr das bitte draußen ausmachen?»

Anne wollte sich entschuldigen, aber Charlie war inzwischen alles egal. «Wie wär's, wenn die Schlampe geht, vorausgesetzt, sie kann ihre Schenkel dafür lange genug zusammenhalten?»

«Wow», sagte irgendjemand von weiter hinten, aber es war nicht klar, wer.

Saras Ton wurde strenger. «Charlie, es ist jetzt wirklich

nicht der richtige Zeitpunkt für so was. Iris hat Geburtstag, und den wollen wir alle feiern. Außerdem sind Kinder hier, übrigens auch deine eigenen. Also hebt euch das bitte für später auf.» Sie berührte beschwichtigend seinen Arm, aber er schüttelte sie ab.

«Du hast mir das Herz gebrochen, Anne.» Er beugte sich vor und zeigte mit dem Finger auf Annes Kehle. Sie wich zurück. «Ich habe dich vom ersten Tag an geliebt, und unsere Kinder lieben dich ebenfalls. Aber. Dir. Ist. Das. Scheiß. Egal.»

«Das stimmt nicht», flüsterte Anne. Sie war ganz blass geworden und wandte sich jetzt zum Gehen. «Entschuldige, Sara, ich hätte nicht herkommen sollen.»

«Schon gut, Anne, das machte doch nichts», sagte Sara. Sie spürte, wie ihre Frau hinter sie trat und ihren Arm nahm. Iris war kaum weniger betrunken als Charlie. «Was ist los, zum Teufel?», flüsterte sie Sara ins Ohr. Sara hob hilflos die Hände, ohne Charlie aus den Augen zu lassen.

«Gar nichts ist gut. Es ist so verkackt, dass es zum Himmel stinkt», sagte Charlie laut. Er packte Anne grob beim Arm.

Bill, der gerade zwei Kinder, die neugierig geworden waren, wieder nach hinten in den Garten geschickt hatte, trat nun ebenfalls ins Zimmer. «He, Leute, man kann euch bis in den Garten hören, die Kinder kriegen allmählich Angst.»

«Verpiss dich, Bill. Deine Frau hat dich doch auch sitzengelassen, oder? Vielleicht stimmt in dieser Gegend was nicht mit dem Leitungswasser, es macht aus Ehefrauen Huren.» Charlie wankte leicht, wollte Anne aber nicht loslassen. «He, Anne, wie wär's mit einem Mitleids-Fick, so wie neulich, bevor mir klarwurde, warum du plötzlich wieder scharf auf mich bist?» Seine Augen füllten sich mit Tränen. «Ich war so glücklich ...»

«Lass mich los, Charlie.» Anne versuchte, sich aus seinem Griff zu befreien. «Du willst, dass ich gehe, also gehe ich. Wir reden ein andermal.»

«Nein, wir reden jetzt.» Er zog sie aus dem Haus und in den Vorgarten. «Ich will jetzt reden.»

Bill und Michael tauschten einen Blick und folgten den beiden. Frances, die inzwischen ebenfalls aufgetaucht war, schloss sich an, zusammen mit Sara und Iris. Sara machte die Haustür hinter sich zu, aber sogleich erschienen an den Fenstern Gesichter. Du liebes bisschen! Hin und her gerissen zwischen widerstreitenden Pflichten warfen Sara und Frances immer wieder besorgte Blicke zum Haus.

Bill versuchte Charlie zur Vernunft zu bringen. «Charlie, lass sie los. Ihr könnt euch ein andermal aussprechen. Komm rein und iss erst mal was. Und trink eine Tasse Kaffee.»

Aber Charlie sagte: «Du bist doch so ein netter Kerl, Billy, wieso hat dich deine Frau verlassen, hm? Warum ist Julie auf und davon? Vielleicht sind wir einfach zu nett, das ist unser Problem.»

Bill ging nicht auf seine gemeinen Worte ein. Stattdessen sagte er: «Klar, wir sind die Besten. Willst du nicht lieber was essen, Charlie?»

«Nee. Aber im Ernst, wo ist Julie, Bill? Auf einmal war sie weg. Lässt sie sich von einem andern vögeln? Oder vielleicht von einer Frau? Oder zwei Weibern? Hat sie es sattgehabt, immer denselben alten Schwanz zu sehen, was, Bill?»

«Herrgott noch mal, Charlie, jetzt krieg dich wieder ein», sagte Michael aufgebracht. Man konnte sehen, dass Bill jetzt auch allmählich zornig wurde. «Deine Frau und du, ihr habt im Moment Probleme, aber lasst das bitte nicht an uns aus.»

«Ach, halt die Klappe, Michael. Ich weiß, bei dir und deiner dicken Alten ist alles perfekt, aber ihr habt ja auch keinen Sex mehr ...»

Anne riss sich plötzlich von Charlie los und lief davon. Ihr Gesicht war tränenüberströmt. Frances eilte ihr nach. «Anne, warte, ich fahre dich nach Hause!»

«Nein!», rief Charlie ihnen hinterher. «Lass sie doch zu Fuß gehen. Ich hoffe, sie läuft vor einen Laster oder bricht sich das verdammte Genick! Ich wünschte, du wärst tot, Anne, hörst du? Ich wünschte, du wärst tot!» Er wandte sich wieder zu Bill um. «Wär's dir nicht auch lieber, deine Frau wäre tot, Bill? Besser tot als mit einem andern im Bett, was?» Er fing an zu lachen.

Bill machte einen Schritt nach vorn und versetzte Charlie einen Kinnhaken, der ihn förmlich von den Füßen riss. Er landete flach auf dem Rücken und war plötzlich wieder nüchtern.

«Meine Frau *ist* fast tot, du blödes Arschloch», fuhr Bill ihn an. Er hatte die Fäuste geballt. «Meine Frau ist jetzt seit drei Monaten fort, um sich gegen ihren Krebs behandeln zu lassen, und sie geht dabei fast drauf.» Er bebte vor Wut. «Und ich sitze hier fest und versuche alles allein hinzukriegen, damit Lucas nichts merkt, denn er ist schließlich erst vier. Julie fand, er braucht mich mehr, als sie mich braucht. Deshalb liegt sie jetzt ganz allein, Hunderte von Meilen entfernt, in einem beschissenen Krankenhaus. Lucas glaubt, dass sie irgendwo einen Film dreht. Wir skypen zweimal täglich, damit er sieht, wie sehr sie uns liebt, und sie setzt dafür extra eine beschissene Perücke auf und zieht sich was an. Wir tun unseren verdammten Job, und das solltest du verdammt noch mal auch machen! Kannst du dir vorstellen, dass es mir tausendmal lieber wäre, sie hätte eine Affäre? Ich würde meinen rechten Arm dafür hergeben, wenn sie bloß was mit einem anderen hätte, anstatt irgendwo mutterseelenallein im bekackten Minnesota um ihr Leben zu ringen ...»

«Daddy?»

Das hohe Stimmchen kam von hinten. Alle wandten sich um und sahen Lucas aus dem Haus treten. «Du hast ein schlimmes Wort gesagt!», rief der Junge geschockt, aber er hatte offensichtlich sonst nichts mitbekommen.

Bills Miene wurde beim Anblick seines Sohnes freundlicher, auch wenn es ihn große Anstrengung kostete, wie jene, die in seiner Nähe standen, bemerkten. Lucas hatte keine Ahnung. Bill streckte seinem kleinen Sohn die Hand hin. «Hey, Häuptling. Was gibt's?»

«Nichts, ich wollte bloß sehen, wo du bist.»

«Willst du nach Hause gehen?»

«Können wir Mommy anrufen? Ich will ihr erzählen, dass du ein schlimmes Wort gesagt hast.» Jetzt bemerkte er den im Gras liegenden Charlie und trat neugierig näher, wie Kinder das eben machen. «Bist du hingefallen?» Er streckte seine kleine Hand aus, um ihm aufzuhelfen, aber Charlie starrte ihn nur einen Moment lang an und ließ dann den Kopf ins Gras zurücksinken.

Lucas wandte sich stirnrunzelnd zu seinem Dad um. Der hob ihn hoch und drückte ihn an sich. «Keine Sorge, Lucas, Charlie geht es gut. Komm, wir rufen Mom an, damit du mich verpetzen kannst.» Sie mussten um Charlie herumgehen, der stumm und zutiefst beschämt auf dem Rasen liegen blieb.

«Das war 'ne tolle Party, Daddy», drang Lucas' hohes Stimmchen zu ihnen. «Ich hab Torte gegessen, hast du gesehen?»

«Ja, Buddy. War sie gut?»

«O ja. Mommy wird ganz schön böse sein, weil du was Schlimmes gesagt hast.» Der kleine Junge kicherte. Er barg den Kopf an der Schulter seines Vaters und krallte die kleine Hand in sein weißes T-Shirt.

Sie überquerten die Straße und verschwanden. Charlie setzte sich auf und wischte sich mit dem Handrücken den Mund ab. Aus seinen Augen stürzten Tränen. Anne trat ans Auto, und Frances ging um den Wagen herum zur Fahrerseite. Iris, Michael und Sara standen immer noch geschockt da. Iris war es auf einmal speiübel.

Ein kleiner Mann tauchte auf, er zog einen großen Karren hinter sich her.

«Ist eine von Ihnen Sara?»

Sara nickte.

«Ich bringe die Hüpfburg», verkündete er. Bedauernd fügte er hinzu: «Leider nicht Spiderman, wie Sie's bestellt haben. Ein Filmproduzent hat einen Riesenaufstand deswegen gemacht und sich die letzte unter den Nagel gerissen. Aber das hier ist auch vom Feinsten.» Er betonte *vom Feinsten*. «Elsas Eispalast.» Offenbar war ihm selbst klar, dass das ziemlich schräg war, falls es eine Party für Jungs sein sollte. «Ein Riesen-Olaf ist auch dabei. Und ein zwei Meter großer Schneemann. Gratis.»

Iris kippte plötzlich nach vorn und erbrach sich.

Eine peinliche Pause entstand, dann sagte der Lieferant: «Okay, dann eben kein Schneemann.»

34

Frances erwachte am nächsten Morgen mit einem schweren emotionalen Kater. Sie machte die Augen wieder zu und wollte erst gar nicht aufstehen. Anne heimzufahren war ein Fehler gewesen. Sie hatte irgendwann die Geduld mit ihr verloren, und das wahrscheinlich zum ungünstigsten Zeitpunkt. Aber Annes Mann hatte sie schließlich vor der gesamten Nachbarschaft als «fette Alte» bezeichnet und rumgetratscht, dass sie keinen Sex mehr hatten. Was ein bisschen, na ja, unangenehm war.

Anne wohnte vorübergehend im Palazzo, einem Apartmentkomplex gegenüber des Parks, in dem die Kinder samstags Fußball spielten. Das Palazzo war in vieler Hinsicht eine Unterkunft, von der nur Insider wussten. Manche Leute wohnten das ganze Jahr über dort, aber die meisten der möblierten Apartments wurden temporär von Filmleuten belegt. Einige gehörten den Studios, die sie Schauspielern und Regisseuren für drei oder vier Monate zur Verfügung stellten, während Pilot-Filme für neue Serien gedreht wurden oder andere kurze Projekte dieser Art. Das Gebäude lag gegenüber dem *Grove*, einer großen Outdoor-Shopping-Mall. Die Fassade war in Ocker gehalten, eine Farbe, die man sonst nur auf billigen italienischen Landschaftsgemälden in Hotelzimmern findet.

Auf der Fahrt zum Palazzo hatte sich Anne endgültig in Tränen aufgelöst. Der Parkwächter winkte sie ungerührt durch die Schranke. Das herzzerreißende Schluchzen, das aus dem Wageninneren drang, schien ihn nicht weiter zu überraschen – er erlebte so etwas vermutlich öfter. Annes Zwei-Zimmer-Apartment befand sich im Erdgeschoss. Es war kühl und dunkel, und die Einrichtung war zeitlos, aber auch unpersönlich. Anne hatte der Wohnung bisher noch keinen eigenen Stempel aufgedrückt.

Als Frances ihr einen Tee machen wollte und nach Milch suchte, fand sie den Kühlschrank gähnend leer vor. Ebenso die Vorratsschränke.

«Du hast ja überhaupt nichts Essbares im Haus», sagte sie erschrocken, «wie ernährst du dich denn?»

Anne, die mittlerweile ein Stadium erreicht hatte, in dem sie nur noch dumpf vor sich hinstierte, hob den Kopf und blickte ihre Freundin an. «Ich besorge mir immer was auf dem Farmers Markt.» Sie hatte aufgehört zu heulen, aber ihre Augenlider waren geschwollen. Zum ersten Mal, seit Frances sie kannte, sah sie nicht attraktiv aus. «Du weißt schon, gegenüber.»

Frances nickte. «Und hast du jetzt keinen Hunger?»

Anne schüttelte den Kopf. «Mir wird schlecht, glaube ich.» Sie verschwand im Badezimmer. Frances konnte den Klodeckel gegen den Wassertank knallen hören, aber dann war Stille. Sie trat ans Fenster und blickte auf den gepflegten grünen Garten hinaus. Wie ruhig es hier war, nichts zu hören außer einem gelegentlichen leisen «Ping» vom Lift und das unvermeidliche Gurgeln und Rattern der Wasserpumpen, mit denen die Pools betrieben wurden. Frances sah ein feengleiches Mädchen aus dem Haus treten. Es trug Jogginghosen und Fellstiefel und zog an der dünnsten Leine, die Frances je gesehen hatte, das winzigste Hündchen der Welt hinter sich her. Es sah aus, als habe sie einen Wattebausch an einem langen Stück Zahnseide befestigt. Der Hund machte ein linsengroßes Häufchen, während sich das Mädchen ausgiebig mit seinem Handy beschäftigte.

Anne tauchte wieder auf. «Ich hab nichts mehr im Magen, das ich erbrechen könnte, und ich krieg keine Luft. Glaubst du, ich sollte in die Notaufnahme fahren?» Sie nahm auf der Kante eines korallenroten Polstersofas Platz.

Frances wandte sich zu ihr um und musterte sie. «Du hast eine Panikattacke, und dein Blutzuckerspiegel ist im Keller. Geh und besorge dir was zu essen. Und lass es dir in eine Papiertüte einpacken, dann hast du gleich was, wo du reinatmen kannst.» Sie wandte sich zum Gehen.

«Bitte geh nicht!», flehte Anne. «Lass mich nicht allein.»

Frances antwortete gereizter als beabsichtigt: «Hör zu, Anne, ich trete nur ungern jemanden, der bereits am Boden liegt, aber du musst dich echt allmählich zusammenreißen.»

Annes Augen füllten sich mit Tränen. «Du bist böse auf mich.»

«Eigentlich mehr auf deinen Mann. Aber da du an seiner Scheißlaune schuld bist, ja, auch ein bisschen auf dich. Ich kann nicht hierbleiben und dir die Hand halten, ich muss wieder zu meinen Kindern. Ruf deine Mutter an. Oder deine Brüder. Herrgott noch mal, reiß dich zusammen, Anne!»

Und dann war sie gegangen, obwohl sie wusste, dass Anne sich nicht zusammenreißen würde, aber zufrieden darüber, dass ihr das, wenigstens im Moment, scheißegal war.

Aber jetzt, am nächsten Morgen, fühlte sich Frances total ausgelaugt. Sie wandte den Kopf und musste feststellen, dass Michael bereits wach war und sie ansah.

«Mensch!», rief sie entgeistert aus. «Musst du mich so erschrecken?»

«Volltreffer.» Er grinste.

«Wieso bist du schon wach? Ist alles in Ordnung?» Sie zog ihren Arm unter der Decke hervor und streichelte seinen Kopf. Wie vertraut ihr dieses Gesicht war, wie sehr sie es liebte.

«Ja, ja. Aber das gestern war wirklich mies. Ich hatte prompt Albträume.»

Sie nickte. «Wir beide tun uns so was aber nicht an, oder? Lass uns einfach langweilig bleiben und langweilig alt werden.» Sie hielt inne. «Aber peinlich war es schon.»

«Du meinst die verblüffende Neuigkeit, dass wir kaum noch Sex haben?»

Sie nickte.

Michael zuckte die Achseln. «Mich stört das nicht. Dich etwa?» Frances schüttelte den Kopf. «Dann zum Teufel mit den Nachbarn, ich scheiß auf das, was sie denken.» Er schaute sie forschend an. «Glaubst du, Charlie hat geahnt, dass etwas nicht stimmte?» Als sie nichts sagte, fuhr er fort: «Vielleicht bist du mir ja auch untreu, kannst es aber besser verbergen?»

Sie musste lachen. «Ich kann mir nicht vorstellen, mich noch mal freiwillig vor einem anderen Mann zu entblättern. Falls wir uns scheiden lassen sollten, würde ich mir die Vagina zunähen, mir fünfzehn Katzen anschaffen und mich zu Tode fressen.»

Michael lachte. «Jetzt übertreib mal nicht. Du bist einfach wundervoll. Könnte mir vorstellen, dass du ganz schön begehrt wärst, wenn du wieder auf den Markt kämst.»

Frances verdrehte die Augen. «Ja, weil jeder Mann von

einer Frau träumt, die dreißig Pfund zu viel auf den Rippen hat und auch noch drei Kinder im Schlepptau. Ich kann die Anzeige schon vor mir sehen: Alleinstehender Mann sucht ältere, übergewichtige Frau, die ihm kein Mitspracherecht an der Erziehung ihrer Kinder einräumt. Darf Kinder zur Schule fahren und Hausaufgabenaufsicht übernehmen und kriegt dafür einmal im Jahr einen geblasen – keine Garantie.» Sie setzte sich auf und schlug die Bettdecke zurück. «Und der *Playboy* hat auch letzte Woche angerufen. Man will ein Ausklappposter von mir machen, denn das hier» – sie stellte sich nackt vor ihm in Pose und deutete auf ihre Speckröllchen – «ist unheimlich *hot*.»

«Ich seh dich gern an.»

«Weil du's gewohnt bist.»

«Stimmt. Ich bin es gewohnt, und ich liebe es.»

Frances setzte sich wieder aufs Bett und beugte sich verschwörerisch zu ihrem Gatten hinunter. «Ich war neulich in einem Sexshop», flüsterte sie ihm ins Ohr, «und hab einen Vibrator und ein Paar Handschellen mit Fellbesatz gekauft.»

Michael prustete los. «Ist dir mein Penis jetzt nicht mehr gut genug?»

Frances griff unter die Bettdecke. «Doch, aber der vibriert nicht.» Eine Pause. Sie schmunzelte. «Das ist nicht vibrieren.»

«He, zumindest rührt sich noch was, also bitte etwas mehr Respekt!»

«Mommy!», schallte Lallys Stimme durch den Korridor.

«Tja ... du bist gemeint.» Michael kuschelte sich genüsslich wieder unter die Decke. «Übrigens viel Glück damit, das Zeug vor den Kindern versteckt zu halten.»

Drei Häuser weiter hatte Charlie einen fürchterlichen Brummschädel und schämte sich abgrundtief. Er fragte sich, ob er je wieder einen Bissen runterbringen oder sein Gesicht in der Öffentlichkeit würde zeigen können. Aber Verkriechen kam in seiner Situation leider nicht in Frage. Die Pflicht rief.

«Hey, Theo», sagte er und schüttelte sanft seinen schlafenden Sohn. «Du musst zur Schule.» Theo zog sich grunzend die Bettdecke über den Kopf. «Komm schon, Buddy, hoch mit dir. Möchtest du ein Glas Orangensaft?» Die Ausbuchtung schüttelte den Kopf.

Charlie ging in Kates Zimmer und fand sie zu seiner Überraschung bereits fertig angezogen vor. Sie hockte auf dem Teppich und hatte ihre umfangreiche Spielzeugtier-Kollektion um sich versammelt, darunter Ponys und viele kleine Tierchen mit seltsamen, übergroßen Köpfen. Auch die obligatorischen mageren Puppen mit knallig geschminkten Gesichtern saßen dabei.

«Du bist schon angezogen», sagte er verwundert. Kate nickte stumm. «Willst du frühstücken?» Sie schüttelte den Kopf. «Toast?» Nein. «Eier?» Nein. «Cheerios?»

Jetzt hob sie endlich den Kopf und blickte ihren Vater stirnrunzelnd an. «Nein, danke, Daddy. Ich hab keinen Hunger mehr. Ich hab schon gefrühstückt.»

«Im Ernst?» Sie nickte und widmete sich wieder ihrem Spiel. «Na gut, das ist ja toll. In zwanzig Minuten musst du in die Schule, okay?»

Sie schaute ihn an. «Bringst du uns hin?»

«Soll ich?»

Sie widmete sich wieder ihren Puppen. «Nö, ich finde es schön, wenn Frances uns fährt.»

Na dann. Er hörte Geräusche aus Theos Zimmer und kehrte wieder dorthin zurück. Theo saß auf der Bettkante und streifte sich die Socken über. Er war so gut wie angezogen, aber seine Augen waren verquollen. Charlie trat zu ihm und wollte seine Stirn befühlen, aber Theo duckte sich weg. «Mir geht's gut», fuhr er seinen Vater an. «Wie viel Zeit hab ich noch?»

«Ungefähr zwanzig Minuten.»

Theo kümmerte sich wieder um seine Socken und ignorierte Charlie, der dreißig Sekunden lang unschlüssig im Zimmer stehen blieb und sich fragte, wie es kam, dass auf einmal er der Böse war, obwohl *er* doch betrogen wurde. Theo schaute plötzlich auf, als könne er Gedanken lesen und sagte: «Weißt du, es könnte alles wieder so sein wie früher, wenn du Mom bloß endlich verzeihst und sie wieder nach Hause kommen lässt.»

«Nein, es könnte nie wieder so sein wie früher.»

Theo schaute seinen Vater einen Moment lang wortlos an, dann schob er sich zornig an ihm vorbei, schnappte sich seine Schuhe und knallte die Tür hinter sich zu. Und ließ Charlie allein in seinem Zimmer zurück.

Lucas schlief noch, als Bill Julie anskypte. Er berichtete ihr von dem gestrigen Vorfall. Zu seiner Überraschung brach sie in lautes Gelächter aus. Er hatte sie lange nicht mehr lachen gehört, das war ihm ein paar aufgeschürfte Knöchel wert.

«Echt? Du hast ihm tatsächlich eine reingehauen?» Sie lag im Bett und hatte das Tablet an ihrem Arm abgestützt.

Aber ihr Gesicht war so nahe, dass er sich einbilden konnte, sie läge wirklich neben ihm. Sie lächelte ihn warm an, das hatte ihr nicht einmal die Chemo nehmen können, obzwar ihr sämtliche Haare, Augenbrauen, Schamhaare, alles ausgefallen war und auch ihr Immunsystem den Geist aufgegeben hatte. «Wie männlich von dir. Ein richtiger Kerl.»

Er grinste. «Ja, ich war selbst überrascht. Ich wusste gar nicht, dass ich mich zu so etwas hinreißen lasse, es ist ... einfach so passiert. Ich hatte sein Gejammer und Geblubber einfach satt.»

«Ach, komm, sie hat ihm das Herz gebrochen.»

«Ach wo», widersprach Bill energisch, «das Einzige, was man ihm gebrochen hat, ist sein Ego. Er kann es nicht fassen, dass ihn seine Frau hintergangen hat, aber er wird schon drüber wegkommen.»

«Jetzt sei nicht so gemein, Bill. Was ist mit ihren Kindern? Also, für mich wäre es schrecklich, wenn du mir so was antätest. Oder Lucas.»

«Woher willst du wissen, dass ich es nicht längst tue? Jetzt, da du von der Bildfläche verschwunden bist, könnte ich es mit einer ganzen Parade hübscher junger Dinger treiben.»

Sie lachte. «Vermutlich, aber du vergisst, dass ich weiß, wie viel freie Zeit du hast. Ein Vollzeitjob und ein Kind sind ja superleicht unter einen Hut zu bringen, nicht wahr?»

«Allerdings. Ich hab so viel Zeit übrig, mir ist richtig langweilig.»

Sie wurde wieder ernst. «Siehst du, deshalb –»

Er unterbrach sie. «Bitte nicht schon wieder, Jules. Ich wollte, dass du die Chemo hier machst, wo ich mich um dich kümmern kann, und ich bin noch immer der Meinung, dass es falsch war, zu gehen. Ich bin schließlich dein Mann. In guten wie in schlechten Zeiten.»

Aber sie blieb fest. «Nein, du musst dich um Lucas kümmern. Und ich mich um mich selbst. So ist es einfacher.»

Er seufzte. «Für dich vielleicht.»

«Für dich auch. Und am meisten für ihn.»

Sie schauten einander stumm an, bis auf einmal ein zerzauster Schopf hinter Bills Rücken auftauchte, und ein kleines Gesicht verschlafen blinzelte.

Iris telefonierte mit ihrem Bruder Archie.

«Mom sagt, dass ihr Streit habt.» Iris konnte im Hintergrund Archies Kinder brüllen hören, Tausende von Meilen weit entfernt, in Irland. Er hatte eine tolle, aber etwas verträumte charmante Frau ohne besonderen Ehrgeiz geheiratet, ähnlich, wie ihrer beider Vater gewesen war, die er zwar über alles liebte, die aber auch ganz schön anstrengend sein konnte. Er liebte auch seine vier Kinder, und er liebte das grüne Gras von Irland, bloß den Regen mochte er nicht. Von allen ihren Brüdern war er ihr der vertrauteste.

«Ach ja?» Iris zog ihre Kaffeetasse über den Tisch zu sich her. «Was genau hat sie denn erzählt?»

«Sie sagt, du willst noch ein Kind haben und Sara sei dagegen.»

Iris verzog das Gesicht. «So stimmt das nicht.»

«Wie ist es dann?»

«Sie würde mich schon lassen, hat aber gerade ein Filmangebot bekommen, und deshalb müssen wir die Details noch besprechen.» Ihr Bruder, der die unausgesprochene

Botschaft heraushörte, wartete ab. «Na gut, ja, sie wünscht es sich nicht so dringend wie ich.»

«Habt ihr das nicht alles besprochen, bevor ihr Wyatt bekamt? Das macht man doch so.»

«Ja, klar, aber das war nur Gerede, nichts Bindendes. Wir haben damals gesagt, wir wollen ein Dutzend Kinder. Das war natürlich nicht so gemeint.»

«Aber du möchtest noch eins.»

«Ja. Aber nicht, wenn es mich meine Ehe kostet.»

Iris wartete, während er einen Streit wegen eines Balls schlichtete, nippte an ihrem Kaffee und schaute den Vögeln zu, die draußen auf dem Rasen herumpickten. Was Vögel wohl von Menschen hielten? Wenn überhaupt? Vielleicht fragten sie sich ja, worauf die faulen Säcke da unten eigentlich warteten, warum sie nicht endlich anfingen zu fliegen.

«Da bin ich wieder. Kieran ist der Ansicht, dass derjenige, der das Tor geschossen hat, den Ball wieder einwerfen darf. Jenny ist anderer Meinung.»

«Sie ist der Keeper?»

«Genau. Sie hat darauf hingewiesen, dass sie sowieso kaum Gelegenheit kriegt, den Ball zu kicken ...»

«Womit sie nicht unrecht hat.»

«Schon, aber sie hat es demonstriert, indem sie gegen das Schienbein ihres Bruders kickte, was ihre Position ein wenig unterminiert hat.»

Iris schmunzelte. «Vielleicht solltest du mir eins von deinen Kindern schicken.»

«Nur zu gern.» Auch er hatte offenbar etwas zu trinken vor sich, denn sie hörte, wie er einen Schluck nahm. «Und wie geht's jetzt weiter?»

«Momentan schleichen wir beide auf Zehenspitzen umher, damit nicht wieder Streit ausbricht.»

Archie stieß einen Überraschungslaut aus. «Aber das passt doch gar nicht zu euch! Ihr habt doch immer was zu bequatschen.»

Iris seufzte. «Ich weiß, es ist komisch. Ich hätte die Sache gleich erwähnen sollen, schon vor einem Jahr, als es mir klargeworden ist. Aber damals hatte ich Angst, sie könnte ausflippen, keine Ahnung, wieso. Ich wartete ab und wartete ab, aber es ergab sich nie eine Gelegenheit, und auf einmal wurde es zu einer Riesensache für mich. Obwohl es das gar nicht ist. Dann flog eine Nachbarin auf, weil sie eine Affäre mit einem anderen Mann hatte, und jetzt ist ihre Ehe im Eimer. Und auf einmal kann ich mir Schlimmeres vorstellen, als ein weiteres Kind zu wünschen.»

«Du spinnst doch. Sara ist ein so lockerer, entspannter Mensch, und du kriegst am Ende sowieso immer deinen Willen, oder? Außerdem ist sie nicht der Typ, der fremdgeht. Und du auch nicht. Zumindest bisher nicht.»

«Ja, aber das hätte ich von der Nachbarin auch gedacht.» Sie erhob sich mit ihrer leeren Tasse. «Streitet ihr euch eigentlich oft, du und Carol?»

«Na klar. Jedes Paar streitet sich. Aber meistens reden wir über die Kinder oder überlegen, ob wir wieder in die Staaten ziehen sollen oder was es zum Abendessen gibt. Irgendwas ist immer.»

«Wieso können Ehen nicht einfach von allein vor sich hin rollen? Man gibt ihnen anfangs einen kräftigen Schubs, und damit hat sich's.»

Sie hörte das Achselzucken in der Stimme ihres Bruders und sah ihn vor sich, großgewachsen, mit kräftigen, kantigen Gesichtszügen. Sie vermisste ihn. «Wenn der Pfad immer gerade und flach verliefe, dann hättest du vielleicht recht. Aber – und ich will die Metapher nicht überstrapazieren – es sind die Schlaglöcher, die den Karren bremsen oder sogar aus der Bahn werfen. Ich sehe Ehen mehr wie diese Metallreifen, die man von alten Illustrationen aus der viktorianischen Zeit kennt, weißt du?»

«Die man mit einem Stock antreiben musste?»

«Ja, genau. Man muss sie mit dem Stock antreiben und in der Bahn halten. Eine Ehe ist im Grunde genauso. Sie rollt so dahin, aber ab und zu muss man ihr den Stock geben.»

«Vielleicht brauchst du selbst einen Stock.»

Er lachte. «Mag sein. Okay, ich muss jetzt Schluss machen.» Sie konnte hören, dass sich das Geschrei draußen intensiviert hatte und nun einem Schlachtengebrüll ähnelte. «Da heult jemand, aber ich weiß nicht, wer.»

«Schon kapiert. Wir telefonieren bald mal wieder, ja?»

«Klar. Liebe Grüße an Sara, und umarme Wyatt von mir, ja? Und hört auf zu streiten und klärt diesen Scheiß.»

«Kläre mal lieber deinen eigenen.»

«Mach ich, Babe.»

Er hängte ein. Iris dachte an ihn und an seine Hochzeit, an ihre anderen Brüder, an den Vater und auch an ihre Mutter, die jetzt ganz allein war. Dann erhob sie sich, um Sara zu suchen und diesen Scheiß endlich mit ihr zu klären.

35

Frances hatte die Kinder an den diversen Einrichtungen abgeliefert und musste jetzt noch zu einem Treffen eines Highschool-Komitees. Ihre Gedanken richteten sich unvermittelt auf die Zukunft. Lally würde bald in die Vorschule kommen, und dann könnte sie selbst sich eventuell wieder einen Job suchen, Zeit wurde es ja. Etwas zu den Finanzen beizusteuern wäre nicht schlecht. Aber da sie kein Dummkopf war, wusste sie natürlich, dass sie sich damit nur noch mehr Arbeit aufhalsen würde, als sie jetzt schon hatte, denn in einer Ehe waren die Pflichten nun mal nicht gleichmäßig auf beide Partner aufgeteilt. Sie stellte sich vor, wie sie und Michael sich zusammensetzten und das Ganze auf einem Whiteboard ausarbeiteten, die anfallenden Pflichten und Hausarbeiten in zwei gleich lange Spalten aufgeteilt.

«Wer soll sich um die Haustiere kümmern?», hörte sie sich fragen und sah sich mit gezücktem grünem Marker vor dem Board stehen.

«Was muss man denn da alles machen?», würde sich Michael erkundigen und von seiner immer länger werdenden Liste aufblicken. Er würde motiviert den Stift anheben, denn das war vielleicht was für ihn.

«Füttern, rausgehen, Pisse-Kacke-Kotze wegwischen, kleine Verletzungen verarzten, regelmäßige Flohentfernung, zum Tierarzt gehen, wenn nötig. Und zuvor entsprechende Termine vereinbaren. Und alles, was sonst noch so anfällt.»

Er schüttelte den Kopf. «Nein, das fällt irgendwie eher in dein Metier. Was gibt's sonst noch?»

«Die Wäsche, zum Beispiel.»

«Was muss man da alles machen?»

«Also, man sammelt sämtliche herumliegenden Klamotten ein und riecht erst mal dran, um zu prüfen, ob sie noch getragen werden können. Die schmutzige Wäsche wäscht man, tut sie in den Trockner, holt sie raus, faltet sie zusammen und hinterlässt entweder einen Riesenstapel, den jeder durchwühlen kann, oder man verteilt sie an die Kinder. Man legt sie ihnen fein säuberlich in die Zimmer und stellt am nächsten Tag fest, dass sie auf dem Boden gelandet sind und nicht getragen wurden. Und man verschwendet eine Menge Zeit damit, passende Socken zusammenzusuchen, Zeit, die sich mit so viel angenehmeren Dingen vertreiben ließe. Man muss mit Beschwerden rechnen, wie: ‹In diesem Haus ist nie irgendwas sauber›, oder man muss die Schmutzwäsche durchwühlen, weil irgendein Kind unbedingt ein bestimmtes Kleidungsstück anziehen möchte.» Ihr fiel noch etwas ein. «Ach ja, und die Fußballtrikots müssen natürlich auch gewaschen werden. Ich persönlich mache das immer in heller Panik am Freitagabend um neun, aber du kannst es gern gleich am Sonntagvormittag machen und dir ganz toll vorkommen.»

Und wenn die Besprechung vorbei war, würde sie einen Ordner von der Größe der Stadt Poughkeepsie anschleppen und ihn Michael vor die Nase knallen. «Das ist der gesamte Inhalt meines Kopfes aus vierzehn Jahren Hausarbeit. Alles, was ich mir merken musste», würde sie stolz verkünden.

Sie fand einen Parkplatz, blieb kurz noch im Wagen sitzen und schmunzelte. Dann kramte sie seufzend ein «beruhigendes» Duftöl hervor und betupfte damit ihre Handgelenke, was natürlich vollkommen sinnlos war. Dann machte sie sich auf den Weg ins Café.

Die freiwillige Teilnahme an der Organisation von Schulveranstaltungen war wie das Gebären. Es war schmerzhafter, als man sich es je hätte vorstellen können, man schwor sich, so etwas nie wieder zu tun, aber sobald es vorbei war, vergaß man, wie schrecklich alles war. Das ist die einzige Erklärung dafür, warum all diese braven, überarbeiteten Frauen es Jahr für Jahr immer wieder aufs Neue versuchen. Diesmal wollte Frances bei den Vorbereitungen für das alljährlich stattfindende Spring-Fling-Frühlingsfest der Highschool von Ava mithelfen. Dieses Fest war die wichtigste Wohltätigkeitsveranstaltung der Schule. Es gab jedes Jahr ein besonderes Thema, eine stumme Auktion, eine Tombola und genug Ausrutscher in besoffenem Zustand, dass den Tratsch-Moms am Schultor für den Rest des Jahres der Gesprächsstoff nicht ausging. Drei Minuten nachdem die Sitzung begonnen hatte, hätte sich Frances bereits ohrfeigen können, dabei ging es noch nicht mal richtig zur Sache.

Um einen großen runden Tisch in der Mitte des Cafés saßen ein halbes Dutzend Mütter, von denen die meisten wünschten, sie wären woanders. Frances kannte nur eine von ihnen und hatte die Namen der anderen bereits wieder vergessen.

Eine begann von ihrer Tochter zu erzählen und outete sich damit als ahnungsloser Neuling. Regel Nummer eins, wenn man es mit Eltern zu tun hat, die man nicht kennt? Niemals über sein Kind reden. Man stelle sich *Fight Club* vor und halte still, selbst wenn es noch so schwerfällt. Denn was immer man auch sagt, es wird deinem Kind von anderen Kindern zugetragen werden. Frances hatte einmal erwähnt, dass Ava bald eine Zahnspange bekommen würde. Ihre Klassenkameraden hatten sie, noch am *selben Tag*, an dem Frances es im unvertrauten Kreis erwähnt hatte, gefragt, was für eine Farbe sie sich aussuchen werde.

Ava war aufgebracht aus der Schule nach Hause gekommen und hatte wissen wollen, warum Frances das verraten hatte.

«Aber wieso interessiert die das überhaupt?», hatte Frances perplex zurückgefragt.

«Weiß ich doch nicht! Aber musstest du es unbedingt erwähnen?» Stundenlang ließ sie sich darüber aus, dass sie sich missbraucht fühle, dass man ihre Intimsphäre verletzt habe – sie wollte gar nicht mehr aufhören. Am Ende blieb Frances nichts anderes übrig, als sich in ihre Glückslandschaft zu versetzen, wo nur das sanfte Summen und Brummen von Insekten und Vogelgezwitscher zu hören war. *Und wo niemand etwas sagte.* Wie auch immer.

«Also, meine Flora-Grace darf am Malwettbewerb des Kunstmuseums teilnehmen», plapperte diese Mutter naiv, «sie ist auf die Auswahlliste gekommen. Ist das nicht phantastisch?»

Eine große blonde Mutter wandte sich an eine andere und sagte: «Hat den nicht letztes Jahr Butterfly Absinthe gewonnen?»

«Stimmt», erwiderte ihre Schlachtgenossin, «aber das war natürlich vor dieser Drogengeschichte.» Sie sah die neue Mutter an. «Kennt Ihre Tochter vielleicht Anglepoise Dingsbums? Aus der Achten?» Die naive Mutter, der allmählich zu dämmern begann, dass sie irgendeinen Fauxpas begangen hatte, wenn sie auch nicht wusste, welchen, schüttelte den Kopf. «Ich glaube, die ist auch auf die Liste gekommen», fuhr die andere fort, «und sie ist super, *super* talentiert. Die beiden müssen sich unbedingt kennenlernen. Wir sollten sie bekannt machen.»

«Ja, auf jeden Fall!», stimmte die große Blonde zu. «Sie hätten ja so viel miteinander zu bereden!» Sie wandte sich an Frances. «Und wie macht sich Ava in der Achten? Wieder besser, hab ich gehört?»

Glücklicherweise war dies nicht Frances' erstes Rodeo, daher nickte sie nur und lächelte. Die beste Verteidigung gegen aggressiv-konkurrenzorientierte Eltern ist ganz einfach: Schweigen. Und ein forscher Themenwechsel. Zum Beispiel so:

«Also, was für ein Motto soll der diesjährige Fling haben?»

«Nun, ich stelle mir Folgendes vor», hob die große Blonde an und knallte einen dicken Stapel Hochglanzmagazine auf den Tisch. «Siebziger-Jahre-Fetisch-Klamotten, ihr wisst schon, knallenge Hosen, Kerbe im Schritt und jede Menge Achsel- und Schamhaar, nicht wie die klinischen Internet-Pornos von heute.»

«Tolle Idee!», rief ihre Nachbarin aus. «Und wir könnten eine S&M-Tombola machen, das würde dann auch das *Fifty Shades*-Klientel anlocken! Was meint ihr, könnte man einen Ballknebel in den Schulfarben anfertigen lassen?»

Natürlich war nichts davon wahr, aber diesbezügliche Phantasien halfen Frances, das Meeting durchzustehen und sich für nichts Grässlicheres als die Garderobenabgabe zu melden.

Danach musste sie Hundemedizin abholen, denn einer der Vierbeiner hatte ein Ekzem, dessen Behandlung kostenmäßig nur leicht unter Avas Zahnspange lag. Anschließend ging Frances ins Schreibwarengeschäft, um Druckerpapier zu besorgen. Als sie wieder herauskam, hatte sie Druckerpapier gekauft und außerdem Folgendes: einen Malblock mit Kätzchen auf dem Cover (für Lally), Monsterkopf-Stiftkappen in verschiedenen Farben (für Milo) und ein paar Notizblöcke mit witzigen Sprüchen (für Ava). Die dringend benötigten Tintenpatronen hatte sie natürlich vergessen und musste noch mal rein. Typisch, so lief das immer. Sie beschloss, einen der Notizblöcke zur Stütze ihres nachlassenden Gedächtnisses selbst zu behalten.

Dann fuhr sie für eine Stunde nach Hause, räumte die Spülmaschine aus und belud sie erneut, machte die Wäsche und vereinbarte einen Arzttermin für Milo, dessen Geburtstag anstand, verschob einen Kieferorthopädietermin von Ava und saß zehn Minuten da und starrte ins Leere, während sie überlegte, was sie vergessen haben könnte. Dann raffte sie sich auf und holte die Kleinen aus dem Kindergarten ab.

Lally war heute guter Laune, und Lucas war zumindest bereit, gute Laune zu bekommen, nachdem er etwas gegessen und sich eine Kindersendung im Fernsehen angesehen hatte. Er überraschte Frances hinterher mit einem iPad, das er aus seinem Schulranzen hervorzauberte.

«Schau!», sagte er. «Das hat Dad mir gekauft, damit ich mit Mom reden kann, wann immer ich will. Wir durften heute was von zu Hause mitbringen, und da hab ich mir das hier ausgesucht.»

«Sind auch Spiele drauf?», fragte Lally pragmatisch.

Lucas runzelte die Stirn. «Nö, sind welche auf deinem?»

Lally schüttelte den Kopf. «Ich hab keins.» Eine Pause trat ein, dann schauten beide zu Frances auf.

«Schaut mich nicht so an, ich hab auch keins», entgegnete sie.

«Willst du mal mit meiner Mom reden?», bot Lucas an.

Frances runzelte die Stirn. «Ach, sie ist sicher sehr beschäftigt.»

Er zuckte mit den Achseln. «Wenn sie beschäftigt ist, geht sie nicht ran, das ist die Regel. Und ich hab immer nur einen Versuch, mehr nicht.» Er berührte irgendein Direktwahl-Icon. Ein Fenster öffnete sich auf dem Bildschirm, und man konnte sehen, wie die Kontaktperson angewählt wurde.

Und plötzlich erschien Julies lächelndes Gesicht auf dem Tablet. Frances, die sie monatelang nicht gesehen hatte, war erschreckt über ihre Blässe. Lucas schien das nicht aufzufallen, er besaß die Unbekümmertheit von Kindern, die Erwachsene außerhalb ihrer Bedürfnisse nicht wirklich wahrnehmen.

«Hi Mom!», rief er freudig und wedelte mit dem iPad. «Schau mal, da ist Frances!» Er drehte das Tablet zu Frances hin und reichte ihn ihr. Dann stürmten er und Lally davon, zum Spielen. Oder vielleicht auch, um oben im Bad ein Meth-Labor einzurichten, wer konnte das schon wissen.

Eine verlegene Stille trat ein. «Hallo, Julie», sagte Frances.

«Er hat das iPad heute in den Kindergarten mitbringen dürfen und wollte mir nur zeigen wie ...»

«Wie ich aussehe?», entgegnete Julie schmunzelnd. «Hallo, Frances, wie geht es dir denn so?»

«Mir geht es gut, aber wie ist es bei dir?» Frances hielt das iPad ungeschickt vor sich. Durfte man während eines Anrufs damit umhergehen? Sie bewegte sich mit langen Stelzschritten auf die Anrichte zu, denn sie brauchte unbedingt einen Kaffee.

«Mir ging es schon mal besser, aber auch schon schlechter.» Julie hielt inne. «Warum schreitest du wie die Queen?»

Frances blieb lachend stehen. «Weil ich dich keinen Erschütterungen aussetzen wollte.»

«Dir ist schon klar, dass du nicht eine Art Mini-Me von mir in Händen hältst, oder?»

«Ich brauche einen Kaffee», antwortete Frances, «der übliche Mittagsdurchhänger.» Sie stellte das Tablet auf der Anrichte auf und warf die Kaffeemaschine an.

Julie fragte: «Ist Lucas noch im Raum?»

«Äh, nein, er hat mir nur das Teil hier in die Hand gedrückt und ist dann mit Lally abgezischt.»

Julie seufzte. «Er kann uns also nicht hören?»

Frances schüttelte den Kopf.

«Hättest du Zeit zum Reden? Ich langweile mich hier zu Tode.»

«Ja, sicher.» Frances ging mit ihrem Kaffee hinaus auf die Terrasse und setzte sich in einen Liegestuhl. Das Tablet stellte sie auf ihren Schoß.

«Hab gehört, dass mein Mann jetzt die Nachbarn zusammenschlägt.» Das schien Julie eher zu amüsieren als zu schockieren.

«Jep. Ist total durchgedreht, seit du weg bist. Die Nachbarschaftsinitiative hat neulich ein Meeting abgehalten, um ihn wegen seines Rowdytums zu verwarnen.»

«Kann ich mir vorstellen. Tja, du hast jetzt also auch gehört, dass ich Krebs habe, was?»

«Ja, das kam kurz nach dem Kinnhaken zur Sprache, tut mir leid. Muss echt schlimm für dich sein.»

«Nun, bin jetzt vollkommen haarlos.»

«Wow.»

«Du sagst es. Ist aber nicht ganz so sexy, wie man denken könnte.» Eine Pause. «Entschuldige, dass ich dir nichts gesagt habe, aber es war alles so ... furchtbar. Ich bekam die Diagnose, und dann war ich auch schon hier zur Behandlung, das Ganze ging rasend schnell. Ich wollte keine große Sache draus machen und ... na ja, Mitleid erregen. Da sind immer alle gleich so hilfsbereit.»

Frances prustete los. «Und das wollen wir schließlich um jeden Preis vermeiden, was?»

Julie sagte: «Du darfst allerdings helfen, dich lassen wir. Ohne dich könnten wir es gar nicht schaffen, Frances, ehrlich. Bill kann nur deshalb Vollzeit weiterarbeiten – und die Krankenversicherung weiter bezahlen –, weil Lucas mittags bei euch sein darf. Du hast keine Ahnung, wie dankbar wir dir dafür sind.»

«Du hättest es mir ruhig sagen können, ich wäre schon nicht zu hilfsbereit gewesen. Oder mitleidig.»

Julie nickte. «Ich weiß. Ich wollte es dir persönlich sagen, aber irgendwie hat sich nicht die Gelegenheit dazu ergeben. Tut mir leid.»

«Ja, entschuldige dich ruhig, weil du Krebs hast. Das ist richtig. Wie läuft denn die Behandlung?»

«Immerhin spreche ich auf die Chemo an, das ist doch schon mal was.» Sie zuckte die Achseln. «Es ist noch zu früh, um darüber hinaus etwas zu sagen.»

«Darf ich dir ein paar Fragen stellen?»

«Klar, solange Lucas nichts mitbekommt.»

«Warte kurz.» Frances stellte das iPad ab und schaute nach, was die Kinder trieben. Kurz darauf war sie wieder da. «Sie sind oben und spielen ‹My Pony›, aber irgendwie gehört dazu die Stürmung einer Burg.»

Julie nickte. «Okay, frag ruhig.»

«Was für eine Art Krebs?»

«Brust.»

«In welchem Stadium?»

«Im dritten. Ist ziemlich schlimm.»

«Haben sie dir die Brust abgenommen?»

«Sogar beide. Vorsichtshalber. Jetzt werde ich endlich Shirts mit Spaghettiträgern anziehen können oder leichte Sommerkleider ohne einen BH darunter. Das wünsche ich mir schon seit der Pubertät.» Julie hatte einen üppigen Busen gehabt. «Ich habe mir immer gewünscht, eine zierliche, flache Brust zu haben, so wie eine Französin, mit hübschen rosa Brustwarzen. Oder bräunlichen. Oben ohne am Strand herumlaufen, all so was. Ich hab schon mit fünfzehn dicke Titten gehabt, wurde Zeit, dass sich das mal ändert.»

«Dann war's ja ein richtiger Glücksfall, was?»

«Was das Outfit angeht, schon.»

«Okay, und wie hast du's rausgefunden? Hast du einen Knoten ertastet?»

Julie nickte. «Ja, ganz klassisch. Es hat sich so ... so komisch, so fremdartig angefühlt, ich hab sofort geahnt, dass es bösartig sein könnte. Ich bin zu meiner Gynäkologin, man hat Röntgenaufnahmen und eine MRT gemacht und auch eine Biopsie und mich noch in derselben Woche an einen Onkologen überwiesen. Wir haben eine gute Krankenversicherung, Gott sei Dank.»

«Wow.» Frances nahm einen Schluck Kaffee. «Wie hat Bill es aufgenommen?»

«Er hat ‹Scheiße› gesagt und ist in Tränen ausgebrochen. Dann hat er sich wieder gefangen und gefragt: ‹Okay, wie geht's jetzt weiter?› Ich wollte zur Behandlung hierher, aber er wollte, dass ich dort bleibe, wir haben eine Woche lang heftig gestritten, es war einfach schrecklich.»

Frances war verwirrt. «Entschuldige, worüber habt ihr gestritten?»

Julie seufzte. «Bill wollte, dass ich in L. A. bleibe, damit er sich um mich kümmern kann. Damit ich ambulant behandelt werden und zu Hause wohnen bleiben kann. Aber ich wollte nach Minnesota, damit Lucas mich nicht so sehen muss und sich Bill ganz auf ihn konzentrieren kann. Es kam mir vor, als wäre ich bei der Armee, verstehst du.»

«Nee, eigentlich nicht. Erklär es mir.»

Julie seufzte. «Ich kam mir vor, als müsste ich in einen Kampfeinsatz und es sei ungewiss, ob ich lebend zurückkommen werde. Bill sagt, wir sind verheiratet, in guten wie in schlechten Tagen, in Gesundheit und Krankheit, und dass es seine Pflicht sei, sich um mich zu kümmern. Es wurde richtig hitzig, aber ich hab die ‹Ich hab hier schließlich Krebs und werde vielleicht sterben›-Karte gezogen, und da musste er nachgeben. Er ist aber immer noch ganz schön sauer.»

«Und wie geht es dir jetzt körperlich?»

«Der reinste Albtraum. Alles schmeckt metallisch. Und

ich krieg kaum was runter, weil ich offene Wunden in der Mundhöhle habe. Und was ich essen kann, schmeckt so, wie Schmieröl riecht. Lucas und Bill fehlen mir schrecklich, aber noch schlimmer wär's, wenn sie bei mir wären, dann müsste ich mich auch noch um sie sorgen, verstehst du?»

«Was habt ihr Lucas denn erzählt?»

Julie zuckte die Achseln. «Er glaubt, ich sei irgendwo bei Dreharbeiten. Es ist nichts Neues für ihn, dass einer von uns mal beruflich weg ist, deshalb haben wir ihm gesagt, ich arbeite bei einem Film mit, aber wir könnten uns jeden Tag per Skype anrufen und uns sehen.» Julie arbeitete als Script-Supervisor in der Filmbranche und hatte das letzte Wort bei allen Drehbüchern.

«War die OP schmerzhaft? Hast du jetzt ganz kleine Brüste?» Julie trug ein weites Kapuzensweatshirt, deshalb konnte man auf dem Bildschirm nichts sehen.

«Es hat unglaublich weh getan, aber ehrlich, neben dieser Mundhöhlenentzündung verblasst alles. Und ja, ich hab jetzt kleine Brüste, und sie sehen noch ziemlich schlimm aus.» Offenbar kam gerade jemand in den Raum, denn sie lächelte der Person oder den Personen zu. Dann richtete sie ihren Blick wieder auf Frances. «Ich muss Schluss machen. Aber ich bin echt froh, dass ich mit dir reden konnte.»

«Ich auch. Ruf mich bald mal wieder an, ja? Du fehlst uns, und dein Mann geht vor die Hunde.»

«Und Anne Porter fängt was mit einem Jüngeren an, nicht zu vergessen. Kaum bin ich mal weg ... Was ist eigentlich genau passiert?»

«Ruf noch mal an, dann erzähle ich dir alles haarklein», versprach Frances. «Versuch dich zu entspannen. Du solltest dir eins von diesen Malbüchern für Erwachsene zulegen.»

Julie stieß einen angeekelten Laut aus. «Ich flippe aus, wenn ich ein Mandala sehe! Du glaubst nicht, wie viele Mandalas ich hier schon ausmalen musste. Ist ja nett gemeint, aber ... Na ja, jetzt habe ich zumindest genug Buntstifte, dass sie Lucas bis zum College reichen werden.» Sie seufzte. «Wenn ich bis dahin noch leben sollte.»

«Positiv denken, Julie, immer positiv denken!»

Julie verdrehte die Augen. «Ja, du hast recht. Bis bald dann!» Sie unterbrach die Verbindung.

Frances erhob sich und brachte das iPad zurück ins Haus, schob es wieder in Lucas' Ranzen. Dabei stieß sie auf eine Zeichnung, auf der er und sein Dad zu sehen waren. Und seine Mom, in einer Art Bilderrahmen. Alle lachten fröhlich.

36

Es war wieder mal Soccer-Samstag, aber heute lag etwas in der Luft, eine Wolke der Irritation. Es gab doppelt so viele Dispute wie sonst am Spielfeldrand, und selbst die Kinder waren schlechter Laune.

Besonders Lally war in negativer Hochform. Michael hatte ihr auf der Autofahrt versichert, sie könne werden, was immer sie wolle, wenn sie groß sei, und sich damit unabsichtlich selbst eine Grube gegraben. Er wollte gerade aussteigen und sich innerlich für seine emanzipatorisch wertvollen Ratschläge gratulieren, als sie ihn plötzlich fragte: «Kann ich auch eine Toilette werden?»

«Wie bitte?»

«Kann ich eine Toilette werden, wenn ich groß bin?»

Er verzog das Gesicht. «Nein, das nicht. Du kannst kein Objekt werden, denn du bist ein Mensch.» Ihren nächsten Einwand vorwegnehmend, fuhr er fort: «Und nein, du kannst auch nicht die Spezies ändern, du musst für immer ein Mensch bleiben.»

«Aber du hast gesagt, ich kann alles werden, was ich will!», protestierte Lally. Sie hatte zum Frühstück eine Schüssel Cheerios gegessen, aber das war jetzt drei Stunden her. Michael hatte ihr während der Fahrt zwar einen Müsliriegel angeboten, den sie aber abgelehnt hatte. Sicher spielte bei diesem Zwergenaufstand ein niedriger Blutzuckerspiegel eine Rolle, aber ernsthaft: eine Toilette?

Er ließ sich nicht erweichen. «Ja, du kannst alles werden, was ein Mensch im richtigen Leben nur werden kann, aber nicht so was wie ... zum Beispiel ein Baum.»

«Aber ich will nun mal ein Klo sein!»

Milo wartete ungeduldig darauf, aussteigen zu dürfen. «Dad, ist doch egal, lass sie einfach ein Klo sein, okay? Sie bewirbt sich ja noch nicht um einen Platz auf dem Toiletten-College, oder?»

Michael sah das ein. Frances war in solchen Sachen besser, Kleinigkeiten ließ sie einfach an sich abprallen. Er würde es also wie sie machen. «Okay, wenn du unbedingt willst. Klar, du kannst auch ein Klo sein, Süße.»

Sie stiegen aus und gingen in den Park. Michael hatte an alles gedacht: eine Tüte mit Orangenspalten, zwei Wasserflaschen, Schuhe zum Wechseln. Nicht schlecht.

«Aber wenn ich ein Klo werde», fuhr Lally fort, während sie sich durch die Eltern am Spielfeldrand drängten und die Spiele überblickten, die teilweise gerade begannen oder begonnen hatten oder schon zu Ende gingen, «wenn ich ein Klo werde, wo werden die Leute dann reinpupsen? In meinen Mund?»

Wie Michael Frances erklärte, als er ihr hinterher alles erzählte, war dies der Moment, in dem er die Katastrophe vielleicht noch hätte abwenden können. «Ich hätte so tun sollen, als ob ich nichts gehört hätte», gestand er ihr, «und sie einfach ignorieren. Aber ich war abgelenkt, hab nach dem richtigen Spielfeld gesucht, nach den Kindern aus ihrem Team ...» Seine Stimme verklang.

Er hatte sie in diesem Moment leider nicht ignoriert, sondern stattdessen zerstreut zur Antwort gegeben: «Ja, mag sein, Schätzchen.»

Sie fanden Lallys Mannschaft, die Silberfische, und Michael ließ sie für einen Moment allein dort und brachte Milo zu seinem Team, den Rasenden Robotern. Auf dem Rückweg unterhielt er sich noch kurz mit Lili Girvan und lernte ihren Freund kennen, aber das dauerte nicht lange. Ehrlich, er war höchstens zwei, drei Minuten weg gewesen.

Als er sich wieder dem Spielfeld der Silberfische näherte, konnte er sehen, dass etwas vorging, und beschleunigte seine Schritte. Die Kinder scharten sich um den Coach, aber sie schienen alle auf den Boden zu starren. Hatte sich vielleicht jetzt schon jemand verletzt?

«Ich will, dass man mir in den Mund kackt!», hörte er plötzlich Lally kreischen. «Mein Daddy sagt, dass ihr mir in den Mund kacken müsst!» Sie lag auf dem Boden und schrie, dass es übers Spielfeld hallte. «Das hat er gesagt!»

Genau in diesem Moment war Michael angekommen. Alle Erwachsenen hatten sich langsam zu ihm umgedreht und ihn angestarrt.

«Man hat sie deshalb aus der Mannschaft geworfen?», fragte Frances, halb entsetzt, halb entzückt. «Dann müssen wir also nicht mehr da hin?»

Michael saß am Küchentisch und schlug rhythmisch mit dem Kopf auf die Tischplatte. «Milo ist noch dabei, wir müssen also bis Ende der Spielzeit durchhalten.»

«Aber Lally ist raus?»

«Soweit es die Silberfische betrifft, schon. Sie sei dort nicht länger willkommen, hieß es.»

«Und das bloß wegen ein paar unfeiner Worte?»

«Von wegen.» Michael rollte verneinend die Stirn auf der Tischplatte hin und her. «Nein, weil sie unbedingt wollte, dass ihr die anderen in den Mund scheißen, und weil sie wütend wurde, als sie sich weigerten. Und weil sie den Coach dann gegen das Schienbein getreten hat.»

«Echt?»

«Ja, ganz schön kräftig sogar. Und dabei hat sie gekreischt: ‹Mein Daddy hat gesagt, ihr müsst mir in den Mund kacken!›»

«Nein.»

«Doch. Wer sollte sich das ausdenken? Meine Phantasie reicht dafür jedenfalls nicht. Es ist kaum zu glauben! Dass eine völlig unschuldige Bemerkung wie ‹Du kannst in deinem Leben alles werden, was du willst› in Peewee-Soccer-Schande endet.» Er hob den Kopf. «Lili Girvan sagt, sie hätte noch nie erlebt, dass man ein Kind aus einer Mannschaft wirft, zumindest nicht bei den Mädchen.»

«Lili hat das also auch mitbekommen?»

Er nickte. «Und Shelly. Die hat auch ein Kind bei den Silberfischen.»

Frances brüllte vor Lachen. «Otter! Stimmt! Mann, bin ich vielleicht *froh*, dass du das warst und nicht ich.»

«Dir wär das vielleicht gar nicht passiert. Du hättest die Sache schon im Keim erstickt.»

Frances schüttelte den Kopf und setzte sich zu ihrem Mann an den Tisch. «Liebster, Kinder sind einfach unberechenbar. Besonders Vierjährige. Die sind das Kindheitsäquivalent des Jokers aus Batman. Die verarschen einen, ganz einfach, weil sie's können. Du bist ein wundervoller Vater. Bestimmt wird sie irgendwann zu schätzen wissen, was für ein Panorama an unbegrenzten Möglichkeiten du ihr als Kind schon eröffnet hast.»

«Du meinst, einschließlich Menschen in den Mund kacken?»

«Ja. Und wir werden das definitiv in der Tischrede bei ihrer Hochzeit erwähnen.»

«Okay.»

Sie streichelte ihm über den Kopf. «Möchtest du jetzt vielleicht ein Bier?»

Er nickte und schlug dabei erneut sanft mit der Stirn auf die Tischplatte.

Zwei Stunden später, als bereits der Abend hereinbrach, hörte Iris, die gerade aus der Dusche kam, wie ihr Handy klingelte. Das war vielleicht der Babysitter; sie und Sara wollten heute mal zum Essen ausgehen, um ungestört reden zu können, ohne dass Wyatt alle drei Minuten dazwischenplatzte. Sie standen kurz vor einer Einigung, was den Film, das zweite Kind und ihre Zukunft betraf.

«Sara? Gehst du mal ran?» Keine Antwort. Iris wickelte sich stirnrunzelnd in ein Badetuch und betrat das Schlafzimmer. Keine Spur von Sara, was Sinn ergab, als sie nach ihrem Handy griff und den Namen ihrer Frau auf dem Display las.

«Bist du jetzt schon zu faul, um die Treppe raufzugehen, wenn du mir was sagen willst?»

«Nein, ich stehe vorm Haus», sagte Sara halblaut und mit hektischer Stimme, «komm raus, so schnell du kannst, okay?»

Iris warf einen Blick aus dem Fenster. Unten standen Sara, Michael und Frances und auch Charlie und Bill ... was zum Teufel war da los? Alle schauten sich mit besorgten und ängstlichen Mienen um. Iris schlüpfte in die nächstbesten Klamotten.

«Was ist passiert?», rief sie erschrocken, als sie nach draußen gelaufen kam.

Frances wandte sich zu ihr um und antwortete: «Theo ist verschwunden.»

In diesem Moment bog ein Streifenwagen in ihre Straße ein, und Charlie rannte mit den Armen rudernd wie ein Ertrinkender auf ihn zu.

37

Anne fuhr in einem Taxi vor. Sie flog förmlich über den Rasen auf ihren Mann zu. «Ist er schon aufgetaucht?»

Charlie schüttelte den Kopf und zog sie hilflos in seine Arme. «Gerade war er noch hier, genau hier und ...» Er sprach so deutlich, dass sogar Frances und Ava ein Stück entfernt es mitbekamen.

«Mom?» Lally tauchte neben Frances auf.

Frances wandte sich um und schaute auf ihre kleine Tochter hinab. «Entschuldige, Baby, aber ich bin im Moment sehr beschäftigt. Theo ist verschwunden. Hast du ihn vielleicht gesehen? Spielt er irgendwo Verstecken?»

Lally zuckte die Achseln. «Er ist wahrscheinlich mit Milo unterwegs.»

Frances runzelte die Stirn, und Michael wurde auf den besorgten Gesichtsausdruck seiner Frau aufmerksam. Er kam näher. «Lally, wo ist Milo? Ist er nicht im Haus?»

Das kleine Mädchen schüttelte den Kopf. «Nein. Er ist bestimmt mit Theo mitgegangen.» Stirnrunzelnd fuhr sie fort: «Er hat sich mein Geburtstagsgeld geliehen. Das muss er mir wiedergeben, oder?»

«Welches Geburtstagsgeld, Liebes?» Michael hob das Kind auf seine Arme und forschte in seinem Gesicht. «Wann war denn das?»

«Noch nicht lange her. Ich hab gerade ‹My Little Pony› angeguckt, und da ist Milo gekommen und hat gefragt, ob er sich was von meinem Geburtstagsgeld leihen kann, und ich hab ja gesagt, wenn er's mir wiedergibt, und er hat gesagt, er verspricht es, und dann haben Twilight Sparkle und Spike einen fürchterlichen Krach gehabt, und jetzt reden sie nicht mehr miteinander.» Lally schlang die Arme um den Hals ihres Dads und fragte: «Willst du auch kommen und mitgucken?»

Er schüttelte den Kopf und beobachtete, wie seine Frau ins Haus rannte. Zehn Sekunden später tauchte sie wieder auf, kreidebleich im Gesicht. Er war noch vor ihr bei dem Polizisten, um Mitteilung zu machen.

Vierzig Minuten später bog Detective Paul Ramirez' Streifenwagen um die Ecke und hielt am Straßenrand. Er musterte die kleine Versammlung aus Mittelschicht-Weißen und seufzte. Ein verschwundenes Kind, das mochte kein Cop. Da zieht sich der Magen zusammen, und man fürchtet, dass es diesmal vielleicht ein Fall ist, in dem sich ein Fremder einfach ein Kind von der Straße gepflückt hat und in diesem Moment entsetzliche Dinge mit ihm anstellt. Aber diese Fälle waren so selten, dass Paul in seinen zwanzig Dienstjahren noch keinen einzigen erlebt hatte. Was er jedoch ständig erlebte, waren Kinder, die vor den eigenen Eltern Reißaus nahmen.

Er musterte die Leute, die sich vor ihren Häusern eingefunden hatten und bereits mit einigen Beamten aus seinem Revier sprachen. Der Detective fragte sich, wer von den Vätern wohl seinen Sohn dazu getrieben hatte, von zu Hause wegzulaufen. Denn meist waren es Männer, die brüllten, prügelten, vergewaltigten. Er studierte die Gesichter, aber er wusste sowieso, dass das vergebens war. Das Böse weiß sich gut zu verstecken. Ramirez öffnete seinen Sitzgurt und stieg aus. Kinder waren auch gut im Verstecken. Hoffentlich handelte es sich hier um solch einen Fall.

Beim Näherkommen wurde ihm klar, dass er das Gesicht einer der Mütter kannte, und zwar aus der Schule seiner Tochter, aber er hatte noch nie mit ihr gesprochen. Sie sah aus wie stets, ein bisschen zerzaust, ein bisschen vernachlässigt, ein bisschen übergewichtig. Jeans und Kapuzenshirt waren ihre Uniform, so wie er die seine hatte. Mehrere Frauen standen bei ihr, aber nur eine weinte, das musste wohl die Mutter sein. Diese Frau sah gut aus, sie trug teure Kleidung und hatte ein Paar Stiefel an, die ihn wahrscheinlich ein Wochengehalt gekostet hätten. Aber das war unwichtig, er war es einfach gewohnt, Details zu registrieren. Wenn die Polizei gerufen wurde, war es egal, wer man war – und erst recht, was man anhatte. Wenn die Kacke am Dampfen war, gab's keine Klassenunterschiede.

Sein Kollege deutete auf ihn. «Das ist Detective Ramirez. Er wird uns helfen, die Jungen zu finden.»

Plural? Mehr als einer? Das war ihm bisher entgangen. Also gut, das rückte die Sache in ein etwas anderes Licht.

«Sollen wir reingehen?», schlug er vor, nachdem er sich mit einem Nicken in die Runde vorgestellt hatte. «Ich weiß, Sie würden jetzt am liebsten ausschwärmen und nach Ihren Kindern suchen, aber wir müssen eine möglichst präzise Suchmeldung durchgeben, und dafür müsste ich Ihnen erst mal ein paar Fragen stellen.»

Frances und Michael führten den Mann in ihr Haus. Anne und Charlie folgten auf dem Fuße. Mehrere Cops waren bereits dabei, das Haus zu durchkämmen. Die Polizisten, die als Erste eingetroffen waren, hatten um Erlaubnis gebeten, Annes und Charlies Haus durchsuchen zu dürfen, und diese Aktion war beinahe abgeschlossen. Als sich dann herausstellte, dass auch Milo verschwunden war, hatten andere Kollegen mit der Durchsuchung von Frances' und Michaels Haus begonnen.

«Wir finden oft Kinder schlafend in irgendeinem Winkel oder hinter dem Sofa», hatte ein Streifenbeamter erklärt, um die Eltern zu beruhigen.

«Zum Versteckspielen sind sie schon ein bisschen zu alt», hatte Michael eingewandt, aber trotzdem gehofft, sich zu irren, gehofft, dass man sie fand und dass er sie ausschimpfen und umarmen und die Suche abblasen und alle wieder nach Hause schicken konnte. Dass es ein Tag war, an den sie sich später nur mit Schaudern erinnern würden, aber nicht der Anfang vom Ende.

«Okay», begann Detective Ramirez und hielt seinen Notizblock aufgeschlagen auf dem Knie. «Erzählen Sie mir von Milo und Theo. Ist in letzter Zeit irgendetwas vorgefallen?»

«Nichts», meldete sich Frances zum ersten Mal zu Wort. Der Polizist kam ihr vage bekannt vor. «Wir kommen sogar sehr gut mit Milo aus. Er ist ein liebes Kind, ruhig und ausgeglichen.»

«Sind die beiden eng befreundet, er und Theo?»

Frances hob ratlos die Hände. «Sie gehen in dieselbe Klasse. Werden von uns zusammen zur Schule gefahren. Wir sind Nachbarn. Sie haben viel Kontakt. Und beide spielen Fußball, wissen Sie.» Sie hielt inne, unsicher, was sie noch sagen sollte, und schaute hilfesuchend zu Anne, die sich an Charlie drängte und seine Hand hielt.

Charlie räusperte sich. «Für Theo war es in letzter Zeit weniger einfach.» Er warf ebenfalls einen Blick auf Anne. «Seine Mom und ich, wir leben seit kurzem getrennt, und das ist für die Kinder nicht einfach zu verstehen.»

Für Detective Ramirez ebenso wenig, da die beiden sich förmlich aneinanderklammerten. Aber er kommentierte das nicht. «Könnten sie weggelaufen sein, um zu Ihnen zu gehen, Mrs Porter?»

«Aber er kennt meine Wohnung gar nicht, er war noch nie dort. Und er hat ... kein besonders gutes Orientierungsvermögen. Ich weiß nicht, ob er sie überhaupt finden würde», antwortete Anne verwirrt.

«Wo wohnen Sie?»

«Im Palazzo.»

«Sie sagten, die Jungen spielen Fußball. Sie meinen Peewee-Soccer?» Der Detective lächelte, als sie nickten. «Nun, das Palazzo liegt gegenüber vom Park, in dem die Spiele stattfinden, oder? Vielleicht wissen die Kinder mehr, als Sie denken.»

Michael blickte mit wachsender Hoffnung auf den Beamten. Der Mann hatte eindeutig was auf dem Kasten, vielleicht würde er die Jungs im Park finden, vielleicht hatten sie sich ja bloß einen Spaß erlaubt. Obwohl er das nicht glaubte, denn Milo war nicht solch ein Junge. Andererseits hatte er Anne Porter auch nicht für solch eine Frau gehalten. Und Charlie nicht für solch einen Ehemann.

«Moment, was ist mit ihrem Typen?», entfuhr es Michael. Es tat ihm leid, das erwähnen zu müssen, aber verschweigen konnte er es auch nicht. Er wandte sich Charlie zu. «Sorry, Charlie, aber was ist mit ihrem Typen?»

Charlie wusste, wer gemeint war, aber er schaute nicht

seine Frau an, er schaute zu Boden. Sie war es, die dem Detective Antwort gab.

«Michael meint den Mann, mit dem ich eine Affäre gehabt habe.» Sie schüttelte den Kopf. «Nein, er kennt die Kinder gar nicht. Und ich habe seit fast einem Monat keinen Kontakt mehr zu ihm.»

«Das ist der Grund, warum sie derzeit getrennt leben?», erkundigte sich der Detective, als würde er nach dem Wetter fragen. Für ihn waren das alles nur Sachinformationen, der moralische Aspekt war unwichtig.

Alle vier nickten, und die Frage war damit beantwortet.

«Aber die Affäre ist jetzt vorbei?»

Anne und auch Frances nickten. Der Detective musterte Frances einen Moment lang, dann senkte er den Kopf wieder über seinen Notizblock. «Ich brauche trotzdem seine Kontaktdaten, damit ich ihn befragen kann.»

«Ja, selbstverständlich.»

Der Detective blickte die vier mitfühlend an. «Ich weiß, es ist schwer, sich nicht die Schuld zu geben, wenn ein Kind verlorengeht, aber ängstigen Sie sich bitte nicht zu sehr. Kinder verschwinden aus allen möglichen Gründen, vielleicht, weil sie in ein Kaufhaus gehen oder ein Abenteuer erleben wollen. Es ist beruhigend, dass die beiden Jungen zusammen unterwegs sind. Das macht es sehr viel unwahrscheinlicher, dass jemand entführt wurde.» Er hielt inne. Der nächste Teil war ein bisschen heikel. «Trotzdem muss ich fragen, ob sich etwas zwischen den beiden abspielt, das Anlass zur Sorge gibt?»

«Wie meinen Sie das?», hakte Michael nach. «Sie sind zehn Jahre alt und kennen einander von klein auf.»

«Kinder können leider grausam sein. Wäre es möglich,

dass einer den anderen schikaniert? Oder etwas anderes?» Die Andeutung von sexuellem Missbrauch hing im Raum, und auf einmal fühlten sich alle schuldig, ob sie etwas getan hatten oder nicht.

Die Ehepaare schüttelten die Köpfe. «Sie streiten sich über Sachen wie, welcher *Star Wars*-Charakter es mit Superman aufnehmen könnte, aber sonderlich aggressiv sind beide nicht.» Charlie, der sich in die Defensive gedrängt fühlte, fügte hinzu: «Theo ist derzeit böse auf mich, aber ich glaube nicht, dass er deshalb anderen gegenüber aggressiv wäre.» Da fiel ihm die Rauferei in der Schule ein, in die Theo kürzlich verwickelt gewesen war, und auf einmal war er sich weniger sicher.

Der Detective musterte ihn neugierig. «Er ist auf Sie böse, aber nicht auf seine Mutter?»

Charlie nickte, dann schlug er plötzlich die Hände vors Gesicht und brach in Tränen aus. Anne legte tröstend den Arm um ihn und zog ihn an sich.

Frances erhob sich und verschwand. Sie kehrte mit einem Foto in einem Bilderrahmen zurück, das sie dem Beamten unbedingt zeigen wollte. Milo und Theo trugen auf dem Foto Halloween-Kostüme, der eine war als Iron Man verkleidet, der andere als Thor. Sie hatten einander die Arme um die Schultern gelegt und lachten sich kaputt. Frances hatte die beiden aufgefordert, tapfer und grimmig in die Kamera zu schauen, und einem war dabei ein Furz entwischt. Es war eins ihrer Lieblingsfotos, und sie hatte auf einmal das Gefühl gehabt, dass Detective Ramirez es unbedingt sehen sollte.

Zwanzig Minuten später ging die Vermisstenmeldung an sämtliche Polizeireviere, Streifenwagen und Helikopter, ja sogar an jeden einzelnen Polizisten. Wann die Jungen zuletzt gesehen worden waren, eine Beschreibung ihrer Kleidung und der Orte, wohin sie möglicherweise gegangen sein könnten. Michael, Charlie, Sara, Iris, Ava und Bill machten sich auf die Suche, durchstreiften das Wohnviertel, riefen immer wieder laut nach den Jungen. Verstärkung war angefordert worden.

Frances und Anne blieben in Frances' Haus zurück, hielten ihre Handys umklammert und passten auf Lally, Kate, Wyatt und Lucas auf. Die Kinder lümmelten auf Sitzsäcken vor dem Fernseher. Zum Glück waren wenigstens sie beschäftigt. Kate wusste zwar Bescheid, aber sie ärgerte sich mehr darüber, dass Theo sie zurückgelassen hatte, als dass sie sich Sorgen machte. Aber selbst das war vergessen, als Mickymaus auf dem Bildschirm erschien.

Die beiden Mütter saßen in der Küche, tranken Tee und sprachen kein Wort miteinander. Frances nicht, weil sie Anne die Schuld gab und sie nur angeschrien hätte, und Anne nicht, weil ihr das sehr wohl klar war. Die Dunkelheit war hereingebrochen. In einer halben Stunde würden sie Abendessen machen müssen. Um wenigstens die Kinder am Leben zu erhalten, die ihnen noch geblieben waren.

38

Milo war mächtig stolz auf sich. Er wusste, dass sich das Hollywood-Schild im Norden der Stadt befand. Ihr Wohnviertel im Osten. Und der Park, in dem sie Fußball spielten, westlich davon. Er hatte es geschafft, sich selbst und Theo erfolgreich bis zum Palazzo zu navigieren, ohne sich auch nur einmal zu verlaufen. Da der Beverly Boulevard zu laut und belebt war, waren sie durch Nebenstraßen gegangen, was nicht einfach gewesen war, aber sie hatten es trotzdem geschafft. Allerdings war der Weg sehr, sehr viel weiter gewesen als mit dem Auto. Trotzdem. Kein Wunder, dass er ein Navigationsabzeichen bekommen hatte. Er war ein echter Pfadfinder.

Natürlich dachte er daran, dass sich seine Eltern bestimmt Sorgen machten, aber er hatte gute Gründe und glaubte, sie seiner Mom erklären zu können. Schließlich konnte er Theo nicht einfach im Stich lassen, oder? Theo war zornig und durcheinander und besaß keinen besonders guten Orientierungssinn. Er war nicht mal bei den Pfadfindern. Bei Minecraft musste Milo ihn ständig wieder an seinen Ausgangspunkt zurückteleportieren, obwohl die ganze Zeit oben am Bildrand ein Kompass abgebildet war. Es war nun mal so, dass er ihn nicht allein hätte loslaufen lassen können. Obwohl, seiner Mom hätte er doch Bescheid geben sollen, nur hatte er gedacht, dass es viel schneller gehen würde, als es dann tatsächlich der Fall war.

Und dass Theos Mom ja anrufen könne, sobald sie dort waren.

Theo schniefte ein bisschen vor sich hin. Sie befanden sich jetzt in dem Zipfel des Parks, der dem Palazzo gegenüber lag, und Theo hatte den Schneid verloren. Milo versuchte, die Geduld zu bewahren. Sie hatten einen kleinen Abstecher zu einem 7-Eleven gemacht und sich ein paar Süßigkeiten gekauft. Und jetzt saßen sie auf einem Mäuerchen auf der gegenüberliegenden Straßenseite und starrten zum Eingang. Ein Stück weit entfernt saß noch jemand auf der Mauer, ein Mann. Milo behielt ihn sicherheitshalber im Auge. Der Mann blickte gelegentlich zu ihnen her, einmal mit einem Stirnrunzeln. Aber Milo war unbesorgt; er wusste, dass man nicht mit Fremden reden sollte.

«Fragen wir doch einfach den Pförtner», schlug er vor.

Theo zögerte. «Und wenn sie böse wird, wenn sie mich sieht?»

Milo verdrehte die Augen. «Daran hättest du vorher denken sollen. Jetzt sind wir hier, und es war ein weiter Weg, also fragen wir.»

Theo schaute Milo an. «Machst du das?»

«Okay», antwortete Milo leicht gereizt. Pläne schmieden, gut und schön, da war man wild entschlossen und mutig. Aber wenn's dann zur Sache ging ... «Aber lass uns die Straße lieber an der Ampel überqueren, okay?»

Der Pförtner ließ sein Smartphone sinken, als die beiden vor seiner Kabine auftauchten, und starrte gleichgültig auf die zehnjährigen Jungen. «Ja, was gibt's?»

«Wir möchten Anne Porter besuchen.»

«Wohnt sie hier?» Der Pförtner besaß eine Liste, die sich

wöchentlich änderte. Es hatte wenig Sinn, sich die Namen zu merken.

Die Jungen nickten, und er holte die Liste hervor. Er beleckte seinen Finger und blätterte darin herum. Dann fand er den Namen und hob den Kopf.

«Soll ich im Apartment anrufen?»

Sie nickten wieder. Er tat es. Ließ es klingeln, aber vergebens.

«Da geht keiner ran», bemerkte er.

Milo und Theo starrten ihn fassungslos an. Mit dieser Möglichkeit hatten sie nicht gerechnet. Theo blickte fragend zu Milo.

«Warten wir eben, bis sie wiederkommt», schlug Milo vor.

Der Pförtner wollte sich wieder seinem Handy zuwenden, doch da kam ihm ein Gedanke. «He, seid ihr beiden nicht ein bisschen jung, um schon allein unterwegs zu sein?»

Milo nickte. «Ja, aber das ist okay.» Er schaute über die Straße auf den Erwachsenen, der ebenfalls zu ihnen hersah. «Wir sind mit ihm zusammen gekommen.»

«Aber ihr habt vorhin nicht bei ihm gesessen.» Der Pförtner sah vielleicht so aus, als würde er ständig Spiele auf dem Handy spielen, aber er war nicht auf den Kopf gefallen. Er behielt seine Umgebung im Auge. Er beobachtete alles. Sie hatten gelegentlich Prominente im Palazzo, und er war stolz darauf, den Paparazzi schon öfter einen Strich durch die Rechnung gemacht zu haben. «Er lungert in letzter Zeit häufig da rum, aber euch seh ich zum ersten Mal.»

Milo lächelte ihn nur an, wandte sich ab und ging wieder zurück zur Ampel. Es fiel ihm nicht schwer, mit Leuten zu sprechen, für einen Zehnjährigen sogar erstaunlich leicht, denn er hatte oft seine Mom beobachtet, und die konnte mit jedem reden. Aber er wusste auch, dass ihm Smalltalk in dieser Situation nicht hätte weiterhelfen können und ein strategischer Rückzug ratsam war.

Also setzten sie sich wieder auf das Mäuerchen, diesmal allerdings näher zu dem Fremden. Milo lächelte ihn an, als ob sie alte Freunde wären, dann schaute er zum Wachmann hinüber. Der beobachtete sie noch immer. Milo winkte fröhlich. Der Pförtner bekam schmale Augen, aber in diesem Moment schickte ihm seine Freundin ein Foto von ihren Titten, und die Kinder waren schlagartig vergessen.

Milo seufzte und musterte den Erwachsenen nachdenklich. Er sah sauber und ordentlich aus, nicht wie ein Obdachloser. Tatsächlich sah er fast so aus wie die Lehrer an seiner Schule. Milo kam zu dem Schluss, dass es wohl in Ordnung war, mit ihm zu reden.

«Hallo», sagte er, «wir warten auf jemanden, der in dem Gebäude da wohnt. Dürfen wir hier bei Ihnen sitzen?»

«Klar», antwortete der Mann, «ich warte auch auf jemanden.»

«Ist er nicht da?»

«Sie», entgegnete der Mann. «Nein, ich hab sie vor einer Weile fortgehen sehen. Ich warte hier, bis sie wiederkommt.»

«Ich heiße Milo», stellte sich Milo vor. Er warf einen verstohlenen Blick zum Pförtner, und da der nicht hersah, gab er dem Mann die Hand.

«Hi, Milo», antwortete der Mann und drückte ihm die Hand. «Ich bin Richard.»

Bereits eine halbe Stunde nach Ausgabe der Vermisstenmeldung tauchte der erste mobile Fernseh-Übertragungswagen in Frances' Straße auf. Nur ein Lokalsender, natürlich, es war nicht viel los gewesen in dieser Woche, und zwei vermisste Kinder gaben immer was her, damit konnte man die Zehn-Minuten-Nachrichten zur vollen Stunde füllen. Nach dem Fernsehen erschien auch die Klatschpresse. TMZ, der Celebrity-Sender. Es ging das Gerücht, dass Sara Gillespie irgendwie mit diesem Fall zu tun hatte. Und schluchzende Promis waren schließlich Broadcast-Gold.

Als die ersten Scheinwerfer aufflammten und durchs Fenster in die Küche schienen, wandte Anne einfach nur das Gesicht ab. Aber Frances erhob sich sofort, um zu sehen, was da los war. Sie schlug Anne vor, hinauszugehen und ein Bild von den Kindern zu zeigen. «Vielleicht werden sie ja erkannt, wenn man sie im Fernsehen sieht?»

Anne nickte, und Frances griff erneut zu dem Halloween-Foto. Als sie vors Haus traten, eilte die News-Reporterin sofort mit vorgestrecktem Mikro auf die beiden zu.

«Hi allerseits, ich bin Clarissa Romero, von Channel 7 News. Gibt es was Neues von den vermissten Kindern? Möchten Sie ein Statement abgeben?»

Frances schüttelte den Kopf. «Nein, nichts Neues. Sie sind am späten Nachmittag verschwunden, aber wir hoffen, dass man sie bald findet.» Sie gab der Reporterin das Foto, das sogleich an den Produzenten im Van weitergereicht wurde. Zwanzig Sekunden später erschien es auf allen Bildschirmen.

Jetzt drängte sich auch der Klatschreporter nach vorn. «Und ist Sara Gillespie ...?»

«Sara ist die angeheiratete Tante meines Sohnes, ja. Sie ist mit den anderen unterwegs und sucht ihn.»

«Und stimmt es, dass sie mit David Rapelli eine Affäre hat?»

Frances musterte den Reporter verwirrt. «Wer zum Teufel ist David Rapelli?»

«Ihr Co-Star in ihrem nächsten Film, *A Grander Canyon.*»

«Nein, natürlich hat sie keine Affäre mit ihm. Und Sie wissen, dass es hier um zwei vermisste Kinder geht, oder?» Frances und die News-Reporterin musterten den Klatschreporter, als wäre er eine Schnecke: eklig, aber dennoch essbar.

«Ja, selbstverständlich.» Der Mann wich eilig ein Stück über den Rasen zurück.

Frances schaute ihm nach, und dabei fiel ihr Blick auf die Menschen, die die Straße heraufkamen: Michael, Ava, Charlie, Iris, Sara und Bill. Die Reporter folgten ihrem Blick. Sofort überschlugen sie sich, um ihnen entgegenzulaufen. Es gab ein unziemliches Gedrängel und Geschubse, Kameras wurden auf die Ankommenden gerichtet, Mikrophone in ihre Gesichter gedrückt. Sara war das gewohnt, aber die anderen nicht.

«Zurück, zurück, ich bitte Sie», sagte Michael, nur mühsam beherrscht. Er schaute sich nach einem Polizisten um, der für Ordnung sorgen konnte. «Das ist hier keine Reality-Show, wir versuchen, unsere Kinder zu finden.»

Der Klatschreporter ließ sich nicht so leicht abschütteln. «Sara», stieß er atemlos hervor, «stimmt es, dass Sie und David Rapelli sich auf dem Set nähergekommen sind?»

Sara, die einfach weiterging, schüttelte den Kopf.

«Stimmt es, dass Sie einen weiteren Film in China zusammen machen werden, und dass er plant, seine Frau zu verlassen?»

Sara runzelte ungehalten die Stirn und schüttelte abermals den Kopf.

«Stimmt es, dass ...»

«Ich sag Ihnen, was stimmt, Sie Arschloch», zischte Charlie dem Reporter ins Gesicht, «mein Sohn wird vermisst. Also haben Sie ein bisschen Respekt und gehen Sie uns gefälligst aus dem Weg.»

Der Klatschreporter ließ sich nicht entmutigen. «Sara, möchten Sie einen Kommentar zu Ihrem vermissten Neffen abgeben?»

Jetzt blieb Sara stehen. «Ja, das will ich. Milo, wenn du das siehst, ruf bitte daheim an und lass uns wissen, ob es dir gutgeht.»

Anne meldete sich zu Wort. Sie war hinter den Reportern aufgetaucht, ohne dass diese sie beachtet hatten. «Mein Kind wird ebenfalls vermisst, Sara.» Die Kameras wurden herumgeschwenkt und tauchten Anne, blass und schön, in ihr Scheinwerferlicht. Sie hatte einen Polizisten an ihrer Seite. *Wow*, dachten die Reporter, *attraktive trauernde Mutter*, *phantastisch*, und ließen die Kameras weiterlaufen.

«Das weiß ich, Anne», entgegnete Sara, «wir glauben, dass die beiden zusammen sind, nicht wahr?»

Anne schien nicht auf sie zu achten. «Ja. Mein Sohn Theo wird auch vermisst. Und das ist alles meine Schuld.»

Die Lokalreporterin witterte eine Story. «Und wieso glauben Sie das, Mrs Porter?» Sie war stolz darauf, dass sie aufgrund ihres fotografischen Gedächtnisses (dem Himmel sei Dank dafür) den Namen behalten hatte.

«Ich habe seinem Vater das Herz gebrochen, weil ich ihm untreu war.»

Ach, Scheiße auf der Friedhofsmauer, dachte Frances, *jetzt wird das Ganze hier zur Telenovela.*

«Und wie kam es dazu?», hakte die Reporterin nach. Das war sooo viel besser als ein verschwundenes Kind, das war echtes Drama, das war Pathos, das war innerer Schmerz und äußerer Glamour!

Der Klatschreporter zückte sein Handy und hieb auf das Display ein.

«Weil ich ein schlechter Mensch bin und jetzt für meine Sünden büßen muss.»

«Unsinn, Anne, du musst überhaupt nicht büßen. Komm, lass uns wieder reingehen, okay?» Frances schob die Reporterin beiseite und packte ihre Freundin beim Arm. Mit gesenkter Stimme sagte sie zu ihr: «Jetzt reiß dich mal zusammen, das hilft uns nicht bei der Suche nach den Kindern.»

Aber Anne schüttelte ihre Hand ab. «Nein, aber es stimmt, Frances. Du weißt, dass es meine Schuld ist.»

Frances erwiderte: «Anne, das müssen wir doch nicht vor laufenden Kameras besprechen. Oder willst du, dass es die ganze Stadt erfährt?» In ihren Ohren war ein Rauschen, wie damals, als ihr Bruder starb, als sie das Gefühl hatte, die Welt sei untergegangen, bloß dass es sonst niemand zu merken schien. Wie konnten bloß alle so ruhig bleiben, wo sich doch unter ihren Füßen ein Abgrund auftat?

Charlie trat neben seine Frau und ergriff sie beim anderen Arm. «Komm, Anne, lass uns reingehen.»

Anne blickte zu ihm auf. «Charlie, du weißt, dass es meine Schuld ist. Ich hätte dich nie betrügen dürfen. Ich hätte das nie zulassen dürfen.»

«Und Schnitt auf ihren Mann», sagte der Produzent im

Übertragungswagen. Das Ganze war live auf Sendung, und die Einschaltquoten waren unglaublich.

Der Ehemann schüttelte den Kopf. «Nein, Baby, es ist auch meine Schuld.»

«Hatten Sie auch eine Affäre, Mr Porter?», mischte sich der Klatschreporter jetzt ein.

Die News-Reporterin wandte sich Michael zu. «Was ist mit Ihnen, Mr Bloom? Waren Sie in die Affäre verwickelt? Ist deshalb auch Ihr Kind weggelaufen?» Mann, sie war *gut*, auch bei diesem Namen hatte sie ins Schwarze getroffen. Sie war eine Star-Reporterin!

In diesem Moment riss Frances Bloom die Hutschnur.

«Nein!», brüllte sie. «Mein Mann hatte nichts damit zu tun! Und ich ebenfalls nicht. Oder Sara oder Iris oder sonst wer in dieser beschissenen Straße!» Sie deutete wütend auf Anne, dann auf Charlie. «*Sie* ist fremdgegangen, und *er* hat sich aufgeführt wie ein Arsch. Und jetzt liegt die ganze Nachbarschaft in Trümmern. Und wieso? *Wieso?*» Ihr Gesicht war rot wie eine Tomate und sie war kurz davor, auf verheerende Weise viral zu gehen. «Weil's ihr wichtiger ist, jung, attraktiv und sexy zu sein, als sich um ihre Kinder zu kümmern und nett zu ihrem Mann zu sein und auch sonst ihren Teil der Last zu übernehmen.» Sie trat an Anne heran, und die Kameraleute zoomten hastig zurück, damit sie alles draufbekamen, falls sie der anderen eine reinhauen sollte. «Du bist ein egoistisches *Miststück*, Anne, und falls mein Sohn deinetwegen zu Schaden kommt, reiß ich dir den Kopf ab und *pisse* dir in die klaffende Halswunde!»

Dann wandte sie sich um und stürmte ins Haus. Alle anderen blieben verdattert im Vorgarten zurück.

«Und *Cut*», kam es aus dem Übertragungswagen.

39

»Und dann habt ihr euch getrennt?« Milo leckte sein Eis und bedachte Richard mit einem mitfühlenden Blick.

Richard nickte. Er wusste selbst nicht, warum er sich diesem Kind anvertraute, aber der Kleine hatte etwas Gütiges an sich, das ihn davon überzeugte, es sei in Ordnung. «Es war besser so. Wir hätten eigentlich gar nicht zusammen sein dürfen.»

«Aber traurig ist es trotzdem.»

Richard nickte. «Mit der Zeit wird's sicher besser.» Er hatte sich für einen Milkshake entschieden und zog nachdenklich am Strohhalm.

Milo bemerkte zuversichtlich: «Meine Mom sagt immer, dass die Zeit alle Wunden heilt, es dauert manchmal bloß ein Weilchen, und man muss Geduld haben.» Sie hatte sich damit zwar auf einen verstauchten Knöchel bezogen, aber sicher galt das für alle Lebenslagen, vermutete Milo. Auf einmal vermisste er seine Mom und wünschte, er wäre wieder zu Hause. Sie roch immer so gut nach Cookies und war immer so weich und warm und für ihn da.

Theo, der sein Eis fast aufgeschleckt hatte, warf ein: «Meine Mom und mein Dad haben sich gerade getrennt.»

«Ach ja?», sagte Richard stirnrunzelnd. «Tut mir leid, das zu hören. Meine Eltern haben sich auch getrennt, als ich in deinem Alter war. Das ist echt schrecklich.»

Theo nickte. «Ich will lieber bei meiner Mom wohnen.»

Er schaute Richard an. «Haben Sie auch bei Ihrer Mom gewohnt?»

Richard nickte. Er dachte unwillkürlich daran zurück, wie müde und erschöpft seine Mutter immer gewesen war. Er hatte nie darüber nachgedacht, wie schwer das alles für sie gewesen sein musste. Auf einmal schämte er sich. Er schaute diese beiden Kinder an, die denselben Scheiß durchmachten wie er damals, die genauso litten wie er und doch nichts an ihrer Situation ändern konnten. Erst jetzt wurde ihm klar, dass er nur deshalb so unter der Trennung von Anne litt, weil es ein frischer Schnitt in eine alte Narbe war.

«Wissen eure Eltern, wo ihr seid?», erkundigte er sich.

Theo schaute auf Milo. Der leckte nachdenklich an seinem Eis. Schließlich schüttelte er den Kopf. «Nein. Theo ist ausgerissen, und ich bin mitgekommen, damit er sich nicht verläuft.»

Richard holte sein Handy hervor. «Dann solltet ihr sie jetzt besser anrufen.»

Es war Michael, der an sein Handy ging, und es war Michael, der losfuhr, um die Jungen zu holen. Frances und Ava saßen Seite an Seite auf dem Sofa und schauten immer wieder zu den zugezogenen Vorhängen, über die Polizei- und Kamerascheinwerfer huschten. Ava räusperte sich.

«Ein beeindruckender Auftritt, Mom, wenn auch vielleicht ein bisschen Rambo-mäßig.»

Frances seufzte. «Du findest nicht, dass ‹klaffende Halswunde› vielleicht ein wenig übertrieben war?»

«Nö, ganz treffend, würde ich sagen.»

«Okay, da bin ich aber erleichtert.»

«Gut.» Sie schwiegen.

«Kriegt Milo jetzt ein ganzes Jahr lang Hausarrest?»

Frances zuckte die Achseln. «Weiß nicht, vielleicht. Im Moment ist mir einfach bloß schwindlig vor Erleichterung. Ich würde am liebsten eine Freudenparade für ihn abhalten, bloß weil er gesund und unversehrt ist. Keine gute Erziehungsmaßnahme, ich weiß.»

Ava rückte ein wenig näher und kuschelte sich an ihre Mutter. «Du gibst uns immer das Gefühl, dass du am liebsten dauernd eine Freudenparade für uns abhalten würdest, Mom.»

«Ach ja?»

Ava nickte. «Ja. Wie du uns immer unterstützt. Du bist immer so, so ... mütterlich.»

«Wie schrecklich.»

«Sehr.»

«Wenn ich vielleicht ein bisschen strenger wäre, dann wäre Milo womöglich nicht weggelaufen. Und du wärst nicht immer so wütend auf mich.»

Ava blickte ihre Mutter überrascht an. «Aber ich bin doch gar nicht immer wütend auf dich.»

«Doch. Zumindest kommt es mir so vor.» Frances legte den Arm um Avas Schultern und zog sie an sich. «Ich will wirklich nicht nervig sein. Ich hatte bloß noch nie einen Teenager. Es ist schwer, da mitzuhalten.»

«Macht nichts. Ich war noch nie ein Teenager, wir sitzen also im selben Boot.»

Frances beschloss, etwas zu riskieren. «Und wer ist Piper? Macht sie dich so unglücklich?»

Ava schwieg. Dann entschloss sie sich seufzend zu einer Antwort. «Nein, sie ist echt bloß ein Mädchen an meiner Schule. Ich dachte, wir wären Freundinnen, aber dann gab es ein ziemliches Drama, und auf einmal waren wir keine Freundinnen mehr.» Sie kniff die Augen zu, was ihre Mutter nicht sehen konnte, aber die drückte sie trotzdem.

«Es ist nicht leicht, den Überblick zu behalten, weißt du», sagte Frances. «Keiner scheint so zu sein, wie man gedacht hat. Nicht mal ich. Ich kenne mich selbst nicht mehr, ich weiß nicht mehr, wer ich bin. Das ist alles sehr verwirrend. Du und dein Vater, ihr seid die Einzigen, die immer so sind, wie sie sind.»

Sie saßen eine Zeitlang in trauter Zweisamkeit zusammen, ohne etwas zu sagen. Momente wie diese sind der Kitt, der Familien zusammenhält, dennoch huschen sie oft unbemerkt vorüber. Nicht jedoch für Frances. Sie liebte solche Augenblicke, aus ihnen schöpfte sie Kraft – sie waren ihre Superpower.

«Hast du manchmal das Bedürfnis wegzulaufen?», erkundigte sich Ava.

Frances schüttelte den Kopf. «Wohin auch? Alles, was ich liebe, ist hier.» Sie schmiegte ihre Wange an Avas Haar und roch – schon wieder – ihr Shampoo, wo es eigentlich nichts zu suchen hatte. «Und du?»

«Ja und nein. Ja, weil ich manchmal gern woanders wäre. Oder jemand anders. Oder in einer anderen Zeit leben würde. Und nein, weil du doch bloß hinter mir herkämst.» Sie schaute auf ihren Schoß, um ihre Freude darüber vor ihrer Mutter zu verbergen.

«Ja, ich fürchte, da hast du recht.»

Ava hob den Kopf und sah ihre Mutter an. «Weißt du, ich

hab mir Sorgen um Theo gemacht, aber als ich erfuhr, dass Milo bei ihm ist, war ich beruhigt. Das hieß doch, dass sie auf eigene Faust unterwegs waren und nicht von irgendeinem Arschloch geschnappt worden waren, oder?»

«Ja, schon. Zumindest war das wahrscheinlich.»

«Und Milo weiß, was ich weiß, und das ist, dass du nie aufhören würdest, nach ihm zu suchen. Als wir noch klein waren, hast du uns das ständig gesagt.»

«Tatsächlich?» Frances nahm ein Kissen und schlang die Arme darum. Sie fühlte sich immer noch ein bisschen wackelig, auch wenn sie äußerlich ruhig erscheinen mochte. Glücklicherweise wirkte zumindest Ava stabil.

«Ja. Du hast es uns immer wieder eingebläut: Wenn ihr euch verlaufen habt, bleibt, wo ihr seid, und wartet. Daddy und ich werden so lange nach euch suchen, bis wir euch gefunden haben. Wehrt euch mit Händen und Füßen, wenn euch jemand verschleppen will. Gebt ihm einen Tritt in die Nüsse, wenn's sein muss. Wir werden nie aufhören zu suchen.» Ava schmunzelte in sich hinein. «Ich hatte nie Angst vorm Alleinsein – was gut ist, denn wer sollte mich schon daten, mit diesen Augenbrauen.»

Frances ignorierte den Augenbrauen-Kommentar. «Habe ich wirklich ‹in die Nüsse› gesagt?»

«Gut möglich», antwortete Ava grinsend. «Und du hast es uns mindestens fünfhundertmal gesagt. Frag Milo. Du hast uns auch ständig aufgefordert, auf Parkplätzen besonders aufzupassen, weißt du noch?»

Frances fuhr sich mit der Hand durch die Haare, die daraufhin hochstanden wie eine altmodische Fernsehantenne, was sie selbst gar nicht merkte. «Wirklich? Was hab ich denn gesagt?»

«Du hast gesagt» – und Ava ahmte Frances' Stimme nach, die sich offenbar anhörte wie Daisy Duck – «‹Autofahrer suchen Parkplätze und achten nicht auf Kinder.›»

«Und das klang, als ob ich auf Helium wäre?»

«Nö, bloß in meinem Kopf.»

«Okay.» Frances hatte plötzlich Kopfschmerzen. Nicht zu fassen, dass sie so grob zu Anne gewesen war. Sie brach jäh in Gelächter aus.

Ava musterte sie besorgt. «Wirst du jetzt hysterisch? Muss ich dir eine Ohrfeige geben?»

Frances, die noch immer lachte, schüttelte den Kopf. «Ich muss bloß lachen, wenn ich an das Gesicht deines Vaters denke.»

«Als du Anne angebrüllt hast?»

«Nein, bloß so allgemein.» Sie giggelte. «Sein Gesicht bringt mich immer zum Lachen. Deshalb liebe ich es auch so.»

Ava zog die Augenbrauen hoch, aber weil ihre Mutter noch immer lachte, beließ sie es dabei.

Richard schaute zufällig gerade die Kinder an, als der Wagen am Bordstein vorfuhr, und daher bemerkte er ihr Aufatmen, die Erleichterung, die sich in der Haltung ihrer Schultern abzeichnete. Er wurde an seine Schulzeit erinnert, wie er vor dem Schultor auf seine Mutter wartete und wie erleichtert er jedes Mal war, wenn sie erschien. *Alles ist gut, man hat dich nicht vergessen.* Ein hochgewachsener Mann stieg aus und kam mit ausgestreckter Hand auf Richard zu. Er selbst brachte nur mühsam ein Lächeln zustande, weil er sich momentan immer noch fühlte, als wäre er acht Jahre alt, und den Tränen nahe war.

«Sie ahnen nicht, wie dankbar ich Ihnen bin», sagte Michael, «ich kann Ihnen gar nicht genug danken.»

Richard zuckte die Achseln. «Wir müssen schließlich zusammenhalten, nicht?» Er sah, wie sich der Mann zu seinem Sohn hinabbeugte und ihn in die Arme schloss, kurz darauf auch den anderen Jungen in die Umarmung einbezog. «Außerdem ist es schön, zur Abwechslung auch mal was Gutes zu tun.»

Der Mann richtete sich auf und lächelte ihn an, während er die Kinder in den Wagen scheuchte. «Mein Name ist übrigens Michael Bloom», sagte er. «Falls Sie je was brauchen ...» Er reichte Richard seine Visitenkarte.

Richard grinste. «Danke», sagte er, «freut mich sehr, dass ich behilflich sein konnte.»

Der Wagen entfernte sich, und Richard schaute ihm nach. Dann erhob auch er sich und schlenderte davon. Michaels Visitenkarte steckte er in seine Jackentasche, wo sie vergessen wurde und sich nach ein paarmal Waschen in Wohlgefallen auflöste.

Für Theo würde das Parfüm seiner Mutter immer seine Kindheit symbolisieren. Auch später, wenn er auf eine Spur davon stieße, würden Momente wie dieser oder ähnliche vor seinem inneren Auge aufsteigen, und er würde sich daran erinnern, wie zart der Hals seiner Mutter gewesen war und dass er ihm die Welt bedeutet hatte. Zuflucht und Heimat, mehr als alles andere es je sein konnte.

Er hatte Angst gehabt, dass ihn seine Eltern ausschimpfen würden, aber sie waren bloß froh, ihn wiederzuhaben. Sogar Kate war ihm heulend um den Hals gefallen und klammerte sich an ihn, als sie zu viert auf dem Sofa kuschelten. Nach einer Weile richtete sich sein Vater auf und schaute Theo an.

«Warum bist du weggelaufen, Theo? Kannst du mit uns darüber reden?»

Theo nickte. Ein Polizist hatte kurz zuvor noch mit ihnen gesprochen. Er war sauer gewesen, als Milos Dad mit ihnen auftauchte, weil er einfach weggefahren war, ohne Bescheid zu geben. Aber Michael hatte erwidert, er habe an nichts anderes denken können, als sie so schnell wie möglich abzuholen. Der Mann hatte Milos Dad einen Moment lang durchdringend gemustert, und Theo hatte schon Angst bekommen, aber dann hatte er nur genickt und die beiden Jungen für einen Moment beiseitegenommen. Er war in die Hocke gegangen und hatte sie angesehen.

«Alles okay?», hatte er gefragt. «Habt ihr zu Hause vor irgendetwas Angst?» Beide schüttelten verlegen die Köpfe. «Wieso seid ihr dann weggelaufen?»

«Ich wollte mit meiner Mom reden», hatte Theo geantwortet.

«Und ich wollte nicht, dass er sich verläuft», ergänzte Milo. «Ich bin ein Pfadfinder, das ist unsere Pflicht.»

Der Polizist hatte Milo ein kleines bisschen angelächelt und dann wieder Theo angeschaut. «Rede mit deinen Eltern, erzähl ihnen alles. Sag ihnen, was du brauchst und was du fühlst. Sie lieben dich über alles, sie haben es verdient, dass du ihnen die Wahrheit sagst, okay?»

Sie hatten genickt, und der Detective war wieder aufgestanden und hatte Milo kurz über die Haare gerubbelt. Dann war er gegangen. Und jetzt musste Theo an seinen Ratschlag denken.

«Ich wollte zu Mom. Ich liebe dich, Dad, aber ich will, dass ihr wieder zusammen seid. Ich will, dass es wieder so wird wie früher. Auch wenn sie was Schlimmes gemacht hat. Ich will, dass du ihre Entschuldigung annimmst und sie nach Hause kommen darf, damit wir alle zusammen sein können.» Er musterte seine Familie. «Familien sollen doch zusammenhalten, egal was geschieht.»

«Sie kann bei mir im Zimmer schlafen, wenn du sie nicht mehr in deinem haben willst», meldete sich Kate zu Wort. «Das macht mir nichts aus. Ich kann meine Beanie Babies wegräumen.» Ernst fügte sie hinzu: «Ich hab sowieso zu viele.» Doch dann schüttelte sie den Kopf. «Nein, zu viele nicht, aber ich kann Platz machen.»

Charlies Augen waren fest auf Annes Gesicht gerichtet. Die Beinahe-Katastrophe hatte etwas bewegt. Sie hatten sich aneinandergeklammert und gemeinsam gezittert. Das Gewesene war in den Hintergrund getreten. Ein Riss war in seinem Panzer entstanden, wie bei abkühlendem Stahl, und etwas Vielversprechendes war hervorgekommen.

Er lächelte sie an, als würden sie sich zum ersten Mal sehen. Und Anne brach in Tränen aus.

Frances saß im Wohnzimmer, den getigerten Kater auf dem Schoß, und schaute den Kindern beim Schmücken des Weihnachtsbaums zu. Sie dachte an heute Vormittag auf dem Christbaummarkt: Michael und die Kinder hatten darüber diskutiert, ob man auch die Haustür mit Zweigen dekorieren solle, und Iris und Sara waren hinter Wyatt hergetrottet, der auf immer größere und größere Bäume zeigte. Aus der Entfernung war zwar nicht zu hören gewesen, was sie sagten, aber Sara schüttelte immer wieder den Kopf, und Iris schaute ein wenig grün in die Gegend. Die Hormonbehandlung machte ihr zu schaffen. Sara war deshalb eingesprungen und deichselte momentan das Meiste. Sie würden an Weihnachten zwar wie immer zu Frances rüberkommen, aber bis dahin war es noch eine Woche hin. Dann würde es Iris hoffentlich schon ein bisschen bessergehen, und sie konnte vielleicht am Festessen teilnehmen.

Frances kraulte den Kater am Kopf. Gestern hatte sie Anne und Charlie beim Ausladen ihres Christbaums gesehen. Die beiden gingen zwar immer noch ein wenig auf Zehenspitzen, was ihre Beziehung betraf, wohnten aber immerhin wieder unter einem Dach, und den Kindern ging es auch besser. Anne schlief noch im Gästezimmer, war aber guter Hoffnung, was die Zukunft betraf. Sie gingen jetzt alle zu einem Therapeuten, und vielleicht brachte es ja was. Oder auch nicht. Nicht ihr Problem.

Milo hatte seine sechs Wochen Hausarrest und Computerverbot weggesteckt wie ein Held. Er und Ava verstanden sich jetzt auch wieder besser, denn sie hatten als Ergebnis seines unseligen Abenteuers beide Smartphones bekommen. Der Rest der Familie hatte sich übrigens freiwillig dem einmonatigen Computerverbot angeschlossen, während das Video von Frances' Ausraster die Runde machte. Man ignorierte die Medien, ging ein, zwei Wochen nicht ans Telefon, und dann hatte sich der Sturm gelegt. Frances war bewusst, dass der Vorfall sie auch künftig immer wieder einholen würde, aber das war ihr, momentan zumindest, egal. Immerhin hatten die Schultor-Biester jetzt aufgehört sie «Saint Frances» zu nennen, was schon immer genervt hatte. Ein zusätzlicher Bonus war, dass Ava, im Zuge der Internet-Abstinenz und des sich dadurch auftuenden Abgrunds der Langeweile, wieder zum Cello griff und zum Schulorchester zurückgekehrt war. Was wieder mal bewies, dass nichts so heiß gegessen wurde, wie's gekocht wurde. Dass auf Regen Sonnenschein folgte. Oder dass jede Wolke einen silbernen Rand hatte. Oder so was Ähnliches.

Frances hörte etwas die Treppe herunterpoltern. Sie schaute zur Diele und sah Lally an der offenen Wohnzimmertür vorbeigehen. Sie schleifte eine enorm lange Plüschgiraffe hinter sich her, die Frances auf den Tod nicht ausstehen konnte, aber leider war bisher jeder Versuch, sie human zu entsorgen, gescheitert. Dieser fürchterliche Hals, die endlos langen Beine, der Torso ... Es dauerte mehrere Sekunden, ehe Lally das blöde Ding an der Wohnzimmertür vorbeigezogen hatte. Sie legte sich ordentlich ins Zeug und hatte die Giraffe offenbar mit etwas Rosarotem, Pelzigem an ihrem Handgelenk festgekettet ... Frances spähte mit verengten Augen hin und zuckte dann zusammen: die verdammten Handschellen aus dem Sexladen.

Michael blickte ebenfalls auf, um Lally zu fragen, ob sie beim Christbaumschmücken helfen wolle. Er sah die Giraffe. Er sah die Handschellen. Er zuckte nicht mit der Wimper. Sein Blick glitt zu Frances, die unmerklich den Kopf schüttelte und dann sah, wie ihr Mann aufstand und Lally folgte, um Schlimmeres zu verhüten. Es würde natürlich nicht funktionieren, aber sie war ihm dankbar für den Versuch.

Immerhin, es war eine witzige Geschichte, die sie Julie erzählen konnte, wenn sie das nächste Mal miteinander telefonierten. Julie wollte, wenn alles gutging, an Weihnachten wieder zu Hause sein. Dann war die Nachbarschaft wieder komplett, in all ihrer unvollkommenen, zerrütteten, peinlichen Glorie. Und sie musste einfach ihr Bestes tun, damit es auch so blieb. Frances streichelte zufrieden den Kater. Der bohrte zwar die Krallen in ihren Oberschenkel und hinterließ vier identische Löcher in ihrer Jeans, aber sonst war alles gut.

DANKSAGUNG

Mein Dank geht an alle bei LPQ, Larchmont und an *The Hatchery*, wo ich mit Kaffee versorgt werde und ein Plätzchen zum Arbeiten finde: Wilder, Kacy, Vanessa, Carter, Amy, Mari und Talia. Falls ich jemand vergessen haben sollte, dann nicht, weil ihr mir nicht wichtig seid, sondern weil ich vergesslich bin.

Herzlichen Dank an meine Lektorin, Kate Seaver, die konstruktive, positive Dinge über meine Arbeit sagt und dann mit Änderungsvorschlägen aufwartet, die alles immens verbessern.

Ich möchte mich auch bei Margalo Chellas Goldbach bedanken, einem liebenswerten, intelligenten und äußerst kreativen Kind, das für einen der unvergesslichsten Vorfälle im Buch Pate stand. Und nun leider nie mehr die Chance bekommt, ihn zu vergessen.

Larchmont ist auch in der Realität ein Wohnviertel von Los Angeles, und viele der von mir beschriebenen Schauplätze existieren wirklich und sind genauso schön. Aber die von mir geschilderten Personen und Vorfälle sind fiktiv und entsprechen nicht der Wirklichkeit. Jede Ähnlichkeit mit verstorbenen oder noch lebenden Personen ist unbeabsichtigt und zufällig. Wie jeder gute Schriftsteller habe ich mich dabei auf meine eigene Phantasie verlassen.

ANREGUNGEN ZUR DISKUSSION

1. In diesem Buch spielt die Nachbargemeinschaft eine wichtige Rolle. Wo findet man ähnliche Zwangsgemeinschaften, und wie wirkt sich der tägliche Kontakt auf den Umgang miteinander aus?

2. Die Hauptperson, Frances Bloom, ist ein Mensch, der anderen gern hilft, weil sie sich dann nützlich fühlt. Kennen Sie auch solche Menschen? Fällt es Ihnen leichter, zu helfen und sich helfen zu lassen?

3. Frances und Michael sind glücklich verheiratet, führen aber keine sehr leidenschaftliche Ehe. Glauben Sie, dass dies irgendwann zu einer Trennung führen könnte?

4. Anne Porter hat eine Affäre und hätte dadurch fast ihre Ehe zerstört. Wie wichtig ist eheliche Treue? Ist sie der wichtigste Baustein einer Ehe? Ist nach solch einem Vertrauensbruch ein Neuanfang möglich?

5. Wie viel können Kinder von den Vorgängen in der Ehe ihrer Eltern begreifen? Wie schwer ist es, einen privaten Freiraum zu behalten, sobald man Kinder hat?

6. Sara und Iris führen eine gute Ehe, haben aber Verständigungsprobleme. Haben Sie schon einmal ähnliche

Erfahrungen gemacht? Wie schwer fällt es dann, die Kommunikation wieder in Gang zu bringen?

7. Anne hat sich bei ihrem Liebhaber wie ein anderer Mensch gefühlt, hatte dank der Affäre etwas nur für sich. Auch Ava empfindet den starken Wunsch, ein eigenständiger Mensch zu sein und für sich selbst entscheiden zu dürfen. Wie schwer ist es, die Bedürfnisse des Ichs mit denen der familiären Gemeinschaft zu vereinbaren? Mit der Verantwortung, die man darin hat?

8. Frances und Ava haben ein schwieriges Verhältnis, weil Ava versucht, sich vom Elternhaus zu lösen. Hatten Sie in diesem Alter auch Kämpfe mit den Eltern oder einem bestimmten Elternteil? Glauben Sie, dass die Erfahrung des Erwachsenwerdens heute anders ist als früher?

9. Der Originaltitel des Buches, *Other People's Houses* (Die Häuser anderer Leute), spielt darauf an, dass man andere Menschen nach dem Äußeren, nach dem Haus, in dem sie wohnen, beurteilen könne. Was sind die Vor- und Nachteile einer solchen Sichtweise?

10. Bill und Julie Horton haben den Entschluss gefasst, mit dem schweren Schicksalsschlag, der sie getroffen hat, auf sehr private Art und Weise umzugehen. Was halten Sie davon? Welche Vor- und Nachteile ergeben sich daraus?

MIX
Papier aus verantwortungsvollen Quellen
FSC® C014496
FSC
www.fsc.org

Das für dieses Buch verwendete Papier ist FSC®-zertifiziert.